DROEMER

JACK
JORDAN

DIE HERZ CHIRURGIN

THRILLER

Aus dem Englischen
von Sigrun Zühlke

DROEMER

Die englische Originalausgabe erschien 2022 unter dem Titel
»Do No Harm« bei Simon & Schuster UK.

Besuchen Sie uns im Internet:
www.droemer.de

Aus Verantwortung für die Umwelt hat sich die Verlagsgruppe Droemer Knaur zu einer nachhaltigen Buchproduktion verpflichtet. Der bewusste Umgang mit unseren Ressourcen, der Schutz unseres Klimas und der Natur gehören zu unseren obersten Unternehmenszielen. Gemeinsam mit unseren Partnern und Lieferanten setzen wir uns für eine klimaneutrale Buchproduktion ein, die den Erwerb von Klimazertifikaten zur Kompensation des CO_2-Ausstoßes einschließt. Weitere Informationen finden Sie unter: www.klimaneutralerverlag.de

MIX
Papier aus verantwortungsvollen Quellen
FSC® C014496
FSC www.fsc.org

Deutsche Erstausgabe Februar 2023
Droemer HC

Redaktion: Marie-Luise Bezzenberger
Das Zitat von J Pelgrum und O Pearce stammt aus: J Pelgrum und O Pearce.
»A stressful job: are surgeons psychopaths?« *The Bulletin*, Vol. 98 (8), S. 332.
© 2015 Royal College of Surgeons of England.
Covergestaltung: Zero Media
Satz: Adobe InDesign im Verlag
Druck und Bindung: GGP Media GmbH, Pößneck
ISBN 978-3-426-28387-5

2 4 5 3 1

Sandra Jarrad
Meine beständige Inspiration für Mütter,
die alles für ihre Kinder tun würden,
genau wie Du es immer für mich getan hast.
Dieses Buch wäre ohne Dich nicht möglich gewesen.

»Primum non nocere – Als Erstes keinen Schaden anrichten.«

– *Hippokratischer Eid*

»Ärzte unterliegen einem hohen Druck, psychisch zu erkranken […]. Daher überrascht es nicht sonderlich, dass unter Umständen bei denjenigen, die in unserem Berufsstand bis an die Spitze aufsteigen, einige der mit einer psychopathischen Persönlichkeit assoziierten Merkmale besonders ausgeprägt sind.«

– *J. Pegrum, O. Pearce, The Royal College of Surgeons, August 2015*

TEIL 1

1

ANNA

DONNERSTAG, 4. APRIL 2019, 16:32 UHR

An meinem Hals ist Blut.

Nur ein einziger Tropfen, kaum größer als eine Sommersprosse. Ein geradezu winziges Detail, wenn man die gesamte Szene betrachtet. Vor mir liegt ein aufgeschnittener Mann mit blank liegenden Knochen, die schwarzen, teerbefleckten Lungenflügel auseinandergedrückt, um das Herz freizulegen. Und dennoch, trotz dieses dramatischen Anblicks drehen sich meine Gedanken um diesen kleinen Spritzer, der sich in meine Haut brennt.

Ich nehme das Skalpell von der linken Hand in die rechte und rolle mein Handgelenk, bis ich das befriedigende Knacken unter der Haut spüre.

Alle Augen sind auf mich gerichtet, schätzen die Ruhe meiner Hand im grellen Licht der OP-Leuchten ab. Auch unter ihren prüfenden Blicken bleiben meine Handflächen trocken und mein Griff ruhig und sicher. Doch unter meiner OP-Kluft schlägt mein Herz so heftig, dass ich es beinahe schmecken kann.

Peters Downings Herz hingegen liegt regungslos da.

Sein doppelter koronarer Bypass hatte vollkommen unkompliziert verlaufen sollen, bis es plötzlich anders kam. Nachdem ich mir den Weg durch seinen Brustkorb geschnitten und gesägt hatte, hatte ich versucht, aus einem Stück seiner Beinvene eine Umleitung für den blockierten Abschnitt der Aorta zu bauen, um wieder einen freien Blutzufluss zum Herzen zu ermöglichen. Als ich die Aortenklemme entfernte, um den Blutfluss wieder in Gang zu bringen, und die kaliumgesättigte Lösung wegspülte, die Peters Herz stillgelegt hatte, hätte es eigentlich aus seinem medizinisch induzierten Schlummer erwachen sollen.

Ich starre in seinen klaffenden Brustkorb und warte auf ein Zucken, eine Kontraktion, den ersten, lebensrettenden Ruck.

Nichts.

»Lunge aus, bitte.«

»Lunge aus«, wiederholt Dr. Burke.

»Zurück auf Maschine.«

»Zurück auf Maschine«, ruft Karin von der Perfusionsstation zurück.

Ich reiche meiner Assistentin das Skalpell und warte in der ohrenbetäubenden Stille. Als die Herz-Lungen-Maschine die Aufgabe des Herzens wieder übernommen hat, spüre ich, wie die Anspannung im Raum sich löst wie ein heißer, abgestandener Seufzer.

»Geben wir ihm noch eine Minute«, sage ich und klemme die Aorta erneut ab. »Das arme Ding ist wahrscheinlich vollkommen fertig.«

»Sind wir das nicht alle?«, witzelt Dr. Burke mit einem aufmunternden Zwinkern über seine Brille hinweg.

Eine mitfühlende Geste, aber wir wissen beide, dass ich hier auf mich allein gestellt bin. Bis zu diesem Punkt ist jede Operation ein Gemeinschaftswerk: Dr. Burke kümmert sich um die Medikation, die Beatmung und die Überwachung der Parameter; Karin kontrolliert die Herz-Lungen-Maschine, der Arzt am Fuß des Tisches entnimmt das Stück Beinvene für die Transplantation. Jeder Spezialist hat seine eigene Assistenz. Neben mir steht Margot, die mir Besteck und Tupfer anreicht. Aber wenn es ums Herz geht, liegt die Verantwortung allein bei mir.

Eine Hitzewelle versengt mir den Rücken, kribbelt mir über die Schulterblätter.

Konzentrier dich.

Ich mustere die Brusthöhle. Der Bypass ist gut gelungen, die Transplantate sind sauber gesetzt, mit luftdichten Verbindungen. Wir haben dem Herz Zeit gegeben, sich zu erholen, haben einen Medikamentencocktail verabreicht, um die elektrische Aktivität zu stimulieren, und haben auf metabolische Abweichungen von der Norm oder andere Probleme getestet, die wir eventuell übersehen haben könnten. Ich habe mein Werk wieder und wieder gecheckt und noch einmal versäubert, in der Hoffnung, auf einen Fehler zu stoßen, den ich beheben kann. Nichts hat funktioniert.

Ich werfe einen Blick auf die Uhr. Wir nähern uns rasch dem Ende des Vierstundenfensters, das wir haben, bevor das Herz unwiederbringlich Schaden nimmt. Sobald das verstrichen ist, wird jede weitere Sekunde zu einem Nagel am Sarg unseres Patienten.

Auf meiner Oberlippe kribbelt der Schweiß. Ich muss an den Rat denken, den mir mein Mentor einst gegeben hat:

Zeige niemals, dass du nervös bist. Wenn du in Panik gerätst, geraten sie ebenfalls in Panik. Du kannst ein Schiff nicht in den Hafen bringen, wenn die Mannschaft über Bord gesprungen ist.

Ich greife in die Brusthöhle und umschließe das Herz des Patienten mit der Hand, drücke es ein paarmal leicht zusammen und lasse wieder los, in dem Rhythmus, in dem es so lange geschlagen hat. Dann entlasse ich es sanft aus meinem Griff. Das Fleisch ist da, wo ich es berührt habe, rosig geworden und sieht beinahe hübsch aus, wie eine von der Kälte gerötete Wange.

»Versuchen wir es noch ein letztes Mal«, sage ich.

Langsam löse ich die Aortenklemme, verlängere das Leben des Patienten, so lange ich kann. Das Blut strömt in das Herz.

Nichts geschieht.

Wieder drücke ich das Herz, doch auch nachdem das Kalium ausgespült ist, fühlt es sich seltsam kalt an, feucht und glitschig.

Komm schon, Peter.

Meine Schultern verspannen sich, als ich mich über den Tisch beuge und meine ganze Kraft in die Bewegung lege, mit der ich das Herz massiere. Schweiß sammelt sich auf meinem Gesicht. Margot tupft jeden Tropfen schweigend ab.

Ich weiß nicht genau, wie viel Zeit vergangen ist – eine Minute, zehn –, doch als ich von der Brusthöhle aufblicke, am ganzen Körper schwitzend und hinter meiner Maske schwer atmend, wird mir klar, dass das gesamte Team mich mitfühlend ansieht. Da trifft es mich mit voller Wucht.

Dieses Herz wird nie wieder schlagen.

Stressschmerzen pulsieren hinter meinen Augen; die verspannten Muskeln in meinen Schultern krampfen. Ich blicke auf meine Hände hinunter, die von der Anstrengung schmerzen und zittern, und erlaube mir einen winzigen Seufzer.

»Herz aus, bitte.«

Karin nickt und wendet den Blick ab. Ein Mensch wird heute sterben, und wir werden seinen Tod orchestrieren. Ich mit dieser Anweisung. Sie, indem sie den Schalter umlegt.

»Herz aus«, bestätigt sie.

»Lunge aus, bitte.«

»Lunge aus«, antwortet Dr. Burke.

Und dann warten wir.

Die Herz-Lungen-Maschine kommt zum Stillstand. Die Schläuche leeren sich, während das Blut in das Kreislaufsystem des Patienten zurückfließt. Und dann das Unvermeidliche: die flache Linie eines reglosen Herzens auf dem EKG-Monitor. Das Schrillen des EKG-Alarms gellt durch uns alle hindurch, füllt den OP-Saal, hallt von den Apparaten wider, von den gefliesten Wänden und jeder Edelstahlfläche.

Ich sehe auf die Uhr.

»Zeitpunkt des Todes: 16 Uhr 53.«

2

ANNA

DONNERSTAG, 4. APRIL 2019, 17:10 UHR

»Mein herzliches Beileid.«

Ein schwächerer Chirurg hätte in diesem Moment vielleicht auf seine Schuhe hinuntergeblickt. Zu sehr auf sich selbst bedacht, um den Blick der Angehörigen des verstorbenen Patienten auszuhalten, in dem Moment, wo ihnen das Herz bricht. Aber ich sehe Mrs Downing in die Augen und werde Zeugin von allem: des beinahe tonlosen, erschrockenen Luftholens, als der Schlag sie trifft, der Tränen, die in ihren Augen glänzen und dann überquellen. Neben mir tritt Schwester Val aus der Kardiologie nervös von einem Fuß auf den anderen.

Ich habe Mrs Downing beim Erstgespräch mit ihrem Mann kennengelernt und gesehen, wie sie mein Büro mit hoffnungsvoll federnden Schritten verließ. Es war ein Routineeingriff mit sehr geringem Risiko. Mein Ruf und meine Erfahrung halfen ihr, nachts in den Schlaf zu finden, und sie waren es auch, die ihren Ehemann dazu brachten, die Einverständniserklärung zu unterschreiben. Bald, wenn sich der erste Schock gelegt hat, wird sie mich dafür hassen.

»Hat er gelitten?«, fragt sie mit brechender Stimme.

»Nein. Er hat nichts gespürt.«

Vielleicht hält sie mich für kaltherzig, dass ich ihr direkt in die Augen sehen kann, aber ich bin einfach nur geübt darin. Mit der Zeit habe ich gelernt, Angehörige eines Patienten nicht mit allzu viel Anteilnahme anzusehen, damit sie sich nicht bevormundet fühlen, aber auch nicht mit allzu viel Traurigkeit, die sie mit Schuldbewusstsein verwechseln könnten. Hätte ich zu breit gelächelt, als ich auf sie zukam, hätte ich Mrs Downing falsche Hoffnungen gemacht. Eine Herzchirurgin muss Herzen nicht nur reparieren können, sie muss auch wissen, wie sie sie am schonendsten bricht.

»Mrs Downing«, sage ich ruhig und umkurve behutsam ihren Schock, »meine Kollegin Val wird Sie jetzt begleiten und alle Ihre Fragen beantworten. Wenn Sie irgendetwas brauchen, zögern Sie bitte nicht, darum zu bitten.«

Val nimmt Mrs Downings Hand und führte sie behutsam zum Stuhl. Sie schafft es, ihr Schluchzen zurückzuhalten, bis ich die Tür hinter mir schließe; erst dann darf die britische Selbstbeherrschung sich in nichts auflösen.

Unwillkürlich schließe ich die Augen und hole tief Luft, um mich zu sammeln, bevor ich mich auf den Weg zur Umkleide mache. Ich habe seit Längerem keinen Patienten mehr verloren, und mit einem Mal überkommt mich die Angst, dies könne der Anfang einer Pechsträhne sein. Doch ich schlage mir diesen Gedanken schnell aus dem Kopf.

Das ist nicht ein *Scheitern nach einer langen Reihe von Erfolgen. Bleib auf dem Teppich.*

Doch ob aus Gewohnheit oder Überzeugung, ich weiß, dass ich diese OP so schnell nicht aus dem Kopf bekommen werde.

Ich betrete den Umkleideraum und reiße mir auf dem Weg zu meinem Spind den Kittel vom Leib, dann verliere ich mich rasch in Gedanken, während ich mich umziehe.

»Alles in Ordnung?«

Margot steht an dem Spind neben meinem und bindet sich das Haar zum Pferdeschwanz. Der Ansatz muss nachgefärbt werden.

»Alles gut.«

Im Geist bin ich die gesamte OP noch einmal durchgegangen, habe wie besessen jedes Detail noch einmal unter die Lupe genommen, auf der Suche nach dem Augenblick, als Mr Downings Herz zu versagen begonnen hatte. Offensichtlich gelingt es mir nicht so gut wie sonst, meine Gedanken zu verbergen. So was macht ein Scheitern mit einem: Es verbeult die Rüstung, erlaubt kurze Blicke auf die empfindlichen Stellen dahinter.

»Sie hätten nicht mehr tun können.«

»Ich weiß«, lüge ich. »Danke.«

Ich spüre ihren Blick einen Herzschlag zu lang auf meinem Gesicht ruhen. Meine Stimme hat ausdruckslos und direkt geklungen. Ohne Emotion. Sie muss mich für herzlos halten. Vielleicht hat sie recht.

Bevor ich den Todeszeitpunkt festlege, bin ich immer unmenschlich kalt. Ich wühle mit derselben emotionalen Anteilnahme in einer

Brusthöhle herum wie ein Elektriker, der neue Leitungen legt. Ich denke nicht an den Menschen, der unter den OP-Tüchern liegt, oder verschwende auch nur einen Gedanken an die Familienangehörigen, die draußen darauf warten, dass ihre Welt sich entweder geraderückt oder implodiert. Ich würde verrückt werden, wenn ich das täte. Erst wenn ich den OP-Saal verlasse, lasten die Folgen meines Handelns auf mir, und ich spiele die ganze Prozedur immer wieder im Kopf durch.

»Bereit für Samstag?«, fragt sie flapsig.

Das hatte ich vergessen. Mr Downings OP hat mich abgelenkt. Der Stress sickert augenblicklich in mich zurück.

In zwei Tagen werde ich eine der wichtigsten Operationen meiner Karriere durchführen: drei verstopfte Arterien von Ahmed Shabir mit Bypässen überbrücken. Shabir ist Abgeordneter des Wahlkreises Redwood und, falls man den Gerüchten Glauben schenken darf, der künftige Vorsitzende der Labour Party. Von allen Eingeweihten wird er nur »Patient X« genannt; sie sind darauf eingeschworen, die Operation vor der Öffentlichkeit geheim zu halten, um seine Chancen bei der nächsten Wahl nicht zu beeinträchtigen. Es geht doch nichts darüber, das Schicksal eines potenziellen Premierministers in den Händen zu halten.

»Natürlich.«

Margots Handy klingelt. Sie wirft einen Blick auf das Display und steckt es in die Handtasche, wo es sich ausklingeln kann. Ich erhasche einen Blick auf den Namen Nick, bevor es in ihrem Spind verschwindet, und hole mein eigenes Telefon aus meiner Tasche, um die Nachrichten zu lesen, die Zack und ich uns im Lauf des Tages geschickt haben.

Zack

Ich will nicht allein fahren, bitte. Du hast versprochen, du kommst mit.

Das hatte er mittags geschickt. Während mein Sohn eigentlich spielen sollte, hatte er mir geschrieben und sich Sorgen gemacht. Zwischen zwei OPs hatte ich ihm geantwortet; mir war so übel vor schlechtem Gewissen, dass ich mein Essen nicht anrührte.

Ich
Ich möchte mehr als alles andere auf der Welt mit dir in die Ferien fahren, aber ich habe sehr kranke Patienten, die ohne meine Hilfe nicht gesund werden können. Wir fahren in den Sommerferien irgendwohin, nur du und ich. Überleg dir schon mal, wohin du willst, ich kümmere mich dann darum. XXX

Zack
Immer sind die wichtiger

Darauf war mir nichts eingefallen.

»Schon was vor heute Abend?«

Margot dreht sich eine Zigarette und fährt mit der Zungenspitze am Rand des Papierchens entlang, bevor sie sie zuklebt und sich hinters Ohr steckt.

Sie hat jetzt schon ein paarmal versucht, eine Freundschaft zwischen uns zu erzwingen, fast als wäre das eine Challenge, die sie für sich selbst ausgerufen hat. Aber ich vermische berufliche Beziehungen nicht mit persönlicher

Zuneigung. Wenn Kollegen zu vertraut miteinander werden, passieren unvermeidlich Fehler. Ein Operationssaal ist keine Entspannungsoase. Eine gewisse Anspannung ist für alle Beteiligten wesentlich sicherer.

Ich nehme meine Jacke aus dem Spind und streife sie über.

»Nein, nichts Besonderes. Mein Bruder nimmt morgen meinen Sohn über die Osterferien mit nach Cornwall, also bleibe ich heute Abend bei ihm zu Hause, bevor er morgen fährt.«

Sie kennt das Leben einer Angestellten im öffentlichen Gesundheitsdienst gut genug, um zu fragen, warum ich nicht mitfahre. Zumindest dafür bin ich ihr dankbar.

»Wie kommt er so zurecht mit allem?«

Meine Hand erstarrt am Reißverschluss.

»Bitte?«

Ihre Augen weiten sich angesichts der plötzlichen Schärfe in meiner Stimme. Sie lässt den Blick auf meine Hände fallen.

»Na ja, Sie tragen Ihren Ring nicht mehr.«

Meine Wangen brennen, Zorn wallt in mir auf. Ich nehme die Tasche aus dem Spind und knalle ihn zu.

»Das ist privat«, fauche ich und drehe mich zur Tür um. »Wir sehen uns morgen.«

»Ja«, antwortet sie stumpf und murmelt dann leise vor sich hin.

Zicke.

Ich bleibe an der Tür stehen, eine ganze Reihe Erwiderungen auf der Zunge, gehe dann jedoch hinaus und schließe die Tür mit leisem Klicken.

Als ich an meinem Auto ankomme, erstarre ich.

In der verzerrten Spiegelung der Autoscheibe wirkt mein Gesicht beinahe wie ein Totenschädel: dunkle, umschattete Augenhöhlen, scharfe Wangenknochen und ein vorspringendes Kinn.

Wer um Himmels willen soll dich jetzt noch wollen?

Ich steige ein und werfe meine Handtasche auf den Beifahrersitz. Der Motor springt mit einem müden Grummeln an, und lauwarme Luft bläst aus der Lüftung gegen die beschlagene Windschutzscheibe. Ich lehne mich zurück und schließe die Augen.

Zack wird inzwischen zu Abend gegessen und es sich auf dem Sofa vor dem Fernseher gemütlich gemacht haben, während Paula die Küche aufräumt und noch ein paar andere Hausarbeiten erledigt, auf die sie dabei stößt. Wenn mir früher, in der Stadt, eine meiner Nachbarinnen angeboten hätte, mein Kind von der Schule abzuholen und die Geschirrspülmaschine einzuräumen, hätte ich ihr die Tür vor der Nase zugeknallt und die Kette vorgelegt. Schon beeindruckend, was ein paar Meilen und nackte Verzweiflung alles ändern können.

Dies ist das erste Mal seit sechs Stunden, dass ich mich hinsetzen kann, und ich spüre jedes meiner Gelenke. Der Gedanke, noch mit dem Hund auf einen Abendspaziergang zu gehen, erfüllt mich mit Schrecken, aber dann denke ich an Bärs kleines Gesicht, und mein Herz sinkt. Zack den Hund zu besorgen, den er sich so sehr gewünscht hatte, würde meine Abwesenheit weniger spürbar für ihn machen, hatte ich gehofft. Doch ich hatte nichts erreicht, außer der Liste derjenigen, die ich anscheinend immer wieder enttäusche, noch einen weiteren Namen hinzuzufügen.

Ich denke an mein Spiegelbild im Autofenster, wie erschöpft ich ausgesehen habe, und klappe die Sonnenblende herunter, um mich in dem kleinen Spiegel genauer zu betrachten. Meine Haut ist bleich, mein Gesicht wirkt unter dem leichten Make-up abgespannt, und ich habe dunkle Schatten unter den Augen. Besagte Augen sind blutunterlaufen, während meine Lippen beinahe jede Farbe verloren haben. Mit den Fingerspitzen ziehe ich die Haut straff, um die Zeit zurückzudrehen, und erstarre, als ich ihn sehe.

Der Blutspritzer ist immer noch an meinem Hals.

Panisch beuge ich mich vor und kratze mit den Fingernägeln an meiner Haut, bis sie wund und rot ist, während mein Puls aufgeregt unter meinen Fingerspitzen trommelt. Das Blut ist getrocknet und blättert ab. Als der Fleck endlich weg ist, sind lange, gezackte Kratzspuren an seine Stelle getreten. Ich schließe die Augen und sinke gegen die Rückenlehne zurück.

Der Impuls ist wieder da.

Es hat schon die ganze Zeit an mir genagt, seit das Herz sich geweigert hat, wieder anzuspringen. Wie ein Wurm in meinem Gehirn, der sich unentwegt windet und meine Konzentration zerfrisst. Ich reiße die Augen auf. Die müde Frau im Spiegel erwidert gereizt meinen Blick.

Ich schäle den Streifen falscher Wimpern vom rechten Auge, um das beinahe wimpernlose Lid bloßzulegen. Nur hier und da ist noch eine übrig.

Seit Wochen habe ich dem Drang nicht mehr nachgegeben. Einen Abend lang habe ich an losen Fäden gezogen, als ich auf dem Sofa saß, habe an meinen Nagelhäuten gezupft, bis sie bluteten, habe alles getan, um mich von dem einen abzulenken, das mich wirklich beruhigt: dem Zwang, der mich heimsucht, solange ich mich erinnern kann.

Meine Fingerspitzen kribbeln, als ich mir vorstelle, wie ich sie an die Augenlider hebe. Ich balle die Hände zu Fäusten, um das Verlangen zu zerquetschen, und zerdrücke dabei versehentlich die falschen Wimpern. Mit einem Fluch versuche ich, den Streifen wieder glatt zu ziehen, aber vergebens: Die Wimpern sind verkrumpelt wie die Beine einer toten Spinne, die steif in ihrem Netz hängt. Ich ziehe auch den anderen Streifen ab, drücke sie beide zu einem Ball zusammen und werfe sie in den Fußraum des Beifahrersitzes.

Der Drang ist nicht vergangen. Ich schiebe die Ärmel der Jacke hoch und inspiziere die Haare auf meinem Unterarm. Blonde, mürbe kleine Dinger, einige ziemlich schräg gewachsen, andere zweigeteilt nach Jahren des Ausreißens. Wenn ich es schon tue, sage ich zu mir selbst, dann sollte ich den Arm nehmen. Leichter zu verbergen. Weniger demütigend. Aber es ist einfach nicht dasselbe.

Zögernd hebe ich die Hand ans Auge, als könnte ich mich selbst überlisten, und betaste eine Wimper. Das Verlangen wird stärker, bis ich an nichts anderes mehr denken kann: Dieser eine, zwanghafte Gedanke blockiert wie ein dicker Stein mein Gehirn. Ich rolle die Wimper zwischen meinen Fingerspitzen, um den Moment voll auszukosten. Mir wird ganz schwindelig von dem Tauziehen in meinem Kopf, bevor ich schließlich nachgebe: und zupfe. Ein winziges Ploppen, gefolgt von unmittelbarer Erlösung. Erleichterung flutet über mich hinweg. Ich vollende das Ritual, indem ich die Wimper auf meine Zunge lege.

Dann schrecke ich zusammen, weil mein Handy klingelt, und erhasche dabei einen kurzen Blick auf mein Gesicht im Spiegel. Meine Wangen sind rosig vor Ärger, und ich schäme mich dermaßen, dass ich meinen eigenen Blick nicht erwidern kann.

Ich bin irre. Eine kranke, perverse Irre.

Ich schlucke die Wimper hinunter und reiße das Telefon aus der Tasche. Adams Name steht auf dem Display. Ich nehme den Anruf über die Freisprechanlage an und fahre los.

Sieh einfach zu, dass du nach Hause kommst.

»Hi«, sage ich verblüfft.

»Hi, alles okay?«

»Ja, ja. Und bei dir?«

»Auch. Ich bin gerade in Amsterdam gelandet, dienstlich, und dachte, ich melde mich mal.«

Es entsteht eine lange, angespannte Pause. Wir haben erst ein paar Worte gewechselt, und doch spüre ich bereits, wie sich mir die Nackenhaare sträuben. Ich erreiche die Ausfahrt des Parkplatzes und biege auf die Hauptstraße ab. Nicht mehr weit, und ich bin zu Hause.

»Bist du im Auto?«, fragt er.

»Ich komme gerade von der Arbeit. Gibt's einen Grund, warum du anrufst?«

Ich halte an einem Zebrastreifen, während Adam am anderen Ende zögert. Eine Frau humpelt auf einen Rollator gestützt über die Straße, gebeugt, um das Gesicht vor dem eiskalten Wind zu schützen.

So wirst du auch bald sein, sagt die Stimme in meinem Kopf. *Faltig und einsam.*

Ich knirsche mit den Zähnen, bis die Kieferknochen knacken.

»Mein Anwalt will noch mal über das Geld verhandeln«, sagt Adam schließlich.

Das Lenkrad ächzt unter meinem Griff. Ich trete aufs Gaspedal. Der Motor heult auf, sodass die alte Frau zusammenzuckt, als sie den Bürgersteig auf der anderen Seite erreicht.

»Nein, *du* willst noch mal verhandeln.«

»Es tut mir leid, Anna.«

»Wenn du mehr verlangst, muss ich das Haus verkaufen. Das weißt du. Zack tut sich sowieso schon schwer mit den ganzen Veränderungen.«

»Ich bin pleite.«

Ich schnaube. »Wir sind alle pleite.«

»Nein, ich meine richtig pleite.«

Ich biege von der Hauptstraße ab und fahre The Avenue entlang, eine lange, gewundene Straße mit weit auseinanderstehenden Häusern. Meins liegt direkt hinter der Kurve am Ende einer kleinen privaten Stichstraße, nicht einsehbar von den anderen Häusern aus. Daneben sind nur Paulas Haus und ein kleines Wäldchen, das uns vom hinteren Teil des Krankenhausgeländes abgrenzt. Wenn ich daran denke, wie Adam und ich vor gut einem Jahr zum ersten Mal hierhergefahren sind in dem Glauben, ein Umzug aus London, aus der Stadt heraus, würde uns retten! Verzaubert von den langen Gartenwegen und der Vorstellung unseres eigenen kleinen Refugiums abseits des Getümmels.

»Der Grund, weshalb wir ein kleines Vermögen für unsere Anwälte ausgeben, ist, dass die für uns verhandeln«, sage ich, während ich in die Privatstraße einbiege. »Du hast mir versprochen, dass wir die Scheidung denen überlassen und unsere Kommunikation auf Zack konzentrieren.«

Kleine Steinchen prasseln gegen den Unterboden des Wagens. Links stehen Hecken, rechts ist der Wald. Weiter vorne taucht das Dach meines Hauses allmählich zwischen den Bäumen auf.

»Mein Anwalt *hat* dich kontaktiert, Anna. Du hast nicht reagiert.«

»Mein Gott, ich versuche hier, einen Vollzeitjob mit dem Dasein als Alleinerziehende unter einen Hut zu bekommen! Nimm mal ein bisschen Rücksicht darauf.«

Ich komme an meine Zufahrt und trete voll auf die Bremse.

Adam verteidigt sich, aber ich höre seine Worte nicht mehr. Meine gesamte Aufmerksamkeit wird von den Transportern einer Umzugsfirma beansprucht, die meine Auffahrt zuparken. Meine Haustür steht sperrangelweit offen, und als ich genauer hinsehe, erkenne ich Silhouetten hinter den Fenstern, die sich bewegen.

Da sind Leute in meinem Haus.

3

ANNA

DONNERSTAG, 4. APRIL 2019, 18:02

Ich hole so scharf Luft, dass ich beinahe daran ersticke. Das Geräusch stoppt Adam mitten im Satz.

»Was ist denn?«

»Da sind Gerichtsvollzieher im Haus!«

»Was?«

»Gerichtsvollzieher! Hier stehen überall Umzugswagen. Es sind Leute drin ...«

»Bist du sicher? Wie sollen die denn reingekommen sein?«

»Spielt das jetzt eine Rolle? Wie pleite bist du genau?«

»Hör mal, dreh jetzt nicht durch, es wird alles gut. Ich kümmere mich darum. Ich sorge dafür, dass ich alles zurück...«

Ich lege auf, ziehe die Handbremse und stolpere benommen aus dem Auto. Hinter mir läuft der Motor weiter, und die Fahrertür steht offen, es piept vom Armaturenbrett. Ich kann an nichts anderes mehr denken als an Zack, der zusehen muss, wie Fremde sein Zuhause plündern. An seine Augen, die vor Tränen überquellen, während unser Hab und Gut Stück für Stück zur Tür hinausgetragen wird.

Oh, Gott. Paula muss sie direkt reingelassen haben. Sie ist einfach zu gut für diese Welt. Und so läuft das dann, oder? Wenn sie erst mal drin sind, haben sie freie Bahn und nehmen alles mit, was irgendwie von Wert ist. Denen ist egal, was Adam gehört und was mir.

Zwei Männer in schwarzen Overalls kommen heraus und gehen zu einem der Transporter.

»Stopp!«

Sie setzen ihr Gespräch in einer Sprache fort, die ich nicht verstehe, und gehen zum hinteren Teil des Fahrzeugs. Ich marschiere zu ihnen und pikse den Mann, der mir am nächsten steht, mit dem Finger in die Schulter.

»Entschuldigung.«

Der Fremde fährt herum. Er ist jung und sieht gut aus, mit braunen Augen und einem dunklen Dreitagebart. Er murmelt irgendetwas Giftiges, bevor er mir wieder den Rücken zudreht. Ein kleiner Spucketropfen ist auf meiner Wange gelandet. Ich wische ihn hastig weg und säubere meine Hand am Hosenbein.

»Hören Sie, was immer Sie hier vorhaben, es hat nichts mit mir zu tun. Mein Mann und ich lassen uns scheiden. Er wohnt hier nicht mehr, und er hat alles, was ihm gehört, mitgenommen … Hören Sie mir überhaupt zu?«

Die Männer reden immer noch miteinander, lachen mit den Rücken zu mir. Selbst wenn sie kein Englisch verstehen, würden sie mich doch normalerweise nicht einfach so ignorieren? Ich bin kurz davor, sie anzuschreien, als mich das Geräusch einer Bohrmaschine erschreckt und ich herumwirbele.

Es kommt aus meinem Haus.

Das Herz in der Kehle, renne ich zur Tür und sehe, dass der Boden mit Plastikplanen bedeckt ist. Sie knistern unter den Schuhen der Fremden, die durch meine Küche gehen, durch mein Esszimmer, sich auf der Treppe begegnen. Wo ich auch hinsehe, sind Männer mit kurz geschorenem Haar, dicken Muskeln, Tattoos, die unter dem Kragen hervorlugen, und schwarzen Handschuhen an den Händen. Der Gedanke, dass sie damit meine Sachen durchwühlen, ist so verletzend, dass ich ein Schluchzen gerade eben noch ganz hinten in der Kehle abfangen kann.

Ich trete durch die Tür und zucke zusammen, als ich aus dem Augenwinkel etwas über mir hängen sehe. Ein Mann starrt von einer hohen Leiter auf mich herab, den Bohrer in der Hand.

So wie es aussieht, montiert er eine kleine Kamera an der Wand.

Ich mache den Mund auf, um etwas zu sagen, als Putz in einer dicken Wolke auf mich herabregnet. Hustend und spuckend stolpere ich in den Flur, während hinter mir die Bohrmaschine dröhnt.

»Zack? *Zack?*«

Ich habe Staub in den Augen, der bei jedem Blinzeln schmerzhaft scheuert. Durch die Tränen hindurch erblicke ich einen riesigen Kerl, der die Treppe herunterkommt. Jede Stufe ächzt unter seinem Gewicht.

Wie viele sind das?

»Paula?«, rufe ich. Der Bohrer übertönt meine Stimme. *»PAULA?«*

Ich reibe mir die Augen, woraufhin es nur noch mehr wehtut, als der Staub tiefer ins Auge eindringt. Blind vor Tränen drehe ich mich im Flur um.

Bär müsste doch bellen. Warum bellt er nicht?

»Zack?«, brülle ich, genau in dem Augenblick, als die Bohrmaschine verstummt. Meine Stimme hallt durch den Eingangsbereich und trägt die Treppe hinauf bis zum Absatz. Mein Entsetzen schwingt schwer darin mit, selbst in ihrem Echo.

Paula muss Zack mit nach drüben genommen haben. Zumindest muss er das nicht mitan…

»Dr. Jones?«

Schwer atmend drehe mich zur Wohnzimmertür um.

»Setzen Sie sich doch zu uns«, sagt eine Stimme von drinnen.

Die lässige Einladung in mein eigenes Wohnzimmer genügt, um Kummer und Angst verfliegen zu lassen. Glühende Wut tritt an ihre Stelle; mir wird ganz heiß vor Zorn. Ich wische mir schnell die Tränen ab und eile ins Wohnzimmer.

Drei Männer blicken mir entgegen: zwei sitzen auf dem Sofa und einer im Sessel, jeder mit einem meiner Becher in der Hand.

»Setzen Sie sich«, sagt der Mann im Sessel mit derselben ruhigen Stimme wie eben. Die anderen beiden beobachten mich gespannt.

»Was glauben Sie eigentlich, mit wem Sie hier reden? Verschwinden Sie sofort aus meinem Haus!«

»Setzen. Sie. Sich.«

Der Mann sieht mich so eindringlich an, dass ich zurückzucke, als unsere Blicke sich treffen. Ich bin so wütend, dass ich zittere, und doch ertappe ich mich dabei, wie ich mich gehorsam in den freien Sessel am Kamin sinken lasse.

Der Mann mir gegenüber ist etwa vierzig. Sein dunkles Haar weist erste graue Haare auf, sein Anzug und das Hemd darunter wirken etwas zu eng für den muskulösen Körper. Die Männer auf dem Sofa scheinen jünger zu sein und sind über und über tätowiert. Einer hat den Schädel kahl geschoren und einen kräftigen Kiefer, der andere kurzes blondes Haar und Aknenarben auf den Wangen. Aus der Ecke über ihren Köpfen beobachtet mich eine winzige Kamera. Ich hätte sie vielleicht gar nicht bemerkt, hätte sich nicht die untergehende Sonne auf der anderen Seite des Fensters in der Linse gespiegelt.

Ich drehe mich im Sessel um, halte Ausschau nach weiteren Kameras und finde eine an der gegenüberliegenden Wand. Sie ist so klein wie meine Fingerspitze und ganz weiß, sodass sie fast nahtlos mit dem weißen Hintergrund der Wand und der Decke verschmilzt. Wenn man nicht wüsste, wonach man suchen muss, würde man sie kaum wahrnehmen.

Das sind keine Gerichtsvollzieher.

»Die werden Sie überall im Haus finden«, sagt der Mann, der mir gegenüber im Sessel sitzt.

Seine Gegenwart allein ist Respekt einflößend, von seiner tiefen, rauen Stimme bis zu seinem muskulösen Körper, der beinahe den Sessel sprengt. Am beeindruckendsten sind allerdings seine Augen, ein kaltes, durchdringendes Blau, so klar und so bedrohlich, dass ich das Gefühl habe, unter ihrem Blick in meinem Sessel immer kleiner zu werden.

»Was geht hier vor?«, frage ich verzagt. »Wo ist mein Sohn?«

Der Mann beugt sich vor und stellt den Becher auf dem Couchtisch ab. Den Becher, den ich jeden Morgen benutze. Den Zack für mich bemalt hat, zum Geburtstag vor zwei Jahren. *Für die beste Mummy,* steht darauf, unterschrieben und datiert. Der Becher ist mit gelben Sternen und unregelmäßigen kleinen Herzen bedeckt. Ein Klumpen bildet sich in meiner Kehle.

»Was ich Ihnen jetzt sage, ist sehr wichtig. Ich werde mich nicht wiederholen, also hören Sie gut zu.«

Ich mache den Mund auf, um zu protestieren.

»Ihre Nachbarin ist tot.«

Er sagt das so beiläufig, dass ich die Bedeutung seiner Worte beinahe nicht erfasse. Doch als mir klar wird, was er gesagt hat, trifft es mich wie ein Schlag. Ein hohes, durchdringendes Pfeifen schrillt in meinem Kopf.

»Und wir haben Ihren Sohn.«

4

ANNA

DONNERSTAG, 4. APRIL 2019, 18:27 UHR

Erstarrt sitze ich in dem Sessel den Männern gegenüber.

Für den Bruchteil einer Sekunde hört die Welt auf, sich zu drehen. Mein Hirn ist leer. Mein Herz stockt. Mein Atem bleibt in meiner Lunge stecken. Und dann kommt alles krachend wieder zurück. Ich ringe heiser um Luft, während die Tränen in meinen Augen brennen.

Das ist nicht real … es kann nicht real sein …

»Dr. Jones, bleiben Sie bei mir. Es ist wichtig.«

Ich nicke gehorsam, während eine einzelne Träne still über meine Wange rollt.

»Ihr Sohn ist an einem sicheren Ort, und ihm wird nichts passieren, solange Sie tun, was wir Ihnen sagen. Es gibt Regeln, die Sie befolgen müssen. Wenn Sie dagegen verstoßen, wird Ihr Sohn den Preis dafür bezahlen.«

Dieser Mann, dieser Fremde, setzt meine eigenen Tricks gegen mich ein. Er schlägt denselben Ton an, den ich Angehörigen gegenüber benutze, wenn ich ihnen mitteile, dass mein Patient gestorben ist: mitfühlend, aber dennoch fest. *Mein herzliches Beileid.*

»Sie müssen nur eine einzige, einfache Aufgabe erledigen, um ihn gesund und munter zurückzubekommen.«

Mein Herz macht einen Sprung, so schnell und gewaltsam, dass der Schmerz durch meine Brust schneidet.

»Eine … eine Aufgabe?«, frage ich mit vor Angst rauer Stimme.

»In zwei Tagen werden Sie Ahmed Shabir auf Ihrem OP-Tisch sterben lassen.«

Mein Magen fühlt sich an, als würde ich fallen. Mir wird übel. Vor meinen Augen verschwimmt alles. Im verzweifelten Bemühen, die Bodenhaftung zurückzugewinnen, umklammere ich die Armlehnen des Sessels und drücke die Fersen in den Teppich.

»Wenn Sie irgendjemandem gegenüber auch nur ein Wort darüber verlieren, stirbt Ihr Sohn. Wenn Sie auffliegen, während Sie Ihre Aufgabe erfüllen, stirbt Ihr Sohn. Wenn es Ihnen nicht gelingt, den Patienten zu töten, stirbt Ihr Sohn an seiner Stelle.«

Die beiden Männer auf dem Sofa beobachten mich so intensiv, dass ihre Blicke auf meiner Haut brennen, aber ich kann die Augen nicht von dem Mann mir gegenüber lassen. Er verlangt Unmögliches von mir. Nicht nur ethisch, sondern auch praktisch. Allein der Gedanke an die Konsequenzen treibt mir frische Tränen in die Augen. Ich möchte ihn fragen, warum, doch er spricht weiter, bevor ich das tun kann.

»Die Schlösser Ihres Hauses wurden ausgetauscht, wir können also jederzeit kommen und gehen. Und die Kameras überwachen rund um die Uhr jede Ihrer Bewegungen. Hier ist das Telefon, mit dem wir Ihnen die nächsten Anweisungen geben werden.«

Ich starrte benommen auf den Tisch. Da liegen ein neuer Schlüsselbund, ein billiges Wegwerfhandy und zwei kleine SIM-Karten.

»Für Ihr privates und für Ihr Diensthandy«, sagt er, als er meinem Blick folgt. »Wir verfolgen Ihre Bewegungen und zeichnen Ihre Gespräche auf.«

Von draußen höre ich Stimmen und drehe mich um. Die Männer, die ich vorhin im Flur gesehen habe, machen sich jetzt an meinem Auto zu schaffen.

»Sie bauen einen GPS-Tracker ein«, erklärt er. »Wenn Sie versuchen, ihn zu entfernen, werden wir das erfahren.«

Das ist nicht real, sage ich mir und merke, dass ich auf dem Sessel sachte vor und zurück schaukele. Ich beiße mir von innen auf die Wange, um etwas anderes zu spüren als den grausamen Schmerz hinter meinen Rippen.

»Wir beobachten jede Ihrer Bewegungen«, sagt er und greift dabei unter seine Jacke. »Und wenn Sie einen Fehler machen, dann kann ich Ihnen versichern: Sie werden es bereuen.«

Er zieht die Hand wieder heraus und legt sanft eine Pistole auf den Glastisch. Es klirrt kaum hörbar, als sie auf das Glas trifft.

»Denken Sie daran, Dr. Jones: eine einzige, einfache Aufgabe, und all das hört auf.«

Äußerlich zeige ich keine Regung, während ich auf die Waffe auf meinem Couchtisch starre. In mir überschlagen sich die Gefühle. Meine Augen füllen sich immer wieder mit Tränen, wenn mir meine Hilflosigkeit klar wird, bevor sie trocknen, wenn die Wut durch mich hindurchschießt. Ich fühle mich schwach und bin gleichzeitig aufs Äußerste gespannt, reagiere auf das leiseste Geräusch. In meinem Gehirn feuern sämtliche Nervenenden haltlos in alle Richtungen.

Und dann, aus dem Nichts heraus, schockiere ich alle im Raum. Ich lache.

Ich lache, bis mir die Tränen übers Gesicht rinnen und das Atmen schmerzt. Ich spüre, wie ich rot anlaufe. Die Männer beobachten mich in steinernem Schweigen.

»Das ist ein Scherz«, sage ich und wische mir die Tränen ab.

Sie starren mich wortlos an.

Mein Lachen erstirbt schlagartig.

»Wo ist er?«, fragte ich panisch. »Wo ist Zack?«

Der Mann mustert mich grimmig schweigend.

»Zack?«, rufe ich zum Eingang, löse meinen Blick langsam von dem Mann im Sessel. »Zack?«

Ich springe auf, renne zur Treppe, nehme immer zwei Stufen auf einmal und gerate oben ins Stolpern. Durch meine Schlafzimmertür lacht mich ein Mann aus. Er steigt von einer Leiter, nachdem er auch dort eine Kamera angebracht hat. In der Hand hält er eine weitere, und ich starre auf die winzige weiße Linse und die Kabel, die hinten herausragen.

»Zack?«

Ich rappele mich wieder auf und renne den Flur entlang zu seinem Zimmer, wo mich ein weiterer Mann erwartet, der gerade eine Kamera in der Ecke des Raumes testet.

»Raus!«

Er zuckt erschrocken zusammen und fährt zu mir herum. Als er meinen Gesichtsausdruck sieht, senkt er den Blick, murmelt etwas in seiner Sprache und schlüpft an mir vorbei nach draußen.

Zacks vertrauter Geruch erfüllt meine Brust. Sein Bett ist gemacht und das Zimmer aufgeräumt, abgesehen von dem Zipfel des Schlafanzugoberteils, das aus dem Wäschekorb ragt. Mich überkommt das plötzliche Verlangen, mein Gesicht darin zu vergraben und seinen Geruch tief in mich aufzusaugen.

Zack ist nicht hier.

Seine Abwesenheit trifft mich augenblicklich wie ein Schlag. Bisher hatte ich es noch nicht wirklich realisiert, doch jetzt, als ich sein Zimmer betrachte, seine Spielsachen, den Schlafanzug, den ich ihm erst heute Morgen ausgezogen habe, trifft es mich. Er ist wirklich fort. Ein verzweifelter Laut hallt in meiner Kehle wider, gefangen zwischen einem Schluchzen und einem Winseln.

Nein. Das kann nicht sein.

Ich knalle die Tür zu und laufe in alle Zimmer, reiße in wilder Panik Türen auf und rufe seinen Namen, zwischen den Männern hindurch, die überall in meinem Haus sind, und ignoriere ihr höhnisches Lachen. Übelkeit überkommt mich in Wellen. Ich renne und bleibe stehen, renne und bleibe wieder stehen. Der Drang, mich zu übergeben, presst mir den Magen zusammen, während Säure in meinem Rachen aufsteigt. Ich stürme die Treppe wieder hinunter und renne in die Küche.

Auf der Abtropffläche sollten Töpfe und Pfannen trocknen, zusammen mit dem Teller und dem Besteck, mit dem Zack zu Abend gegessen hat. Aber die Fläche ist leer, und ich sehe nur ein paar eingetrocknete Spritzer Marmelade neben dem Toaster, wo ich uns heute Morgen in aller Eile Frühstück gemacht habe.

»ZACK?«

Meine Stimme brüllt zu mir zurück. Schwer atmend stehe ich in der Mitte des Raumes.

Nebenan. Er muss nebenan sein.

Ich eile wieder nach draußen, durch den Flur, zur Tür, an dem Mann auf der Leiter vorbei. Er ruft mir irgendetwas nach. Ich hoffe, er fällt herunter und schlägt sich auf seinem eigenen Werkzeug den Schädel ein.

Die kühle Luft trocknet die Tränen auf meinen Wangen. In meinem Auto sitzt ein Mann, er fährt es beiseite, damit die Transporter vom Grundstück herunterkönnen, während ein anderer meine Tasche durchwühlt, die ich auf dem Beifahrersitz habe liegen lassen. Alles passiert viel zu schnell, am liebsten würde ich sie alle anschreien, dass sie langsamer machen, mir einen Augenblick Zeit lassen sollen, damit ich das alles verstehen kann.

Ich sprinte die Zufahrt entlang, Schweiß läuft mir über den Rücken, haste über Paulas Rasen zur Tür und hämmere mit den Fäusten dagegen.

»Zack? Paula?«

Als sich niemand regt, werfe ich eine der Kübelpflanzen neben dem Eingang um. Erde spritzt über meine Schuhe, und ich buddele in dem Topf nach dem Ersatzschlüssel. Mir wird schwindelig, ich stütze mich auf der Türschwelle ab, zittere auf Händen und Knien.

Reiß dich zusammen.

Als ich die Augen wieder öffne, sehe ich den Schlüssel in der Erde glitzern.

Ich schnappe ihn mir und rappele mich auf. Meine Hände sind voller Erde, und meine Knie ebenfalls. Inzwischen zittere ich so heftig, dass es mir schwerfällt, den Schlüssel ins Schlüsselloch zu stecken; dann drehe ich ihn mit solcher Gewalt, dass ich fürchte, er bricht ab.

Die Tür schwingt auf.

»Paula?«

Ich erwarte, dass sie mir antwortet, erwarte, Zack um die Ecke laufen zu sehen, um mich zu begrüßen, während Bär aufgeregt um ihn herumspringt.

Stille erfüllt das Haus.

Ich haste durch den Flur, kontrolliere als Erstes die Küche und sehe dann im Wohnzimmer nach, bevor ich am Kamin stehen bleibe, um wieder zu Atem zu kommen. Es dröhnt in meinen Ohren, die Stille im Haus drängt von allen Seiten auf mich ein.

Sie sind nicht hier, und doch, selbst mit allen Beweisen vor Augen, kann ich es nicht begreifen. Wenn ich weitersuche, wenn ich weiterrenne, dann werde ich sie finden, gesund und munter. Das kann nicht real sein. Mein ganzer Körper zittert, das Atmen schmerzt, das Denken schmerzt, und mit jedem neuen Gedanken, der mein überlastetes Gehirn überfällt, wird es schwieriger, klar zu denken, und es schüttelt mich noch heftiger. Ich bleibe eine ganze Weile in der Mitte des Zimmers stehen und starre ein gerahmtes Foto von Paula und ihrer Tochter auf dem Kaminsims an.

Vielleicht sind sie mit Bär spazieren gegangen, um ihre Ruhe zu haben. Das sähe Paula ähnlich.

Aber hätte sie mich dann nicht angerufen?

Instinktiv taste ich meine Taschen nach dem Handy ab. Mein Herz sinkt, als mir einfällt, dass ich es in der Handtasche gelassen habe. In derselben Handtasche, in der diese fremden Männer eben herumgewühlt haben.

Ich mache auf dem Absatz kehrt, folge der Spur aus Erde, die ich von der Eingangstür hereingetragen habe, und sprinte dann erneut über den Rasen. Es wird allmählich dunkel, und ich muss mich anstrengen, um den Boden unter meinen Füßen zu sehen. Männer kommen einer nach dem anderen aus meiner Haustür. Andere packen ihre Ausrüstung zusammen, Autotüren knallen.

Sie dürfen nicht wegfahren, solange ich nicht weiß, wo er ist.

Ich stürze zurück ins Haus und kippe hintenüber, als mir die Abdeckplane unter den Füßen weggezogen wird. Meine Hüfte schlägt als Erstes auf dem Boden auf; der Schmerz schießt mir den Oberschenkel hinab. Benommen blicke mich um.

Ein Mann steht am anderen Ende des Eingangsbereichs, die Abdeckplane in den Händen, die er offensichtlich gerade für den Transport zusammenrollt. Ein schadenfrohes Grinsen umspielt seine Lippen. Als er lacht, überkommt mich das sofortige Verlangen, dieses Lachen aus ihm herauszuwürgen. Ich rappele mich auf und stolpere ins Wohnzimmer, wo die drei Männer inzwischen aufgestanden sind und mir erwartungsvoll entgegensehen.

»Wo ist mein Sohn?«

Ich werfe mich mit solcher Wucht auf den Mann mit den kalten blauen Augen, dass er rückwärts taumelt, und packe ihn am Kragen.

»*Wo ist er?*«

Ich hämmere mit den Fäusten gegen seine Brust, schlage wild und verzweifelt auf ihn ein und treffe dabei seine Nase. Blut schießt aus den Nasenlöchern.

Hände packen mich von hinten und reißen mich so heftig zurück, dass sie mich beinahe vom Boden heben, rammen mich mit einem ohrenbetäubenden Krachen gegen die Wand. In meinem Genick knackt etwas. Vor meinen Augen dreht sich alles. Ich kann das Blut aus der Nase des Mannes riechen, den scharfen Atem des anderen, der mich an die Wand drückt.

»Stopft ihr das Maul.«

Eine große Hand in Handschuhen legt sich über meine Lippen.

»LASS DAS!«, höre ich, als ich in die Handfläche des Fremden beiße. Mein Kopf wird noch einmal gegen die Wand geknallt, und heißer, beißender Schmerz fetzt meine Wirbelsäule entlang. Der Raum dreht sich wild. Ich ringe nach Luft und durchfeuchte das Leder des Handschuhs.

Ich krieg keine Luft.

Der blauäuige Mann scrollt durch sein Handy und zieht dabei das Blut in der Nase hoch. Sein Gesicht wird vom Display in ein geisterhaftes weißes Licht getaucht. Als er es mir hinhält, blinzele ich gegen dieses Licht an.

Es ist ein Foto von Paula. Ihre Haut ist grau. Ihre Augen sind offen, die Lippen leicht geöffnet. Auf ihrer Stirn klafft ein dunkles Loch, das bis tief in den Schädel reicht. Es sieht aus, als sei ihr Leichnam in irgendeinem Straßengraben liegen gelassen worden; schwarzes Wasser hat ihre Kleidung durchtränkt.

Ich schreie in die Handfläche des Fremden und schluchze so heftig, dass die beiden Männer mich gegen die Wand drücken müssen, um mich aufrecht zu halten. Und doch kann ich die Augen nicht von dem Bild abwenden. Der Mann steckt sein Handy wieder in die Jackentasche.

»Wenn Sie nicht tun, was Ihnen gesagt wird, wird Ihr Sohn sich zu ihr gesellen. Ich jage ihm die Kugel persönlich in den Kopf, verstanden?«

Die Hand löst sich von meinem Mund. Ich ringe keuchend nach Luft.

»Weshalb sollte ich Ihnen glauben? Woher soll ich wissen, dass er nicht schon längst tot ist?«

Ich brülle, ich schluchze, ich kann mich nicht beherrschen. Er starrt mich mit diesen kalten blauen Augen an und seufzt. Ein Tropfen Blut fällt aus seiner Nase und landet zwischen seinen Füßen. Er holt sein Telefon abermals hervor und hält es sich ans Ohr. Wir warten alle, lauschen dem fernen Klingeln.

»Hol ihn ans Telefon«, sagt er.

Er tritt auf mich zu, und ich weiche zurück. Ich höre ein Rascheln, wie Hosenbeine, die aneinanderreiben, und das Geräusch von Schritten auf einem harten Boden. Eine Tür öffnet sich knarrend. Ich atme schwer, mein Blick jagt zwischen den Männern hin und her.

»Mummy?«

Seine Stimme zu hören, ist wie ein Schlag in den Magen. Ich erstarre mit offenem Mund, während die Tränen über mein Gesicht laufen.

»Baby?«

Zack bricht in Tränen aus, als hätte er die ganze Zeit versucht, tapfer zu sein. Ich habe ihn noch nie so aufgelöst erlebt und sehne mich danach, ihn in die Arme zu schließen, sein Haar zu streicheln und jeden Zentimeter seines Gesichts zu küssen. Bei dem Gedanken an die Entfernung zwischen uns muss ich noch heftiger weinen. Ich beiße mir auf die Lippe, um mich zu fangen, und zwinge die Worte so klar und deutlich heraus, wie nur irgend möglich.

»Baby, hör mir gut zu. Hörst du mir zu? Es wird alles gut. Ich verspreche dir, dass ich dich zurückhole. Hörst du mich?«

»Mu-mu-mummy …«

Jeder Schluchzer ist quälend. Meine Brust steht in Flammen. Die Männer könnten mich jetzt schlagen, sie könnten mich würgen, mir eine ganze Salve Kugeln in den Kopf jagen, nichts davon würde an diesen Schmerz heranreichen.

Der Mann nimmt mir das Telefon vom Ohr.

»Nein! Ich hab ihm noch nicht gesagt, dass ich ihn lieb habe!«

Die Hand in dem Handschuh hebt sich zu meinen Lippen.

»*Bitte!*«

Sie presst sich auf meinen Mund. Als er das Gespräch beendet, geben meine Beine nach. Die beiden Männer ziehen mich wieder hoch.

»Jetzt wissen Sie, was auf dem Spiel steht, oder?«

Ich nicke heftig hinter der behandschuhten Hand, die inzwischen nass von meinen Tränen ist.

Ich krieg keine Luft. Ich krieg keine Luft. Ich krieg keine Luft.

»Lass sie reden.«

Die Hand löst sich von meinem Mund. Ich hole tief Luft und atme in einem verzweifelten Schluchzen aus.

»*Ja!*«

Die Männer lassen mich los. Ich breche auf dem Boden zusammen und lande auf dem Steißbein.

Durch den Tränenschleier sehe ich zu, wie die beiden Schläger den Raum verlassen und der Mann, dem ich auf die Nase gehauen habe, etwas aus seiner Tasche holt. Mein Handy. Er nimmt die SIM-Karte heraus, ersetzt sie durch eine vom Tisch und wiederholt das Ganze mit meinem Diensttelefon. Auf der Zufahrt leuchten in rascher Abfolge Scheinwerfer auf und erhellen den Raum so grell, dass ich die Augen zusammenkneifen muss und kaum noch etwas sehen kann. Ich lehne mich gegen die Wand, in meinem Kopf dreht sich alles; ich lausche auf das Brummen der Motoren draußen, die entfernten Schritte, Wortwechsel in einer Sprache, die ich nicht verstehe.

»Eine einfache Aufgabe, Dr. Jones«, sagt der Mann mit den blauen Augen. »Mehr ist es nicht.«

Die Tür schlägt hinter ihm zu, das Geräusch durchzittert das gesamte Haus.

Ich weine eine Weile, sitze an der Wand, die Arme um die Knie geschlungen und wiege mich vor und zurück, Speichelfäden zwischen den Lippen. Als der Schwindel aufhört, öffne ich die Augen.

Es ist dunkel. Das Haus ist still.

Sie sind weg. Einfach so.

5

MARGOT

DONNERSTAG, 4. APRIL 2019, 17:20 UHR

Ich bin kein schlechter Mensch. Das sage ich mir immer wieder. Ich werfe einen verstohlenen Blick über die Schulter und lege den Kopf schief, um zu lauschen. Der Raum ist wie ein Labyrinth, die Spinde formen enge schmale Gänge und bilden zahllose Ecken, in denen sich jemand verstecken könnte. Doch alles, was ich höre, ist das Gurgeln in den Rohren an den Wänden und schwaches Stimmengemurmel vom Flur auf der anderen Seite der Tür.

Als ich sicher bin, dass ich allein bin, nehme ich das Geld aus Karins Geldbörse und stecke es in die Gesäßtasche meiner Jeans, dann schließe ich ihren Spind wieder und lasse das Schloss leise zuschnappen.

Wenn ich ein schlechter Mensch wäre, hätte ich alles genommen. Ich hätte ihr Handy, ihre Kreditkarte und die Designeruhr nehmen können, die sie immer in ihrem linken Schuh versteckt, aber ich habe mich mit zehn mickrigen Pfund zufriedengegeben. Doch ungeachtet der Entschuldigungen, die ich mir ausdenke, weiß ich genau, dass es nicht Freundlichkeit war, weshalb ich ihren Spind nicht komplett ausgeräumt habe, sondern einfach nur eine List, damit sie es nicht so leicht bemerkt.

Schuldbewusstsein flackert in meiner Brust auf. Ich ersticke es schnell.

Ich bin kein schlechter Mensch.

Ich gehe zur Tür und bleibe wie angewurzelt stehen, als ich sehe, dass schon wieder ein Zettel aufgehängt wurde.

Achtung!
In letzter Zeit ist es im Umkleideraum
wiederholt zu Diebstählen gekommen.
Achten Sie auf Ihre persönlichen Sachen und
bewahren Sie nur das Nötigste in Ihrem Spind auf.

Es wird keine Haftung für persönliche Gegenstände übernommen.
Wenn Sie Hinweise zu den Diebstählen haben,
kontaktieren Sie bitte unverzüglich Ihren Vorgesetzten.

Mein Herzschlag beschleunigt sich. Schnelle, nervöse Schläge gegen meine Rippen.

Es hat Monate gedauert, bis jemand etwas gemerkt hat. Wochen des Abwartens, in denen ich allein zurückblieb, um die Sachen meiner Kollegen zu durchwühlen und mit mir selbst zu debattieren, was ich nehmen sollte und was nicht. Was würden sie am wenigsten vermissen? Was könnten sie am ehesten entbehren? Doch je häufiger ich das tat, desto weniger dachte ich an ihren Verlust. Als die Leute allmählich begriffen, dass etwas nicht stimmte, war ich längst so weit, dass ich auch in ihre Spinde griff, wenn sie mir nur den Rücken zukehrten. Ich fing an, nicht nur zu stehlen, um meine Schulden abzuzahlen, sondern auch aus Spaß, es war wie ein Juckreiz, den ich nie wirklich lindern konnte.

Ich sage mir, dass ich kein schlechter Mensch bin. Eines Tages glaube ich mir vielleicht.

Ich ziehe die Tür auf und zucke zusammen. Der Personalchef steht auf der anderen Seite.

»Da sind Sie ja«, sagt Kelvin. »Ich habe Sie gesucht. Kann ich kurz mit Ihnen reden?«

Kelvin hat mich noch nie leiden können. Aber er ist professionell und lässt es sich nur selten anmerken. Nur hin und wieder ertappe ich ihn dabei, wie er mich ansieht, wenn er glaubt, dass ich es nicht sehe – er versucht, mir auf die Schliche zu kommen.

Vielleicht bin ich auch einfach nur paranoid.

»Hat das bis morgen Zeit? Ich bin in Eile.«

Meine Kehle ist eng vor Nervosität. Wir hören es beide an meiner Stimme.

»Es dauert nicht lange«, antwortet er mit einem verkniffenen Grinsen.

Er weiß Bescheid.

Ich lächele ebenso verkniffen. Mein Herz rast.

»Klar.«

Schweigend geht er voraus zu seinem Büro. Kelvin ist klein und stämmig, mit schütterem mausbraunem Haar und runden, nachdunkelnden Brillengläsern, durch die seine Augen viel zu klein wirken. Wenn wir allein miteinander sind, findet Kelvin sonst immer eine Möglichkeit, mir ein Gespräch aufzudrängen, damit kein peinliches Schweigen entsteht, jetzt jedoch versucht er es nicht einmal.

Er muss nicht mehr so tun, als könnte er mich leiden. Jetzt nicht mehr, wo er mich gleich feuern wird.

Während wir die weitläufigen Flure entlang zu seinem Büro gehen, denke ich an all die verschiedenen Bereiche, in denen mein Leben den Bach hinuntergehen wird, wenn ich entlassen werde. Meine Schulden werde ich nicht mehr zahlen können, und ich werde mit der Miete noch weiter in Rückstand geraten. Es würde mich nicht wundern, wenn Sandy zum Monatsende die Schlösser austauscht. Nick hat heute schon angerufen und eine ganze Reihe aggressiver Nachrichten wegen des Geldes hinterlassen, das ich ihm schulde, und ich frage mich, wie weit ich gehen kann, bevor er gewalttätig wird. Je länger ich darüber nachdenke, desto mehr gerate ich in Panik, bis ich am ganzen Körper zittere und nicht mehr klar denken kann. Als wir die Tür zu Kelvins Büro erreichen, zermartere ich mir verzweifelt das Hirn nach einer überzeugenden Ausrede.

Er zieht die Tür auf und fordert mich mit einer ausladenden Armbewegung auf einzutreten.

Karin sitzt mit Belinda, einer Kollegin, vor Kelvins Schreibtisch. Sie drehen sich beide zu mir um, als ich hereinkomme, und ihrem Gesichtsausdruck nach zu urteilen, wissen sie ebenfalls, worum es geht. Karin sieht mich bestürzt an. Ich zucke die Schultern.

»Nehmen Sie Platz«, sagt Kelvin.

Ich setze mich neben Karin; ihr Zehnpfundschein knistert in meiner Hosentasche. Sie wirft mir ein flüchtiges Lächeln zu, und ich zwinge mich, es mit vor Anstrengung zitternden Mundwinkeln zu erwidern.

Kelvin setzt sich hin und sieht uns nacheinander an.

»Danke, dass Sie so spontan gekommen sind.«

»Worum geht es denn?«, fragt Karin mit einem kurzen Blick auf die Uhr.

»Werden wir entlassen?«, fragt Belinda mit unüberhörbarer Panik in der Stimme, die rau ist von den zwanzig Zigaretten täglich. Ich sollte echt aufhören zu rauchen, wenn ich nicht irgendwann aussehen will wie sie. Sogar der Sensenmann würde sich gruseln, bevor er sie holt.

»Nein, nein«, antwortet er und hebt beschwichtigend die Hände. »Ich spreche mit allen wegen der Diebstähle in der Damenumkleide in letzter Zeit.«

Hitze läuft meinen Rücken hinauf. Als er mich ansieht, zuckt mein Augenlid.

»Wieso nur unser Team?«, frage ich. »Wir sind doch nicht die Einzigen, die sich dort umziehen.«

»Natürlich nicht, aber den Daten und Zeiten der Diebstähle nach muss es jedes Mal während Ihres Dienstes passiert sein.«

Daran hatte ich nicht gedacht.

»Also«, sagt Kelvin und legt die Hände aneinander. »Ich möchte gern wissen, ob Ihnen in letzter Zeit irgendein verdächtiges Verhalten aufgefallen ist oder Ihnen irgendetwas weggekommen ist.«

Ich habe von jedem in diesem Zimmer etwas gestohlen: Geld, Zigaretten, Essen aus dem Personalkühlschrank. Ich merke, wie meine Wangen brennen, und beiße die Zähne zusammen, um mich zur Ruhe zu zwingen. Der Körper ist ein elender Verräter, er zeigt einfach alles.

»Mir fehlt Geld«, platze ich heraus. »Nicht viel, nur so fünf oder zehn Pfund, mal hier, mal da. Am Anfang dachte ich noch, ich hätte mich nur verzählt oder vergessen, was ich ausgegeben habe, aber dann hab ich es aufgeschrieben, und es ging nicht auf.«

»Genau«, sagt Kelvin und nickt, während er meine Aussage notiert. »Haben Sie das irgendwem gemeldet?«

»Ich bin selbst erst vor Kurzem darauf gekommen. Wie gesagt, anfangs habe ich noch gedacht, es wäre einfach nur Vergesslichkeit.«

»Ich verstehe.«

Er sieht mich nicht an, also kann ich nicht abschätzen, ob er mir meine Lüge glaubt. Ich halte nach kleinsten Anzeichen Ausschau: einer hochgezogenen Augenbraue, dem Schürzen seiner Lippen. Doch er verrät nichts.

»Bei mir ist es dasselbe«, sagt Karin. »Nie große Summen, als würde jemand hoffen, dass ich nichts merke. Aber ich habe angefangen, mein

Geld nach jeder Schicht nachzuzählen, und ein paarmal haben jetzt fünf oder zehn Pfund gefehlt.«

Fünfmal, denke ich. *Ich hab dich fünfmal beklaut.*

»Mir haben Zigaretten gefehlt«, sagt Belinda.

Kevin sieht sie zweifelnd an. Belinda verschränkt die Arme vor der Brust.

»Es stimmt, Kel. Ich rauche zwanzig am Tag, keine mehr, keine weniger, und nach fast jeder Schicht sind eine oder zwei mehr weg. Das summiert sich.«

»Ja. Zumindest wissen wir dann, dass wir nach einem Raucher suchen.«

Die Selbstgedrehte, die hinter meinem Ohr klemmt, brennt an meiner Schläfe. Sie zeigt direkt auf ihn. Ich streiche mir mit der Hand durchs Haar, um sie zu verstecken, wobei ich aufpassen muss, sie nicht herunterzuwischen.

»Entschuldigen Sie«, sagt Karin und beugt sich vor. »Aber fragen Sie nur Frauen? Die Männer können genauso leicht in unsere Umkleide. Wir wissen doch alle, dass sich der Zugangscode nur in einer Ziffer unterscheidet.«

Ich nicke heftig. »*Ein-zwei-drei-vier* und *Zwei-drei-vier-fünf*, nicht gerade schwer zu knacken.«

»Ganz genau«, stimmt Karin mir zu.

Du musst gerade reden, denke ich. *Der Code für deinen Spind ist Eins-eins-eins-eins.*

Kelvins Wangen laufen rot an.

»Wir lassen die Codes. Und was den Schuldigen angeht, sind wir sicher, dass es sich um eine Frau handelt.«

»Warum?«, fragt Karin.

Er verschränkt die Finger auf dem Tisch, sein goldener Ehering glänzt unter dem Deckenlicht.

»Neben persönlichem Eigentum sind auch Sachen aus dem Lager verschwunden. Sachen, die nur eine Frau brauchen kann.«

O Scheiße.

»Wie zum Beispiel?«, fragt Karin.

Mein Herz fängt schon wieder an zu rasen, und die Träger der Handtasche werden in meinem Griff feucht. Ich hasse dieses Büro. Es ist so klein und stickig. Ich sehe zu dem Fenster hinter Kelvins Kopf hinüber, aber es ist fest verschlossen.

»In den letzten Monaten sind Damenhygieneprodukte aus dem Lager verschwunden, aber erst in allerjüngster Zeit … Schwangerschaftstests.«

Meine Wangen brennen. Ich blicke in meinen Schoß hinunter.

»Ich verstehe«, antwortet Karin. »Na ja, dann wird's ja nicht lange dauern, bis wir sehen, wer die Diebin ist, oder?«

»Aber nur, wenn die betreffende Person schwanger ist«, antwortet er. »Und der Test nicht negativ …«

»Kelvin«, unterbreche ich ihn. »Ist das nicht ein bisschen übergriffig? Man sollte Mitarbeiterinnen kein schlechtes Gewissen machen, weil sie schwanger werden. Wenn das rauskommt, dann setzen Sie jede schwangere Mitarbeiterin einem Verdacht aus. Das wird hier zu einem Brainstorming, bei dem ich nicht weiß, ob ich dabei sein möchte.«

»Ich auch nicht«, fügt Belinda hastig hinzu, allerdings sehe ich an ihrem hektischen Beinwippen, dass sie kein moralisches Dilemma drängt, sondern ihr Verlangen, rauszugehen und sich eine anzuzünden.

»Sie haben recht«, sagt Kelvin und läuft erneut rot an. »Es tut mir leid. Aber wenn Sie irgendwas sehen oder hören, was mit den Diebstählen in letzter Zeit zu tun haben könnte, dann will ich nur sagen, Sie können sich jederzeit absolut vertraulich an mich wenden.«

In betretenem Schweigen stehen wir drei auf. Außer dem Scharren der zurückgeschobenen Stühle und dem fleischigen Schlagen meines Herzens ist nichts zu hören.

»Schönen Abend noch«, sagt er zu Karin und Belinda. »Margot, kann ich Sie noch kurz sprechen?«

Ich habe mich verraten. Er hat gesehen, wie mir heiß wurde, hat den Schweiß auf meiner Oberlippe und Stirn glitzern sehen.

»Ich wollte nur wissen, wie es Ihnen geht«, sagt er. »Ist zu Hause alles in Ordnung?«

Ich spüre förmlich, wie das abwehrende Gift in meinen Mund sickert. Immer wenn jemand versucht, mich auszuhorchen und sich einzumischen, wird meine Zunge scharf wie ein Skalpell.

»Wie kommen Sie darauf?«

»Na ja …« Er mustert mich von oben bis unten. »Sie haben ziemlich abgenommen in letzter Zeit.«

Ganz im Gegensatz zu Ihnen, liegt es mir auf der Zunge.

»Halten Sie das für angemessen? Den Körper einer weiblichen Angestellten zum Thema zu machen?«

Seine Augen weiten sich ein wenig, sein Rücken streckt sich.

»Ich meine das auf keinen Fall irgendwie übergriffig, ich …« Er gerät ins Stottern und räuspert sich. »Ich habe mir nur Sorgen gemacht.«

»Brauchen Sie nicht. Kann ich jetzt gehen?«

Er blickt mich verwirrt an, als sei er noch damit beschäftigt, zu verstehen, wie seine anteilnehmende Nachfrage so schnell auf Grund laufen konnte, bevor er einen kleinen Seufzer ausstößt.

»Ja, Sie können gehen.«

Ich nicke kurz und verlasse sein Büro, ohne mich umzublicken, während mir das Herz bis zum Halse schlägt.

Wenn ihm aufgefallen ist, dass ich abgenommen habe, dann fragt er sich vielleicht auch, ob ich die Diebin bin. Ich habe dem Mann seinen Lunch geklaut, um Himmels willen.

Ich gehe in Richtung der Lobby und denke daran, was Karin gesagt hat.

Na ja, dann wird's ja nicht lange dauern, bis wir sehen werden, wer die Diebin ist, oder?

Meine Kehle schnürt sich zu. Ab wann kann man etwas sehen, ab der zwölfte Woche oder so? Wenn das stimmt, dann habe ich nur noch drei Wochen. Mit etwas Glück gehöre ich zu den Frauen, bei denen man kaum etwas sieht, auch später noch nicht. Aber Mama hat immer Witze darüber gemacht, wie sie schon knapp im sechsten Monat unter meinem Gewicht watscheln musste.

Du warst meine gierige Maggot, meine kleine Made, du konntest nie genug kriegen.

Diesen Spitznamen habe ich von Anfang an gehasst. Als mir klar wurde, was *maggot* bedeutete, war es schon zu spät, da hatte sich der Name bereits festgesetzt: alle kannten mich als Maggot »die Made« Barnes.

Ich trete ins Freie und hole tief Luft. Der Wind beißt kalt in meine Wangen. Ich hole mein Handy hervor, um zu sehen, wie viel Uhr es ist, und sehe die neueste Nachricht.

Nick

Du verarschst mich, Mädchen. Bis morgen 17:00 Uhr zahlst du, oder du kannst deine Zähne einzeln vom Boden auflesen.

Mein Mund wird trocken. Ich versuche, den Text noch einmal zu lesen, doch die Buchstaben verschwimmen in meinem zittrigen Griff. Er hatte mir einen ordentlichen Vorrat an Gras gegeben, als ich noch einen Stein bei ihm im Brett hatte, und mir gesagt, ich solle es bezahlen, wenn ich das Geld hätte. Das Problem war nur, dass ich das Geld nie hatte, weil meine Schulden ständig wuchsen. Offensichtlich ist er jetzt mit seiner Geduld am Ende.

Ich ziehe Karins Zehnpfundschein aus der Hosentasche und beobachte, wie er im Wind flattert. Das ist alles, was ich noch habe, nachdem der Dispo und die Schuldentilgung das Gehalt dieses Monats verschlungen haben. Der nächste Zahltag wird mir auch nicht weiterhelfen, weil genau dasselbe passieren wird: Mein Gehalt wird in den Strudel der roten Zahlen gesogen, sobald es auf meinem Konto landet.

Als jemand meinen Namen ruft, schrecke ich zusammen und stecke den Schein hastig wieder in die Hosentasche.

Karin geht lächelnd an mir vorbei, die Handtasche fest unter den Arm geklemmt. Ich frage mich, ob sie schon in ihre Geldbörse gesehen hat.

»'n Abend, Schätzchen«, sagt sie und winkt mir zu.

»'n Abend!«

Mit gesenktem Kopf gehe ich zur Bushaltestelle, der Wind zerrt an meinen Haaren. Schon bald wird das schlechte Gewissen von einem quälenden Hunger abgelöst, von dem mir übel wird.

Ich habe nicht das viele Glück von Leuten wie Karin, die für harte Zeiten eine reiche Familie im Hintergrund haben, oder einen Mann, der die Hälfte der Rechnungen bezahlt. Ich gehöre zu den Menschen aus der Arbeiterklasse, die allein weiterstolpern müssen, wenn ihre Welt auseinanderbricht, die für einen einzigen Fehltritt jahrelang bezahlen müssen. Ich denke an Dr. Jones, wie sie in ihrem Mercedes zur Arbeit fährt, an den Diamantring, den sie am Ringfinger getragen hat, und schlucke meine missgünstigen Gefühle hinunter.

Vielleicht brauchen sie das Geld auch. Aber ich brauche es dringender.

Mein Magen knurrt so laut, dass er meine Gedanken unterbricht. Ich nehme die Zigarette vom Ohr und zünde sie hinter der gewölbten Hand an, um den Hunger zu betäuben. Auf dem Heimweg werde ich mir eine Portion Chips vom Kebab-Laden holen.

Danke, Karin.

Doch jetzt drängt sich wieder das Schuldbewusstsein in den Vordergrund. Ich erinnere mich an das mitfühlende Lächeln, mit dem sie mich angesehen hat, als ich mich neben sie gesetzt habe, vollkommen ahnungslos, dass Freundlichkeit das Letzte ist, was ich verdiene. Ich gehe weiter, ziehe an meiner Zigarette, während ich versuche, Mas Stimme auszublenden, die in meinem Ohr flüstert.

Gierige kleine Made.

Ich schließe die Tür auf und betrete meine leere Wohnung.

Jedes Geräusch hallt in den offenen Räumen wider, wird von den kahlen Wänden und den Dielenböden zurückgeworfen. Es gibt keine Bilder, und in den eingebauten Bücherregalen steht nicht ein einziges Buch. Alles, was noch übrig ist, ist ein Sessel vor den bodentiefen Fenstern und der billigste Fernseher, den ich beim Pfandleiher finden konnte, als ich den Flachbildschirm verkauft habe. Das Schlafzimmer bietet einen ähnlichen Anblick: nur eine Matratze auf dem Boden und meine Kleider in mehreren Stapeln an der Wand.

Ich habe alles verramscht, was nicht niet- und nagelfest war: das Sofa, die Recamiere, alle Bücher, vom billigsten Taschenbuch bis zu den signierten Werken, die meinem Ex so viel bedeutet haben. Nachdem die Rechnungen für den Kredit kamen und ich immer tiefer in die roten Zahlen rutschte, brauchte ich jeden Penny für die Miete. Aber damit hatte ich mir nur ein paar Monate Aufschub erkauft, und das ist nun schon eine Weile her.

Ich schäle mich aus meinem nassen Mantel und will ihn gerade am Garderobenständer aufhängen, als mir einfällt, dass ich den letzte Woche online für fünfzehn Pfund verkauft habe, was nicht mal für einen Tag gereicht hat. Ich hänge den Mantel über die Schlafzimmertür, versuche, nicht darauf zu achten, wie meine Schritte in dem leeren Raum hallen, und lasse mich mit einem schweren Seufzer in den Sessel fallen.

Von hier aus kann ich ganz Redwood sehen: eine ausgedehnte Fläche aus Lichtern, die unter den Wolken glitzern. Ich sitze eine Weile da und überlege, was für Leben die anderen Menschen hinter den Fenstern führen, ob sie zufrieden sind oder ob jemand gerade genau dasselbe tut wie ich: aus dem Fenster starren und darüber nachdenken, wie wohl das Leben der anderen verläuft, und zu hoffen wagen, dass es irgendwann besser wird. Dan und ich haben früher immer zusammen über die Stadt geschaut. Wir haben Wein getrunken, ein bisschen Gras geraucht und dann den Abend mit Sex auf dem Sofa abgerundet, der fast immer auf dem Fußboden endete. Wir waren glücklich.

Ich fahre zusammen, als ein lauter Schlag gegen die Tür ertönt. Mein Herz krampft sich zusammen wie eine geballte Faust und schickt ein schmerzliches Schaudern durch meinen Arm.

»Margot, ich hab dich raufkommen sehen. Mach auf.«

Dan. Er muss draußen auf mich gewartet haben. Ich sitze wie versteinert da, höre, wie er gegen die Tür hämmert, und frage mich, ob er schon kapiert hat, was wirklich aus seinen Sachen geworden ist. Ich habe nicht vor, dabei zu sein, wenn er das tut.

»Na gut, stell dich tot. Aber du kannst dich nicht tot stellen, wenn das Gericht dich vorlädt. Das ist der letzte Brief von meinem Anwalt. Die letzte Aufforderung, mich meine Sachen holen zu lassen, Margot. Du hattest sechs verdammte Monate Zeit.«

Er schiebt einen Briefumschlag unter der Tür durch, und ich rühre mich nicht, als könnte er jede noch so kleine Bewegung von mir spüren. Noch lange nachdem er weg ist, starre ich auf den Briefumschlag und überlege, ob er noch vor der Tür steht und darauf wartet, dass ich mich in falscher Sicherheit wiege. Als ich schließlich den Blick davon losreiße und wieder zum Fenster hinaussehe, lege ich die Hand auf das kleine Leben, das in mir heranwächst. Das Nick dort hineingelegt hat.

Beim ersten Mal hatte er einfach an meine Tür geklopft, um mir ein bisschen Gras zu liefern. Immer wenn Dan für längere Zeit dienstlich unterwegs war und die Einsamkeit sich heranschlich, hatte ich ein bisschen was von ihm gekauft. Das Gras dämpfte meine Traurigkeit, und Nicks Berührungen stillten mein Bedürfnis danach, begehrt zu werden. Wenn ich nur an dem Abend nicht gefragt hätte, ob er noch kurz dableiben und einen Joint mit mir rauchen wollte, damit ich mich nicht so allein fühlte. Was folgte, war ein träger Fick mit langsamen, monotonen Bewegungen, der mit Nicks Grunzen endete, als er kam, bevor er sich von mir herunterrollte und sofort einschlief. Drei Stunden später wachte er auf, steckte sein Gras wieder ein, schlüpfte ohne ein Wort zur Tür hinaus, und ich fühlte mich noch einsamer als vorher. Aber mir blieb nicht viel Zeit für Selbstmitleid: Dan war früher von seiner Dienstreise zurückgekommen und traf in der Tür auf Nick, der sich gerade den Hosenschlitz zumachte. Danach schliefen Nick und ich regelmäßig miteinander, bis seine Großzügigkeit ein Ende hatte und meine Regel ausblieb.

Am Anfang war ich entschlossen, abzutreiben. Ich bin nicht der mütterliche Typ; ich bin selbstsüchtig und rücksichtslos, und Mama hat es mir auch nicht gerade beispielhaft vorgelebt. Doch je mehr mir die Welt weggenommen hat, desto mehr wurde mir klar, dass diese Schwangerschaft am Ende alles sein könnte, was ich wirklich mein Eigen nennen kann.

Was soll ich bloß machen?

Ich gehe ins Schlafzimmer, wo ich meinen Stash habe, in einem kleinen, hölzernen Schmuckkästchen, und lege die notwendigen Utensilien auf meiner Matratze aus: ein Klümpchen Dope, Tabak, Papierchen und meinen Mörser, der mit einem glitzernden Marihuanablatt verziert ist, auf dem die Hälfte der Steinchen fehlt. Das Zeug riecht so intensiv, dass mir die Augen davon tränen. Ich finde noch etwas anderes in dem Kästchen, etwas, das ich schon ganz vergessen hatte, und hole es heraus.

Ein Polaroidfoto von Dan und mir, das ein Freund im Sommer im Park gemacht hatte, von der Sonne beschienen und lächelnd. Damals dachte ich, ich hätte endlich etwas aus mir gemacht. Ich hatte einen anständigen Mann, ein hübsches Apartment und ein doppeltes Einkommen, auf das ich mich verlassen konnte. Mehr als eine Trennung, ein paar Monate versäumter Zahlungen und einen Hochzinskredit waren nicht nötig, um mich wieder dorthin zurückzuschicken, wohin ich gehöre. Ich hätte ausziehen müssen, nicht Dan; wir wussten beide, dass ich mir die Wohnung allein nicht leisten konnte. Doch ich hatte mich so verzweifelt an dieses Leben geklammert, das ich endlich erreicht hatte, und es graute mir davor, wo ich landen würde.

Du wirst wieder genau da landen, wo du hingehörst, flüstert Mama.

Ich schiebe das Foto wieder in das Kästchen und rolle einen Spliff, um die Gedanken wegzurauchen. Ich sollte nicht rauchen, während ich schwanger bin, aber ich sollte auch meine Kollegen nicht bestehlen müssen, um uns beide zu ernähren. Und eine gestresste Mutter ist auch schlecht für das Baby, oder etwa nicht? Das hier wird uns beide zumindest etwas entspannen.

Ich schrecke vor dem Wort zurück. *Mutter.*

Als Kind hatte ich mir geschworen, anders zu werden als Mama. Ich hatte fleißig gelernt, habe studiert und gelernt, vornehmer zu sprechen, als ich es war, und doch bin ich irgendwie wieder da gelandet, wo ich hingehöre. Ich laufe in Mamas gut eingetragenen Schuhen, bin schwanger von einem Mann, den ich nicht leiden kann, und beklaue anständige Leute, damit ich – damit wir – etwas zu essen haben.

Ich stecke den Joint zwischen die Lippen, zünde ihn an und inhaliere hungrig. Als mir die ersten paar Züge zu Kopf steigen, nehme ich das Foto wieder aus dem Kästchen und stecke das brennende Ende des Joints in Dans Gesicht. Benebelt beobachte ich, wie er zusammenschrumpft und schwarz wird, wie die leuchtend orangefarbene Glut sein Lächeln wegfrisst.

Als ich den Blick hebe und mich in dem leeren Raum umblicke, in dem die abendlichen Schatten allmählich dunkler werden, schnürt mir die ausweglose Trostlosigkeit des Ganzen die Kehle zu.

Ich muss eine dauerhafte Lösung finden, und zwar schnell.

6

ANNA

NOCH 33 STUNDEN

FREITAG, 5. APRIL 2019, 00:53 UHR

Als ich vierzehn war, wurde ich von einem Auto angefahren. Ich war spät dran und wollte mich mit einer Freundin vor dem Kino an der Ecke Edgware Street treffen, damals noch in der Stadt. Witzig, ich erinnere mich nicht einmal mehr daran, was für ein Film es war. Sobald die Beine unter mir weggerissen wurden, spielte nichts anderes mehr eine Rolle. Alles, was ich liebte, jeder tief verwurzelte Glauben und jede Leidenschaft wurden von diesem Ford Pick-up mit siebzig Sachen aus mir herausgeknallt. Nur noch Schmerz war da. Die entsetzten Schreie der Passanten, die den Unfall beobachteten. Das Geräusch meines Schädels, als er auf die heiße Motorhaube traf. Die Windschutzscheibe, die unter meinem Gewicht zerknackte.

Das ist die einzige Art und Weise, wie ich es beschreiben kann: Die Entführer kamen in mein Leben und knallten mit derselben Wucht in mich hinein wie damals der Pick-up mit Allradantrieb.

Ich sitze immer noch im Dunkeln.

Meine Hüfte pocht dort, wo ich auf dem Boden aufgeprallt bin, als mir die Abdeckplane unter den Füßen weggezogen wurde. Ich sitze schon seit Stunden hier, den Kopf an die Wand gelehnt, und lausche dem Schlagen meines Herzens und dem schwachen Summen der Kameras, die mich von jedem Ende des Raumes beobachten. Vielleicht geben sie auch gar kein Geräusch von sich. Vielleicht ist das alles nur in meinem Kopf.

Meine Augen brennen, weil der Dreck sich unter die Lider gearbeitet hat, und meine Lippen fühlen sich dick und geschwollen an; sie kribbeln, als drücke sich die Hand des Fremden noch immer darauf. Aber nichts davon reicht auch nur annähernd an den quälenden Schmerz heran, der mich packt, wenn ich an Zack denke.

Ich hoffe immer noch, dass ich bald aufwache. Dass dies alles nur ein Fiebertraum ist. Wenn ich überlege, wo er sein könnte, was er durchmachen muss, wie schrecklich verängstigt er bestimmt ist und wie allein er sich fühlen muss, dann wallt das Adrenalin auf, und meine Atemzüge werden flacher und flacher. Ausgewachsene Panikattacken würgen das Leben aus mir heraus.

Du hilfst Zack nicht, indem du hier im Dunkeln herumsitzt.

Ich schließe die Augen und atme ganz tief ein, um meinen Geist von der lähmenden Angst zu befreien. Ich beobachte, wie die Panik aufwallt und wieder abflaut, auf und ab, wie Ebbe und Flut. Das tue ich, bis ich dieselbe rasiermesserscharfe Konzentration erreiche, mit der ich im OP arbeite, und schlage die Augen auf.

Ich muss zur Polizei.

Ich kann nicht tun, was sie von mir verlangen. Das verstößt gegen jedes Versprechen, das ich je gegeben habe; Leben zu schützen und zu bewahren. Es ist unmoralisch, illegal. Ich würde genauso tief sinken wie sie. Schlimmer noch. Und selbst wenn ich es täte, wäre Zack immer noch Gott weiß wo in der Gewalt von Fremden, die ihm Böses wollen.

Furcht umhüllt mich schnell, und meine Finger kribbeln mit dem gnadenlosen Drang, mir die Wimpern auszureißen. Ich balle die Hände zu Fäusten und atme abermals ganz bewusst langsamer.

Steh auf, Anna. Steh auf.

Ich stütze eine zitternde Hand gegen die Wand und stemme mich hoch.

Vielleicht muss ich gar nicht zur Polizei gehen – vielleicht hat ein Nachbar etwas gesehen oder gehört. Aber wenn jemand die Polizei angerufen hätte, wären die doch inzwischen längst hier. Ist es tatsächlich so ungewöhnlich, dass Umzugswagen unsere Straße entlangfahren?

Ich gehe im Geist die Häuser in unserer Straße durch. Alle sind wohlhabend und distanziert; es gibt hier keinen echten Zusammenhalt. Wir sind beschäftigt, sodass wir nur selten aufschauen. Ich spüre, wie die Hoffnung langsam aus mir heraussickert, während Schrecken und Einsamkeit immer näher herankriechen.

Der Mond scheint hell heute Nacht, er strahlt durchs Fenster und spiegelt sich im Glas des Couchtisches. Ich starre die schattenhaften Umrisse der Telefone an, den neuen Schlüsselbund, die Becher, die die

Männer haben stehen lassen. Am liebsten möchte ich sie nach draußen tragen und jeden einzeln auf der Auffahrt zerschlagen, bis nichts mehr von ihnen übrig ist als ein Haufen kleiner Scherben. Alles, was sie berührt haben, ist befleckt.

Ich mache einen Schritt auf den Couchtisch zu, um mein Telefon an mich zu nehmen, und erstarre, als ich ein Geräusch höre.

Ein Kratzen.

Mein Herz flattert, als ich zur Tür des Arbeitszimmers schaue. Von der anderen Seite kommt ein Winseln.

Ich eile in den Flur, Tränen der Erleichterung in den Augen. Sobald ich die Tür aufmache, kommt Bär herausgestürmt und springt in aufgeregten Kreisen um mich herum. Ich sinke auf die Knie, schnappe ihn mir, schließe ihn in die Arme und sauge seinen Welpengeruch in mich auf. Sein Fell wird nass von meinen Tränen. Ich kann sein kleines Herz schlagen fühlen.

Sie haben mir nicht alles genommen. Wenigstens hab ich noch dich.

Er entwindet sich meinem Griff und springt auf die Hintertür zu, wobei er eine Spur aus kleinen Urintröpfchen hinterlässt, weil er so lange hat dichthalten müssen. Ich stehe auf und mache ihm die Tür auf. Er schnuppert nicht einmal am Gras, sondern hockt sich sofort hin, noch bevor er die Terrasse überquert hat.

Die ganze Zeit habe ich nur an Zack gedacht, doch Bär hier zu finden, erinnert mich an jemand anderen, der ebenfalls in dies alles verwickelt ist.

Paula ist tot.

Es trifft mich mit voller Wucht, als würde ich zum ersten Mal davon erfahren. Paula war bald zu einem Anker für Zack und mich geworden, nachdem Adam mich verlassen hatte. Paula, die Zack zum Lachen bringen konnte, wie es mir nie gelungen ist. Paula, die es immer so aussehen ließ, als hätte ich alles im Griff, selbst wenn das gar nicht der Fall war, und als wäre ich eine gute Mutter, etwas, dessen ich mir nicht so sicher bin. Paula, die wir lieben gelernt haben, als gehöre sie zur Familie.

Und jetzt ist sie tot, meinetwegen.

Still stehe ich da, habe nicht die geringste Ahnung, wie ich das alles wieder ins Lot bringen soll, zermartere mir verzweifelt das Hirn, wie die Männer identifiziert und zur Rechenschaft gezogen werden könnten. Meine Gedanken wandern zu den Bechern im Wohnzimmer.

Da könnten DNA-Spuren an den Rändern sein. Ich könnte die Becher in Gefrierbeutel stecken, um die Spuren zu sichern, die sie zurückgelassen haben. Doch jedes Mal, wenn ich mich bewege, habe ich das unausweichliche Gefühl, beobachtet zu werden. Dabei sträuben sich mir die Nackenhärchen. Ich drehe mich zu der kleinen Kamera über der Tür um, die so gut getarnt ist, dass ich sie in dem schwachen Licht kaum ausmachen kann, und starre direkt in die Linse.

Warum ich? Warum Ahmed Shabir?

Sie verlangen ja nicht von mir, irgendeinen beliebigen Patienten zu töten, sondern ein Mitglied des Parlamentes. Ahmed Shabirs Tod würde eine Vielzahl von Fragen auslösen, von einer eingehenden Untersuchung ganz zu schweigen. Es wäre ein PR-Desaster für das Krankenhaus; die Medien würden Tag und Nacht darüber berichten.

Meine Karriere würde das niemals überleben.

Wie könnte sie? Mein Job – meine Pflicht – ist es, meine Patienten vor Schaden zu bewahren. Das ist der Sinn meines ganzen Berufsstandes. Ohne diese Grundbedingung gäbe es kein Vertrauen, und ohne Vertrauen würde der Beruf, dem ich mein Leben gewidmet habe, aufhören zu existieren.

Ich werfe einen Blick auf die Uhr an der Wand: Es ist ein Uhr morgens. Sitzt da rund um die Uhr jemand und behält die Aufnahmen der Kameras im Auge? Vielleicht könnte ich so tun, als würde ich schlafen gehen, dann ein bisschen warten – eine Stunde, vielleicht zwei – und aus dem Badezimmerfenster auf das Garagendach steigen, um von da hinunterzuklettern. Wenn ich die Telefone zurücklasse und zu Fuß gehe, könnte ich es zur Polizeistation und zurück schaffen, bevor die Sonne aufgeht.

Mein Gott, Anna. Das ist absurd. Eine Flucht aus deinem eigenen Haus zu planen.

Bär kommt merklich erleichtert wieder herein und geht direkt zu dem Schrank, in dem sein Futter steht. Ich schließe die Hintertür, bevor ich ihm einen Becher Trockenfutter in seinen Napf schütte, und hinke wieder nach vorn in den Hausflur. Ich habe nicht die geringste Ahnung, was ich tun soll, und wandere ziellos im Dunkeln umher. Jedes Mal, wenn ich einen Lichtschalter betätigen möchte, halte ich mich selbst davon ab: Ich weigere mich, den Männern hinter den Kameras einen besseren Blick zu verschaffen.

Am Fuß der Treppe bleibe ich stehen und blicke hinauf. Vor einem Jahr habe ich dieses Haus für die Erfüllung meiner Träume gehalten: fünf Schlafzimmer, vier Bäder, viel Glas und strahlend weiße Wände. Ich wollte für immer hier leben. Jetzt ist die ganze Liebe herausgesogen worden. Ohne Zack, ohne Adam ist das Haus nur eine leere, leblose Hülle.

Adam.

Ich kehre ins Wohnzimmer zurück. Mein Telefon war ausgeschaltet, seit die SIM-Karte gewechselt wurde. Sobald ich es einschalte, hagelt es Benachrichtigungen: verpasste Anrufe, Voicemails, Textnachrichten.

Adam

Alles in Ordnung? Was ist los?

Anna, ruf mich an, sobald du das hier liest. Vielleicht kann ich mit ihnen reden.

Bitte rede mit mir.

Ich denke an das Klirren, mit dem die Waffe auf den Couchtisch gelegt wurde.

Wenn Sie irgendjemandem gegenüber auch nur ein Wort darüber verlieren, stirbt Ihr Sohn.

Meine Beine fangen an zu zittern, ich setze mich in den Sessel und lausche dem Klappern von Bärs Futternapf, der über den Küchenboden geschoben wird.

Gott sei Dank ist Adam auf Geschäftsreise. Wäre er hier, wäre er hergekommen, um zu versuchen, die Lage zu klären, und wer weiß, wie es dann gelaufen wäre. Ich spüre den scharfen Blick der Kameras auf meiner Haut, als wären sie echte Augen, und schaue nach oben in die Ecke unter der Decke.

Übertragen sie nur Bilder? Oder können sie mich auch hören?

Ich blicke auf das Telefon, das in meinem Griff zittert. Meine Knöchel sind weiß, so fest halte ich es umklammert.

Adam darf nichts davon erfahren, bevor ich nicht mit der Polizei gesprochen habe. Wenn Zack in Sicherheit ist, erzähle ich ihm alles.

Ich halte das Telefon ans Ohr. Das kalte Glas des Displays vibriert an meiner Wange. Er meldet sich beim zweiten Klingeln.

»Warum verdammt noch mal hast du mich nicht eher zurückgerufen?«, fährt er mich an.

Nach all den unzähligen Malen, wo er mich hat auf einen Anruf warten lassen, während er in Amsterdam nach irgendwelchen geschäftlichen Terminen von Bar zu Bar gezogen ist, in den Augen das rote Licht des Viertels, das er niemals besucht zu haben schwor, hat er die Dreistigkeit, mir Vorwürfe zu machen. Gehässige Worte füllen meinen Mund, doch ich zwinge sie schnell hinunter. Jetzt ist nicht die Zeit dafür, ich muss jeglichen möglichen Verdacht ausräumen. Die Entführer hören mit.

»Ich habe mich geirrt«, sage ich ruhig.

»Was meinst du damit, du hast dich geirrt?«

»Das waren Umzugstransporter, die zu einem anderen Haus in der Straße wollten. Die hatten sich in der Adresse geirrt.«

»Aber du hast doch gesagt, sie wären im Haus.«

»Ich sag doch, ich hab mich geirrt.«

»Und wie bist du dann darauf gekommen, dass es Gerichtsvollzieher waren?«

»Was glaubst du denn?«

Er redet weiter, aber meine Aufmerksamkeit wandert zu dem Blut auf dem Teppich. Dunkelbraune Flecken, die die Teppichfasern verkleben, da, wo ich dem Eindringling eins auf die Nase gegeben habe. An der Wand sind Schrammen, wo sie mich festgehalten haben. Ich erinnere mich wieder an das Gefühl der Hand über meinem Mund, wie das Fleisch der Lippen gegen meine Zähne gedrückt wurde. Ich werde diesen Raum nie wieder unbefangen sehen können.

»Anna, hörst du mir überhaupt zu?«

»Sorry … ich hab gerade in meinen Terminplan für morgen geguckt.«

Er seufzt schwer. Ich hatte meine Gründe für die Trennung; er aber auch: Er behauptete, ich würde zu viel arbeiten und hätte zu wenig Zeit für ihn und Zack.

Immer sind die wichtiger.

Zacks letzte Worte, bevor er entführt wurde. Jedes trifft mich wie ein Stein. Das muss er von Adam gehört haben.

»Wer bestellt denn so spätabends noch einen Umzugswagen?«, fragt er.

»Sie haben irgendwas von Problemen mit den Schlüsseln gesagt, an die sie nicht herangekommen sind.«

»Ah, na dann.«

Das unbehagliche Schweigen tritt wieder ein, und ich fürchte schon, dass ich aufgeflogen bin, dass er spüren kann, dass ich ihn anlüge. Das Rauschen und Knistern der Verbindung brüllt mir ins Ohr.

»Freut sich Zack schon auf morgen?«

Ein scharfer Schmerz bohrt sich in meine Brust, als ich seinen Namen höre.

»Hallo? Hörst du mich?«

»Sorry, ja. Ja, er freut sich.«

»Gut. Sagst du mir Bescheid, wann er ankommt? Ich rufe ihn dann an.«

»Nein!«, schreie ich und bereue es im selben Augenblick.

»Wieso denn nicht?«

Bleib ruhig, Anna.

»Ich halte das für keine gute Idee.«

»*Was?* Wieso denn?«

Ich hätte mir vorher Gedanken über meine Lügen machen sollen; ich werde mich an jedes Wort erinnern müssen, das ich jetzt sage. Nicht nur muss ich Adam überzeugen, ich muss auch die Männer beruhigen, die meinen Sohn haben. Ich stelle mir vor, wie sie das Gespräch abhören und an jedem meiner Worte hängen. Hinter meinen Augen beginnt der Kopfschmerz zu pulsieren.

»Anna?«

»Zack will im Moment mit keinem von uns sprechen. Er hat gehört, wie wir gestritten haben, und er …«

Nach all den unzähligen Malen, die ich ihm vorgeworfen habe, mich anzulügen, ihn daran erinnert habe, dass eine Ehe auf Vertrauen und Ehrlichkeit basiert, bin ich nun diejenige, die das Blaue vom Himmel herunterlügt. Als die Schuldgefühle aufsteigen, schlucke ich sie hinunter.

Du tust das für Zack.

»Und er was?«, fragt Adam ungeduldig.

»Er hat sich ziemlich aufgeregt und ist in sein Zimmer gestürmt. Er wollte mich nicht mal Gute Nacht sagen lassen. Ich denke, er braucht ein bisschen Zeit ohne uns. Die Trennung macht ihm wirklich zu schaffen, Adam.«

»Er ist acht, um Himmels willen. Er braucht keine Zeit für sich, er braucht Liebe.«

»Sag du mir nicht, was er braucht. Ich bin jeden Tag mit ihm zusammen, und ich weiß, was das Beste für ihn ist. Und jetzt ist das Zeit für sich allein. Immer geht es nur um uns, die ganze Zeit schon: Lass uns mal einen Moment nicht an uns selbst denken, sondern an ihn.«

Er seufzt, und ich weiß, ich habe ihn.

»Er kann morgen mit Jeff und Leila nach Cornwall fahren, um Abstand zu dem allen zu gewinnen«, sage ich. »Jeff wird mich auf dem Laufenden halten, und Zack kann uns anrufen, wenn er so weit ist.«

»Na gut, wenn es das ist, was er will. Aber sag mir Bescheid, sobald du was von Jeff hörst.«

»Klar.«

Meine Stimme stockt. Beinahe hätte ich meine eigene Lüge geglaubt: dass Zack weggefahren ist, dass er in Sicherheit ist und fröhlicher zurückkehren wird, als er abgereist ist.

»Bist du sicher, dass bei dir alles in Ordnung ist?«, fragt er.

Dies ist das erste Mal seit der Trennung, dass ich Adam vermisse. Nicht seinen weichen Schmollmund oder das Gefühl seines Körpers unter seiner Kleidung, sondern seine Stärke, das Gefühl der Sicherheit, das ich mit ihm an meiner Seite hatte.

»Ich bin froh, wenn es Zack gut geht. Gute Nacht, Adam.«

Ich lege auf und lehne mich im Sessel zurück, überwältigt von einer Welle der Einsamkeit. Mein ganzes Leben lang war ich allein, bis ich Zack bekam. Sogar als Adam und ich geheiratet haben, war ich zwischen meinen eigenen Wänden gefangen und habe mich geweigert, jemanden hereinzulassen. Doch Zack hat alle Mauern eingerissen. Jetzt ist mein einziger Anker fort. Ich sitze da, fühle mich losgelöst und haltlos, während mir abermals die Tränen in die Augen steigen.

Bär tappt ins Wohnzimmer und schnuppert am Boden. Er verfolgt den Geruch der Männer und fängt an, an dem getrockneten Blut auf dem Teppich zu lecken. Gerade beuge ich mich vor, um ihn daran zu hindern, als das Wegwerfhandy auf dem Tisch vibriert. Zögernd nehme ich es in die Hand; mein Herz rast, und das grelle Licht brennt in meinen Augen. Eine Textnachricht wartet auf dem Bildschirm.

Passen Sie auf, wie viele Storys Sie sich ausdenken, Dr. Jones. Ein Fehler, und alles kommt heraus.

Das Telefon vibriert in meiner Hand. Noch eine Nachricht.

Zack wird derjenige sein, der den Preis bezahlt.

Noch eine Nachricht: ein Foto. Beinahe lasse ich das Telefon fallen. Ein erstickter Laut, irgendetwas zwischen einem erschrockenen Luftholen und verzweifeltem Aufheulen, bricht aus mir heraus.

Es ist ein Foto von Zack.

Er liegt zusammengerollt auf der Seite und schläft offensichtlich tief und fest inmitten von alten, staubigen Decken auf einem Betonboden in der Ecke eines dunklen Raumes, der nur durch den Blitz der Handykamera erleuchtet wird. Er trägt die Schuluniform, die ich ihm heute Morgen herausgelegt hatte, und sein goldbraunes Haar ist zerzaust. Doch er schläft nicht freiwillig: Auf dem Rücken seiner kleinen, bleichen Hand steckt eine Kanüle mit einem durchsichtigen Schlauch daran.

Sie sedieren ihn.

Eine weitere SMS brennt in meiner Handfläche. Ich kann das Display durch die Tränen kaum erkennen.

Enttäuschen Sie ihn nicht.

Wenn ich die Kerle wiedersehe, bringe ich sie um. Reiße ihnen das Leben mit bloßen Händen aus der Brust. Ich bewege mich, ohne nachzudenken, hebe meine Tasche vom Teppich auf und schnappe mir die Schlüssel, den alten Schlüsselbund aus meiner Tasche und den neuen vom Couchtisch. Und plötzlich bin ich draußen und laufe zum Auto.

Auf der Zufahrt bleibe ich stehen. Der Tracker wird jeden meiner Schritte aufzeichnen. Die Kameras werden gefilmt haben, wie ich die Haustür aufgerissen habe und nach draußen gestürzt bin. Alles, was ich tue, alles, was ich sage, tue und sage ich unter ihren Augen. Und ich wüsste nicht einmal, wo ich nach ihnen suchen sollte. Ich schlage die Hände vors Gesicht.

Das ist alles zu viel. Ich weiß nicht, was ich tue.

Bär ist mir nach draußen gefolgt. Ich höre seine Krallen auf dem Asphalt, seine Nase, die am Gras schnuppert. Etwas quietscht, und mein Blick schießt zu dem Geräusch hinüber.

Paulas Haustür steht weit offen. Der Schlüssel steckt noch immer im Schloss, die Erde ist noch auf dem Podest vor der Tür verteilt, der Topf mit dem Lorbeer liegt noch umgestürzt auf der Seite.

Es wird nicht lange dauern, bis Paulas Tochter mich aus Australien anruft, um nach ihrer Mutter zu fragen, weil die nicht ans Telefon geht. Sobald der Tag anbricht, werden die Hundespaziergänger auf ihrem Weg die Straße entlang ins Grüne an dem Haus vorbeikommen und die offene Tür sehen, und das Durcheinander davor. Sie werden die Polizei rufen, vielleicht einen Einbruch vermuten, und die Beamten werden vorbeikommen, um nachzusehen, ob alles in Ordnung ist.

Und dann werden sie meine Fingerabdrücke überall im Haus finden.

Tief atme ich die kühle Nachtluft ein und wische mir die Tränen ab. Wenn ich meinen Sohn zurückbekommen will, muss ich das Chaos da beseitigen und alles vollkommen normal aussehen lassen.

Ich muss so tun, als hätte die Entführung nie stattgefunden.

7

ANNA

NOCH 27 STUNDEN

FREITAG, 5. APRIL 2019, 07:19 UHR

Ich habe kein Auge zugetan.

Ich sitze in meinem Büro im Krankenhaus und starre auf mein Spiegelbild in einem Bilderrahmen. Der Stress der letzten zwölf Stunden lässt mich zwölf Jahre älter aussehen. Meine Haut wirkt stumpf und meine Wangen hohl, durch die Schatten, die meine Wangenknochen werfen. Bevor ich anfing, das Durcheinander zu beseitigen, das ich in Paulas Haus angerichtet hatte, habe ich mir das Haar zu einem schlampigen Pferdeschwanz zusammengebunden. Ich zieh das Gummi herunter und schüttele meine Haare aus.

Bis zum Morgengrauen war ich mit Putzen beschäftigt. Erst Paulas Haus, dann meins. Erst habe ich die Erde von dem Podest vor der Tür gefegt, dann den Teppich im Flur und im Wohnzimmer gesaugt, bevor ich den Staubsaugerbeutel in den Mülleimer ausgeleert und meine Schritte zurückverfolgt habe, um sämtliche Klinken und Oberflächen zu desinfizieren, die ich berührt hatte; zumindest soweit ich mich erinnern konnte. Dann habe ich die Blutflecke aus meinem Wohnzimmerteppich geschrubbt, bis der Schwamm nicht mehr rosa schäumte und der Geruch des Reinigungsmittels mir in der Nase brannte.

Ahmed Shabirs Patientenakte liegt vor mir auf dem Tisch. Seit ich hier angekommen bin, studiere ich sie. Außerdem habe ich die Tageszeitungen durchforstet, nachdem ich auf dem Weg ins Büro an der Tankstelle angehalten habe, in der Hoffnung, herauszufinden, wie der Mann, den ich töten soll, in etwas so Düsteres verwickelt werden konnte. Mein erster Impuls hatte darin bestanden, einfach seinen Namen zu googeln, aber davon hatte ich schnell wieder abgesehen, als mir einfiel, dass die Polizei so etwas nachverfolgt.

Ich hatte über meine Lage nachgedacht, als würde ich es tatsächlich tun.

Was ich natürlich nicht tun werde. Natürlich nicht.

Shabir ist auf beinahe jeder Titelseite zu finden: Die linken Zeitungen beschreiben ihn als unsere einzige Hoffnung, die rechten zerreißen ihn in der Luft. Soweit ich es überblicke, wird über Shabir vor allem berichtet, weil er sich für eine stärkere Verfolgung des Drogenhandels nach London engagiert. Redwood war früher das Einfallstor für Drogenhändler, die ihren Stoff ins Stadtzentrum bringen wollten, aber Shabirs Kreuzzug hat dieses florierende Geschäft zum Zusammenbruch und eine ganze Reihe hochkarätiger Drogenhändler hinter Gitter gebracht. Sollte er die Parteiführung übernehmen, so verspricht er, wird er diese Maßnahmen auf das ganze Land ausdehnen, um die Zahl der Gewaltverbrechen zu senken.

Geht es hier um Drogen? Passiert uns das alles deswegen?

Für die Entführer muss ich die perfekte Kandidatin gewesen sein: eine alleinerziehende Mutter, seit Kurzem Single, die erst seit einem Jahr in Redwood lebt, Familie und Freunde in London zurückgelassen hat und in einem Haus am Ende einer ruhigen Privatstraße wohnt, außer Sicht von zufälligen Passanten und außer Hörweite der Nachbarn. Sie haben Zack kurz vor einer lange geplanten zweiwöchigen Ferienreise entführt, über die Osterferien, wo Kinder nicht in der Schule vermisst werden, während Adam sich im Ausland aufhielt und ich vollkommen allein war. Abgesehen von Paula im Nachbarhaus, einer Witwe, deren einzige Angehörige am anderen Ende der Welt lebt.

Es war alles bis ins kleinste Detail vorbereitet. Diese Fremden haben alles über mein Leben herausgefunden, meine täglichen Routinen, meine Familie und Freunde. Sie müssen uns wochenlang beobachtet haben.

Ich denke an den Tag zurück, an dem ich Mr Shabir zum ersten Mal begegnet bin: dieses warme, einladende Lächeln, rabenschwarzes Haar mit leicht melierten Koteletten, seine ruhige, wohltuende Stimme. Er saß auf der anderen Seite dieses Schreibtisches, die Hände auf den Oberschenkeln gefaltet, und nickte ruhig, während ich ihm den Eingriff erklärte. Als würden wir nicht darüber sprechen, dass ich sein Brustbein durchsägen würde, um in sein Herz zu schneiden. Keinerlei düstere Vorahnungen oder Anzeichen dessen, was geschehen würde.

Wenn er sich nicht unser Krankenhaus ausgesucht hätte, wäre uns nichts von dem passiert. Doch Shabir war sich seiner Entscheidung sicher: Sollte die Nachricht von der OP an die Öffentlichkeit gelangen, so wollte er vermitteln, dass er dem NHS-Krankenhaus seiner Stadt vertraute, statt sich in eine Privatklinik zurückzuziehen, zu der seine Wähler aus der Arbeiterklasse niemals Zugang hätten.

Ich seufze schwer und stütze das Kinn in die Hand. Meine Nachforschungen über den Patienten haben alles nur noch schlimmer gemacht. Insgeheim hatte ich nach Anzeichen dafür gesucht, dass er ein schlechter Mensch ist, damit es sich nicht ganz so schlimm anfühlen würde, ihn zu töten.

Hör auf. Du tust es doch sowieso nicht.

Es muss eine Möglichkeit geben, die Polizei zu benachrichtigen, ohne erwischt zu werden. Wenn ich mein Telefon im Büro liegen lasse und mit einem Taxi oder zu Fuß zum nächsten Polizeirevier gehe, können die Entführer mich doch bestimmt nicht verfolgen, oder?

Dann denke ich an Zacks wunderschönes Gesicht, an sein Haar, das einen bernsteinfarbenen Glanz annimmt, wenn die Sonne darauf scheint, an seine vom Schlaf verquollenen Augen, wenn er früh aufwacht und zum Kuscheln zu mir ins Bett kriecht.

Aber was ist, wenn Shabir zu töten die einzige Möglichkeit ist, ihn zurückzubekommen?

Ich vergrabe das Gesicht in den Händen und spiele meine Zwangslage in Gedanken durch, indem ich im Geist erst die erste schreckliche Aufgabe erfülle und dann die andere. Die Folgen, die sich aus den jeweiligen Entscheidungen ergeben, sind unvorstellbar.

Entweder achte ich meinen Eid, die ethischen Grundregeln meines Berufes und der allgemeinen Menschlichkeit und töte meinen Sohn.

Oder ich rette Zack und ermorde einen Unschuldigen.

Ich hole tief Luft und fahre mir mit den Händen durch das ungewaschene Haar. Es fühlt sich etwas fettig an. Das Foto von Zack, das stolz auf meinem Tisch steht, starrt mich an. Ich kippe den Bilderrahmen um, mit dem Gesicht nach unten; ich darf hier jetzt nicht als Mutter denken. Ich muss jede Option als Ärztin betrachten und triagieren.

In einer außergewöhnlichen und verzweifelten Lage werden wir gezwungen, zwischen Patienten nach ihrer Überlebenswahrscheinlichkeit zu entscheiden, auf Basis von Statistiken und Daten. Alles, was normalerweise die Entscheidung beeinflussen würde, muss außen vor bleiben: Die Moral bleibt vor der Tür. Ich gehe die Patientenakte durch und beurteile die Fakten.

Ahmed Shabir ist ein vierzig Jahre alter Mann, der an genetisch bedingter Hypercholesterinämie leidet und daher einen dreifachen koronaren Bypass benötigt. Seine Überlebenschancen liegen bei etwa neunzig Prozent, vorbehaltlich postoperativer Komplikationen. Seine Lebenserwartung nach dem Eingriff wird sich nicht sonderlich von der der allgemeinen Bevölkerung unterscheiden; zehn Jahre nach dem Eingriff allerdings wird sie auf sechzig bis achtzig Prozent eines vergleichbaren Mannes ohne Vorerkrankungen fallen. Die Hypercholesterinämie wird ihm auch in Zukunft Probleme bereiten. Dies ist vielleicht seine erste Herz-OP, wahrscheinlich aber nicht die letzte.

Was die sozialen Aspekte angeht: Er hat eine Frau, aber keine Kinder, die er zurücklassen wird. Mr Shabir und seine Frau werden seinen Tod als mögliches Ergebnis der OP einkalkulieren. Sie werden auf dieses Risiko vorbereitet sein.

Ich beiße mir auf die Unterlippe.

Konzentriere dich auf die Fakten.

Zack Jones ist acht Jahre alt und gesund, abgesehen von einer Laktoseunverträglichkeit und einer Penicillin-Allergie. Seine Lieblingsfarbe ist Grün. Er hat noch viele Jahre vor sich. Er hat nicht einmal ein Viertel der Lebenserfahrung sammeln können, die Mr Shabir zuteilgeworden ist. Zack hat kaum angefangen, sein Leben zu leben.

Und er ist mein Sohn.

Mein Telefon klingelt und durchbricht die Stille in meinem Büro. Ich schrecke so heftig zusammen, dass etwas in meiner Halswirbelsäule knackt und mich sofort an das Gefühl erinnert, gegen die Wand geschleudert zu werden. Ich rieche den Geruch des Blutes, das dem Mann aus der Nase läuft, den heißen, scharfen Atem des Mannes, er mich gegen die Wand presst. Mit zitternden Händen nehme ich das Telefon und blicke auf das Display. Mein Bruder.

Ich stehe auf und fange an, auf wackeligen Beinen auf und ab zu gehen. In dem ganzen Durcheinander habe ich vergessen, dass Jeff Zack heute Morgen abholen wollte.

Wenn Sie irgendjemandem gegenüber auch nur ein Wort darüber verlieren, stirbt Ihr Sohn.

Das Telefon klingelt und klingelt.

Ich darf nicht drangehen: Die Entführer hören mit. Ich setze mich wieder an meinen Tisch und warte darauf, dass das Klingeln aufhört. Sobald das Telefon verstummt, nehme ich mein Schreibtischtelefon, gebe die Nummer ein und lausche dem Wählton, der schrill in meinem Ohr klingt.

Können sie meinen Büroanschluss auch verwanzt haben?

Ich stelle das Mobilteil zurück in die Station und starre es an, als könnte ich ihm ansehen, ob sich jemand daran zu schaffen gemacht hat oder nicht.

Mein Büroanschluss wird vielleicht abgehört, aber der von Dr. de Silva bestimmt nicht.

Von plötzlichem Schwindel erfasst, stütze ich mich am Tisch ab. Dunkle Flecken tanzen vor meinen Augen. Ich bin völlig erschöpft, und der Tag hat noch kaum richtig begonnen. Zwei Operationen stehen heute auf dem Plan.

Einen Schritt nach dem anderen.

Ich hole tief Luft und gehe zur Tür. Ich höre die Geräusche des Krankenhauses durch das Gewirr der Flure, aber dankenswerterweise ist niemand zu sehen. Ich trete hinaus, gehe nach nebenan zu Dr. de Silva, drücke die Klinke so leise herunter wie möglich und schlüpfe hinein.

»Anna, guten Morgen.«

Ich fahre herum.

Dr. de Silva sitzt an seinem Tisch.

»Entschuldigung … ich habe nicht damit gerechnet, dass Sie so früh schon da sind.«

»Also dachten Sie sich, Sie kommen hier rein und plündern meine Schokoladenschublade?«, sagt er augenzwinkernd.

Ich zwinge mich zu einem Lachen. Das falsche Lächeln schmerzt in den Wangen.

»Was kann ich für Sie tun?«

»Ich wollte nur kurz Ihr Telefon benutzen. Meins spinnt mal wieder, und das Handy hat sich heute Nacht nicht richtig aufgeladen.«

»Aber natürlich, nur zu.«

»Nein, ist schon in Ordnung. Es ist ein ziemlich privater Anruf. Ich geh auf Station und frage da nach, ob ich …«

»Nein, nein«, wiegelt er ab. »Wenn Sie da telefonieren, weiß bis zum Mittag das gesamte Krankenhaus Bescheid. Ich wollte mir sowieso gerade einen Kaffee holen.«

Er steht auf und will gehen, doch als er an mir vorbeikommt, verblasst sein Lächeln.

»Wie geht es Ihnen?«

Ich muss schrecklich aussehen: leichenblass, plattes ungewaschenes Haar, dunkle Augenringe.

Meine Augen.

Ich hatte die falschen Wimpern ankleben wollen, sobald ich im Büro war, hatte jedoch nicht mehr daran gedacht, nachdem ich Ahmed Shabirs Akte aufgeschlagen hatte. Ich senke den Blick, meine Wangen brennen.

»Alles in Ordnung.«

»Na gut. Aber wenn Sie jemanden zum Reden brauchen …«

Wenn ich rede, stirbt mein Sohn.

»Danke.«

Er tätschelt mir kurz den Arm.

»Und falls ich Sie nicht mehr sehe, viel Glück für Samstag. Nicht, dass Sie es brauchen.« Er drückt die Tür auf und dreht sich noch einmal lächelnd um. »Wissen Sie, wir beneiden Sie alle glühend.«

Sie können die OP gern haben, denke ich. *Ich will sie nicht.*

Er zwinkert mir noch einmal zu und verlässt endlich den Raum.

Mit einem Seufzen setze ich mich auf eine Ecke seines Schreibtisches. Obwohl ich noch nicht einmal richtig angefangen habe, türmen sich schon jetzt unzählige Lügen übereinander, die ich alle im Kopf behalten muss, und trotzdem habe ich das Gefühl, dass mir die Wahrheit auf die Stirn geschrieben steht.

Ich nehme das Telefon, tippe Jeffs Nummer und fürchte mich vor dem nächsten Schwung Lügen, die aus meinem Mund quellen werden.

»Hallo?«

Als ich seine Stimme höre, macht mein Herz einen Sprung. Ich möchte in Tränen ausbrechen und ihm auf der Stelle alles erzählen. Ich umklammere den Rand des Tisches, so fest ich kann.

»Jeff, Anna hier.«

»Oh, hey«, sagt er fröhlich, die Stimme eines Mannes ohne Sorgen auf dem Weg in den Urlaub. Ich bin so neidisch, dass ich heulen könnte.

»Von wo rufst du an?«, fragt er.

»Oh, mein Telefon spinnt, ich rufe vom Anschluss eines Kollegen an.«

Erste Lüge.

»Du bist schon bei der Arbeit? Ich hatte gehofft, ich sehe dich nachher, wenn ich Zack abhole. Ist Paula bei ihm?«

»Hör mal, Jeff, ich fürchte, ich habe schlechte Nachrichten ...«

Die Vorahnung brennt in meiner Kehle. Ich fühle mich schrecklich, weil ich sein Glück zerschmettern werde, doch da ist auch ein missgünstiger Teil in mir, der sich danach sehnt, ihn unglücklich zu machen, damit ich mich in meinem eigenen Unglück nicht mehr so allein fühle.

»Ich war die halbe Nacht mit Zack auf«, beginne ich.

Zweite Lüge.

»Er hat sich wirklich darauf gefreut, mit dir nach Cornwall zu fahren, aber nach den ganzen Veränderungen in letzter Zeit macht ihm der Gedanke, sich von mir zu trennen, total Angst. Ich glaube, es ist am besten, wenn er bei mir zu Hause bleibt.«

Dritte Lüge.

»Oh nein«, sagt er. »Das ist aber schade.«

»Ich fühle mich schrecklich, aber es ist eine schwere Zeit für uns, wir sind so durcheinander. Ich denke, er braucht jetzt so viel Stabilität wie nur irgend möglich, bis wir uns an unser neues Leben gewöhnt haben. Es tut mir so leid.«

»Mach dir keine Gedanken, ich würde für Leila genauso entscheiden. Oh, Gott, Leila ... das wird sie furchtbar enttäuschen.«

Wenigstens ist sie nicht in Lebensgefahr.

Ich schlucke meine Aggression hinunter.

»Jeff, es tut mir leid, aber ich muss jetzt los, ich hab heute Morgen noch eine OP und muss vorher den Patienten besuchen. Zack und ich machen das wieder gut bei euch, versprochen. Vielleicht können wir ja später im Jahr noch mal alle zusammen wegfahren.«

Wenn ich ihn zurückbekomme.

»Das hört sich doch gut an. Hör mal, Anna, bevor du gehst ...«

Er macht eine kurze Pause. Ich halte den Atem an.

»Ist alles in Ordnung?«

Ich verrate mich. Dr. de Silva hat es mir am Gesicht angesehen, Jeff kann es aus meiner Stimme heraushören.

»Ja ... warum?«

»Na ja, du machst im Moment eine Menge durch, mit der Scheidung, mit der Arbeit, und plötzlich alleinerziehend zu sein. Wenn du irgendwelche Hilfe brauchst, sag einfach Bescheid. Selbst wenn ich Zack nur mal einen Vormittag hüten soll, damit du etwas Schlaf nachholen kannst. Du hörst dich erschöpft an.«

Tränen schießen mir in die Augen. Ich räuspere mich.

»Danke, Jeff. Entschuldige, ich muss jetzt wirklich los. Habt einen tollen Urlaub und denkt daran, mir eine Postkarte zu schicken.«

»Machen wir. *Love you,* Annie.«

Schnell beende ich den Anruf, schließe die Augen und halte mit zusammengebissenen Zähnen den Atem an.

Ich darf jetzt nicht die Nerven verlieren. Ich muss für Zack stark sein.

Als ich mich ein wenig beruhigt habe, öffne ich die Augen und sehe feine goldene Härchen auf meiner Hose liegen.

Ich habe an meinem Arm gezupft.

Hastig wische ich sie weg und konzentriere mich erneut auf meinen Atem, während ich im Geist alle Lügen, die ich inzwischen erzählt habe, ganz langsam eine nach der anderen durchgehe.

Es besteht kein Grund zur Sorge, dass Adam Jeff anruft. Jeff hasst ihn, seit rausgekommen ist, dass er mir während seiner Geschäftsreisen untreu gewesen ist. Zack wird in den nächsten vierzehn Tagen in der Schule nicht vermisst werden, und alle glauben, dass er in Cornwall ist, während Jeff davon ausgeht, dass Zack bei mir zu Hause ist. Bei der ersten Gelegenheit gehe ich zur Polizei, und dann können die versuchen, Zack zu finden, während ich das Spiel der Entführer mitspiele. Solange ich die Fassade aufrechterhalte und jede Geschichte von der anderen getrennt halte, kann nichts passieren. Niemand muss etwas davon erfahren.

Es wird mein kleines Geheimnis bleiben.

8

RACHEL

FREITAG, 5. APRIL 2019, 08:36 UHR

Die Leiche liegt am Grund des Brunnens.

Immerhin nicht in der prallen Sonne, wo die Hitze ihr zusetzen kann. Nicht einmal die Fliegen haben sie bisher da unten gefunden.

Der Motor der Winde schnurrt wie eine Katze in der Sonne, und tief unten im Schacht knackt die Kette, die den Leichnam nach oben befördert, unter seinem Gewicht. Das Geräusch bereitet mir Zahnschmerzen.

Die Leute von der Spurensicherung haben ihre Arbeit bei Tagesanbruch unterbrochen. Sie haben Fotos gemacht, Wasserproben genommen, die Leiche nach Spuren untersucht, die bei der Bergung zerstört werden könnten. Jetzt warten sie mit uns darauf, sich über sie herzumachen, sobald sie in das provisorische Zelt gebracht wurde, das in der Morgenbrise zittert.

Ein Hundespaziergänger hat sie gefunden, dessen Terrier den Geruch aufgefangen und bis zum Brunnen verfolgt, die Pfoten auf den Rand gestellt und gebellt hat. Als der Besitzer den Hund holen wollte, sah er die Leiche unten im Wasser liegen: mit abgeknicktem Hals, als blicke sie mit schief gelegtem Kopf nach oben, den Mund zu einem stillen Schrei geöffnet. Es ist davon auszugehen, dass der Mann nie wieder auf dem Gelände der Littlebrook Farm spazieren gehen wird.

Die Leiche taucht auf. Dunkles Wasser strömt in schweren Schwaden von ihr herunter und verbreitet einen fauligen Gestank, der mich sofort ganz hinten im Rachen trifft.

Die Haut des Opfers hat einen kränklich grünen Farbton angenommen. Die Kleidung hängt schwer vor Nässe am Körper der Frau. Ein Schuh fehlt, und die Schusswunde in der Mitte ihrer Stirn ist unübersehbar. Sie muss um die sechzig sein; nicht gerade jemand, den man mit dieser Art von Verbrechen in Verbindung bringen würde.

»Ein Raubüberfall?«, fragt Detective Sergeant Mark Ryan neben mir.

»Das wäre ziemlich viel Aufwand nur für eine Damenhandtasche.«

»Die Raubüberfälle haben dieses Jahr zugenommen.«

»Fünfzig Pfund, dass keines der Opfer durch einen direkten Kopfschuss gestorben ist.«

Als ich das sage, erreicht die Winde das Ende, und die Leiche dreht sich langsam über dem Schacht und erlaubt uns einen Blick auf die Austrittswunde am Hinterkopf. Das weiße Haar ist dort burgunderrot gefärbt.

»Das ist nicht das Werk eines Kleinkriminellen«, sage ich. »Das war eine Exekution.«

Ich sehe zu, wie das Bergungsteam die Leiche von der Winde löst. DS Ryan kann den Blick ebenfalls nicht abwenden.

»Immer noch Anzeichen von Totenstarre«, sagt er, während er die steif nach vorn gestreckten Beine des Opfers betrachtet. »So wissen wir immerhin, dass es in den letzten achtundvierzig Stunden passiert sein muss.«

DS Ryans Haut ist so hell, dass er in der Sonne förmlich leuchtet, um den Nasenrücken herum drängen sich die Sommersprossen dicht an dicht. Sein rötliches Haar strahlt sogar noch heller als das meines Sohnes. Er kann auch nicht viel älter sein. Mein Sohn wäre jetzt fünfundzwanzig.

»Glauben Sie, es war jemand hier aus der Gegend?«, fragt er.

»Nein. Nicht aus Littlebrook. Da gibt's nur ungefähr sechs Häuser, bis zum Mittag hätten wir den Schuldigen. Der Täter muss gewusst haben, dass die Farm leer steht, und muss extra hierhergefahren sein, um die Leiche loszuwerden.

»Der Brunnenschacht ist seit den Achtzigern nicht mehr benutzt worden, als die Farm pleiteging«, sagt er. »Sie sind bestimmt davon ausgegangen, dass man sie hier nicht findet.«

»Inspector Conaty«, ruft jemand. Die Pathologin, Diane Reed, winkt uns zu der Leiche herüber.

Ich nicke ihr zu und mache mich auf den Weg durch das hohe Gras, das mich dazu zwingt, die Knie hochzuheben. Als wir sie erreichen, sind meine Hosenbeine trotzdem vom Tau durchnässt.

Aus der Nähe ist der Gestank noch schlimmer.

»Sie lag nicht lange da unten«, sagt Reed und zieht sich die Maske herunter. »Keine Maden und immer noch Anzeichen von Rigor mortis. Auf den ersten Blick würde ich sagen, es ist in den letzten vierundzwanzig Stunden passiert.«

Ich starre auf die Stummel, wo die Fingerspitzen des Opfers sein sollten.

»Also wurden die Fingerspitzen abgeschnitten? Sie sind nicht weggerottet?«

»Definitiv abgeschnitten. Hier, da können Sie Spuren einer gezackten Klinge in der Haut sehen.«

Das Opfer trägt eine blassblaue Strickjacke mit unechten Perlen als Knöpfe und schicke dunkelblaue Hosen mit Bügelfalte. Ein kleines Stück des Schädelknochens hängt in ihrem Haar.

»Irgendeine Idee, was für eine Schusswaffe benutzt wurde?«

»Sieht aus wie eine Handfeuerwaffe aus kurzer Entfernung.«

»Woran erkennen Sie das?«, fragt DS Ryan.

»An den Schmauchspuren um die Eintrittswunde herum«, antwortet Reed. »Und wenn der Angreifer eine größere Waffe verwendet hätte, wäre die Sauerei deutlich größer.«

»Wie ist sie in den Brunnen gekommen?«, frage ich.

»Ich vermute, sie wurde hineingeworfen oder -gestoßen. Es gibt Hinweise darauf, dass Knochen gebrochen sind. Sie weist ungefähr die Schäden auf, die zu erwarten wären, wenn sie aus dem dritten Stock gesprungen wäre.«

Ich starre auf das Gesicht des Opfers. Sie muss hübsch gewesen sein, als sie noch am Leben war. Harmonische Knochenstruktur, warme braune Augen, Lippen, die ein freundliches Lächeln geformt haben, bevor die Zähne entfernt worden sind. Als ich zur Bergung einer Leiche aus einem alten Brunnenschacht gerufen wurde, hatte ich eher den traurigen, aber nicht ungewöhnlichen Anblick eines Obdachlosen erwartet, der dort hineingeklettert und nicht mehr herausgekommen war; oder vielleicht einen Junkie, der den Preis für einen schiefgegangenen Drogendeal gezahlt hat. Nicht jemandes Großmutter mit einer Schusswunde in der Stirn.

»Sind die Zähne ausgeschlagen oder gezogen worden?«

»Gezogen«, antwortet Diane und schiebt die Lippen des Opfers zurück, um die blutigen Krater im Zahnfleisch zu enthüllen. »Braucht länger, aber so bleibt nichts Verwertbares zurück.«

»Also können wir davon ausgehen, dass unser Mörder ihre Zähne entfernt hat, damit wir sie nicht über den Zahnstatus identifizieren können.«

»Das wäre die naheliegendste Vermutung.«

»Danke.« Ich drehe mich zu DS Ryan um. »Sehen wir uns den Brunnen mal an.«

Ich gehe voraus und blinzele in die Morgensonne. Der Tau ist inzwischen auch in meine Schuhe gedrungen, die bei jedem Schritt ein nasses Quietschen von sich geben. Als ich am Brunnen angekommen bin, beuge ich mich über den Rand.

»Was jetzt, Boss?«, fragt DS Ryan hinter mir.

»Wir müssen herausfinden, wer sie ist und wo sie getötet wurde – das hier ist nur der Ablageort. Bisher haben wir noch nicht viele Anhaltspunkte.«

Ich werfe einen Blick in den Schacht, und eine Welle des Schwindels erschüttert mein Hirn.

»Unsere erste Anlaufstation sind die Vermisstenmeldungen der letzten Tage. Wenn wir da nichts finden, lassen wir eine Zeichnung anfertigen, posten sie in den sozialen Medien und hoffen, dass jemand sie erkennt und sich bei uns meldet. Bis morgen früh will ich ihren Namen wissen.«

Ich höre das Klicken einer Kamera hinter mir und drehe mich um. Das weiße Zelt wird mit jedem Aufblitzen von innen erleuchtet, während das Spurensicherungsteam jede Schramme und jedes Härchen fotografiert. Als der Eingang kurz im Wind flattert, sehe ich kurz das Gesicht des Opfers. Ihre Augen sind weit offen: suchend, flehend.

»Das ist niemand, der sich mit den falschen Leuten einlässt. Finden wir heraus, wer sie ist und wie zur Hölle sie hier gelandet ist.«

9

MARGOT

FREITAG, 5. APRIL 2019, 09:09 UHR

Ich habe keine acht Stunden mehr, um Nick sein Geld zurückzugeben. Meine Augen sind knochentrocken, nachdem ich den größten Teil der Nacht wach gelegen und versucht habe, einen Ausweg aus meiner ausweglosen Lage zu finden, doch das war verschwendete Liebesmüh: Ich kann ihm das Geld heute nicht zurückzahlen. Ich kann mir nicht mal mehr Milch leisten, nachdem ich Karins Geld für eine Telefonkarte und eine Portion Chips ausgegeben habe, ganz zu schweigen von den über zweihundert Pfund, die ich mit dem Kredit im Rückstand bin. Und dann sind da ja noch die Miete, die ich bezahlen muss, Rechnungen, Essen. Sandy hat heute Morgen schon zweimal wegen der Miete angerufen, aber ich habe mich nicht getraut, dranzugehen.

Schweigend lege ich die Instrumente für Dr. Jones' OP heraus, in genau der Reihenfolge, in der sie sie brauchen wird: Skalpell, oszillierende Säge, Thoraxspreizer, Pinzette, Schere, Nadelhalter, Nahtmaterial, und hake sie dabei von der Liste ab. Am Fuß des Tisches legt Beth – die OP-Schwester, die den Chirurgen unterstützt, der die Beinvene entnehmen wird – die dazugehörigen Instrumente bereit. Karin hat die Herz-Lungen-Maschine bereits zweimal überprüft.

Noch vor zwei Tagen habe ich die ganze Routine verflucht. Ich wollte irgendwas Interessantes – eine Transplantation, eine Klappenreparatur nach exteriorem Trauma –, irgendetwas, das ich in den letzten fünf Jahren nicht jeden Tag gesehen habe. Heute jedoch bin ich erleichtert. Es ist tröstlich, bei einer Operation zu assistieren, die ich gut kenne, wenn alles andere so unsicher ist.

»Tauschen Sie die Zange und die Schere«, sagte Dr. Jones über meine Schulter hinweg.

Im OP-Saal ist es so still, dass ich vor Schreck zusammenzucke.

Normalerweise ist sie zu dieser Zeit noch gar nicht hier; sie wartet, bis der Patient in Narkose liegt und hereingerollt wird, bevor sie uns mit ihrer Gegenwart beehrt. Und das ist nicht das Einzige, was heute Morgen anders ist als sonst: Sie sieht grauenvoll aus.

Selbst hinter der Maske erkenne ich, dass sie die halbe Nacht auf gewesen sein muss. Ihre Augen sind blutunterlaufen und verquollen, und wenn irgendjemand es wagt, sie anzusprechen, fährt sie ihn an. Irgendwas muss ihr richtig unter die Haut gegangen sein, und ihre schlechte Laune steckt den ganzen Saal an. Aus dem Augenwinkel kann ich sehen, dass Beth jedes einzelne Instrument ganz vorsichtig hinlegt, vor lauter Angst, zu laut zu sein und sich den Zorn von Dr. Jones zuzuziehen.

Ich unterdrücke ein Gähnen. Als ich gestern endlich eingeschlafen bin, hätte ich mir beinahe gewünscht, ich wäre wach geblieben, weil ich immer wieder denselben Albtraum hatte: Ich renne durch die Flure des Krankenhauses, während mir die Zähne ausfallen und hinter mir auf den Linoleumboden klickern. Jedes Mal, wenn ich versuche, um Hilfe zu rufen, ersticke ich daran. Ich renne weiter, bis der letzte Zahn ausgefallen ist, drehe mich um und sehe Nick, der der Spur folgt, die ich zurückgelassen habe. Es endete immer damit, dass er mich packt, aber ich bin jedes Mal aufgewacht, als er mich gerade herumriss.

Es besteht kein Zweifel, wo das herkommt.

Ich kann keinen zweiten Kleinkredit aufnehmen. Die hohen Zinsen und die Strafzinsen für Verzögerungen bei der Tilgung haben mich schließlich erst in diese Lage gebracht, in diesem ersten Monat, als ich die Miete nicht zahlen konnte. Mein Dispo ist längst ausgeschöpft und meine Kreditwürdigkeit dermaßen im Keller, dass sie bei meiner Bank lauthals lachen und dann einfach auflegen würden, wenn ich wegen eines Darlehens oder einer Erweiterung des Kreditrahmens meiner Karte anrufen würde. Ich bin zu stolz, um meine Familie um Geld zu bitten, und Freunde sind dieser Tage rar, wie es eben passiert, wenn man sich Geld von ihnen leiht, ohne es zurückzuzahlen. Ich könnte zur Tafel gehen, aber ich habe Angst, von einem Patienten erkannt zu werden. Dann würde Kelvin ganz sicher anfangen, mich zu verdächtigen.

Ich könnte Nick sagen, dass ich schwanger bin. Vielleicht tut er mir dann nichts.

Aber tief im Inneren bin ich mir nicht sicher, ob es ihn überhaupt interessieren würde.

Die Türen des Vorbereitungsraumes öffnen sich, und die sedierte Patientin wird hereingerollt. Vierundvierzig Jahre alt, laut ihren Unterlagen, mit kastanienbraunem Haar und von teuren Schönheitsoperationen starren Gesichtszügen: Ihre Wangenknochen wirken unnatürlich groß, die Lippen aufgepumpt, beides zusammen beeinträchtigt die Symmetrie ihres Gesichts. Doch was meine Aufmerksamkeit am meisten fesselt, ist der gigantische Diamantring an ihrem Finger, der unter der OP-Leuchte glitzert. Mein Mund wird trocken.

»Moment mal«, sage ich. »Sie trägt einen Ring.«

»Was?«, faucht Dr. Jones.

Ich zeige auf die linke Hand der Patientin.

»Meine Güte, das darf doch wohl nicht wahr sein!«

Ich kann den Blick kaum davon abwenden.

Der Diamant ist riesig.

Der muss ein Vermögen wert sein.

Ich könnte meine Schulden bei Nick bezahlen, sämtliche Miete, die ich noch schuldig bin, und Essen für Monate.

»Ist ein Angehöriger vor Ort, der ihn für sie verwahren kann. Ein Partner?«

Nein. Zu gefährlich. Das kann ich nicht riskieren.

»Sie ist allein hier«, sagt Beth, die in der Patientenakte blättert.

»Ich will heute keine Verzögerungen, Leute. Jemand muss sich darum kümmern.«

»Ich erledige das«, höre ich mich sagen.

Alle sehen mich an.

»Kelvin hat einen Safe in seinem Büro.«

»Na gut«, sagte Dr. Jones. »Aber beeilen Sie sich.«

Ich nicke und zerre den Ring vom Finger der Patientin. Er sitzt fest. Sie trägt ihn schon so lange, dass er eine Kerbe in ihr Fleisch gegraben hat, ich muss ihn gegen die Haut drehen. Es fühlt sich ein bisschen an wie Leichenfledderei.

»Meine Güte, Margot«, sagte Karin. »Du musst ihr nicht gleich den Finger mit abreißen.«

»*Sorry.*«

Ich stecke den Ring in die Tasche meines Kittels, das Weißgold ist noch ganz warm.

»In zehn Minuten bin ich wieder da.«

»Machen Sie fünf draus«, sagt Dr. Jones.

Ich nicke und eile durch die OP-Schleuse nach draußen, so schnell ich kann, damit Dr. Jones gar nicht erst auf die Idee kommt, es sich anders zu überlegen und jemand anderem die Aufgabe zu übertragen. Mein Herz rast so schnell, dass mir schwindelig wird.

Ich schlüpfe in die Umkleide und sehe nach, ob jemand drin ist. Die Uhr an der Wand zählt die Sekunden herunter, bis ich wieder im OP sein muss. Ich öffne meinen Spind, hole den Ring aus der Tasche und bewundere das Glitzern des Diamanten, wenn man ihn im Licht hin und her dreht. Ich stecke ihn an, aber an meiner Hand sieht er nicht so gut aus: Meine Nägel sind bis auf die Haut abgekaut, und die Haut zwischen den Fingern ist rissig. Die Frau auf dem OP-Tisch hat wahrscheinlich in ihrem ganzen Leben keinen einzigen Tag richtig gearbeitet.

Das könnte die Lösung für alle meine Probleme sein, denke ich, als ich ihn in dem kleinen Fach in meiner Tasche verstaue und den Reißverschluss zuziehe.

Oder alles endgültig kaputt machen, flüstert eine Stimme in meinem Kopf zurück.

Ich knalle die Spindtür zu und eile zurück.

10

ANNA

NOCH 22 STUNDEN
FREITAG, 5. APRIL 2019, 12:14 UHR

Ich komme in den Umkleideraum und blicke sehnsüchtig auf die Bank in der Mitte zwischen den Spinden, als wäre sie ein frisch bezogenes Bett. Wie gern würde ich mich hier hinlegen, nur für einen Moment! Meine Beine zittern, mein Kreuz schmerzt hartnäckig. Aber ich darf meine Pause nicht mit Schlafen verschwenden, ganz egal, wie nötig ich es habe. Wenn ich jetzt nicht zur Polizei gehe, bekomme ich keine Gelegenheit mehr dazu.

Ich schäle mich aus Kittel und Hose, spüre, wo der Stoff während der morgendlichen OP an meinem Schweiß kleben geblieben ist, und stopfe sie in den Wäscheschacht in der Wand.

Ich kann niemanden töten. Das werde ich nicht tun.

Mummy …

Mu-mu-mummy …

Ich kneife die Augen zu und lasse mich auf die Bank sinken.

Jedes Mal, wenn ich darüber nachdenke, wie ich die Regeln der Entführer umgehen könnte, habe ich Zacks Stimme im Ohr. Die Erinnerung an die Verzweiflung in seiner Stimme saugt das Leben aus mir heraus. Ich lege die Hände vors Gesicht, vorsichtig, um die falschen Wimpern nicht zu beschädigen, und spüre, wie mich der Schlaf übermannt, als die Tür zum Umkleideraum sich mit einem hohen, lang gezogenen Quietschen öffnet.

Margot.

Ich muss furchtbar aussehen: gebeugter Rücken, der Bauch quillt über den Bund meiner Unterwäsche, dunkle Schatten unter den Augen.

»Gehen Sie weg?«, fragt sie.

»Muss nur schnell was abholen. Dauert nicht lang.«

Sie zuckt die Achseln, als könne es ihr nicht gleichgültiger sein, doch wenn ich es ihr nicht gesagt hätte, hätte sie nachgebohrt, bis sie es herausgefunden hätte, die neugierige kleine Kuh.

Während ich meine Sachen vom Bügel nehme und sie überstreife, beobachte ich Margot aus dem Augenwinkel. Sie zieht ihren Spind neben meinem auf, sieht nach irgendetwas, dann holt sie ihr Telefon heraus und scrollt durch die Nachrichten. Mit einem schweren Seufzer setzt sie sich auf die Bank.

»Ich hasse Männer. Sie nicht auch?«

Ich greife mir in den Nacken, ziehe meine Haare aus dem Kragen der Bluse und schlüpfe in die Schuhe.

»Sie machen sich keinen Begriff«, antworte ich, während ich meine Tasche aus dem Spind nehme, die Tür zuknalle und das Schloss zudrücke. »Wir sehen uns in einer Stunde.«

Margot zuckt die Achseln, ihre Aufmerksamkeit ist auf das Telefon geheftet.

Als ich aus dem Umkleideraum zum Aufzug gehe, höre ich hinter mir einen Mann meinen Namen rufen und bleibe stehen.

»Anna, wie gut, dass ich Sie treffe.«

Es ist Dominic Keller, der Chefarzt der Kardiologie. Er ist groß und breitschultrig und wirkt immer etwas ungeduldig. Ich schlucke meine Panik hinunter und zwinge mich zu einem Lächeln.

»Dominic, was kann ich für Sie tun?«

»Ich wollte nur sichergehen, dass Sie vor Schichtende noch bei mir im Büro vorbeikommen. Ich würde gern das Protokoll für Patient X morgen mit Ihnen durchgehen.«

Mein Augenlid zuckt, als er ihn erwähnt. Ich ringe mir ein noch breiteres Lächeln ab.

»Natürlich. Ich sollte so gegen fünf aus dem OP raus sein. Passt es, wenn ich dann vorbeikomme?«

»Großartig«, sagt er und tätschelt mir den Arm, bevor er in die Richtung losmarschiert, aus der ich gekommen bin. »Ich erwarte Sie.«

Während er den Flur entlanggeht, trete ich in den Aufzug. Mein Herz rast. Schon bei dem Gedanken an die Operation gerate ich in Panik, wie werde ich mich da erst fühlen, wenn es so weit ist, wenn jede meiner Bewegungen beobachtet wird? Wenn all die erhöhten Sicherheitsmaßnahmen getroffen sind?

Ich könnte den Patienten gar nicht töten, selbst wenn ich wollte.

Ich werfe einen Blick auf meine Armbanduhr: Ich habe eine Stunde und fünfundvierzig Minuten, bis ich zurück sein muss.

Ich springe in das erste Taxi in der Schlange vor dem Krankenhaus.

»Zum Polizeirevier, bitte.«

Der Taxifahrer dreht ungerührt das Radio lauter und fährt auf die Straße hinaus.

Ich lege den Gurt an und wippe mit dem Fuß zur Musik, um mich wach zu halten, während ich immer wieder über die Schulter des Mannes hinweg in den Seitenspiegel blicke.

Niemand folgt dir. Du bist paranoid.

Ich schließe die Augen und lege den Kopf an die Kopfstütze.

Was werde ich der Polizei sagen, wenn ich dort bin? Mir wird klar, wie es klingen muss, wenn ich es laut ausspreche: Fremde Männer sind in mein Haus eingedrungen und haben überall Überwachungskameras angebracht, über die sie jede meiner Bewegungen beobachten. Sie haben meine Nachbarin ermordet und meinen Sohn entführt, und ich bekomme ihn nur zurück, wenn ich einen Politiker auf meinem OP-Tisch ermorde.

Die halten mich doch für verrückt.

Der Fahrer macht eine Vollbremsung, und ich reiße die Augen auf. Er schreit Schimpfwörter aus dem Fenster und gestikuliert wild. Ein Radfahrer zeigt ihm den Stinkefinger und radelt davon.

Ich muss für einen Moment eingenickt sein. Übelkeit windet sich in meinem Bauch, und auf meiner Zunge liegt ein abgestandener Geschmack. Ich kneife mich ins Handgelenk, um wach zu bleiben.

Wir sind fast da. Nur noch ein paar Ecken.

Ich weiß immer noch nicht, was ich der Polizei sagen werde. Wenn ich die Überwachungskameras erwähne, werden sie mein Haus durchsuchen wollen, um sich davon zu überzeugen. Aber das dürfen sie doch nicht, wenn die Männer am anderen Ende alles sehen können! Ich konnte ja nicht mal mein Telefon mitbringen, um es ihnen zu zeigen, damit die Entführer mich nicht hierher verfolgen können.

Ich drehe mich um und schaue durch die Heckscheibe, aber mir fällt kein Fahrzeug auf, das mein Taxi verfolgen würde, nur ein roter Ford Focus hinter uns, und dahinter ein Audi.

Siehst du, sage ich zu mir selbst. *Du bist paranoid.*

Ich nehme die Handtasche vom Sitz neben mir, trinke ein paar Schlucke aus meiner Wasserflasche und kämpfe gegen den Drang an, mir etwas davon ins Gesicht zu spritzen.

Plötzlich hält das Taxi an.

»Macht sieben achtzig.«

Ich suche in meiner Geldbörse und ziehe einen Zehnpfundschein heraus.

»Stimmt so«, sage ich und steige aus.

Der April hat endlich die Kälte abgeschüttelt, und die Sonne strahlt mir ins Gesicht, viel zu hell für meine müden Augen. Ich hole die Sonnenbrille aus der Tasche, gehe zögernd auf das Revier zu und bleibe im Schatten der Bäume gegenüber stehen.

Wenn Sie auch nur ein Wort darüber sagen, stirbt Ihr Sohn.

Ich stemme mich gegen den Fluchtreflex und ermahne mich, dass ich keine andere Wahl habe. Wenn ich es jetzt nicht der Polizei erzähle, erwartet man von mir, dass ich morgen einen Menschen töte. Das ist keine Option.

Wenn es Ihnen nicht gelingt, den Patienten zu töten, stirbt Ihr Sohn an seiner Stelle.

Ich denke an Zack, wie er da zusammengerollt auf den dreckigen Decken in dem kalten, dunklen Raum liegt, mit einem intravenösen Zugang auf dem Handrücken, durch den sie ihm wer weiß was verabreichen.

Ich sehe auf die Uhr: In einer Stunde muss ich wieder im OP sein. Das hier ist meine einzige Chance. Ich starre auf die Eingangstüren der Polizeistation, zwinge meine Beine, sich zu bewegen.

Ich stehe immer noch wie angewurzelt da.

Selbst wenn ich jetzt da hineingehe und ihnen alles erzähle, gibt es keine Garantie, dass Zack gerettet wird. Ich setze sein Leben aufs Spiel, wenn ich darauf vertraue, dass die Polizei die Pläne der Entführer durchkreuzen kann. Aber die Wahrscheinlichkeit ist hoch, dass die Polizei keine Ahnung hat, wer die Kerle sind oder wo sie ihn gefangen halten. Es könnte Wochen dauern, die Entführer aufzuspüren. Man braucht nur eine Sekunde, um eine Pistole abzufeuern.

Mu-mu-mummy …

Ich schüttele die Erinnerung an sein Schluchzen ab und gehe unter den Bäumen auf und ab.

Ich fasse es nicht, dass ich das ernsthaft in Erwägung ziehe.

Jedes Mal, wenn ich an eine andere Lösung als Mord denke, stelle ich mir vor, wie es ausgehen könnte. Jedes Mal stirbt Zack. Ich sehe ihn so viele Male sterben, dass ich es nicht mehr ertragen kann, zucke jedes Mal zusammen, wenn der eingebildete Schuss in meinen Ohren knallt. Die beste Chance, ihn zurückzubekommen, habe ich, wenn ich ihre Anweisungen befolge. Alles andere baut nur auf Hoffnung und Vertrauen.

Ich drehe mich wieder zur Straße um, genauso verängstigt und unentschieden wie zuvor. Beide Szenarien enden in einem Desaster. Ich kann meinen Sohn nicht verlieren, aber ich kann auch keinem Patienten wissentlich Schaden zufügen.

Ich sehe auf und erstarre.

Der schwarze Audi, den ich durch die Heckscheibe des Taxis gesehen habe, steht auf der anderen Straßenseite, hinter dem Steuer ein bekanntes Gesicht. Der Mann, den ich gestern auf meiner Auffahrt getroffen habe. Ich erinnere mich an seine braunen Augen, an den Speicheltropfen, der auf meiner Wange gelandet ist, als er mit mir gesprochen hat.

Sie sind mir hierher gefolgt.

Zack.

Mit gesenktem Kopf gehe ich los, mit jedem Schritt ein wenig schneller. Mein Herz hämmert. Die Sonne brennt mir in den Nacken. Aus dem Augenwinkel sehe ich, wie der Audi ausparkt und mir folgt.

Ich biege um eine Ecke und renne los. Renne so schnell, dass mir alles vor den Augen verschwimmt. Renne, bis die heiße Luft jeden Tropfen Feuchtigkeit aus meinem Mund gesogen hat.

Ich renne zurück zu dem Telefon.

Um zu hören, ob sie meinen Sohn getötet haben.

Die Türen des Aufzugs öffnen sich im dritten Stock. Nach Atem ringend und schweißgebadet trete ich hinaus. Meine Füße sind voller Blasen. Aber das spielt jetzt alles keine Rolle. Ich kann nur an Zack denken.

Mit großen Schritten eile ich zu meinem Büro, schließe mich darin ein und lehne mich keuchend gegen die Tür. Das Wegwerfhandy vibriert in meiner Schreibtischschublade.

Ich humpele zum Tisch, hole es aus der Schublade und melde mich mit angehaltenem Atem. Ein Tropfen Schweiß landet lautlos auf dem Tisch. Ich warte, höre den Fremden am anderen Ende atmen und lausche dem verzweifelten Rasen meines Pulses.

»Noch so einen Stunt wie eben, und ich schicke Ihnen seine Hand.«

Das Gespräch ist beendet.

Das Telefon noch am Ohr, stehe ich wie erstarrt da.

Dann falle ich auf die Knie und übergebe mich in den Papierkorb neben dem Schreibtisch.

11

MARGOT

FREITAG, 5. APRIL 2019, 19:28 UHR

Ich stehe schweißgebadet im Aufzug. Ich war so lange nicht mehr richtig einkaufen, dass ich vergessen habe, wie anstrengend es ist, das ganze Zeug aus dem Supermarkt bis nach Hause zu schleppen, doch der Gedanke an eine richtige Mahlzeit hat mir das Wasser im Mund zusammenlaufen lassen und mich motiviert durchzuhalten. Allerdings wird die Freude über das Essen getrübt durch das Wissen, wie ich darangekommen bin.

Der Ring der Patientin hat beim Pfandleiher in der Hammerton Road nur einen mickrigen Tausender gebracht, angesichts der Größe des Diamanten praktisch glatter Diebstahl. Aber ich hatte keine Zeit, woanders nach einem besseren Angebot zu suchen: Ich muss Nick sein Geld zurückgeben und kenne schon alle anderen Pfandleiher am Ort. Mit so einem Ring aufzutauchen, hätte selbst bei den unmoralischsten von ihnen Fragen aufgeworfen.

Jedes Mal, wenn ich an die Frau denke, der ich ihn gestohlen habe, versuche ich, mir vorzustellen, was sie Schreckliches getan haben könnte, um meine Schuldgefühle zu lindern: Vielleicht hat sie einen Hund getreten oder ein Baby angeschrien. In meiner Vorstellung hat sie den Köter schon so oft getreten, dass er inzwischen mit Sicherheit tot sein müsste. Das Telefon in meiner Tasche fängt an zu klingeln, doch ich ignoriere es. Es ist bestimmt nur Sandy wegen ihrer blöden Miete.

Kelvin ist durchgedreht, als er das mit dem Ring erfahren hat. Ich wurde in sein Büro geschleift und musste mit ansehen, wie er mit tiefrotem Gesicht auf und ab lief, bis ich anfing, mir ernsthaft Sorgen zu machen, dass ihm gleich ein Aneurysma platzt.

Ich war gar nicht in Ihrem Büro, Kelvin … Dr. Jones hat mich gebeten, so schnell wie möglich zurückzukommen, also hab ich den Ring in meinen Spind gelegt und extra noch nachgeguckt, dass das Schloss in Ord-

nung ist. Ich kann nichts dafür, dass ein Dieb in meinen Spind eingebrochen ist und ihn gestohlen hat – ein Dieb, über den Sie seit Monaten Bescheid wissen, den Sie aber immer noch nicht stoppen konnten …

Danach war ihm nicht mehr viel eingefallen.

Der Aufzug kündigt mit einem schrillen Ping an, dass wir den vierten Stock erreicht haben. Als ich hinaustrete und mich nach links wende, packt mich jemand an den Haaren. Ich stoße einen scharfen Schrei aus, rudere mit den Armen, um das Gleichgewicht nicht zu verlieren, und merke, wie mir die Einkaufstaschen entgleiten. Lebensmittel purzeln die Treppe herunter und klappern gegen das Geländer. Ich will gerade anfangen, richtig zu schreien, als mich der Fremde gegen die Wand schleudert. Der blasige Putz drückt sich in meine Wange. Eine kräftige Hand packt mein Handgelenk und reißt mir den Arm auf den Rücken.

»Wo ist Nicks Kohle?«, faucht eine Frau nur Millimeter von meinem Ohr entfernt. Ihr Atem stinkt faulig.

Aus dem Augenwinkel sehe ich Nick mit verschränkten Armen an der Wand im Flur lehnen, ein schadenfrohes Grinsen auf dem Gesicht. Er hat sich den Schädel rasiert, seit ich ihn zum letzten Mal gesehen habe. Sieht aus wie ein verdammter Bowling-Pin.

»Ich hab's, okay?«

Die Frau verdreht meinen Arm noch ein Stückchen mehr, und ich jaule vor Schmerz auf, bin mir sicher, dass sie mir gleich den Arm auskugelt.

»Ich bin *schwanger!*«

Sie lässt nicht locker. Ich sehe Blitze.

»Lass los«, sagt Nick missmutig.

Die Frau zögert, als müsste sie erst noch überlegen, ob sie gehorcht oder nicht, dann lässt sie widerwillig meinen Arm los. Ich drehe mich stolpernd herum, um sie anzusehen, lege die Hand um meinen schmerzenden Ellbogen und drücke mich mit dem Rücken an die Wand.

Auf den ersten Blick schätze ich sie auf ungefähr vierzig, doch als ich genauer hinsehe, erkenne ich, dass sie wesentlich jünger sein muss und ihre Haut durch ein hartes Leben ruiniert ist. Die Zähne sind von jahrelangem Kettenrauchen vergilbt, auch die Augen sind gelblich von zu viel Alkohol und Gott weiß was noch.

»Willst du uns nicht reinbitten?«, fragt Nick augenzwinkernd mit einer Kinnbewegung zu meiner Tür. Entweder hat er noch nicht kapiert, was es bedeutet, dass ich, zwei Monate nachdem wir Sex hatten, schwanger bin, oder es ist ihm egal.

Ich schnappe mir meine Tasche, die in dem Handgemenge heruntergefallen ist. An einer Seite ist der Henkel abgerissen. Der ganze Flur riecht nach Milch, die durch eine der Plastiktüten tropft und sich auf dem Teppichboden sammelt. Ich ziehe den Reißverschluss der Handtasche auf, um den Schlüssel herauszuholen, und gehe zur Tür, die Frau immer im Nacken. Sobald ich aufgeschlossen habe, schiebt sie mich durch die Tür.

Nicks Lachen hallt durch die leeren Zimmer.

»Scheiiiße, du bist echt richtig pleite, was?«

Von seinem schadenfrohen Grinsen wird mir übel. Wenn ich daran denke, dass ich mich von dem Typen habe anfassen lassen!

»Geld her«, sagt die Frau und klatscht die Finger in ihre Handfläche. »Sofort.«

Ich ziehe meine Tasche an dem abgerissenen Henkel zu mir hoch und blättere mit zittrigen Händen in dem Briefumschlag herum, sodass er vor ihren gierigen Blicken verborgen bleibt. Als ich gerade die richtige Summe im Kopf zusammenzähle, packt die Frau mein Handgelenk und schnappt sich den Umschlag.

»Hast wohl gedacht, du könntest das vor uns verstecken, was?«

Sie steckt sich den ganzen Umschlag in die hintere Tasche ihrer Jeans.

»Hey! Ich schulde euch nur zwei Hund…«

Ich sehe nur noch die Ringe an ihrer Hand golden aufblitzen, bevor mich ihr Faustschlag in den Bauch trifft, und klappe würgend zusammen. Als ich auf den Knien auf meinem Dielenfußboden liege, höre ich sie sagen: »Der Rest sind Zinsen.«

Ich bekomme keine Luft mehr. Es fühlt sich an, als sei jedes Organ aus seiner Verankerung gerissen worden. Während meine Lunge krächzend nach Atem ringt, sinke ich noch tiefer zu Boden, höre sie lachen und das leise Knistern des Umschlags, als sie ihn Nick gibt und zur Tür geht. Meine Augen tränen vor Schmerz.

Sie hat es umgebracht. Das war so ein heftiger Schlag, und es ist noch so früh. Oh, Gott, sie hat es umgebracht.

»Hier«, sagt Nick. Er streckt mir die Hand hin und eine Sekunde lang denke ich, er will mir aufhelfen. Doch er wedelt nur mit einem Fünfziger vor meinem Gesicht herum und lässt ihn fallen. »Kauf dir ’ne Lampe davon oder sonst was Schönes, ja?«

Immer noch dasselbe schadenfrohe Grinsen auf dem Gesicht, geht er zur Tür. Ich lausche, wie sie die Treppe hinuntergehen, bis ich sicher allein bin, liege auf dem Boden und atme den sauren Geruch der Milch, der vom Flur hereinzieht.

Es war alles umsonst.

Ich bin wieder genau da, wo ich angefangen habe.

12

ANNA

NOCH 11 STUNDEN
FREITAG, 5. APRIL 2019, 22:59 UHR

Mit einem rauen, gutturalen Laut schrecke ich vom Sofa hoch. Mein Kopf pocht, und mir ist unerträglich heiß. Die Kleider, in denen ich geschlafen haben, sind um meinen Körper verdreht, und das Mikrowellengericht, das ich mir warm gemacht und dann nicht hinunterbekommen habe, steht auf dem Boden; die Plastikschale und die Gabel sind fein säuberlich abgeleckt. Bär liegt unter dem Couchtisch und sieht mich an, sein Schwanz wedelt schuldbewusst. Über ihm auf dem Tisch liegt Ahmed Shabirs Patientenakte.

Ich habe einen Mord geplant.

Ich kenne meine Möglichkeiten und weiß, dass nur eine Zack retten kann, aber die Vorstellung, jemanden zu töten, ist zu schrecklich. Ich sage mir, dass ich nur hypothetisch alle Möglichkeiten durchspiele, um zu sehen, ob das, was sie von mir verlangen, überhaupt möglich ist, doch allmählich fällt es mir schwer, meine eigene Lüge zu glauben. Mit jeder Sekunde komme ich dem Moment der Entscheidung ein wenig näher, und je länger ich ihn hinauszögere, desto schlimmer wird es. Ich werfe einen Blick auf die Uhr an der Wand: Es ist elf Uhr abends. In weniger als zwölf Stunden wird man von mir erwarten, dass ich einen Menschen töte. Aber nach meiner Besprechung mit Dominic, bei der wir das Sicherheitsprotokoll durchgegangen sind, erscheint das noch unmöglicher.

Mr Shabir wird am frühen Morgen durch den Hintereingang des Krankenhauses gebracht und von seinen Personenschützern in ein privates Zimmer begleitet werden, wo er bis zur Operation warten wird. Der OP-Saal wird vollständig abgeriegelt sein, alle anderen geplanten OPs sind verlegt worden. Die Flure werden abgeriegelt und bewacht sein.

Denk jetzt nicht daran. Alles, nur das nicht.

Ich stütze die Hände auf, um mich hochzustemmen, und spüre ein vertrautes Gefühl in der rechten Hand. Mein Blick wandert voller düsterer Vorahnung nach unten.

Fünf Haarsträhnen sind um meine Finger gewunden. Ich muss sie mir im Schlaf ausgerissen haben. Der Stress verschlimmert meine Trichotillomanie noch.

Ich kann nicht sagen, wann oder warum dieser Zwang begonnen hat, nur dass ich mich nicht an ein Leben ohne ihn erinnern kann. Meine früheste Erinnerung an meine Mutter besteht darin, dass sie mir die Hand wegschlägt, damit ich aufhöre zu zupfen. Dieselbe Frau, die jeden Abend mein Kinn in die Hand nahm und die Wimpern zählte. Wenn ich morgens mit weniger aufwachte, wurde ich mit Hausarrest und Taschengeldentzug bestraft. Als ob ich kontrollieren könnte, was ich im Schlaf tue.

Ich ziehe das Haarband vom Handgelenk und binde mein Haar zusammen, um die Verlockung zu verringern; der Knoten ist so fest, dass er mir das Gesicht straff zieht.

Beherrsch dich.

Ich greife nach dem Telefon, das zwischen den Papieren auf dem Couchtisch versteckt liegt, und finde eine Textnachricht auf dem Display.

Adam

Wie geht's Zack heute? Hat er schon mit dir gesprochen?

So aufmerksam war Adam noch nie. Oft vergeht eine ganze Woche, bevor er sich wieder meldet. Aber wenn er denkt, dass Zack wütend auf ihn ist, wird Adam ihm schnell beweisen wollen, dass er sich irrt und er der beste Vater ist, den man sich denken kann. Bis zur Hochzeitsreise war mir nicht klar, dass ich einen Narzissten geheiratet hatte.

Ich

Jeff sagt, er hat Spaß. Mit mir hat er noch nicht gesprochen. Gib ihm Zeit, Adam. Es tut ihm gut.

Ich hole ein paarmal tief Luft und nehme die Patientenakte vom Couchtisch.

Konzentrier dich auf deine Aufgabe.

Der Patient ist kein Extremfall. Die Operation selbst ist nicht schwierig, und die Erfolgsrate ist hoch, was bedeutet, dass es sehr riskant wäre, einen Fehler zu provozieren. Wenn der Patient überraschend stirbt, wird sich der Coroner fragen, wie es dazu kam. Und nicht nur das, alle werden mich bei meiner Arbeit genau beobachten: der Anästhesist, die Kardiotechnikerin an der Herz-Lungen-Maschine, der Kollege am Fuß des Tisches, die OP-Schwestern. Margot wird mir am nächsten sein, direkt neben mir, und jeden meiner Handgriffe mitbekommen.

Jedes Mal, wenn ich darüber nachdenke, wie ich Mr Shabir töten könnte, finde ich eine Möglichkeit, das Problem zu lösen. Herzchirurgie ist dermaßen gut erforscht und eingespielt, dass so gut wie kein Fehler so tödlich ist, wie er es früher vielleicht einmal war, und wenn es eine Möglichkeit gibt, ihn zu retten, dann wird jeder im Raum daran arbeiten, sie zu finden. Die einzige Möglichkeit, Ahmed Shabir zu töten und damit durchzukommen, wäre eine ausgewachsene Katastrophe.

Das Wegwerfhandy vibriert auf dem Couchtisch, und die Erinnerung an unser letztes Gespräch kommt mir in den Sinn.

Noch so einen Stunt wie eben, und ich schicke Ihnen seine Hand.

Ich reiße das Telefon vom Tisch und halte es mir ans Ohr.

»Ha-hallo?«

»Sie machen jetzt Folgendes«, sagt eine tiefe Stimme. »Schreiben Sie mit. Lernen Sie es auswendig, dann verbrennen Sie den Zettel.«

Ich schnappe mir mein Notizbuch und blättere, bis ich eine leere Seite finde.

»Sie legen heute Abend zwei Garnituren OP-Kleidung vor Ihre Tür. Morgen früh schicken Sie uns per SMS den genauen Standort des OP-Saals und eine exakte Beschreibung der Sicherheitsmaßnahmen, ebenfalls mit detaillierten Ortsangaben. Zwei meiner Leute werden auf Sie warten, damit Sie seinen Tod bestätigen. Sie müssen sie kontaktieren, sobald Sie Ihre Aufgabe erledigt haben. Sie werden Sie begleiten, wenn Sie den Leichnam in die Pathologie bringen, um sich vom Tod des Patienten zu überzeugen. Wenn das erledigt ist und kein Verdacht aufkommt, fangen wir an, die Rückkehr Ihres Sohnes in die Wege zu leiten.«

Mein Herz macht einen Satz.

Fangen wir an, die Rückkehr Ihres Sohnes in die Wege zu leiten.

Ich sehe auf meine Notizen, sehe, was er von mir verlangt. Die düsteren Vorahnungen kehren sofort zurück.

»Was Sie da von mir verlangen, ist nicht so einfach … Ich werde die ganze Zeit unter Beobachtung stehen. Selbst wenn es mir gelänge, den Patienten zu töten, ohne erwischt zu werden, wird ein Assistenzart die Brusthöhle schließen, und die Schwestern werden da sein, die ihn säubern, bevor er in die Pathologie gebracht wird. Es würde Verdacht erregen, wenn ich das alles selbst tun wollte.«

»Machen Sie eine Ausnahme.«

»Sie hören nicht zu. Das wird alle Alarmglocken schrillen lassen. Wenn Sie wollen, dass ich keinen Verdacht errege, muss ich mich ans Protokoll halten.«

Ich rechne damit, dass er kurz darüber nachdenkt. Aber er zögert nicht eine Sekunde.

»Sie werden tun, was und wie wir es von Ihnen verlangen. Sie wissen, was sonst passiert.«

Der Anruf endet mit einem leisen Piepen.

13

RACHEL

SAMSTAG, 6. APRIL 2019, 08:02 UHR

Der Name des Opfers ist Paula Williams.«

Alle im Konferenzraum betrachten die Porträtzeichnung des Opfers an der Tafel hinter mir. Daneben hängen Fotos des Brunnens, des Leichnams auf dem Sektionstisch, der Stummel ihrer Finger mit den abgesägten Spitzen. Seltsamerweise ist das Foto, das mich am meisten quält, ein Schnappschuss ihrer Füße, der noch am Fundort gemacht wurde: Der linke steckt aufgequollen im Schuh, der andere jedoch ist barfuß, geädert und fleckig. Die Zehen sind schrumpelig vom Wasser.

»Der Brunnen befindet sich auf einer verlassenen Farm in Littlebrook, einem kleinen Weiler dreißig Meilen von der Stadtgrenze entfernt. Zum derzeitigen Zeitpunkt liegen uns keine Erkenntnisse über eine Verbindung des Opfers zu der Gegend vor. Das wahrscheinlichere Szenario besteht darin, dass der Leichnam dort abgelegt wurde, damit er keine Aufmerksamkeit erregt und auf die Spur der Täter führt.«

Ich ziehe meinen Finger über die Karte, die ebenfalls an die Tafel geheftet ist, von Littlebrook in die Stadt.

»Paula hat in einer Privatstraße gewohnt, die von The Avenue abging, einer gut situierten Wohngegend hinter dem Redwood Hospital – da steht kein Haus unter einer Million.«

»Wie die andere Hälfte so lebt«, murmelt DS Amy Slater am anderen Ende des Tisches. Ihre übertrieben stark konturierten Augenbrauen lassen ihre Gesichtszüge härter wirken, als sie es in Wirklichkeit sind. Ich bin zu der Überzeugung gekommen, dass sie es genau deshalb tut: Es ist schwierig, sich durchzusetzen, wenn man nur knapp über eins fünfzig ist.

»Nicht gerade die Sorte Mensch, von der man erwartet, sie mit einer Kugel im Kopf in einem verlassenen Brunnen aufzufinden, oder?«

»Genau«, antworte ich. »Das Opfer ist eine fünfundsechzig Jahre alte Witwe, die noch nie auch nur einen Strafzettel wegen falschem Parken bekommen hatte.«

»Vielleicht war an ihrem Mann irgendwas fischig?«

»Das haben wir gecheckt«, antwortet DS Ryan. »Er hat in den Achtzigern in Öl gemacht und zum richtigen Zeitpunkt verkauft. Beide sind blitzsauber.«

»Wer hat die Identität bestätigt?«, fragte Sergeant Anthony Chesnick.

Er ist ein ruhiger, ernster Mann. Ich glaube nicht, dass ich ihn jemals habe lächeln sehen, doch ich fühle mich ihm auf eine Art und Weise verbunden, die ich mir nicht recht erklären kann. Vielleicht liegt es daran, dass wir beide die Ältesten im Raum sind.

»Ein Mitglied einer örtlichen Wohltätigkeitsorganisation hat sich gemeldet, nachdem wir die Porträtzeichnung veröffentlicht haben. Angeblich hat das Opfer sich dort ebenfalls engagiert und der Quelle zufolge regelmäßig ein Nachbarskind von der Schule abgeholt. Wir haben Aufnahmen von Überwachungskameras sicherstellen können, die die Route von der Schule zur vermutlichen Wohnadresse des Opfers abdecken. Das Technikteam hat dies hier für uns zusammengestellt.«

Ich ziele mit der Fernbedienung auf den Beamer, und die Aufnahmen werden abgespielt.

Paula Williams schlendert sorglos eine Straße entlang, in derselben hellblauen Strickjacke, in der sie später tot aufgefunden werden wird. Selbst auf den unscharfen Überwachungsaufnahmen kann man die Bügelfalten an ihren Hosenbeinen erkennen.

Die Aufnahmen springen von Straße zu Straße, bis sie nicht mehr allein ist, sondern einen kleinen Jungen im Schlepptau hat. Ein niedliches blondes Kerlchen, gerade noch klein genug, um zu hüpfen, aber bereits alt genug, um damit aufzuhören, wenn andere Kinder in seinem Alter vorbeikommen. Obwohl es keine Tonspur gibt, wird deutlich, dass die beiden sich gut verstehen. Ihre Köpfe drehen sich zueinander, während sie sich im Gehen unterhalten, und Paula legt ihm die Hand auf die Schulter, wenn er der Fahrbahn zu nahe kommt.

Dann springen die Aufnahmen zu einer leeren Straße, und der Zeitstempel in der unteren rechten Ecke zeigt, dass über sechs Minuten seit der letzten Aufnahme vergangen sind.

»Wo sind sie hin?«, fragt DS Slater.

»Genau«, antworte ich und mache einen Schritt zur Seite, um die Karte an der Tafel zu zeigen. Darauf ist eine gestrichelte rote Linie eingezeichnet. »Dies zeigt den Weg, den sie normalerweise genommen hätten. Das letzte Mal sehen wir sie hier, in der Straße links von dem Park. Normalerweise hätten sie hier die Grünfläche überquert und wären da herausgekommen, zwei Straßen von The Avenue entfernt. Sind sie aber nicht.«

»Gibt es rund um den Park keine Kameras?«, fragt Slater.

Ich schüttele den Kopf.

»Folgendes macht mich stutzig: Wir haben keinerlei Vermisstenanzeige, die zu dem Jungen passen könnte. Wir haben eine Frau, die seit achtundvierzig Stunden tot ist, und ein möglicherweise verschwundenes Kind, und niemand hat ihr Verschwinden bisher gemeldet.«

Die Aufmerksamkeit des Teams hinter mir wendet sich dem Standbild aus den Überwachungsaufnahmen zu, welches das Gesicht des Jungen zeigt, ausgedruckt und ebenfalls an der Tafel befestigt mit einem grellroten Kreis darum und einer Bemerkung, die in ungeduldiger, drängender Schrift in Großbuchstaben geschrieben wurde.

WER IST ER?

»Mark, Sie machen die Angehörigen des Opfers ausfindig und versuchen zu erreichen, dass sie kommen, um die Tote zu identifizieren. Sollte Ihnen das nicht gelingen, kriegen Sie ihre Hausarztpraxis ans Telefon, damit die das übernehmen. Ich möchte ihre Identität bis heute Mittag bestätigt haben.«

»Ja, Boss«, antwortet DS Ryan.

»Amy, Sie übernehmen den Park. Stellen Sie sich dahin, wo die Kinder von der Schule abgeholt werden, und fragen Sie die Passanten, ob sie sich an die beiden erinnern und ob sie an dem Nachmittag, als die beiden verschwunden sind, irgendwas Außergewöhnliches bemerkt haben.«

»Es ist Samstag, Ma'am«, sagt sie. »Und es sind Osterferien. Die Kinder kommen frühestens in zwei Wochen wieder.«

Das passiert mir häufig, wenn ich mich in einen Fall verbeiße. Ich arbeite so viel, dass ich oft vergesse, dass andere Leute Urlaub machen, und letzte Nacht habe ich so wenig geschlafen, dass die Tage ineinander verschwommen sind. Mein Rücken schmerzt noch davon, dass ich am Schreibtisch eingeschlafen bin, fest entschlossen, so viel wie möglich herauszufinden, nachdem ich von dem Jungen erfahren hatte.

»Natürlich. Trotzdem, nehmen Sie ein paar Kollegen von der Streife und fragen Sie herum. Klopfen Sie bei den Häusern am Park, und wenn Sie jemanden mit einem Kind im Alter des Jungen sehen, fragen Sie, ob ihnen die beiden bekannt vorkommen. Wenn sie in der Nähe wohnen, nehmen sie wahrscheinlich immer denselben Weg zur Schule.«

»Ja, Ma'am.«

»Anthony«, sage ich. »Sorgen Sie dafür, dass ich mindestens vier Beamte zu meiner Verfügung habe. Wir werden sie bestimmt später noch brauchen.«

»Ja, Ma'am.«

»Was mich angeht, ich beantrage einen Durchsuchungsbefehl, mit dem wir im Lauf des Tages hoffentlich Zutritt zum Haus des Opfers erhalten. Wir haben eine Leiche und den Brunnen, in den man sie geworfen hat, aber wir kommen keinen Schritt weiter, solange wir nicht wissen, wo sie erschossen worden ist, und von wem. Nichtsdestotrotz, oberste Priorität ist …«

Ich zeige auf das Foto in der Mitte der Tafel.

»Rauszufinden, wer der verdammte Junge ist.«

14

ANNA

NOCH 3 STUNDEN
SAMSTAG, 6. APRIL 2019, 07:03 UHR

Die OP-Kleidung, die ich vor der Tür abgelegt hatte, ist verschwunden, über Nacht still und leise abgeholt.

Ich stehe in der Tür, die Augen auf die Fußmatte geheftet. Zu denken, dass die Fremden direkt auf der anderen Seite der Tür gestanden haben und ich nichts geahnt habe. Sie sind meine engste Verbindung zu Zack, und es fühlt sich beinahe so an, als sei er selbst hier gewesen. So nah, dass ich die Tür hätte aufreißen und ihn in den Arm nehmen können. Dass mir diese Gelegenheit entrissen wurde, auch wenn sie nur in meiner Vorstellung bestand, hat einen tiefen, unerbittlichen Schmerz in meiner Brust hinterlassen.

Um drei Uhr morgens war ich fertig damit, den Mord zu planen. Keine einzige Methode war idiotensicher: Während ich die verschiedenen Möglichkeiten, ihn zu töten, durchspielte, stellte ich jedes Mal das Spezialinstrument vor, das mir angereicht werden und mit dem sich das Problem lösen lassen würde, alle Prozesse und Protokolle, die wir befolgen würden, um ihn wieder ins Leben zurückzuholen. Erst nach Stunden habe ich einen Weg gefunden. Er ist definitiv nicht risikolos und baut auf eine ordentliche Portion Glück, aber er ist möglich. Jetzt muss ich nur noch entscheiden, ob ich es durchziehen kann.

Ich schließe die Tür, setze mich auf die Treppe und drücke die Handballen auf die Augenlider. Seit Stunden quält mich ein brennender Schmerz in den Schläfen, gegen den die üblichen Mittel nichts ausrichten können. Wenn ich etwas esse oder trinke, wird mir schlecht, und Schmerzmittel auf leeren Magen machen alles nur noch schlimmer. Schlaf ist sinnlos, denn sobald ich die Augen schließe, träume ich von Zack. Traum um Traum um Traum, selbst wenn ich nur für einen Moment die Augen zumache. Ich sehe ihn unzählige Male sterben, manchmal jedoch rette ich ihn, nur um aufzuwachen und zu erleben, wie er mir wieder entrissen wird.

Ich zwinge mich auf die Beine und gehe zum Spiegel im Flur. Meine Haut ist lilienbleich, und meine Augen sind rot unterlaufen und verquollen. Ich sehe vollkommen ausgezehrt aus, mit meinen Wangenknochen könnte man Stahl schneiden.

Ich nehme die falschen Wimpern aus der Handtasche und schraube die Tube mit dem Klebstoff auf. An den Geruch habe ich mich längst gewöhnt, dieses scharfe, chemische Brennen in der Nase. Die ganze Prozedur ist mir inzwischen in Fleisch und Blut übergegangen, sodass ich mit der Tube über den Wimpernstreifen streiche, ohne nachzudenken, und ihn an mein rechtes Auge hebe. Ich starre auf mein Augenlid, und meine Hände fangen an zu zittern.

Es ist nur noch eine Wimper übrig, die ich mir ausreißen könnte.

Ich stehe vor dem Spiegel und bewundere den Schwung, mit dem sie vom Lid ausgeht und zur Spitze hin heller wird. Der Klebstoff wird fest werden, wenn ich zu lange warte. Dann muss ich ihn abziehen und von vorne anfangen. Doch ich kann nicht aufhören diese einzige, einzelne Wimper anzustarren.

Ich lege den Streifen auf dem Sideboard ab und hebe die Hand ans Auge. Als die Wimper gegen meine Fingerspitze stößt, läuft mir ein euphorischer Schauer über den Rücken. Es macht mich krank, daran zu denken, welche Macht dieses eine, feine Haar über mich hat. Ich packe es – fest – und zupfe es ohne Hass aus. Es liegt auf meiner Fingerspitze, leicht gebogen an einem Ende, ein winziger weißer Follikel am anderen. Ich lege es auf meine Zunge und schlucke es hinunter.

Am linken Auge sind noch mehr übrig: vier Wimpern in verschiedenen Wachstumsstadien. Ich ziehe sie mit derselben Wucht heraus, beobachte, wie die weiche Haut sich bei jedem wuchtigen Ruck kräuselt. Ich reiße und schlucke, reiße und schlucke, bis meine Lider vollkommen nackt sind. Ich warte darauf, dass mich die Erleichterung durchflutet, doch ich fühle nichts.

Dann drücke ich den Streifen an mein Augenlid und halte ihn dort mit einer Hand, während ich den anderen mit Klebstoff bestreiche und dann beide länger als eine Minute andrücke. Als sie fest sitzen, öffne ich die Augen und starre die Frau im Spiegel mit leerem Blick an. Bis jetzt war mir nicht klar, wie sehr ich sie hasse. Als Zack verschwunden ist, hat er alles mitgenommen, was ich an mir zu lieben gelernt hatte. Aber vielleicht war da auch nie irgendetwas gewesen, was ich an mir mochte, und es war nur das, was sich von ihm in mir gespiegelt hat.

Das Wegwerfhandy vibriert in meiner Tasche. Ich habe mich so an das stille Haus gewöhnt, dass ich bei dem leisen Geräusch zusammenzucke und Schmerz durch meinen Nacken schießt. Der Schmerz versetzt mich sofort wieder zurück zu dem Augenblick, als ich mit dem Rücken an die Wand meines Wohnzimmers gedrückt werde, eine behandschuhte Hand wie eine Klammer auf dem Mund und die Körper fremder Männer sich gegen meinen Brustkorb pressen, sodass ich kaum noch Luft bekomme.

Ich reiße mich zusammen und wühle in meiner Tasche nach dem Telefon. Ich habe jetzt drei Telefone: mein eigenes, das von der Arbeit und dazu das Einweghandy. Ich unterscheide sie am Klingelton. Das Telefon der Entführer klingt harscher, tiefer und gewalttätiger.

Ich drücke es ans Ohr, erwarte die raue Stimme des blauäugigen Mannes, der mir sagt, was ich bereits weiß: dass es nur noch eine Frage von Stunden ist, bis jemand tot sein wird.

»Mummy?«

So muss es sich anfühlen, wenn man einen Schlag in die Magengrube bekommt: eine brutale Erschütterung aller Sinne, gefolgt von einem Schmerzausbruch. Ich umklammere das Telefon an meinem Ohr, als wäre es das Wertvollste der Welt.

»Zack?«

Ich höre, wie er anfängt zu weinen, jeder Atemzug wird von einem kleinen Wimmern begleitet. Allein schon seine Stimme zu hören, bereitet mir Schmerzen: Meine Kehle brennt, meine Brust tut weh. Der Kopfschmerz nimmt so plötzlich zu, dass mir schwindelig wird.

Ich höre das Murmeln einer tiefen Stimme am anderen Ende. Zack versucht, seine Tränen zurückzudrängen.

»Der Mann … sagt, wir haben nicht mehr lange.«

Mein Gott, wie ich sie hasse! Ihn mir in kleinen Portionen zu geben, nur um ihn mir gleich wieder wegzunehmen, Zack die ganze Zeit als Köder zu benutzen. Seine Tränen auszubeuten und seine Angst, damit ich tue, was sie wollen.

»Geht's dir gut? Haben sie dir wehgetan? Wo bist du?«

»Ich weiß nicht, ich …« Er verstummt, als die tiefe Stimme im Hintergrund etwas murmelt. »Er sagt, ich soll dich was fragen.«

Sag dem Mann, ich bringe ihn um.

»Was denn, Baby?«

Ich höre, wie er atmet. Ich wusste nicht, dass ich jemals jemanden so sehr lieben könnte, dass ich das Geräusch jedes seiner Atemzüge bewundern würde. Sie klingen so klein, so zart.

»Der Mann hat gesagt …«

»Was hat er gesagt, mein Schatz?«

»Ich soll dich fragen … ob du diesen Mann retten wirst oder mich.«

Ich schlage die Hand vor den Mund und ersticke ein Schluchzen, während ich hinter meiner Hand stumm zittere.

»Mum?«

Ich schlucke es hinunter und hole scharf Luft.

»Dich, Baby. Immer nur dich. Ich verspreche, ich lasse nicht zu, dass dir etwas passiert.«

Der Mann murmelt wieder, und ich höre, wie am anderen Ende mit dem Telefon hantiert wird.

»Zack? *Zack?*«

Die Leitung ist tot.

Ich schreie so laut, dass es in meinen Ohren dröhnt, und schleudere das Telefon gegen die Tür. Die hintere Abdeckung löst sich. Ich höre, wie das Display springt.

Ich stütze mich gegen die Wand, die Hände gegen den Putz gepresst, das Gesicht gesenkt. Einzelne Haarsträhnen bewegen sich mit jedem verzweifelten Atemzug. Ich hatte mich nie für jemanden gehalten, der leicht wütend wird, diese Kerle jedoch haben ein tollwütiges Tier in mir geweckt. Ich will sie töten, langsam, quälend, bis sie nach ihren Müttern flehen. Wir sind alle so blind, wenn wir denken, wir wüssten, wer wir sind. Nur Schmerz wie dieser enthüllt, wozu wir wirklich fähig sind.

Ich bleibe an der Wand stehen, bis mein Herzschlag und mein Atem langsamer werden und ich meine Gefühle zurückgedrängt habe. Bis ich wieder taub bin und an nichts anderes mehr denke als die vor mir liegende Aufgabe.

Meine einzige Chance, unversehrt aus alldem hier herauszukommen, liegt darin, alles richtig zu machen, bis zum letzten Schritt. Der Coroner muss sehen, dass ich alle Schritte des Eingriffs korrekt durchgeführt habe. Dann werde ich die Aorta anschneiden und so lange Zeit schinden, bis der Patient verblutet ist. Ich muss nur dafür sorgen, dass niemand sieht, wie ich den Schnitt setze.

Falls mir das nicht gelingt, werde ich eine Luftblase ins Herz injizieren, so klein, dass sie mit bloßem Auge kaum zu erkennen ist, die jedoch zu einer tödlichen Bombe wird, sobald sie in einem Gefäß stecken bleibt. Welche Methode ich auch anwenden werde, eins ist absolut klar.

Ahmed Shabir darf nie wieder aufwachen.

15

MARGOT

SAMSTAG, 6. APRIL 2019, 07:40 UHR

Immer wieder suche ich nach Blut, aber bisher ist da keins. Es war das Erste, was ich nach dem Aufwachen getan habe, das Laken nach Blutflecken absuchen. Dann, als ich auf der Toilette war, habe ich meine Unterwäsche inspiziert, in der Erwartung, altes, trockenes Blut von der Baumwolle bröseln zu sehen. Noch nichts. Es ist hart im Nehmen, genau wie ich. Wird es auch sein müssen.

Ich sitze am Fußende meiner Matratze auf dem Boden und starre in den Handspiegel, den ich vor ein oder zwei Wochen im Schwesternzimmer geklaut habe. Bevor Dan mich verlassen hat, hatte ich einen schönen Ganzkörperspiegel. Den habe ich online für fünfundvierzig Pfund verkauft.

Als ich mein Spiegelbild anstarre, sehe ich, wo der Stress meinen Teint verheert hat. Im Mundwinkel ist ein Häuflein Stresspickel, und die Haut um meine Augen herum sieht dünn und mürbe aus.

Mein Magen schmerzt noch immer vom Schlag der Frau. Ich binde den Bademantel auf und betrachte mich, doch das einzige Anzeichen dafür, dass irgendetwas passiert ist, ist ein schmaler Streifen geröteter Haut, wo einer ihrer Ringe sein Zeichen hinterlassen hat.

Ich nehme die Haarbürste und ziehe sie durch mein feuchtes Haar, bis meine Kopfhaut sich heiß anfühlt und mir das Wasser langsam den Rücken hinabrinnt. Das scharfe Kratzen der Borsten dringt durch den Nebel von dem Dope, das ich gestern Abend geraucht habe. Er umfängt mich immer noch, als wäre mein Hirn immer einen Schritt hinter der Realität zurück. Ich brauche ein paar Sekunden, um zu begreifen, dass mein Handy klingelt. Ich hole es vom Bett und melde mich, ohne nachzudenken.

»Oh«, sagt Sandy. »Du bist also doch nicht tot?«

Scheiße.

»Margot? Ich kann dich atmen hören.«

»Hi, Sandy. Was gibt's?«

Sie stößt ein trockenes Lachen aus. »Oh, ich glaube, das weißt du ganz genau, Margot.«

Ich zögere, um Zeit zu gewinnen und meine Taktik zu ändern, und ziehe an den Haaren, die sich um die Borsten der Bürste gewunden haben. Ihr hochgestochener Akzent und ihr vornehmer Tonfall künden lauthals von einer privilegierten Herkunft. Sie würde mich nie verstehen, ganz egal, was ich ihr erzähle.

»Es tut mir leid, dass du mich nicht erreicht hast, es war so viel zu tun bei der Arbeit …«

»Offen gestanden, Margot, bin ich nicht in der Stimmung, mir deine Entschuldigungen anzuhören, als lass uns keine Zeit damit vergeuden.«

Kein Aufschub mehr. Kein Ausweg mehr. Ich hatte damit gerechnet, dass sie noch ein bisschen länger bräuchte, bevor sie irgendetwas Drastisches tun würde, aber ich kann hören, dass ich mich getäuscht habe. Mein Herzschlag beschleunigt sich.

»Ich zahle nächste Woche ein paar Monatsmieten nach, versprochen.«

»*Drei* Monatsmieten, aber deine Versprechungen sind nicht mehr viel wert, nicht wahr? Ich verstehe ja, dass du in einer schwierigen Lage bist, seit dein Partner dich verlassen hat, aber ich kann deine privaten Probleme nicht länger abfedern. Das wird zu teuer für mich.«

Sie seufzt, als würden ihr ihre nächsten Worte Schmerzen bereiten. Ich glaube ihr nicht eine Sekunde lang.

»Du hast bis Sonntagabend, um mir das Geld zu überweisen. Wenn ich es bis dahin nicht auf meinem Konto sehe, lasse ich die Schlösser austauschen.«

Mir wird übel. So konsequent hat sie mir noch nie gedroht. Es ist ja nicht so, dass sie das Geld nicht kriegt, bisher habe ich immer irgendwann gezahlt, wenn ich mit der Miete im Rückstand war. Aber das war, als meine Kreditwürdigkeit noch einen Anschein von Respektabilität hatte und ich einen Kredit aufnehmen konnte, um einen anderen zu tilgen, oder noch ein paar mehr von Dans Sachen verkaufen konnte. Jetzt wird mein ganzes Gehalt von den Überziehungszinsen und den Kreditschulden aufgefressen, und die Wohnung ist leer. Ich habe nichts mehr, worauf ich zurückgreifen könnte; nicht mal mehr Sandys Geduld.

»Ich kümmer mich drum«, sage ich.

»Tu das.«

Das Gespräch endet, und ich lasse die Hand fallen. Das Telefon landet mit dem Display nach unten auf dem Bett.

Ich stehe vom Boden auf und wandere aus dem Schlafzimmer ins Wohnzimmer, kalt und leer, abgesehen von meinen Erinnerungen an bessere Zeiten. Ich muss mich nur umsehen, um die physische Manifestation meines Elends vor Augen zu haben. Jedes Mal, wenn ich durch diese Tür trete, bricht es mir das Herz.

Ich hasse es hier. Aber ich kann sonst nirgendwo hin.

Ich schlüpfe in die Umkleide und lausche nach Lebenszeichen: Schritte, Seufzer, das Rascheln von OP-Kleidung, die von müden Händen ausgezogen wird. Doch außer meinem hektischen Atem höre ich nichts. Die Angst, aus meiner Wohnung geworfen zu werden, drückt mir die Kehle zu.

»Morgen!«, rufe ich.

Niemand antwortet.

Ich mache einen raschen Rundgang und checke jede Kabine. Als ich mich davon überzeugt habe, dass ich tatsächlich ganz allein bin, hole ich mein Handy heraus und mache mich an die Arbeit. Ich öffne die App, in der ich die Zahlencodes aller Vorhängeschlösser notiert habe. Dafür, dass sie so intelligent sind, können die Leute hier manchmal sehr dumm sein. Keiner von ihnen hat in letzter Zeit sein Zahlenschloss verstellt. Ich kenne nur eine Handvoll Kombinationen, von denjenigen, an die ich nahe genug herankommen konnte, um sie zu beobachten, während sie ihre Spinde auf- und zugeschlossen haben, doch selbst wenn ich alle Kombination kennen würde, es würde nicht reichen, um Sandy alles zurückzuzahlen. Aber wenn ich ihr jetzt genug gebe, lässt sie mir vielleicht genügend Zeit, um den Rest zusammenzubekommen.

Ich muss etwas unternehmen.

Ich fange mit Karins Schrank an und stecke alles Bargeld aus ihrer Börse ein, die Designeruhr aus ihrem Schuh, ihr Telefon. Die Verzweiflung treibt mich dazu, jede Vorsicht fallen zu lassen und Sachen mitgehen zu lassen, die an mich zu nehmen ich früher niemals riskiert hätte. Jedes Mal, wenn ich versuche, rational zu denken, schüttele ich heftig den Kopf und schlage die Gedanken in den Wind.

Ich nehme Beths goldenes Armband und ihr Bargeld, bis hin zum Kleingeld im Münzfach ihres Portemonnaies, schaufele alles in die Tiefe meiner Tasche, bis die Träger in mein Handgelenk einschneiden. Als ich gerade dabei bin, Belindas Geldbörse und ihren Zigarettenvorrat auszuräumen, höre ich, wie hinter mir die Türklinke gedrückt wird. Ich knalle ihren Spind zu, ziehe meinen auf und stopfe hastig die Tasche hinein, die klirrt wie ein Klingelbeutel.

»Morgen, Liebes«, sagt Val, während sie sich aus ihrem Mantel schält.

»Morgen.«

Ich wage es nicht, mich umzudrehen, denn meine Wangen glühen rot. Ich hole meine OP-Kluft aus dem Spind und werfe sie auf die Bank.

»Hast du schon gehört? Eine Patientin verklagt das Krankenhaus.«

Ich ziehe mir das Oberteil über den Kopf, was meinen nervösen Atem noch hektischer macht. Die Wärme jedes Ausatmens erhitzt meine Wangen.

»Anscheinend haben wir ihren Verlobungsring verschlampt. Soll satte fünfzig Riesen wert gewesen sein.«

Ich erstarre, das Oberteil immer noch halb über dem Kopf, die kalte Luft des Raumes streicht über die nackte Haut meines Bauches. Dann reiße ich es herunter und starre sie an. Meine Wangen brennen, und mein Haar hat sich aus dem Knoten gelöst.

»*Fünfzig?*«

»Hab ich zumindest gehört«, sagte Val über die Schulter hinweg, während sie sich die Hände eincremt. Was immer sie benutzt, ich rieche es bis hierhin. Der blumige Geruch trifft mich hinten im Rachen. Mir wird schwindelig, sodass ich mich an der Kante meines Spindes festhalten muss.

Ich habe einen Fünfzigtausendpfundring für einen mageren Riesen verkauft.

»Die Klinikleitung dreht komplett durch«, sagt Val, während sie die Schuhe abstreift. »Mir tut ja der arme Idiot leid, der den Ring verloren hat.«

»Mir auch«, murmele ich.

Val redet weiter, aber ich blende ihre Worte aus. Normalerweise finde ich einen Ausweg aus solchen Situationen. Quatschbacke, hat Ma mich immer genannt. Doch dieses Mal stecke ich viel zu tief drin. Es fühlt sich an, als ob mich alles, was ich getan habe, endlich doch einholt.

Ich schlüpfe in meine Arbeitskleidung und kommentiere alles, was Val sagt, mit unspezifischen Ahhs und Hmms, während meine Nerven sich um meinen Hals zuziehen wie eine Henkersschlinge.

Es wird etwas Schlimmes passieren. Ich spür es in den Knochen.

16

ANNA

NOCH EINE STUNDE UND ZEHN MINUTEN
SAMSTAG, 6. APRIL 2019, 08:50 UHR

Vor der Flügeltür zur Station bleibe ich stehen.
Es ist Zeit, den Patienten aufzusuchen.

Unzählige Male habe ich diesen Teil des Krankenhauses schon betreten und noch nie vor dieser Tür gezögert. Noch nie habe ich mir Zeit genommen, um die Schrammen und Streifen zu bemerken, die von den Krankenbetten an den Wänden hinterlassen worden sind, oder den kleinen, feinen Sprung in der Glasscheibe auf der linken Seite.

Die erste Stunde im Krankenhaus habe ich damit verbracht, meinen Plan noch einmal durchzugehen und mit den Augen auf der Stoppuhr die abgeriegelten Flure rund um den OP-Saal abzulaufen, um zu schätzen, wie lange der Wachmann für eine Runde benötigt. Ich bin erst in meiner eigenen Geschwindigkeit gegangen, dann habe ich versucht, so zu gehen, wie ein Mann es vielleicht tun würde, mit großen Schritten und in verschiedenen Geschwindigkeiten. Im Durchschnitt war es eine Minute und dreißig Sekunden. So viel Zeit werde ich haben, um die Leiche hinauszufahren, die Entführer zu treffen und den Aufzug zur Leichenhalle zu erreichen.

Nachdem ich einen Menschen getötet habe.

»Entschuldigung, Doc«, sagt jemand hinter mir.

Val und ein Kollege rollen einen Patienten herein. Ich trete beiseite und sehe zu, wie das Bett an mir vorbeigeschoben wird. Eines der Räder dreht sich nicht synchron mit den anderen. Die Geräusche der Station dringen durch die offene Tür: Ein Patient drückt den Rufknopf, die Schuhe der Schwestern schleifen über den Linoleumboden.

Ich hole tief Luft und gehe hinein, zwinge mich zu einem Lächeln, wenn die Schwestern in meine Richtung sehen, nicke höflich, wenn ich an Patientenbetten vorbeikomme, und schlüpfe schließlich in den Flur, der zu Mr Shabirs Privatzimmer führt. Vor der Tür bleibe ich erneut stehen und luge durch die Glastür.

Der Patient sitzt aufrecht im Bett und unterhält sich mit seiner Frau. Trotz der Aufregung angesichts dessen, was vor ihnen liegt, lächeln sie einander an. Sie halten sich an den Händen.

Ich kann das nicht.

»Kommen Sie nur herein, Dr. Jones«, sagt Mr Shabir hinter der Scheibe.

Ich erwache aus meiner Trance und trete mit einem gezwungenen Lächeln ein.

Vor lauter Konzentration auf das Paar war mir die Frau gar nicht aufgefallen, die in der Ecke neben der Tür sitzt und unermüdlich auf einem Laptop tippt. Als sie mich bemerkt, klappt sie ihn mit einem höflichen Lächeln zu und wirft einen verstohlenen Blick auf ihr Telefon, das einen Alarmton von sich gibt. Ich wünsche ihr einen guten Morgen und trete an Mr Shabirs Bett.

Er ist ein gutaussehender Mann, aber eindeutig nicht gesund. Die Überlastung seines Herzens ist unübersehbar: Sein Teint hat sein sonstiges Strahlen verloren, die Lippen sind farblos und rissig, unter den Augen liegen tiefe Ringe, und die Tränensäcke sind aufgedunsen. Jeder Atemzug klingt angestrengt. Sein PR-Team muss gut sein, um seinen Gesundheitszustand aus den Medien herauszuhalten. Ich frage mich, wie sie die Symptome verbergen, wenn er vor den Kameras steht.

»Guten Morgen. Wie geht es uns denn heute?«

Mrs Shabirs Parfüm steigt mir in die Nase. Ich kann die Angst, die von ihr ausgeht, praktisch spüren.

»Nervös«, sagt er.

»Aber zuversichtlich«, setzt Mrs Shabir hinzu. Ich sehe, wie sie dabei kurz seine Hand drückt.

»Das ist die beste Einstellung«, sage ich. »Nervosität ist unvermeidlich, aber Zuversicht ist sehr wichtig.«

Ich höre wie die Frau hinter mir sich räuspert. Shabir lächelt sie wohlwollend an.

»Das ist Tammy, meine PR-Managerin«, sagt er. »Sie ist hier, um Schadensbegrenzung zu betreiben, falls es mich umhaut.«

»*Ahmed*«, sagte Mrs Shabir mit kummervollem Gesicht.

Er tätschelt ihre Hand und sieht mich mit einem mitleidigen Lächeln an.

»Sorry. Ich mache Witze, um solche Sachen durchzustehen. Denken Sie sich nichts dabei.«

Erstens, richte keinen Schaden an …

Ich weiß nicht, warum mir ausgerechnet jetzt die alte Formel in den Sinn kommt. Im Kopf höre ich meine junge, unschuldige Stimme, die die Worte mit Stolz rezitiert und an jedes einzelne glaubt.

»Kein Problem«, bringe ich mühsam heraus und greife nach dem Klemmbrett mit seinem Krankenblatt, das am Fußende seines Bettes hängt. »Also, ich möchte mit Ihnen noch einmal durchgehen, was heute passieren wird, und wenn Sie dann noch Fragen haben, zögern Sie nicht, sie zu stellen.«

»Ist das Risiko aufgrund seiner Vorerkrankungen höher?«, fragt Mrs Shabir. »Wegen der erblichen Hypercholesterinämie?«

Ich zucke innerlich zurück, als ich ihr in die Augen sehe. So voller Hoffnung. Voller Vertrauen.

Sie dürfen mir nicht vertrauen.

Shabir lacht und tätschelt seiner Frau die Hand.

»Sie hat gesagt, *nachdem* sie noch einmal alles mit uns durchgegangen ist, Schatz.«

Mrs Shabir lacht nervös. »Ja, natürlich. Entschuldigung.«

»Ihr Mann hat ein geringfügig erhöhtes Komplikationsrisiko, weil wir drei Koronararterien überbrücken müssen, was mehr Zeit in Vollnarkose und an der Herz-Lungen-Maschine bedeutet. Mr Shabirs erblich bedingter hoher Cholesterinspiegel macht es wahrscheinlich, dass Ihr Mann in Zukunft weitere Bypässe benötigen wird.«

»Also, wenn ich sterbe, kannst du meinem Vater die Schuld geben.« Er grinst seine Frau an, doch sie lacht nicht.

»Hör auf, Ahmed. Ich darf gar nicht daran denken.«

Das Klemmbrett in meiner Hand fängt an zu zittern. Ich halte es so fest, dass der Schmerz durch die Sehnen meiner Handgelenke bebt. Ich räuspere mich.

»Also, sobald Sie in Narkose liegen …«

»Was für Mittel wird er bekommen?«, fragt sie. »Um ihn in Narkose zu legen, meine ich?«

»Mindy, bitte.«

»Ist schon in Ordnung«, sage ich.

Sie lächelt mich dankbar an. Ich schaue auf die Unterlagen hinab.

»Ahmed wird zuerst eine Sedierung erhalten, dann eine Vollnarkose und dazu Medikamente, die sein Blut verdünnen und Thrombosen verhindern.«

»Danke«, sagt Shabir zu mir, bevor er sich seiner Frau zuwendet: »Jetzt lass sie ausreden.«

Sie nickt mit verschlossenem Lächeln, als müsse sie sich zwingen, ruhig zu bleiben.

»Also, die Operation sollte nicht länger als drei Stunden dauern. Sobald Sie in Narkose liegen und beatmet sind, öffne ich die Brusthöhle, um Zugang zum Herzen zu bekommen, schließe Sie an die Herz-Lungen-Maschine an und kühle dann das Herz herunter, damit es stillhält.« Ich sehe, wie Mindys Gesicht blass wird. »Er ist dabei die ganze Zeit am Leben, Mrs Shabir. Stellen Sie sich das so vor, als würden Sie einen Stecker in eine andere Steckdose stecken – der Strom fließt weiter in Ihr Gerät, nur aus einer anderen Quelle.«

Ich schaue weg, weil ich mich unter ihrem vertrauensvollen Blick unwohl fühle, und spüre dennoch, wie er sich in mich hineinbrennt. Das Klemmbrett vibriert in meiner Hand.

»Sobald die Maschine übernommen hat, mache ich mich an die drei Bypässe, dafür benutze ich Venen aus Ihrem Bein. Wenn das erledigt ist, spüle ich die Medikation aus und verlege den Kreislauf von der Maschine wieder in den Körper. Sobald das Herz wieder fröhlich schlägt, schließe ich die Brusthöhle und schicke Sie in den Aufwachraum, von da kommen Sie auf die Nachsorgestation. Der Fernsehempfang ist da ziemlich schlecht, aber die Schwestern sind großartig und werden sich wunderbar um Sie kümmern.«

Ich zwinge mir ein Lächeln ab, versuche, die beiden zu beruhigen, doch ich hasse mich selbst dafür. Die Nervosität des Patienten mag ich lindern, aber seine Frau hängt an meinen Lippen. Sie ist es, mit der ich umgehen muss, wenn er tot ist.

»Siehst du, das hört sich doch gar nicht so schlimm an«, sagt Ahmed.

Mindy nickt, doch ihre Augen füllen sich mit Tränen. Rasch steht sie auf und dreht sich zum Fenster. Ich kann sehen, wie ihre Schultern beben.

»Wie oft werden wir auf den neuesten Stand gebracht?«, fragt Tammy hinter mir. »Es gibt da einige Leute, die ganz heiß auf Neuigkeiten sind.«

Ich mag sie nicht, aber das ist nicht ihre Schuld. Sie macht ihren Job, so, wie ich meinen machen sollte, doch der zusätzliche Druck und die unmittelbar bevorstehende Schuld lassen meinen Tonfall schroff werden.

»Normalerweise verfolgen wir eine ›Keine-Nachrichten-sind-gute-Nachrichten‹-Strategie, damit wir ungestört arbeiten können, aber in Ihrem Fall können wir eine Ausnahme machen.«

Sie sieht mich ungerührt an. »Danke, das ist nett.«

Ich wende mich wieder dem Patienten zu. Mrs Shabir blickt aus dem Fenster und bemüht sich schniefend, die Fassung zu wahren. Mr Shabir sitzt ruhig da und dreht seinen Ehering am Finger. An der anderen Hand trägt er etwas, das wie eine Art Sovereign aussieht, eine alte Goldmünze. Nicht gerade das, was man bei einem Politiker erwartet.

»Die werden Sie ablegen müssen, bevor Sie in den OP kommen, so leid es mir tut.«

Er blickt auf und reißt sich aus seinen Gedanken. »Oh ja, selbstverständlich.«

Einen nach dem anderen zieht er die Ringe ab und legt sie mit leisem Klirren auf dem Nachttisch ab.

»Haben Sie sonst noch Fragen?«

»Danke, Dr. Jones. Alles gut«, sagt er. »Vielen Dank.«

»Dann bis nachher.«

Ich gebe ihm die Hand. Ich spüre die Wärme seiner Haut, das Leben, das von ihm ausstrahlt. Ich muss mir Mühe geben, mich seiner Berührung nicht zu entziehen.

»Danke. Ich weiß, ich bin in guten Händen.«

Ich nicke hastig, ein gezwungenes Lächeln kneift in meine Wangen. Dann drehe ich mich zur Tür um.

Ich kann das nicht.

Mit Tränen in den Augen bin ich schon halb den Flur hinunter, da holt Mrs Shabir mich ein. Heftig blinzelnd drehe ich mich zu ihr um und lächle sie an.

»Ich wollte mich nur noch einmal bei Ihnen bedanken«, sagt sie.

»Oh, das ist doch nicht …«

»Und Sie noch etwas fragen.«

Der Schmerz in ihren Augen bringt mich um. Offensichtlich betet sie den Boden an, auf dem ihr Mann wandelt.

»Ja, Mrs Shabir?«

»Wie war noch mal die Überlebensrate? Ich weiß, wir sind das schon beim Vorgespräch durchgegangen, aber mein Kopf ist heute vollkommen durcheinander, ich traue meiner eigenen Erinnerung nicht.«

»Das verstehe ich. Sie machen das sehr gut. Also, angesichts der Vorerkrankung Ihres Mannes und anderer Faktoren wie Alter, Gewicht, Rauchen … Er hat eine neunzigprozentige Chance, den Eingriff zu überleben.«

Sie starrt mich an, unsicher, ob das eine gute oder eine schlechte Nachricht ist.

»Das sind hervorragend Aussichten, Mrs Shabir. Wenn Sie noch mehr Fragen haben, die Schwestern sind sicher bereit …«

»Da ist noch was.«

Ich beiße mir auf die Innenseite der Lippe.

»Sie werden doch Ihr Bestes tun, Dr. Jones, oder?«

Sie starrt mir so intensiv in die Augen, dass mir vor schlechtem Gewissen ganz übel wird und Galle hinten auf meiner Zunge brennt. Ich nicke heftig.

»Aber natürlich«, lüge ich. »Ihr Mann ist in sicheren Händen.«

Sie lächelt und greift nach meiner Hand. Ich zucke zusammen, als sie mich berührt.

»Danke«, sagt sie, und die Angst krächzt in ihrer Stimme.

Als sie geht, sehe ich ihr nach. Ihr langes schwarzes Haar schwingt hinter ihrem Rücken, ihr Schritt wirkt leichter als zuvor, erleichtert durch meine Lügen.

Gleich werde ich ihr Leben zerstören.

Während ich zu der großen Flügeltür und dann zum abgeriegelten OP-Trakt gehe, schlingt sich die Angst um meine Kehle.

In wenigen Stunden wird es vorbei sein, und Zack und ich sind wieder frei.

17

RACHEL

SAMSTAG, 6. APRIL 2019, 09:50 UHR

Das Haus eines Verstorbenen ist immer ein schwindelerregender Anblick. Nicht das Haus an sich, die Steine und der Mörtel oder die vollkommen normalen Dachrinnen und doppelt verglasten Fenster, sondern das Zuhause: der Herzschlag des Hauses, der von den Wänden ausgeht.

Paula Williams' Heim war eindeutig ihr ganzer Stolz. Nicht nur, dass es sauber und gepflegt ist, die staubfreien Fußbodenleisten oder der weiße, frisch gestärkte Überwurf auf ihrem Bett, sondern die kleinen persönlichen Eigenheiten, die die Räume zu ihren eigenen machen, von den Porzellanfiguren auf dem Kaminsims über die geblümten Vorhänge bis hin zu den gerahmten Familienfotos an den Wänden. Ich frage mich, was aus all dem hier werden wird, wenn sie begraben unter der Erde liegt.

Nachdem sich herausgestellt hat, dass die Tochter des Opfers in Australien lebt, hat der Hausarzt bestätigt, dass es sich bei der Toten um Paula Williams handelt, und das Gericht hat den Durchsuchungsbeschluss genehmigt. Die Reaktion des Arztes geht mir immer wieder durch den Kopf.

Ich verstehe überhaupt nicht, wie sie in so etwas hineingeraten sein kann. Das war eine Frau, die ihren Garten geliebt und in ihrem Gartenhaus getöpfert hat. Sie können mir glauben, wenn ich sage, dass sie die Letzte ist, bei der ich so einen Tod erwartet hätte. Das ergibt keinen Sinn.

»Gegen dieses Haus sieht meine Wohnung alt aus«, sagte DS Ryan hinter mir, während er die Treppe herunterkommt und die Plastiküberzieher an seinen Schuhen bei jedem Schritt knistern. »So sauber.«

»Allerdings.«

»Halten Sie es für möglich, dass das hier ein gereinigter Tatort ist?«, fragt DS Ryan und tritt zu mir ans Kaminsims. Er hat heute Morgen zu viel Aftershave aufgetragen, der Duft beißt in meiner Nase.

»Nein, sie ist nicht hier gestorben.«

»Woher wissen Sie das?«

»Die Nachbarn hätten den Schuss gehört. Und die Kugel wurde aus nächster Nähe abgeschossen. Das Blut des Opfers wäre bis an die Decke gespritzt.«

Wir schauen beide nach oben. Die Decke ist makellos.

»Aber riechen Sie das?«

DS Ryan schnuppert.

»Vanille?«

»Und?«

Er schnuppert noch einmal und zieht die Augenbrauen zusammen.

»Bleiche?«

»Desinfektionsmittel«, antworte ich. »Die Fenster waren geschlossen, als wir ankamen, das heißt, der Geruch muss hier eingesperrt gewesen sein, sonst hätte er sich nicht so lange gehalten.«

»Sie denken, hier wurde sauber gemacht, nachdem sie gestorben ist?«

»Warten wir ab, was die Spurensicherung sagt.«

Ich wende mich zur Tür, gehe hinaus, um etwas frische Morgenluft zu schnappen, und beobachte, wie die Leute von der Spurensicherung jeden Zentimeter des Hauses und des Grundstücks durchkämmen. Ihre weißen Anzüge rascheln bei jeder Bewegung.

Die Pathologin Diane Reed steht am Fuß der Auffahrt und starrt zum Haus hinauf. Die heruntergezogene Kapuze enthüllt ihr ungekämmtes, silbriges Haar, das sich aus dem Knoten löst.

»An Tagen wie diesen wünsche ich mir, ich hätte nicht mit dem Rauchen aufgehört«, sagt sie, als ich zu ihr komme. »Es ist, als ob Malcolm riechen kann, dass etwas Schlimmes reinkommt, und die Woche freinimmt, damit ich mich damit herumschlagen kann.«

»Du gibst eine großartige stellvertretende Tatortleiterin ab. Eine hervorragende, um ehrlich zu sein. Aber wenn du ihm verrätst, dass ich das gesagt habe, muss ich dich leider umbringen.«

»Bitte nicht. Malcolm würde einen Weg finden, mich ins Leben zurückzuholen, damit ich Ordnung in sein Chaos bringe.«

Wir wechseln ein kurzes Grinsen, bevor der Ernst des Tatorts uns wieder einholt und wir weiter zusehen, wie die Leute von der Spurensicherung den Rasen des Vorgartens absuchen. Ihre Overalls sind so hell, dass die Sonnenstrahlen von ihren Rücken abprallen.

»Was haben deine Leute bisher gefunden?«

Diane zeigt auf den Eingang.

»Erde auf der Treppe, die zu der in den Blumentöpfen passt. Die in dem linken ist lockerer als die im rechten. Sieht aus, als wäre sie kürzlich umgegraben worden.«

»Hat da ein Kampf stattgefunden?«

»Oder es war etwas darin versteckt.«

»Was haben die Jungs auf dem Rasen gefunden?«

»Schuhabdrücke.« Sie nickt in Richtung des Hauses nebenan. »Führen da rüber.«

Ich sehe zum Nachbarhaus hinüber: ein ultramodernes Gebäude, fast doppelt so groß wie das Haus unseres Opfers, mit großen Glasflächen und kahlen, weißen Wänden. Eine kurze Recherche heute Morgen hat ergeben, dass die Häuser direkt an der Hauptstraße vor etwa vierzig Jahren im pseudoviktorianischen Stils erbaut wurden; diese beiden Häuser hier an der Privatstraße sind hingegen neueren Datums und erst fünf Jahre alt. Das Haus nebenan ist für beinahe zwei Millionen verkauft worden.

»Wisst ihr, wer da wohnt?«, fragt Diane.

»Jemand mit einer Menge Geld«, erwidere ich trocken. »Noch nicht. Die Kollegen von der Streife gehen von Haus zu Haus, die finden in den nächsten ein, zwei Stunden bestimmt was raus.«

»Nun, wer immer diese Fußabdrücke hinterlassen hat, war in Eile. Die Tiefe und der Abstand legen nahe, dass die betreffende Person gerannt ist.« Diane blickt die Privatstraße hinunter bis zur abgeriegelten Einfahrt. »Kommst du ein Stück mit?«

Ich nicke und gehe neben ihr her. Sie zieht ein Paket Zigaretten und ein rosafarbenes Feuerzeug heraus.

»Ich hab eigentlich gar nicht aufgehört.«

»Ich weiß, Di. Ich hab's an dir gerochen.«

Sie schenkt mir ein trockenes Lächeln. »Mein Ältester hat mich angefleht. Ich tu so, als hätte ich aufgehört, in der Hoffnung, dass ich es mir eines Tages selbst glaube. Wann immer ich kann, qualme ich heimlich ein paar.«

»Ich sag nichts.« Ich kicke einen Stein beiseite und höre Dianes Feuerzeug hinter ihrer gewölbten Hand schnippen. »Danke, dass du die Autopsie so schnell erledigt hast.«

»Kein Problem«, antwortet sie, und weißer Rauch quillt von ihren Lippen. Sie zupft sich etwas von der Zungenspitze. »Schade, das mit der Kugel.«

Dianes Voraussage hat sich bestätigt: Die Spur der Kugel im Kopf des Opfers passt zu einer halb automatischen Glock, die aus nächster Nähe abgefeuert worden ist. Selbstsüchtigerweise wünsche ich mir, es wäre eine registrierte Waffe gewesen. Es wäre so viel einfacher, die betreffende Person ausfindig zu machen. Eine Glock dürfte auf dem Schwarzmarkt gekauft worden sein. Und was die Kugel angeht: Sie ist glatt durch den Schädel durchgegangen.

»Ich hoffe, wir finden sie am Tatort.«

»Dafür müsst ihr erst mal den Tatort finden, Schätzchen.«

Sie hält mir die Zigarette hin. Ich nehme sie und ziehe daran, bis dicker Rauch meine Lunge füllt. Ich habe schon so lange nicht mehr geraucht, dass dieser eine Zug mir sofort zu Kopf steigt. Diane nimmt mir die Kippe wieder aus den Fingern und zieht noch einmal gierig.

Über uns fliegt ein Flugzeug und zieht einen dicken weißen Kondensstreifen hinter sich her. Ich denke an die Tochter des Opfers, die gerade von Australien herübergeflogen kommt und in der Enge der Econonmy Class den Tod ihrer Mutter verarbeiten muss.

»Rachel«, sagt Diane und bleibt auf dem knirschenden Kies stehen. »Kommst du damit klar, diesen Fall zu bearbeiten?«

Ich antworte nicht gleich, kicke einen weiteren Stein ein paar Meter weit, beobachte, wie er den kleinen Abhang hinunterrollt, auf ein Fleckchen Brachland zu.

»Warum sollte ich nicht?«

Der Geruch ihrer Zigarette kriecht über meine Schulter. Ich wünschte, ich hätte nicht daran gezogen; die Toxine benebeln mich beinahe so, als wäre ich betrunken.

»Du weißt, warum«, sagt sie mit einem lauten Ausatmen. »Der Junge.«

Ich trete noch einen Stein weg, sage aber eine ganze Weile nichts. Jemand musste das fragen, und ich hatte mich darauf eingestellt, aber

Diane hat mich dennoch überrascht. Ich spanne den Kiefer an, wappne mich gegen den Schmerz.

»Ich komm schon klar.«

Dann gehe ich weiter, fest entschlossen, kein Wort mehr darüber zu verlieren. Diane seufzt und folgt mir.

Als wir an der Einmündung der Straße ankommen, die mit flatterndem blau-weißem Band abgesperrt ist, kommt Sergeant Chesnick gerade mit seinen Leuten von den Haus-zu-Haus-Befragungen zurück. Er hält direkt auf uns zu.

»Irgendwas Gutes gefunden?«, frage ich.

»Ein guter Anfang«, antwortet er. »Das Nachbarhaus gehört einer Dr. Anna Jones, einer Herzchirurgin am Krankenhaus.«

Ich werfe einen Blick über die Schulter und sehe das Dach des Krankenhauses, das gerade eben über die Wipfel des kleinen Streifens Wald lugt, in dem ebenfalls die weißen Overalls der Ermittler aufblitzen, die zwischen den Bäumen arbeiten.

»Ist sie die Nachbarin mit dem Kind?«

»Ja, Ma'am.«

Ich sehe Diane an.

»Wie groß waren die Fußabdrücke auf dem Rasen vor dem Haus?«

»Größe neununddreißig oder vierzig«, sagt sie.

Zu groß für ein Kind, passt aber möglicherweise zu einer Erwachsenen.

»Hat einer der Nachbarn das Opfer in letzter Zeit gesehen?«

»Ein Paar hat sie am Dienstagnachmittag gesehen, als sie losging, um den Jungen abzuholen.«

»Aber niemand hat sie zurückkommen sehen?«

»Nein, Ma'am.«

Passt zu der Theorie, dass die beiden irgendwo auf dem Heimweg abgefangen wurden.

»Die Frau aus dem Haus da an der Ecke, Mrs Jenny Howard, schien das Opfer gut zu kennen. Mit der sollte man vielleicht mal sprechen.«

»Das ist prima, Anthony. Danke.«

Ich drehe mich um und gehe die Straße zurück, schneller als vorher, um einen Blick durch die Fenster des Nachbarhauses zu werfen.

»Da hat wohl jemand Witterung aufgenommen«, flachst Diane.

18

ANNA

NOCH 10 MINUTEN
SAMSTAG, 6. APRIL 2019, 09:50 UHR

Ich stehe am Waschbecken und starre durch die gläserne Trennwand in den Operationssaal.

Ahmed Shabir liegt bewusstlos auf dem OP-Tisch und wartet auf die Spitze meines Skalpells. Ich starre auf seine nackten Füße und sehe zu, wie sich sein Brustkorb hebt und senkt. Das ist das Einzige, was der Ausschnitt im OP-Tuch von seiner Haut sehen lässt. Dr. Burke hat den Beatmungsschlauch angepasst, und Karin testet ein letztes Mal die Herz-Lungen-Maschine. Der diensthabende Assistenzarzt bereitet das Bein des Patienten darauf vor, Venen für die Transplantation zu entnehmen.

Das spielt alles keine Rolle mehr. In ein paar Stunden wird er tot sein.

Ich blicke auf meine Hände hinab. Vom Ellbogen bis zu den Fingerspitzen mit Schaum bedeckt, um den Daumennagel herum rosig verfärbt, wo ich zu heftig mit der Bürste gearbeitet und mir das Nagelbett aufgerieben habe. Meine Hände zittern heftig. Das passiert mir nie. Ich bin für meine ruhige Hand bekannt. Ich balle sie zu Fäusten, und zwischen den Fingern quellen Bläschen hervor. Dann halte ich die Hände unter das fließende Wasser und spüle den Schaum ab.

Sie werden mich zittern sehen und wissen, dass etwas nicht stimmt. Ich werde erwischt, und Zack wird sterben, und ich lande für den Rest meines Lebens im Gefängnis.

Die Absperrungen an allen Zugängen zum OP-Trakt sind so gestaltet, dass sie möglichst unauffällig wirken, mit Reinigungsbenachrichtigungen, um keinen Verdacht zu erregen. David wird als Wachmann in den Fluren patrouillieren, weit weg von seinem üblichen Einsatzort am Haupteingang des Krankenhauses, wo wir uns jeden Morgen grüßen. Ich wage zu hoffen, dass ich ihn bezirzen kann, sollte er über uns stolpern, wenn wir im Flur sind.

Nachdem es getan ist, muss ich schnell sein, wenn ich die Leiche zum Aufzug rolle. Es sind nur sechs Meter, aber ich werde auch nur anderthalb Minuten Zeit haben, um mit den Entführern in Kontakt zu treten, den Aufzug zu erreichen und hineinzuschlüpfen, bevor David unseren Weg kreuzt.

Denk jetzt noch nicht daran. Du hast davor noch eine viel größere Aufgabe zu erledigen.

Erledigen. Bei dem Wort stellen sich mir die Nackenhärchen auf.

Ich warte einen Moment, um das Wasser ins Becken abtropfen zu lassen, schließe dabei die Augen und wappne mich gegen den erneuten Ansturm der Angst. Da höre ich ihn nach mir rufen.

Mummy …

Ich schüttele den Kopf.

Nein. Nicht jetzt.

… wirst du diesen Mann retten oder mich?

Ich bekomme keine Luft.

… Sie werden doch Ihr Bestes geben, Dr. Jones, oder?

Mir dreht sich der Kopf so schnell, dass mir übel wird.

Wenn es Ihnen nicht gelingt, diesen Mann zu töten, stirbt Ihr Sohn an seiner Stelle.

Ich reiße die Augen auf. Meine Hände zittern in fest geballten Fäusten. Der Druck hat einen dunklen Blutstropfen unter meinem Daumennagel herausgepresst. Ich halte ihn unter den Wasserstrahl und beobachte, wie er aufplatzt und sich um den Abfluss kreisend auflöst.

Denk an deine Triage. Zack hat eine bessere Überlebenschance, hat mehr Lebensjahre vor sich.

Ich trockne mir die Hände ab, desinfiziere sie anschließend gründlich und zwinge mich dann, den OP-Saal zu betreten, bevor ich die Nerven verliere, während mir jede Faser meines Seins zuruft, ich solle mich umdrehen und wegrennen.

»Handschuhe«, sage ich laut, die Arme angewinkelt und die Hände in der Luft. Margot hält mir die Handschuhe nacheinander offen hin, sodass ich hineinschlüpfen kann. Wir haben das schon so oft getan, dass wir es im Schlaf könnten. Aber diese Operation ist nicht wie die anderen. Das wird sie früh genug herausfinden.

Ich drehe mich zum Tisch um. Meine Beine zittern unter dem Kittel.

»Wie läuft's?«, frage ich in den Raum hinein. Meine Stimme klingt erstickt, und ich spüre, wie sich eine Sehne im Nacken spannt, so sehr muss ich mich anstrengen, um zu lächeln.

»Wir sind so weit«, sagt Dr. Burke.

Er klingt nicht ganz so gut aufgelegt wie sonst, und mich überkommt die Angst, dass er mich durchschaut, dass er die grausame Absicht in meinen Augen sieht. Dann fällt mir ein, was für ein Tag heute ist, und ich grinse hinter meiner Maske.

»Da freut sich wohl jemand nicht darüber, am Wochenende zu arbeiten.«

»Ab und zu trifft es jeden mal, nehme ich an«, antwortet er mit seinem typischen Augenzwinkern.

»Wie geht's dem Patienten?«

»Die Werte sind okay, er reagiert gut.«

»Alles startklar?«, frage ich Karin.

»Wir können loslegen.«

»Prima. Also, wir haben heute einen dreifachen koronaren Bypass vor uns, und zwar der Arteria circumflexa und der Aorta descendens auf der linken Seite sowie der Aorta ascendens auf der rechten Seite. Nichts, was wir nicht schon mal geschafft hätten.«

Ich blicke auf den Patienten hinunter, dessen Gesicht im Schlaf erschlafft ist, und bewundere seine langen dicken Wimpern, die auszuzupfen so befriedigend wäre, wenn sie meine wären. Er sieht so friedlich aus.

Er wird die Augen nie wieder aufschlagen.

Mein Mund ist trocken vor Anspannung. Wenn ich hinter der Maske über meine Lippen lecke, fühlt es sich an, als führe ich mit Schleifpapier darüber. Mein Herzschlag pocht unter dem Kieferknochen.

Margot schlüpft neben mich, klebt dem Patienten die Augen zu und hebt dann sanft das Tuch, um es über sein Gesicht zu legen.

Ich atme tief durch, sodass die Innenseite meiner Maske feucht wird, und starre auf die Masse blauer Tücher auf dem OP-Tisch. Das einzige Anzeichen dafür, dass da ein Mensch liegt, sind das kleine Fenster auf dem Brustkorb und seine nackten Beine am anderen Ende des Tisches.

Und in dem Moment, in dem seine Augen zugeklebt und sein Gesicht zugedeckt ist, ist Ahmed Shabir verschwunden. Vor mir liegt nichts als ein Meer aus Blau und eine Aufgabe, die ich lösen muss. Meine Gefühle sind ebenfalls verschwunden, und was einst ein Bewältigungsmechanismus war, um Leben zu retten, befähigt mich nun dazu, eines zu beenden.

Ich denke an den Blick zurück, mit dem Margot mich neulich im Umkleideraum angesehen hat, als wäre ich eine eiskalte, knallharte Maschine ohne jegliche Menschlichkeit.

Vielleicht bin ich tatsächlich herzlos.

Ich betrachte den Brustkorb des Patienten, frisch rasiert und leer wie eine Leinwand. Dann reibe ich braune Desinfektionslösung auf die Haut, wo ich die Inzision vornehmen werde, und spüre das schwache Zittern seines Herzens darunter, die Wärme seines Fleisches, die durch die Fingerspitzen meiner Handschuhe summt. Doch all das dringt nicht bis zu mir vor.

Ahmed Shabir ist nichts als ein Kreislauf aus Blutgefäßen und Fleisch.

»Fangen wir an«, sage ich und strecke die Hand aus. »Skalpell.«

19

MARGOT

SAMSTAG, 6. APRIL 2019, 10:02 UHR

Ich beobachte, wie Dr. Jones das Skalpell über die Brust des Patienten führt, und sehe das Fleisch aufklappen wie eine blutgetränkte Blume.

»Tupfer, bitte«, sagt sie.

Ich strecke den Arm aus, um die Blutung abzutupfen, und sehe zu, wie sie die hartnäckig blutenden Gefäße kauterisiert, wobei das leichte Verbrennen des Fleisches den Geruch von bratendem Fett im Saal verbreitet, den ich seltsamerweise zu lieben gelernt habe.

Die menschliche Anatomie hört nie auf, mich zu beeindrucken. Sobald die Operation beginnt, lösen sich alle meine Probleme in Luft auf, und der Körper vor mir fesselt mich: seine Haut, Knochen, Bauart und seine Defekte. Viele Menschen würden beim Anblick des offenen Brustkorbs in Ohnmacht fallen, wenn die gespreizten Rippen hervorragen, aber ich blicke voller Bewunderung darauf. Ich bekomme Teile des menschlichen Körpers zu sehen, die die Mehrheit der Menschen niemals zu Gesicht bekommt. Manchmal wünsche ich mir, ich könnte ewig hier drinbleiben, könnte Schnitt um Schnitt beobachten, dem Tanz eines bloßgelegten Herzens zusehen. Es lässt mich alles vergessen, was auf der anderen Seite dieser Wände geschieht.

»Säge«, sagt Dr. Jones.

Ich reiche ihr die oszillierende Säge. Das Geräusch von Metall, das auf Knochen trifft, fetzt durch den Raum, die Tonlage steigt und fällt, während sie den Brustkorb aufsägt.

»Rippenspreizer.«

Wir tauschen die Instrumente, und ich sehe zu, wie sie die metallenen Haken in den Spalt klemmt, langsam das Sternum auseinanderkurbelt und jene andere Welt unter der Haut enthüllt. Das Herz schlägt in seinem schützenden Beutel, ein gleichermaßen schöner wie abstoßender Anblick.

»Schere.«

Ich reiche ihr die Schere und sehe zu, wie sie den Herzbeutel aufschneidet, zwei Schichten faserigen Gewebes, aus denen eine klare Flüssigkeit austritt, die rasch abgesaugt wird.

Ein gesundes Herz hätte einen lebendigen rosa Farbton, doch Mr Shabirs sieht dunkel und zornig aus, mit Schichten aus gelbem Fett, die sich daran klammern wie Seepocken an einen Schiffsrumpf. Ich starre auf den Muskel, kaum größer als eine geballte Faust, der in der Brusthöhle zuckt. Alle Probleme des Lebens wirken so unbedeutend, wenn ich ein menschliches Herz schlagen sehe. Es ist so einfach, und doch so bezaubernd.

»Bereit für den Bypass, Karin?«, ruft Dr. Jones.

»Alles bereit.«

Karins Assistentin reicht die beiden Schläuche für den Bypass an. Dr. Jones schiebt einen in den rechten Vorhof und muss dabei gegen das sich zuckende Herz anarbeiten, das aussieht, als wolle es sich ihrer Berührung entziehen. Der andere wird durch einen kleinen Einschnitt in die Aorta eingelegt.

»Schalten Sie den Bypass ein«, verlangt Dr. Jones.

Die Maschine fängt an zu rotieren, und das Blut verlässt langsam den Patienten, fließt durch den Schlauch aus dem Körper. Das Herz schlägt weiter, auch wenn es leer ist.

»Klammer«, sagt Dr. Jones.

Ich reiche ihr die Klammer, eine Schere mit weichen, blauen Polstern statt Blättern. Sie führt sie in die Brusthöhle, um die Aorta abzuklemmen und das Blut aus der Maschine daran zu hindern, ins Herz zu fließen.

»Voller Fluss«, verkündet Karin.

Das Anbringen der Klemme verändert schlagartig die Atmosphäre im Saal. Sobald sie an der Aorta klemmt, beginnt das Herz zu sterben. Ich habe schon immer was für die shakespearsche Qualität dieser Tragödie übriggehabt: Um ein Herz zu reparieren, muss man es auf die Schwelle des Todes stoßen.

»Kaliumlösung, bitte.«

Dr. Jones nimmt die Spritze und injiziert die Lösung direkt ins Herz, und ich sehe ehrfürchtig zu, wie es allmählich langsamer schlägt, als die Lösung ihre Arbeit tut, den Muskel lähmt und das Fleisch herunterkühlt, um den Verfall aufzuhalten, bevor es ganz still wird und die Lunge abgeschaltet wird. Das Leben des Patienten hängt jetzt ausschließlich an der Maschine.

»Danke«, sagt Dr. Jones, als sie mir die Spritze zurückgibt.

Unsere behandschuhten Hände berühren sich kurz, und ich erschrecke.

Ich habe ihre Hand zittern gespürt.

Ich beobachte sie ganz genau, als sie das Herz in die Hand nimmt und es vorsichtig in der Brusthöhle dreht, um die Rückseite in Augenschein zu nehmen. Das Herz vibriert leise in ihrem zittrigen Griff. Sie legt es zurück und dehnt ihre Hand.

Vielleicht hatte sie noch eine lange Nacht. Ihre Haut ist genauso bleich wie gestern, mit denselben dunklen Ringen unter den Augen. Doch es kann unmöglich sein, was man bei einem anderen Menschen normalerweise annehmen würde.

Dr. Jones hat bereits unzählige OPs durchgeführt – niemals würden ihre Hände vor Angst zittern.

20

ANNA

SAMSTAG, 6. APRIL 2019, 11:20 UHR

Ich kann meine Hände nicht davon abhalten zu zittern.

Jedes Mal, wenn ich nach einem Instrument greife, spiegelt sich das gleißend helle Licht der OP-Leuchten in dem vibrierenden Metall, schreit praktisch allen zu, mich anzusehen. Als ich das Herz in die Hand nehme, bebt das Fleisch. Sie müssen längst bemerkt haben, in was für einem Zustand ich bin. Schweiß steht mir im Gesicht und rinnt mir in heißen, salzigen Streifen die Schläfen hinab.

Dr. Burkes Radio dudelt leise vor sich hin. An jedem anderen Tag hätte ich es ausgeblendet, heute jedoch kommt es mir vor, als würde der Song mit voller Lautstärke gespielt, und von der anderen Seite des Raumes her tickt die Uhr, verhöhnt mich überheblich.

»Be my, be my baby …«

Tick. Tick. Tick. Tick.

»Be my little baby …«

Tick. Tick. Tick. Tick.

Ich beiße die Zähne zusammen, um den Lärm auszublenden, und starre in die Brusthöhle.

Die rechte Koronararterie ist erfolgreich überbrückt. Es ist ein gelungenes Transplantat, und trotz des Schweißes, der mir in die Augen rinnt, und des Schlafmangels, der mein Hirn benebelt, sind die Nähte sauber und gleichmäßig.

Der zweite Bypass für die Arteria circumflexa jedoch erweist sich als schwieriger. Wie auch immer ich ihn greife, der Nadelhalter entgleitet mir, und die Spannung im chirurgischen Faden lässt nach, oder er verheddert sich, bevor ich den Knoten zuziehen kann. Ich versuche es zum dritten Mal, während der Song in meine Ohren plärrt und ein ganz bestimmtes Wort an meinen Nerven nagt. Der gespannte Faden zittert in meinem Griff.

»Baby …«

Aufhören.

»Baby …«

Bitte.

»Baby …«

Nein, nein, nein, nein …

»Be my little baby …«

»Schalten Sie das verdammte Ding aus!«

Die Musik erstirbt schlagartig. Stille erfüllt den Raum.

Alle starren mich an.

»Tut mir leid«, murmele ich. »Ich muss mich konzentrieren.«

Das ist so ziemlich das Schlimmste, was ich hätte tun können. Jetzt ist es totenstill im Saal. Ich spüre die Feindseligkeit in der Luft, die Hitze ihrer bösen Blicke auf meinen gebeugten Schultern, während sie das Stottern in meinem Griff misstrauisch beäugen.

»Margot«, sage ich. »Schweiß.«

Sie streckt die Hand aus und tupft mir das Gesicht ab.

»Burke, Daten?«

»Spricht gut an«, antwortet er kurz, eindeutig gekränkt durch meine Zurechtweisung.

»Gut.« Ich nicke ihm zu. »Nach diesem Transplantat gebe ich mehr Kalium, sorgen Sie dafür, dass welches da ist.«

Wieder erstarren alle im Raum, und die Anspannung ist greifbar. Ein Rinnsal aus Schweiß bahnt sich seinen Weg an meinen Rippen entlang. Ich kann beinahe spüren, wie sie vielsagende Blicke wechseln.

Du bist paranoid. Konzentrier dich.

Die Uhr tickt noch lauter, beinahe so nervenaufreibend wie der Herzschlag, der in meinen Ohren trommelt. Am liebsten würde ich sie von der Wand reißen und darauf herumtrampeln, bis das Glas in tausend Stücke gesprungen und die Mechanik zerstört ist.

Das Stück Gefäß rutscht mir aus den Fingern. Ich beiße mir auf die Unterlippe, um einen Fluch zu unterdrücken, und höre erst auf, als ich das Blut an meinen Zähnen schmecke.

»Margot, halten Sie das mal kurz, bitte.«

Sie nimmt mir den Nadelhalter ab. Ich kann nicht übersehen, wie ruhig ihr Griff im Vergleich zu meinem ist.

Meine Hand brennt. Jedes Mal, wenn ich ein Instrument halte, merke ich, wie die Muskeln zucken. Sogar die Knochen schmerzen, und die Gelenke in meinen Fingern werden steif. Ich öffne und schließe meine Hände ein paarmal, mache eine Faust, bevor ich die Finger so weit spreize, wie ich kann. Doch sobald ich den Nadelhalter wieder in der Hand habe, beginnt der Stahl zu zittern, und der Schmerz kehrt zurück.

»Danke.«

Ich greife in die Brusthöhle und steche die Nadel durch die Gefäßwand.

Mummy …

Nein, nicht jetzt. Bitte nicht jetzt.

Ich kneife die Augen zusammen. Drücke die Füße in den Linoleumboden.

Ich höre sein Rufen, als wäre er direkt neben mir: das abrupte Anhalten des Atems, wenn die Schluchzer ihn überwältigen, und das wimmernde, zittrige Ausatmen.

Noch viel schlimmer ist, dass ich mir ganz genau vorstellen kann, wie er ausgesehen haben muss, als er mit mir gesprochen hat, und meine Vorstellungskraft malt es mir in den schlimmsten Farben aus. Ich sehe Tränen auf seinen Wangen glitzern und das Telefon fest an sein Ohr gepresst, seine Augen hängen am Lauf einer Pistole, die auf seinen Kopf gerichtet ist.

Mu-mu-mummy …

»Alles in Ordnung, Dr. Jones?«

Margot starrt mich an, ihre Augen sind weit aufgerissen vor Beklommenheit. Ich muss kurz weggetreten sein.

»Ja, alles gut«, antworte ich und wende mich wieder der Brusthöhle zu. »Nur ein bisschen Kopfschmerzen.«

Sie sitzt mir schon die ganze Zeit im Nacken, bildlich gesprochen und tatsächlich, aber je öfter ich sie anfahre, desto neugieriger wird sie. Als wüsste sie ganz genau, was ich vorhabe.

Nein. Sie hat mich schon Dutzende Male bei der Arbeit beobachtet. Sie denkt wahrscheinlich, dass mich der Status des Patienten beunruhigt, aber sie würde niemals vermuten, dass ich vorhabe, ihm absichtlich Schaden zuzufügen.

Doch als sie mich so argwöhnisch ansieht, stellen sich mir alle Nackenhaare auf. Sie steht dicht genug bei mir, um jedes Zittern meiner Hand zu sehen und den Schweiß zu riechen, der mir aus allen Poren rinnt.

Mach einfach weiter, denke ich und zwinge mich, mich auf die Aufgabe zu konzentrieren, die vor mir liegt. *Du bist ja noch nicht mal auf der Zielgeraden.*

21

ANNA

SAMSTAG, 6. APRIL 2019, 12:30 UHR

Ich habe alle Bypässe gelegt, um das Leben des Patienten zu retten. Jetzt muss ich ihn nur noch umbringen.

Ich bin vollkommen erschöpft. Meine Augen sind knochentrocken und mein Schultergürtel so verspannt, dass es wehtut, wenn ich den Kopf bewege. Ich muss zur Toilette und sehne mich nach einem großen Glas Wasser. Mein Mund ist so ausgedörrt, dass meine Zunge immer wieder an den Zähnen festklebt.

Ich habe die Venentransplantate an jede der Koronararterien angefügt und sie mit einer Lösung gespült, um zu testen, ob die Verbindungen dicht halten, die anderen Enden sind noch frei und müssen an die Aorta genäht werden. Für diese letzte Hürde muss das Herz nicht mehr vom Kreislauf abgekoppelt sein. Ich muss es wieder zum Schlagen bringen, bevor ich es für immer anhalte.

»Ich löse die Klemme.«

Das Blut beginnt zum Herzen zu fließen, das Fleisch nimmt wieder mehr Farbe an, während die Kaliumlösung ausgespült wird. Langsam, aber sicher nimmt das Organ seine Arbeit wieder auf. Ich könnte ihn jetzt leben lassen, wenn ich wollte. Ich könnte das Richtige tun. Die Gefäße an die Aorta nähen und ihn wieder zumachen.

»Teilklammer«, sage ich.

Ich gebe Margot die erste Klammer im Tausch gegen die zweite und fixiere sie an Ort und Stelle. Sie ist so geformt, dass sie es uns erlaubt, die Bypässe zu fixieren, ohne den Blutfluss ganz zu unterbrechen. Nur dass ich, um ihn töten zu können, die volle Durchblutung benötige, um einen möglichst großen Blutverlust zu verursachen.

Ich muss verheerenden Schaden anrichten.

Mein Herz rast. Ich spüre sein Echo in meiner Kehle, meinen Schläfen, im Pulsieren meiner Fingerspitzen. Ich setze die Aortenklemme falsch, damit sie zu wenig Druck auf das Gefäß ausübt.

»Fast geschafft, Leute. Jetzt müssen wir nur noch die Transplantate fixieren, und wir sind aus dem Schneider. Wie sind seine Werte?«

»Gleichmäßig und stabil«, antwortet Dr. Burke.

»Blutfluss?«

»Normal«, ruft Karin.

»Großartig.« Ich wende mich an Margot. »Schweiß.«

Sie tupft mir die Tropfen vom Gesicht und sieht mich dabei fragend an. Normalerweise schwitze ich nicht so viel, aber heute muss ich allein in der vergangenen Stunde einen Liter Flüssigkeit verloren haben. Meine Kleidung klebt mir am Körper, und mein Haaransatz ist tropfnass. Ich frage mich, ob sie spüren kann, wie mein Herz rast, während sie mit dem Tupfer an meinem Hals entlangtupft.

»Skalpell, bitte.«

Sie reicht mir das Skalpell. Es fühlt sich irgendwie schwerer an, gewichtig durch die Folgen, die mein nächster Schnitt haben wird. Die scharfe Spitze glitzert im Licht der OP-Leuchten.

Um die Transplantate zu fixieren, muss ich kleine Schnitte in die Arterien machen, damit das Blut später durch die neuen Verbindungen fließen kann. In der Theorie, wenn die Teilklemme korrekt angebracht wäre, würde es dabei zu keinem übermäßigen Blutfluss kommen.

Alle beobachten mich. Ich kann ihre Blicke auf mir liegen fühlen, wie sie von meinem Gesicht zum Skalpell und wieder zurück huschen. Nie sehen alle gleichzeitig woanders hin. Wenn einer wegsieht, bleibt immer noch ein anderer. Margot steht so dicht neben mir, dass ich ihre Körperwärme durch die OP-Kleidung spüre.

»Machen Sie mir Platz«, sage ich.

»Wer?«, fragt Dr. Burke.

»Sie«, sage ich und schaue über die Schulter. Ich sehe nur kurz, wie Margots Augen groß werden, bevor ich meinen Blick wieder auf die Brusthöhle richte. »Treten Sie einen Schritt zurück.«

Sie schiebt sich etwas zur Seite.

»*Weiter.*«

Sie macht einen dramatischen Schritt zurück. Ich kann ihr Gesicht nicht sehen, aber ich spüre, wie ihre Wut mir förmlich das Fleisch vom Rücken brennt.

»Danke.«

Ich fühle, wie alle im Raum genervte Blick wechseln. Noch nie war ich so harsch, obwohl ich sie alle schon mal irgendwann während einer Operation angefahren habe. Ich hatte gehofft, dass sie es auf Nervosität schieben würden, wegen der Bedeutung des Patienten. Jetzt fürchte ich, dass sie Verdacht schöpfen.

Ich muss dafür sorgen, dass sie alle wegsehen.

Ich kann Karins Blick auf mir spüren; Burkes auch. Die Klinge zittert in meiner Hand, die Lichter blitzen im bibbernden Strahl, und die Innenseiten meiner Handschuhe sind nass vom Schweiß. Langsam führe ich die Hand nach unten, bis die Spitze des Skalpells beinahe die Aortenwand berührt.

»Wie viel Uhr ist es?«, frage ich so leichthin, wie es mir möglich ist.

Ich spüre, wie alle zur Uhr sehen.

Und schneide.

Es ist ein langer, tiefer Einschnitt, der sofort anfängt, die Brusthöhle mit leuchtend rotem Blut zu füllen, das um die Lungenflügel und das Herz herumschwappt. Maschinen heulen auf. Alle blicken schockiert zurück auf den Patienten, ihre Fragen werden beinahe vollständig von der Kakofonie der Alarme übertönt.

»Was ist denn da los?«, fragt Dr. Burke.

Ich tue, als suchte ich panisch in der Brusthöhle nach der Blutungsquelle, während meine einst blauen Handschuhe bereits in Rot getaucht sind. Kleine Blutstropfen bedecken die Ärmel meines Kittels.

»Es ist die Aorta«, stoße ich schließlich hervor. »Mein Gott, sie ist fast durchgerissen.«

Der hohe Druck des Blutes und die großen Mengen reißen den Schnitt weiter und weiter auf, bis die verschiedenen Schichten der Gefäßwand sich vor meinen Augen auseinanderschälen.

»Sie ist zu schwer geschädigt«, sage ich laut über den Lärm hinweg. »Ich muss sie ersetzen.«

»Er verliert zu viel Blut«, sagt Karin.

»Sauerstoffsättigung sinkt«, sagt Dr. Burke.

»Infusion starten«, sage ich. »Schnell.«

Ich drehe mich zu Margot um. »Drücken Sie den Riss zu.«

Sie nimmt eine Handvoll Mullkompressen, doch bevor sie ihre

Hand an den Riss legen kann, reißt er bis zu der Stelle auf, an der ich den Tubus der Herz-Lungen-Maschine eingeführt habe. Der springt heraus, und das Blut regnet auf Margot herab wie aus einem Gartenschlauch: auf ihre Brust, ihren Hals, ihr Gesicht. Sie schnappt schockiert nach Luft, als es sie trifft.

»*Abdrücken, sofort!*«

Sie springt mit den Mullkompressen hinzu und drückt so fest auf die Aorta, wie sie kann, triefend vom Blut des Patienten und schwer atmend. Ich nehme den Tubus und zwinge ihn unter ihre Finger, schiebe ihn so tief in das Gefäß, wie ich kann, um den Riss zu überbrücken.

»Halten Sie das fest und drücken Sie weiter. Lassen Sie *nicht* los, unter keinen Umständen.«

Ich springe ans untere Ende des Tisches, schnappe mir eine Schere vom Instrumententisch und schneide ein Loch durch die Tücher, um Zugang zur Femoralarterie des Patienten zu erlangen. Mein Herz schlägt jetzt so schnell, dass ich das Schlagen meines Pulses in der Hand spüre.

»Wo bleibt die Transfusion?«

»Kommt«, faucht Karin zurück.

»Sauerstoffsättigung ist schon zu niedrig«, sagt Burke.

»Drehen Sie die Lunge auf!«

Ich schütte Hautdesinfektionslösung über den gesamten Bereich und verteile sie mit der Hand, bevor ich zum Skalpell greife.

»Der Blutverlust ist zu groß«, sagt Dr. Burke.

»Mehr Druck, Margot!«, rufe ich. Margot blickt mich voller Schrecken an.

»Da ist kaum noch was zum Zusammendrücken! Das Gefäß ist total zerfetzt!«

Karin und ihre Assistenz auf der anderen Seite des Tisches geraten allmählich in Panik, während sie die Transfusion weiter aufdrehen.

»Wir bewirken kaum was«, meldet sie atemlos und sieht mir über den Tisch hinweg in die Augen. »Er verliert mehr Blut, als wir zuführen können.«

»Macht weiter.«

Ich schneide in die Haut in seiner Leistenbeuge, um an die Femoralarterie zu kommen, und vergieße dabei noch mehr Blut auf den

Tisch. Bevor ich die Inzision für die Maschine vornehme, kauterisiere ich die Blutungen.

»Den Tubus, schnell!«

Margot zieht den Tubus unter dem Mull hervor, doch als unsere Hände sich daran begegnen, erstarren wir beide.

Es kommt kein Blut mehr.

Ich kann das Herz des Patienten nicht sehen, weil so viel Blut in der Brusthöhle herumschwappt, aber ich weiß, dass es nicht mehr schlägt, weil keine Luftblasen aufsteigen, keine Wellen ruckartig durch die Flüssigkeit gehen, weil der Muskel darunter um sein Leben kämpft.

Margot hebt langsam die Hand von dem Mullpaket, das inzwischen komplett rot eingefärbt ist. Aus dem, was noch von der Aorta übrig ist, kommt kaum mehr als ein langsames Tröpfeln.

Ich sehe Karin an, die den letzten Blutbeutel noch in der Hand hält, zu spät, um ihn noch anzuhängen. Neben ihr starrt Dr. Burke in die Brusthöhle, blasser als ich ihn je gesehen habe.

Ich blicke an mir selbst hinunter. Blut tropft von meiner Kleidung und tröpfelt leise auf den Linoleumboden. Margot sieht aus, als hätte sie jemand mit einem Schlachtermesser überfallen. Sogar an ihrem Kiefer hängen rote Tropfen, und ihr Kittel ist völlig durchtränkt.

Im Saal herrscht Totenstille, abgesehen von dem hohen Pfeifen in meinen Ohren. Ich lege das Skalpell ab, es klappert kurz gegen die anderen Instrumente. Dann räuspere ich mich, bevor ich auf die Uhr an der Wand sehe.

»Zeitpunkt des Todes … 12 Uhr 43.«

22

RACHEL

SAMSTAG, 6. APRIL 2019, 12:45 UHR

»Was können Sie mir über Dr. Anna Jones erzählen?«

Jenny Howard sitzt in einem Sessel auf der gegenüberliegenden Seite des Couchtisches, während DS Ryan und ich uns auf das kleine Sofa im Erker gezwängt haben, so eng nebeneinander, dass unsere Schultern sich berühren, während die Sonne unsere Nacken wärmt. Ein Tablett mit Tee und Scones steht auf dem Tisch, von der Teekanne steigt Dampf auf.

Jenny tupft sich mit einem Taschentuch die faltige Haut unter der Nase ab. Sie weint, seit wir gekommen sind, allerdings habe ich bisher noch keine einzige richtige Träne gesehen.

»Anna und ihre Familie sind vor etwa einem Jahr aus London in die Avenue gezogen. Ich habe gleich gesehen, dass sie aus der Stadt sind. Sie hatten nichts für die Gemeinschaft hier übrig. Wir knüpfen hier gern Kontakte. Paula und ich standen uns ganz besonders nahe.«

Sie macht eine dramatische Pause, um den Effekt ihrer Worte zu unterstreichen, und blickt zum Fenster, als müsse sie sich sammeln. »Aber Anna war immer sehr abweisend.«

DS Ryan beißt von einem Scone ab und krümelt in die Untertasse, die er im Schoß hält. Ich sehe ihn an. Langsam stellt er die Untertasse auf den Tisch zurück.

Das ist hier kein nachbarschaftlicher Besuch.

»Anna und ihre Familie, meinen Sie?«

»Ja. Sie hat einen Mann namens Adam und einen achtjährigen Sohn, Zack. Wobei ich vielleicht Ex-Mann sagen sollte. Sie haben sich vor einem Monat getrennt. Ich kann nicht sagen, dass mich das sonderlich überrascht hat, man konnte von Anfang an sagen, dass die Beziehung nicht gut war.«

»Wie kommen Sie darauf?«

Sie seufzt und sieht wieder zum Fenster, während sie das zusammengeknüllte Taschentuch in ihren Händen knetet. Feine weiße Fasern bedecken ihren Schoß wie Staub.

»Na ja, so gut kennen wir uns nicht, weil Anna eher desinteressiert ist, aber sie haben beide sehr viel gearbeitet. Der Junge tut mir oft leid. Ich sehe ihn, wie er mit dem Fahrrad die Straße auf und ab fährt, weil ihm sonst nichts anderes einfällt. Ich glaube nicht, dass er seit dem Umzug hier viele Freunde gefunden hat.«

»Wer kümmert sich um Zack, wenn seine Eltern arbeiten?«

»Das hat Paula gemacht. Ich weiß nicht, warum sie sich so an diese Frau herangeschmissen hat; ich fand sie immer sehr undankbar, bei allem, was Paula für sie getan hat. Wahrscheinlich vermisst sie ihre Enkelkinder – ihre Tochter lebt jetzt in Australien, hatte ich das schon gesagt? Bestimmt hat sie jemanden gebraucht, dem sie ihre Zuneigung schenken konnte.«

»Was hat Paula denn so alles für Dr. Jones getan?«

»Was die Mutter für den Jungen hätte tun müssen«, antwortet sie scharf. Sie bemerkt das Taschentuch in ihrem Schoß und fängt an, Fetzchen davon abzuzupfen. »Paula hat gekocht und geputzt, hat den Jungen jeden Tag von der Schule abgeholt …«

»Hat sie das jeden Tag getan? Ihn abgeholt?«

»Oh ja, jeden Tag. Anna hat ihn morgens hingebracht und im Frühstücksklub abgegeben. Und nach der Schule hat Paula ihn wieder abgeholt.«

Ich schreibe die Antworten auf meinen Notizblock. DS Ryan räuspert sich.

»Wann haben Sie die beiden zum letzten Mal gesehen?«, fragt er. »Anna und ihren Sohn?«

»Am Dienstagmorgen, als ich Paula kurz besucht habe. Sie sind gerade losgefahren. Paula hat erwähnt, dass Zack über Ostern mit seinem Onkel wegfahren sollte … Ich finde es ja seltsam, eine Mutter, die ihr kleines Kind für zwei Wochen so einfach abgibt.«

»Hat sie gesagt, wann Zack in die Ferien fahren sollte?«

»Dienstag, glaube ich, oder gestern, so genau erinnere ich mich nicht. Typisch berufstätige Mutter – kaum sind Ferien, kann sie es kaum erwarten, den Jungen zu jemand anderem abzuschieben.«

Ich verkneife mir eine Bemerkung dazu. Bisher hat sie noch kein

Urteil über den Vater des Jungen gefällt, der ihrer eigenen Schilderung zufolge genauso viel gearbeitet hat wie die Mutter.

Sie bemerkt ihren Fehler.

»Oh, Sie meine ich damit natürlich nicht, meine Liebe .... Falls Sie Kinder haben, natürlich?«

Ich spüre, wie DS Ryan sich neben mir anspannt. Ein kurzes Schweigen erfüllt den Raum. Ich räuspere mich und zwinge mich zu einem Lächeln.

»Früher mal.«

Ihr Gesicht erschlafft. Ich sehe, wie die Erkenntnis in ihrem Blick aufflammt.

»Ach herrje ... das tut mir furchtbar leid. Ich dachte gleich, dass Sie mir bekannt vorkommen ...«

»Bitte, keine Ursache«, sage ich und hebe die Hand, um sie zu bremsen. So schnell wie möglich wechsele ich das Thema. »Haben Sie Paula am Dienstag gesehen?«

»Dienstag?«, wiederholt sie, während sie die Fassung zurückgewinnt. »Nein, ich glaube nicht. Normalerweise hätte ich sie wohl gesehen, wenn sie vom Zeitungskiosk zurückkommt, aber ich musste früh in die Stadt, weil ich einen Termin beim Augenarzt hatte.«

»Und wann sind Sie zurückgekommen?«

»Oh, so gegen zehn, denke ich.«

»Und ist Ihnen denn an dem Tag irgendetwas Ungewöhnliches an der Avenue aufgefallen? Spaziergänger? Oder irgendwelche fremden Fahrzeuge vielleicht?«

»Nun, da waren abends diese Umzugslaster. So gegen halb sechs ...«

Wer zieht denn so spät am Abend noch um?

»Wer ist denn umgezogen?«

»Niemand, soweit ich weiß«, antwortet sie. »Deshalb fand ich es ja so seltsam.«

»Hätten das Lieferwagen sein können?«, fragt DS Ryan.

»Das müsste dann aber eine große Lieferung gewesen sein, das waren mindestens fünf Transporter.«

Gott sei Dank für neugierige Nachbarn, denke ich und versuche, mir nicht anmerken zu lassen, dass sie gerade etwas Wichtiges gesagt hat. Manche Menschen neigen dazu, die Wahrheit auszuschmücken, wenn sie im Scheinwerferlicht stehen; Mrs Howard scheint mir genau der Typ dafür zu sein.

»Können Sie sich an irgendwelche Kennzeichen erinnern? Oder den Namen des Umzugsunternehmens? Manchmal steht der ja auf der Seite der Fahrzeuge.«

»Oh, davon konnte ich nichts sehen, tut mir leid. Nach all den Tests beim Augenarzt waren meine Augen vollkommen erschöpft. Ich bin kurzsichtig, wissen Sie, und es wurde schon dunkel.«

»Konnten Sie sehen, in welche Richtung sie gefahren sind?«, fragt DS Ryan.

Mrs Howard blickt zum Fenster, tief in Gedanken.

»Sie sind weggefahren; ich habe die Rücklichter gesehen.«

»Aber Sie konnten nicht sehen, von welchem Haus sie kamen?«

»Nein, ich fürchte nicht. Ich habe sie nur zufällig bemerkt.«

Sie konnte sich getäuscht haben; vielleicht waren die Transporter gar nicht so ungewöhnlich, und Mrs Howard kannte bloß die Familie nicht, die umgezogen ist. Doch ich kenne ihren Typ: hartnäckig neugierig, für solche Leute ist Privatsphäre eher eine Herausforderung als eine Tugend, und sie sind ganz wild auf jedes bisschen Klatsch, das sie in die Finger kriegen können. Wenn ich wetten müsste, würde ich darauf setzen, dass Mrs Howard mir die Geheimnisse jeder Familie an der Avenue verraten könnte.

»Danke, dass Sie sich Zeit für unsere Fragen genommen haben, Mrs Howard. Wenn Ihnen noch etwas einfällt, zögern Sie nicht, sich bei uns zu melden.«

Ich schiebe ihr meine Karte über den Tisch und beobachte, wie sie sie mit einem Nicken zur Hand nimmt. Als sie mir wieder in die Augen sieht, erkenne ich *den* Blick darin. Denselben mitleidigen Blick, den ich jedes Mal bekomme, wenn jemand gleich etwas über meinen Sohn sagen wird.

»Es tut mir wirklich leid, falls ich Sie aufgeregt habe. Ich habe Sie nicht gleich erkannt. Diese Geschichte mit Ihrem Jungen ist einfach nur herzzer…«

»Wie gesagt«, falle ich ihr ins Wort, etwas harscher dieses Mal. »Keine Ursache. Bleiben Sie sitzen. Wir finden allein hinaus.«

Ihrem Gesichtsausdruck nach zu urteilen, geschieht es nicht oft, dass es Mrs Howard die Sprache verschlägt. Aber trauernde Mütter haben oft diese Wirkung; niemand weiß, was er sagen soll.

»Ich glaube, sie hat es nicht so gemeint«, sagt DS Ryan, als die Haustür hinter uns ins Schloss fällt.

Erst Diane, jetzt Mark. Ich kann das Eis unter ihren Füßen förmlich knacken hören.

»Sagen Sie DS Chesnick, sein Team soll sich wegen der Umzugstransporter umhören«, sage ich, während wir den Gartenweg entlanggehen. »Überprüfen Sie, ob am Donnerstag tatsächlich jemand aus der Avenue weggezogen ist, und checken Sie, ob irgendwelche anderen Nachbarn die Transporter gesehen haben.«

»Ja, Ma'am.«

Ich stoße das Törchen auf und trete auf die Straße.

»Was ist ihm passiert, Ma'am? Mit Ihrem Sohn?«

Seine Frage lässt mich abrupt stehen bleiben.

»Entschuldigen Sie die Frage, aber alle wissen Bescheid, außer mir, und ich …«

Ich höre seiner Stimme an, wie schwer es ihm fällt: Er möchte nicht aufdringlich wirken, scheint aber gleichzeitig sehr erpicht darauf, die Antwort zu hören.

Um seine Frage zu beantworten, muss ich zurückdenken. An ihn denken, an sein süßes, lächelndes Gesicht, und sofort springen mir die Tränen in die Augen. Es trifft mich jedes Mal wie ein Schlag in den Magen.

»Wir waren am Strand«, sage ich mit rauer Stimme. »Und während er gespielt hat, bin ich eingenickt. Ich hatte eine Nachtschicht hinter mir, und mein Ex-Mann musste arbeiten. Als ich aufgewacht bin, war er verschwunden. Jemand hatte ihn zum Mitgehen überredet, während ich geschlafen habe und …« Ich beiße die Zähne zusammen, um ein Schluchzen zu unterdrücken, und halte die Luft an, bis es vergeht. »Ich habe ihn nie wiedergesehen.«

Ich atme scharf aus und wische hastig die Tränen weg. Ich hasse es, wenn ich so weich werde, besonders im Job. Als ich ihn ansehe, liegt dasselbe mitleidige Lächeln auf seinem Gesicht, mit dem Mrs Howard mich eben angeschaut hat.

»Sobald wir im Büro zurück sind«, sage ich, »nehmen Sie sich Dr.

Jones' Hintergrund vor und finden so viel heraus, wie Sie können. Mrs Howard hat gesagt, Zack sei mit einem Onkel in die Ferien gefahren – fangen Sie damit an, zu überprüfen, ob Anna oder ihr Mann überhaupt einen Bruder haben. Und sehen Sie sich auch das Leben des Ehemannes an.«

»Glauben Sie, sie hat das erfunden, das mit den Ferien?«

Ich starre die Privatstraße hinunter, das Hausdach der Chirurgin lugt über die Baumwipfel. Niemand hat ein perfektes Leben. Es spielt keine Rolle, wie reich oder erfolgreich jemand ist. Wir haben alle irgendetwas zu verbergen.

»Ich weiß noch nicht, womit wir es hier zu tun haben. Ich bin sicher, Dr. Jones sagt die Wahrheit. Aber es ist wichtig, dass wir keinen möglichen Blickwinkel außer Acht lassen.«

Weil irgendetwas mir sagt, dass sie lügt.

Ich drehe mich zur Straße um und bleibe noch einmal stehen.

»Und DS Ryan?«

»Ja, Ma'am?«

»Fragen Sie mich nie wieder nach meinem Sohn.«

23

ANNA

SAMSTAG, 6. APRIL 2019, 12:53 UHR

Das Blut des Patienten hat das Wasser rot eingefärbt. Ich sehe zu, wie es sich an den Abfluss des Waschbeckens heranschleicht, Runde um Runde um Runde, rosafarbene Seifenlauge schwimmt auf der Oberfläche.

Ich habe es tatsächlich getan. Ich habe einen Menschen getötet.

Ich sollte etwas empfinden. Irgendetwas. Doch da ist kein Kummer, kein Schmerz, keine Erleichterung, nur immer noch dieses anhaltende Klingeln in meinen Ohren, schrill wie ein Schrei.

Seit ich den Todeszeitpunkt verkündet habe, hat keiner meiner Kollegen es über sich gebracht, mir in die Augen zu sehen. Ich war reizbar gewesen und hatte mich geweigert, als Teil des Teams zu arbeiten, einer der wichtigsten Aspekte der Chirurgie. Keiner der anderen hat mit mir gesprochen, als sie einer nach dem anderen den Saal verließen. Nicht einmal Dr. Burke. Noch werden sie mich wahrscheinlich nicht verdächtigen, aber sobald irgendjemand auf den Gedanken kommt, dass da etwas faul gewesen sein könnte – wird dann meine Reizbarkeit das Warnsignal sein, an das sie sich erinnern?

Stopp, ermahne ich mich. *Es ist noch nicht vorbei.*

Als Nächstes muss ich der Frau des Patienten die traurige Nachricht überbringen. Ich warte darauf, dass die Schuldgefühle mich treffen, sich mir erdrückend auf die Brust legen oder mir den Atem rauben, doch nichts passiert. Ich bin vor Schock vollkommen taub. Das Einzige, was ich spüre, ist das Bedürfnis, an mir herumzuzupfen. Der Drang, Haare auszureißen, war noch nie stärker. Ich möchte in mein Haar greifen und reißen und reißen.

Es ist fast geschafft.

Ich trockne mir die Hände ab, und als ich im Spiegel an der Wand nachsehe, ob ich alles Blut abgewaschen habe, erkenne ich die Frau nicht, die mir entgegenblickt. Ich bin in wenigen Tagen um Jahre gealtert. Meine Wangen sehen hohl aus, meine Haut ist aschefarben. Anscheinend ist mein altes Ich zusammen mit dem Patienten gestorben. Ich bin keine Chirurgin mehr, keine Mutter mehr.

Ich bin eine Mörderin.

Als ich aus dem OP-Bereich trete, bleibe ich wie angewurzelt stehen.

Sie müssen die Angeln quietschen gehört haben, denn die Tür gegenüber geht auf, und zwei Männer treten heraus. Sie tragen die OP-Kleidung, die ich gestern Nacht vor meine Tür gelegt hatte. Verstohlen halten sie nach rechts und links Ausschau nach dem Wachmann, während sie auf mich zukommen.

»Wo ist die Leiche?«, fragt der Mann auf der Linken barsch und mit starkem Akzent. Es klingt osteuropäisch, etwas, das ich bisher noch nicht hatte eingrenzen können. Ich erkenne ihn von damals her: Er war der Erste, dem ich in meiner Zufahrt begegnet war. Der Mann mit den haselnussbraunen Augen.

Also spricht er doch Englisch.

Den anderen erkenne ich ebenfalls. Er war derjenige, der mir die Abdeckplane unter den Füßen weggezogen und über mein schmerzverzerrtes Gesicht gelacht hatte. Sie stehen jetzt so dicht vor mir, dass ich die Wärme ihres Atems spüren kann.

»Er ist noch nicht so weit«, flüstere ich ihm scharf zu. »Ich habe getan, was Sie von mir verlangt haben. Jetzt muss ich der Frau des Patienten sagen, dass ihr Mann gestorben ist.«

Ich gehe an ihm vorbei, und er packt mich am Arm, sodass ich herumgeschleudert werde.

»Sie haben fünf Minuten«, sagt er.

Ich reiße meinen Arm los und eile den Flur entlang, während meine Haut brennt, wo seine Fingernägel sich mir in die Haut gegraben haben.

Ich verlasse den abgeriegelten Bereich und mache mich auf den Weg zur Station. Je näher ich komme, desto mehr gerate ich in Panik, erinnere mich daran, wie Mrs Shabir mich vor der Operation angesehen hatte: die Augen schmerzerfüllt und voll greifbarer, aufwühlender Angst.

Sie werden doch Ihr Bestes geben, Dr. Jones, oder?

Vor der Tür bleibe ich kurz stehen, die Hand auf den Magen gelegt.

Entweder ihr Mann oder mein Sohn. Ihr Schmerz oder meiner, darum ging es.

Ich hole tief Luft und trete ein.

Mrs Shabir sitzt in sich zusammengesackt auf dem harten Stuhl neben dem Bett, ihr Gesicht ist schlaff vor Trauer. Shabirs PR-Managerin richtet sich auf, als sie mich erblickt, und stellt den Laptop beiseite. Das Geräusch weckt Mrs Shabir aus ihrer Trance.

Als sie mich in der Tür erblickt, erwachen ihre Augen zum Leben, und sie springt auf. Dann sieht sie meinen Gesichtsausdruck. Ihre Augen füllen sich mit Tränen.

»Nein …«

»Mrs Shabir, es …«

»Nein! Das kann nicht sein. Er hatte eine neunzigprozentige Überlebenswahrscheinlichkeit, haben Sie gesagt. *Neunzig Prozent!*«

Sie heult in ihre Hände, es sieht aus, als könnten ihre Beine jederzeit unter ihr nachgeben. Die Geräusche, die sie macht, hören sich an wie die eines sterbenden Tieres: reiner, ungehemmter, quälender Schmerz.

Dafür bin ich verantwortlich.

»Mrs Shabir …« Meine Stimme klingt erstickt. Ich räuspere mich, doch sie scheint nur noch gequetschter zu klingen. »Die Bypass-OP an allen drei Arterien ist vollkommen komplikationslos verlaufen, aber kurz bevor wir die Operation abschließen konnten, ist die Hauptschlagader Ihres Mannes gerissen. Wir haben getan, was wir konnten, aber er hat zu viel Blut verloren. Wir konnten ihn nicht mehr retten. Es tut mir leid.«

Ich weiß nicht einmal, ob sie mich überhaupt gehört hat, so heftig schluchzt sie, ist kurz vorm Hyperventilieren. Ich trete vorsichtig zu ihr, um sie dazu zu bringen, sich hinzusetzen.

»Vielleicht sollten Sie sich lieber …«

»Fassen Sie mich nicht an!«

Sie sinkt auf den Stuhl, das Gesicht immer noch hinter ihren Händen und dunklen Locken verborgen.

In der anderen Ecke sitzt Tammy mit erschlafftem Kiefer, ihr Gesicht hat jede Farbe verloren.

»Das … das kann nicht sein«, sagt sie. Dann klickt etwas hinter ihren Augen. »Ich muss telefonieren.«

Ich sehe zur Tür. Val steht dahinter und lugt durch das Glasfenster. Unsere Blicke treffen sich. Alle auf der Station müssen den Aufruhr mitbekommen haben. Ich nicke ihr zu und gehe zur Tür.

»Ich habe sie gerade über den Tod ihres Mannes informiert. Sie steht unter Schock. Würden Sie sich zu ihr setzen?«

»Natürlich«, antwortet sie.

»Ich muss Sie nicht daran erinnern, dass alles, was Sie hier in diesem Raum hören, nicht für die Öffentlichkeit bestimmt ist, oder?«

Val nickt und beugt sich zu Mrs Shabir hinunter. Als sie die auf den Rücken der Frau legt, brechen alle Dämme. Val nimmt sie in den Arm und wiegt sie langsam hin und her.

Ich habe das getan. Ich bin eine Mörderin.

Ich trete wieder auf den Flur hinaus, so überwältigt von Schock und Erschöpfung, dass ich beinahe schwanke und alles nur verschwommen wahrnehme, während ich die Station durchquere und neugierige Blicke sich mir in den Rücken bohren. Als ich den abgesperrten Bereich betrete und zum OP zurückkehre, höre ich, wie sich die Türen zu dem Saal daneben quietschend öffnen: Die Tür steht auf, und stechende Augen starren mich an.

Die Männer warten.

»Warum dauert das so lange?«

»Ich halte mich ans Protokoll«, zische ich. »Wenn Sie damit durchkommen wollen, halten Sie sich zurück und lassen mich meinen Job machen.«

»Beeilen Sie sich«, faucht er und schließt die Tür mit einem leisen Klick.

David taucht hinter der nächsten Ecke des Flures auf.

»Alles in Ordnung, Doc?«, fragt er.

Wenn die anderen ihm von Shabirs Tod erzählt haben, so lässt er es sich nicht anmerken. Doch selbst wenn, müsste er den Bereich so lange sichern, wie Shabir sich hier befindet. Davids Aufgabe ist es, den Leichnam bis in die Leichenhalle zu begleiten und dort zu bewachen, bis die Regierung verständigt wurde. Bis dahin müssen meine Erpresser von hier verschwunden sein.

»Ja«, lüge ich. Es klingt scharf, und sein Lächeln verschwindet.

Ich muss erschüttert aussehen, denn er sieht mich neugierig an, bevor er mir kurz zunickt und seine Runde fortsetzt. Ich warte, bis er um die Ecke verschwunden ist, bevor ich den OP erneut betrete.

Es ist jetzt totenstill. Ein Assistenzarzt steht am Tisch und stellt gerade die Naht fertig, mit der er den Brustkorb des Patienten verschlossen hat. Zwei Schwestern warten darauf, den Leichnam für die Fahrt in die Leichenhalle zuzudecken. Auf dem Boden ist überall Blut.

»Ich erledige den Rest.«

Der Assistenzarzt schreckt zusammen, als er meine Stimme hört.

»Oh«, sagt er. »Mir wurde gesagt, ich soll …«

»Und jetzt sage ich Ihnen, dass ich es mache.« Ich blicke die Schwestern an, die nicht mehr lässig an der Wand lehnen, sondern strammstehen. »Das gilt auch für Sie beide. Ich mache hier fertig und bringe den Leichnam nach unten. Wenn Sie sich irgendwie nützlich machen wollen, können Sie den Boden aufwischen, sobald ich weg bin.«

Sie gehen hinaus, ohne ein Wort zu sagen, und wechseln dabei vielsagende Blicke. Nur das Schlurfen ihrer Überschuhe ist zu hören.

Noch nie war ich so unhöflich, doch das scheint die einzige Möglichkeit zu sein, die Leute davon abzuhalten, Fragen zu stellen. Wenn ich gemein bin, schrecken sie zwar zurück, aber sie gehorchen.

Ich ziehe ein sauberes Paar Handschuhe an und trete an den Tisch.

Die OP-Tücher sind zur Seite geschlagen. Die Haut auf der Brust ist noch offen und zeigt ihre fleischige Unterseite und den weißen Knochen des Sternums. Der Assistenzarzt war dabei, ihn mit Draht wieder zusammenzufügen.

Als ich zum Nadelhalter greife, wandert mein Blick nach oben zu seinem Gesicht.

Die Pflaster kleben noch über seinen Augen, und sein Unterkiefer hängt immer noch schlaff herunter, obwohl der Tubus, der zwischen seine Zähne geklemmt worden war, entfernt ist. Ich strecke die Hand aus und schließe ihn und löse das Pflaster von jedem Auge. Eine lange schwarze Wimper klebt daran. Der Drang durchfährt mich brennend.

Nicht jetzt.

Ich zerknülle das Pflaster und lege das kleine Bällchen auf das Instrumententablett.

Shabir hat wirklich gut ausgesehen: klar definierte Wangenknochen, starker Kiefer, volle Lippen. Lippen, die seine Frau nie mehr küssen wird.

Ich beuge mich zu seinem Ohr hinunter, bis meine Lippen nur noch wenige Millimeter entfernt sind. Er riecht nach Desinfektionsmittel und Blut.

»Es tut mir leid«, flüstere ich.

Dann richte ich mich auf und zwinge mich zu Härte. Ich kann nicht riskieren, die Nerven zu verlieren, bevor es nicht zu Ende ist. Ohne ihn noch einmal anzusehen, mache ich mich daran, das letzte Stück seines Sternums zusammenzunähen, bevor ich die Haut festziehe und Klammern entlang des Einschnitts setze.

Die Uhr tickt immer noch an der Wand, aber jetzt ist es kein höhnisches Geräusch mehr, sondern es gehört zur beruhigenden Kulisse des leeren Raumes. Ich säubere den Körper mit dem Material, das die Schwestern dagelassen haben, wische das Blut und die Überreste des bräunlichen Desinfektionsmittels weg.

Dann wickele ich den Leichnam in Tücher, drehe und wende ihn mit äußerster Vorsicht. Normalerweise ist das ein Job für zwei Schwestern, und ich tue mich schwer damit, schnaufe und fluche leise, aber bald ist es erledigt, und meine grauenvolle Tat ist von Kopf bis Fuß eingewickelt. Als Nächstes rolle ich die Bahre neben den OP-Tisch. Ich kann ihn nicht allein anheben und muss ihn rollen, wofür ich mich erneut flüsternd bei dem Toten entschuldige. Dann decke ich die gesamte Bahre mit dem großen blauen Tuch ab, um ihn völlig zu verbergen, und trete die Bremsen an den hinteren Rädern los.

Ich nehme mein Handy aus der Tasche, rufe die Stoppuhr auf und horche auf Lebenszeichen hinter der Tür. Bald höre ich Davids vertrautes Pfeifen, als er um die Ecke kommt, das entspannte Schlurfen seiner Schuhe auf dem Linoleumboden.

Ich lausche, bis er um die nächste Ecke verschwindet, und starte die Stoppuhr: Wir haben eine Minute und zweiunddreißig Sekunden, um zum Aufzug zu kommen.

Als ich die Türen öffne und die Bahre mit dem Leichnam herausrolle, sehe ich die beiden Männer aus dem OP-Saal nebenan kommen. Unsere Blicke treffen sich, bevor wir leise den Flur entlanggehen.

Die Bahre ist alt und wackelig, und jedes Quietschen ihrer Räder hallt in dem großen leeren Gang. Die Männer folgen mir dicht auf den Fersen.

Ich erreiche den Aufzug und drücke den Knopf an der Wand. Mein Herz rast, und meine Handflächen werden feucht. Ich sehe auf die Uhr: noch fünfundsechzig Sekunden, bis David wieder hier vorbeikommt. Ungeduldig tippe ich mit der Fußspitze auf den Boden, während ich zuhöre, wie der Aufzug langsam den Schacht herauffrattert.

Komm schon, komm schon, komm schon.

Wieder sehe ich auf die Uhr: noch fünfzig Sekunden. Schweiß bricht mir unter den Achseln aus, als ich Davids Schritte näher kommen höre, sein Pfeifen hallt ihm voraus.

Als die Türen sich öffnen, schiebe ich die Bahre mit Schwung hindurch, fixiere die Bremsen und strecke die Hand nach dem Knopf fürs Untergeschoss aus. Die beiden Männer schlüpfen neben mich, unmittelbar bevor die Türen schließen. Wir hatten nur noch fünfundzwanzig Sekunden.

Der Aufzug setzt sich in Bewegung.

»Aufmachen«, sagt der Mann mit den braunen Augen.

Ich ziehe das Tuch von der Bahre und löse die Tücher über Shabirs Gesicht und Brustkorb. Sein Mund steht wieder offen.

Der Mann packt Shabirs Kiefer und dreht seinen Kopf grob von einer Seite zur anderen.

»Er ist es«, sagt er.

Der andere Mann hält einen Finger an Shabirs Handgelenk und fühlt ihm den Puls. Seine Technik ist falsch; er sollte das am Hals checken, aber ich werde ihn ganz sicher nicht korrigieren. Dann holt er ein Stethoskop heraus, das er unter seiner OP-Kleidung versteckt hatte, und legt es ihm an die Brust, als wären die riesigen Metallklammern auf seinem Brustkorb nicht unübersehbar. Es ist eng und warm im Aufzug, und ich kann den Schweiß und den Atem der Männer riechen, den Geruch des Desinfektionsmittels, der immer noch von der Leiche ausgeht.

Er richtet sich mit einem zufriedenen Nicken auf.

»Sie können ihn wieder zudecken«, sagt der Mann mit den hellbraunen Augen.

Der Blutgeruch steigt mir in die Nase. Ich wickele den Leichnam wieder ein, gerade noch rechtzeitig, bevor der Aufzug das Untergeschoss erreicht. Die Türen gleiten knarrend auf.

Ich trete die Bremsen los und rolle die Bahre aus dem Aufzug, was gar nicht so einfach ist, weil Shabir schwer ist und die wackeligen Rollen an der Bahre in unterschiedliche Richtungen streben. Die Männer steigen nicht mit aus.

»Wir melden uns«, sagt der Mann mit den hellbraunen Augen.

Ich starre sie an, bis die Türen sich schließen.

24

MARGOT

SAMSTAG, 6. APRIL 2019, 13:25 UHR

Ich glaube, ich habe gerade mit angesehen, wie Dr. Jones einen Menschen getötet hat.

Benommen trete ich aus dem Toilettenabteil und erhasche einen Blick auf mein Spiegelbild über dem Waschbecken. Meine Haut ist fahl vor Schock, und meine Lippen sind knallrot, weil ich sie mir vor Angst zu oft geleckt habe. Eine Dreiviertelstunde ist vergangen, und ich zittere immer noch.

Dr. Jones war die ganze Operation über eklig zu mir, hat mich bei jeder sich bietenden Gelegenheit angeschnauzt. Jetzt wird mir klar, warum. Ich war diejenige, die am nächsten stand und alles mitbekommen hat, was sie tat. Sie hat mich aufgefordert, auf Abstand zu gehen, damit ich nicht sehen konnte, wie sie den tödlichen Schnitt setzt. Was sie nicht bemerkt hat, ist, dass ich wieder vorgetreten bin, um ihr zu assistieren, als sie es getan hat.

Ich habe das Bild noch vor Augen, wie sie die Aorta aufgeschlitzt hat. Den Blutschwall, der darauf gefolgt ist.

Ich muss es jemandem sagen. Aber wer um Himmels willen würde mir so was glauben?

Dr. Jones ist eine hoch angesehene Chirurgin. Als bekannt wurde, dass sie nach Redwood wechseln wollte, hat das Krankenhaus förmlich vor Aufregung gesummt, wie sonst nur, wenn die königliche Familie zu Besuch kommt, als wäre sie eine Art Berühmtheit innerhalb der Ärzteschaft. Für eine so entsetzliche Anschuldigung brauche ich absolut wasserdichte Beweise – aber ich bin die einzige Zeugin. Alle anderen haben auf die Uhr gesehen und erst wieder zurückgeblickt, als die Maschinen anfingen zu heulen.

Wem werden sie eher glauben? Einer anerkannten Chirurgin mit jahrelanger Erfahrung oder einer einfachen OP-Schwester, die klaut, um irgendwie zurechtzukommen?

Ich gehe zum Waschbecken, wasche mir die Hände, die immer noch fast ebenso heftig zittern wie die von Dr. Jones während der OP, und suche im Spiegel nach letzten Resten vom Blut des Patienten an mir.

Irgendwie hatte ich es im Gespür, dass ich sie nicht aus den Augen lassen sollte. Von Anfang an hat Dr. Jones sich seltsam verhalten, und zum ersten Mal habe ich ihr nicht vertraut. Nie werde ich vergessen, wie heftig ihre Hände gezittert haben. Sie war nervös und launisch, und als sie nach der Uhrzeit fragte, haben alle auf die Uhr gesehen. Alle außer mir. Das war der Moment, in dem sie das Skalpell genommen und die Aorta entlanggezogen hat.

Da war keinerlei Abrutschen der Klinge zu erkennen gewesen.

Sie hat nicht erschrocken nach Luft geschnappt, wie es bei einem Versehen normal gewesen wäre.

Sie hat absichtlich alle dazu gebracht, auf die Uhr zu sehen, und dann so tief sie konnte in die Wand der Aorta geschnitten und das Skalpell am Gefäß entlanggezogen.

Sie hat ihn mit Absicht getötet.

Ich reibe mir mit den feuchten Händen den Nacken, lausche auf das ängstliche Jagen meines Herzens.

Ich muss es jemandem sagen.

Mit einem letzten Blick in den Spiegel trockne ich mir die Hände, bevor ich mich zur Tür umdrehe. Kelvin kann mich vielleicht nicht leiden, doch ich bin sicher, dass er mir glauben wird, wenn man den Ernst der Anschuldigung bedenkt. Er muss mir einfach glauben.

Der Flur ist voller Menschen, Angestellte und Besucher, die den farbigen Linien folgen, welche zu den verschiedenen Stationen führen. Immer noch benommen, gehe ich den Flur entlang, doch als ich auf dem Weg zu Kelvins Büro an den Umkleideräumen vorbeikomme, bleibe ich stehen und sehe genau hin: Er steht in der Tür und spricht mit jemandem.

»Kelvin«, sage ich, während ich auf ihn zugehe, »ich muss mit Ihnen reden. Es ist etwas passiert.«

Als er sich umdreht, um mich anzusehen, lächelt er nicht. Er starrt mich an, als wäre ich Ungeziefer.

»Ja, allerdings.« Er blickt in den Umkleideraum. »Sie ist hier.«

Ein Wachmann tritt heraus. Es ist Sonny. Er lächelt oder winkt immer, wenn wir uns begegnen. Jetzt lächelt er nicht.

»Was ist los?«, stammele ich.

»Kommen Sie mit«, antwortet Kelvin.

Ich werfe einen Blick in den Umkleideraum und sehe die Tür meines Spinds offen stehen. Mein Herz sinkt.

»Kelvin, ich …«

»Sparen Sie sich das fürs Büro, Margot.«

Ich folge ihm in panikerfülltem Schweigen, mein Puls beschleunigt sich mit jedem Schritt. Jedes Mal, wenn ich Sonnys Schritte hinter mir spüre, gehe ich etwas schneller.

Ich versuche, mir eine Lüge auszudenken, irgendeine Ausrede, um mein Schicksal noch abzuwenden, doch es ist sinnlos. Ich wusste, dass etwas Schlimmes passieren würde. Ich habe es den ganzen Morgen gespürt, dieses flaue Gefühl im Magen. Als ich gesehen habe, was Dr. Jones im OP getan hat, habe ich selbstsüchtig, wie ich bin, gehofft, dass das der Grund für meine Ängste war, dass es tatsächlich eine Art von verrückter Vorahnung gewesen war. Doch die Drohung war auf mich gemünzt.

Kelvin zieht die Tür zu seinem Büro auf und winkt mich hinein. Noch nie habe ich ihn so wütend gesehen, die Wut strahlt in Wellen von ihm aus: Seine Wangen sind glühend rot. Ich trete ein und setze mich, klemme die zitternden Hände zwischen die Oberschenkel. Sonny wartet an der Tür, die dicken Arme über der Brust verschränkt, und Kelvin nimmt hinter seinem Schreibtisch Platz. Alles, was ich gestohlen habe, liegt auf der Tischplatte ausgebreitet.

Kelvin räuspert sich.

»Nach unserem Gespräch gestern habe ich lange und gründlich darüber nachgedacht, was Sie gesagt haben. Auch wenn Ihre Aussage einiges zu wünschen übrig gelassen hat, habe ich es ernst genommen: Ich musste mehr tun, um die Person zu finden, die für die Diebstähle in jüngster Zeit verantwortlich ist. Heute Morgen habe ich die Erlaubnis bekommen, die Damenumkleide durchsuchen zu lassen. Stellen Sie sich meine Überraschung vor, als wir Ihren Spind aufgemacht und diese Gegenstände darin gefunden haben.«

Ich sitze schweigend da und zittere. Ich fühle mich wieder wie das kleine Mädchen, das ins Büro des Schuldirektors geschleift und fürs Stehlen ausgeschimpft wird. Mas Motto kriecht mir in den Kopf.

Wenn du erwischt wirst, streitest du alles ab, und wenn du lügen musst, dass sich die Balken biegen.

»Haben Sie irgendetwas dazu zu sagen?«

Der Blick, mit dem er mich ansieht, ist so scharf, dass ich zurückzucke, als ich ihm in die Augen sehe. Bestimmt hält er mich für Abschaum. Ich werde meinen Job verlieren, meine Wohnung. Ma wäre stolz auf mich.

»Nicht mal eine Entschuldigung?«

Meine Kehle fängt an zu brennen, doch ich halte die Tränen zurück. Niemals werde ich zulassen, dass er mich weinen sieht. Ich umklammere meine Hände, so fest ich kann, bis die Haut auf meinen Handgelenken weiß wird und das Blut in meinen Fingerspitzen pocht.

Er seufzt.

»Sie sind gefeuert, mit sofortiger Wirkung«, sagt er. »Die Polizei ist schon unterwegs.«

Seine Worte treffen mich wie ein Schlag in den Magen. In meinem Kopf höre ich Ma lachen.

»Was wollten Sie mir vorhin sagen?«, fragt Kelvin. »Ich nehme an, es war kein Geständnis. Worum ging es?«

Ich beiße die Zähne zusammen, um mich gegen die Tränen zu wappnen, und halte den Blick fest in meinen Schoß gesenkt.

»Ist jetzt auch egal«, krächze ich.

Jetzt wird mir niemand mehr glauben.

25

ANNA

SAMSTAG, 6. APRIL 2019, 16:04 UHR

Sobald der Patient tot ist und kein Verdacht geschöpft wird, fangen wir an, die Rückkehr Ihres Sohnes in die Wege zu leiten.

Ich kann nicht aufhören, den Satz im Geist ständig zu wiederholen. Das Wegwerfhandy fest an die Brust gedrückt, tigere ich in meinem Haus auf und ab, während ich den Blick der Kameras sengend auf mir ruhen spüre, wenn ich unter ihnen hindurchgehe. Meine freie Hand zuckt vor Verlangen, mir an den Kopf zu greifen und zu reißen. Hin und wieder tue ich das sogar unwillkürlich und merke es erst, wenn ich den stechenden Schmerz an der Kopfhaut spüre. Ich muss es jetzt schon ein paarmal getan haben, denn ich komme an immer mehr langen blonden Haaren auf dem Teppich vorbei.

Ich bin eine Mörderin.

Shabirs lebloses Gesicht taucht ständig vor meinem inneren Auge auf: die Schlaffheit seines Unterkiefers; sein Geruch, als ich mich zu ihm hinuntergebeugt habe; diese eine lange Wimper, die am Pflaster klebte. Ich kann nicht aufhören, an Dominics entsetzten Gesichtsausdruck zu denken, als ich es ihm gesagt habe. Ich habe gesehen, wie jeder Tropfen Leben aus seinem Gesicht geflossen ist.

Sie werden herausfinden, was ich getan habe. Wenn nun jemand gesehen hat, wie ich den Schnitt gesetzt habe? Der Coroner wird ihn aufmachen und die Spuren einer Skalpell-Inzision erkennen, und ich werde Zack nie wiedersehen.

Ich bleibe im Eingangsbereich stehen und schlage die Hände vors Gesicht.

Bis zu dem tödlichen Schnitt habe ich alles so gemacht wie immer. Jedes Transplantat saß perfekt. Jeder Schritt war korrekt abgearbeitet worden, sowohl bevor als auch nachdem ich ihn getötet habe. Es besteht kaum eine Chance, dass man der Aorta irgendwelche Anzeichen von Fremdeinwirkung ansieht, weil sie so zerfetzt war, dass

Margot kaum Druck ausüben konnte. Doch der Zweifel nagt weiter an mir.

Ich hätte ihn noch mal aufmachen sollen, als ich mit ihm allein war. Ich hätte meine Spuren besser verwischen sollen.

Es klingelt an der Tür.

Erstarrt höre ich Bärs aufgeregtes Gebell, während er ins Foyer gerannt kommt. Das Telefon hat nicht geklingelt. Würden sie nicht anrufen, bevor sie Zack nach Hause bringen? Doch die Vorstellung, dass er auf der anderen Seite der Tür stehen könnte, löscht jeglichen vernünftigen Gedanken aus. Ich stürze zur Tür und reiße sie weit auf.

Zwei Fremde stehen davor.

Die Frau muss Mitte fünfzig sein, mit mausbraunem Haar und blassblauen Augen; sie trägt einen unförmigen schwarzen Anzug und flache, maskuline Schuhe. Der Mann neben ihr ist deutlich jünger und überragt sie um einen Kopf.

Sie halten mir ihre Dienstmarken hin.

»Dr. Anna Jones?«

Ich kann den Blick nicht von den Marken lösen. Mein Herz schlägt Saltos in meiner Brust.

»Ja?«

»Ich bin Detective Inspector Rachel Conaty. Das hier ist mein Kollege Detective Sergeant Mark Ryan. Dürfen wir reinkommen?«

Ich bin zu schockiert, um etwas zu sagen. So schnell können sie nicht von der Operation erfahren haben. Das Krankenhaus wird den Vorfall doch erst selbst untersuchen, bevor sie irgendwelche Verdachtsmomente an die Polizei melden. Sie würden doch nicht riskieren, dass die Nachricht sich so schnell verbreitet, das wäre ein PR-Desaster. Sie würden erst Beweise haben wollen.

»Dr. Jones?«

Ich spüre, wie die Kamera über der Tür auf mich herabstarrt, ihre Sichtachse brennt sich in meinen Scheitel. Hinter mir versucht Bär, sich an meinen Beinen vorbeizudrängeln, um an die Besucher heranzukommen. Ich schiebe das Wegwerfhandy in die Tasche.

»Es tut mir leid, aber jetzt passt es wirklich schlecht.«

Sie wirkt nicht erfreut.

»Wir ermitteln in einem Schwerverbrechen hier in der Gegend und haben schon den ganzen Tag mit Ihren Nachbarn gesprochen. Es dauert nicht lang.«

Sie haben sie gefunden.

Die Worte der Entführer dröhnen in meinem Kopf.

Sobald der Patient tot ist und kein Verdacht geschöpft wird, fangen wir an, die Rückkehr Ihres Sohnes in die Wege zu leiten.

... kein Verdacht geschöpft wird.

Wenn ich sie hereinlasse, werden die Entführer es erfahren. Ich drücke die Tür zu.

»Es tut mir leid, aber ich fürchte, das wird bis morgen warten müssen.«

Die Polizistin verrät nichts. Ihre Lippen sind fest zusammengepresst. Der Mann hinter ihr jedoch versucht, einen neugierigen Blick ins Haus zu werfen.

»Wir ermitteln in einem Schwerverbrechen, Dr. Jones«, sagt sie ausdruckslos. »Ich fürchte, es kann nicht warten.«

Panik wallt in meiner Brust auf, Tränen der Verzweiflung brennen in meinen Augen. Ich räuspere mich und trete beiseite.

»In Ordnung, aber ich erwarte einen wichtigen Anruf, es darf also nicht lange dauern.«

Sie treten ein, unter der Kamera hindurch. Auf zittrigen Beinen gehe ich vor ins Wohnzimmer und biete beiden einen Sitzplatz an. Sie setzen sich auf das Sofa. Es scheint, als würden sie sich dabei abwechseln, den Raum in Augenschein zu nehmen. Einer behält immer mich im Blick.

»Ein sehr schönes Haus haben Sie«, sagte DI Conaty.

»Danke«, antworte ich, während ich mich in den Sessel setze.

Ich spüre, wie die Kamera über ihren Köpfen bösartig auf mich herunterstarrt, und muss meine ganze Selbstbeherrschung aufbringen, um nicht nach oben zu schauen und flehentlich in die Linse zu blicken.

Ich kann nichts dafür.

»Sie sagten, Sie ermitteln in einem Schwerverbrechen?«

»Es tut mir leid, aber ich habe schlechte Nachrichten«, setzt DI Conaty an. »Ihre Nachbarin, Paula Williams, wurde gestern Morgen tot aufgefunden.«

Ich schlage die Hand vor den Mund. Die Tränen, die mir schon an der Tür in die Augen geschossen waren, nutzen ihre Chance und fangen an, sich ihren Weg ins Freie zu bahnen.

»Oh mein Gott …«

»Wir verstehen, was für ein Schock das für Sie sein muss.«

»Wie?«, stammele ich. »Wann?«

»Das ist es, was wir herauszufinden versuchen. Bisher deutet alles auf Mord hin.«

»*Mord?* Nein, das kann ich mir nicht vorstellen. Ist bei ihr eingebrochen worden oder so etwas?«

»Das glauben wir nicht, nein. Ist Ihnen in letzter Zeit hier jemand Ungewöhnliches aufgefallen? Irgendwelche neuen Gesichter? Irgendwelche Veränderungen in Paulas alltäglicher Routine?«

Ich tue so, als dächte ich zurück, doch meine Gedanken drehen sich nur um die Kameras, die uns beobachten. Eine auf meinem Gesicht, eine auf deren. Ich stelle mir vor, wie die Entführer die Aufnahmen verfolgen und dabei meinem Baby eine Pistole an den Kopf halten.

»Nein«, antworte ich. »Nichts. Paula ist – war – eine liebenswerte, ganz normale Lady. Sie war außergewöhnlich freundlich und hilfsbereit, für uns gehörte sie fast schon zur Familie.«

»Ihre Nachbarin Mrs Howard sagte, Paula hätte Ihnen bei der Kinderbetreuung ausgeholfen?«

Mein Herz sinkt bei dem Gedanken, dass sie mit Jenny gesprochen haben. Sie ist die Klatschbase des Viertels und hat etwas gegen mich, seit ich abgelehnt habe, ihrem Buchklub beizutreten.

»Ja. Paula hat immer ein oder zwei Stunden nach der Schule ausgeholfen, nachdem mir klar wurde, wie schwierig es ist, einen Vollzeitjob mit der Kinderbetreuung zu vereinbaren. Wir sind ja gerade erst hergezogen, daher hatte ich noch niemanden hier in der Nähe. Paulas Tochter war vor Kurzem nach Australien gezogen, und ich glaube, sie hat sich ein bisschen einsam gefühlt, so allein im Haus. Ich brauchte Unterstützung, und Paula brauchte Gesellschaft. So hat es uns allen etwas gebracht, und sie wird uns unendlich fehlen.«

»Und sie hat Ihren Sohn auch von der Schule abgeholt?«

»Das stimmt.«

»Wer hat Zack am Donnerstag abgeholt?«, fragt sie.

»Paula.«

Ich sehe, wie der Mann aufmerkt, er setzt sich etwas gerader auf.

»Das ist unser Problem«, antwortet DI Conaty. »Den Aufnahmen der Überwachungskameras zufolge sind sie nicht nach Hause gekommen.«

»Nein, sind sie auch nicht.«

DI Conaty zieht die Augenbrauen zusammen. Ihr Partner sieht sie an, dann wieder mich.

»Sie hören sich nicht sonderlich besorgt an?«

»Na ja, nein, weil Paula Zack am Donnerstag auch nicht nach Hause bringen sollte. Sie sollten sich mit meinem Bruder treffen. Jeff hat Zack über die Osterferien mit nach Cornwall genommen.«

»Hätte er dann nicht einen Koffer haben müssen? Auf den Aufnahmen sah es nicht danach aus, als hätte er irgendwelches Gepäck dabei.«

Meine Gedanken und Ängste stolpern in meinem müden Hirn übereinander, und eine nervöse Hitzewelle spült durch mich hindurch. Ich zwinge die erste Lüge über meine Lippen, die mir in den Sinn kommt.

»Das haben mein Bruder und ich schon ein paar Tage vorher erledigt, damit Zack und Paula sich nicht mit dem Gepäck abschleppen mussten«, platze ich heraus.

»Okay. Wo haben sie sich getroffen?«

Sie stellen so viele Fragen, so schnell hintereinander, dass die Lügen aus meinem Mund purzeln, ohne dass ich Zeit bekomme, mir zu merken, was ich gesagt habe. DI Conaty spricht, als würde sie schon aus Prinzip alles anzweifeln, was ich sage.

Vielleicht ist das gar nicht ihre übliche Tonlage … vielleicht merkt sie, dass ich lüge.

»Es tut mir leid«, sage ich und fahre mir mit den Händen durch das Haar. »Das ist alles ein bisschen viel auf einmal. Ich kann kaum klar denken.«

DI Conaty lächelt, aber es wirkt gezwungen. Ich frage mich, ob sie gemerkt hat, dass ich auch nur so tue.

»Das verstehe ich. Vielleicht können wir für nächste Woche einen Termin ausmachen, wenn Sie die Nachricht verdaut haben. Wir können uns auf dem Revier treffen.«

Ja. Jeder Tag, nur nicht heute.

»Danke, ja, das wäre besser, glaube ich.«

»Dann brauche ich nur noch die Kontaktdaten Ihres Bruders, damit er bestätigen kann, was Sie uns gesagt haben.«

Ich spüre, wie mir die Gesichtszüge entgleisen, was DI Conaty sofort bemerkt. Sie scheint jeden Gedanken wahrzunehmen, der mir durch den Kopf geht, scheint jedes Aufflackern der Angst auf meinem Gesicht lesen zu können. Wieder greife ich zu der ersten Lüge, die mir in den Sinn kommt.

»Es tut mir leid, aber das wird Ihnen nicht viel nützen. Jeff muss ins nächste Dorf gehen, um irgendwo anrufen zu können, wissen Sie, der Empfang ist dort unglaublich schlecht. Aber ich kann ihm gern Ihre Nummer geben, damit er sich bei Ihnen meldet.«

»Heutzutage?«, fragt sie. »Wo ist er denn?«

»Maybridge – ein sehr kleiner Ort, ein winziges Dorf. Das können Sie nicht kennen.«

Sie zögert ein paar Sekunden, in denen sie mich über den Tisch hinweg anstarrt. Mir ist es egal, was sie vermutet. Ich will nur, dass die beiden endlich mein Haus verlassen. Meine Augen flackern zu der Kamera.

Bitte lasst mein Baby am Leben.

»Ich verstehe«, sagt DI Conaty und greift in die Innentasche ihrer Jacke. Sie legt ihre Karte auf den Couchtisch. »Ihre Kontaktdaten brauche ich auch, wegen des Termins auf dem Revier.«

Ich gebe ihr meine Nummer und warte, während sie sie sich notiert.

Mein privates Telefon vibriert auf dem Couchtisch, jemand ruft mich an. Daneben liegt mein Diensttelefon. Wir starren darauf, bis es aufhört.

Sie haben mich mit dem Wegwerfhandy an der Tür gesehen.

Ich blicke auf, der Schreck schießt mir die Wirbelsäule herunter. Beide Detectives sehen mich unverwandt an.

»Jetzt haben Sie meine.« Sie blickt auf die beiden Telefone auf dem Tisch und dann auf meine Hand, mit der ich das Wegwerfhandy an die Brust gedrückt hatte, als ich die Tür aufgemacht habe. Es brennt sich durch die Hosentasche in meinen Oberschenkel, und ich überlege, ob sie es sehen kann. »Drei Telefone?«, fragt sie. »Sie müssen ja wirklich sehr viel zu tun haben.«

Sie erheben sich vom Sofa. Die Stimmung ist angespannt, als ich sie zur Tür begleite. Ich kann Conatys Blick auf mir spüren, während sie meine Körpersprache analysiert und mich nach dem Wegwerfhandy absucht. Ob ihr auffällt, wie meine Beine zittern? Ich öffne die Tür, und ein frischer Wind fährt herein.

»Ich melde mich, sobald ich einen Termin habe, zu dem Sie aufs Revier kommen können«, sagt sie. »Wenn Ihnen in der Zwischenzeit noch etwas einfällt, zögern Sie nicht, sich bei uns zu melden.«

»Vielen Dank.«

Sie nicken mir zu und treten nach draußen. Ich schließe die Tür hinter ihnen und fange sofort wieder an, auf und ab zu tigern.

Sie hat mir nicht ein Wort geglaubt. Sie wusste, dass alles, was aus meinem Mund herauskam, gelogen war.

Ich gehe das ganze Gespräch noch einmal im Kopf durch, während ihr Wagen davonfährt und ich das leise Knirschen des Kieses auf der Zufahrt höre.

Dann klingelt das Wegwerfhandy in meiner Hosentasche. Ich melde mich sofort.

»Es ging nicht um Ahmed Shabir«, stammele ich. »Ich habe alles getan, was Sie verlangt haben. Geben Sie ihn mir zurück.«

Schwer atmend lausche ich dem Knistern in der Leitung.

»Sie haben gesagt, sobald ich den Patienten getötet habe, würden Sie …«

»Es ist noch nicht zu Ende«, sagt der Mann am anderen Ende der Leitung.

Meine Beine geben unter mir nach. Ich stütze mich mit zitternder Hand am Geländer ab.

»Vergessen Sie nicht, Sie sollten den Patienten nicht nur töten, sondern auch damit davonkommen.«

Ein Schluchzen bricht aus mir heraus.

»Nein! Ich habe alles getan, was Sie von mir verlangt haben. *Geben Sie mir mein Kind zurück!*«

»Sobald die Polizei die Ermittlungen einstellt. Sorgen Sie dafür, dass sie Sie nicht verdächtigen, Dr. Jones. Das Leben Ihres Sohnes hängt davon ab.«

Das Gespräch wird beendet.

»Nein!«

Meine Beine knicken ein, als hätte mir jemand einen Tritt in die Kniekehlen versetzt. Ich lande auf dem Boden, heule so verzweifelt, dass mir Speicheltropfen aus dem Mund fliegen, und hämmere mit den Fäusten auf den Teppich ein, bis meine Knöchel brennen. Als ich keine Kraft mehr habe, ziehe ich die Knie an die Brust und bleibe reglos liegen. Meine Tränen sickern still in den Teppich.

TEIL 2

26

MARGOT

MONTAG, 8. APRIL 2019, 08:32 UHR

Ich warte oben an der Treppe vor dem Hinterausgang der Polizeistation, die Hüfte gegen das Geländer gelehnt, das Anklageprotokoll in der hinteren Hosentasche. Sie haben mich hier hinten rausgeschickt, durch den Ausgang, der auf eine Seitenstraße hinausführt und der wahrscheinlich dazu dient, das Pack außer Sicht zu halten.

Meine Klamotten stinken. Die Officer haben sie mir weggenommen, nachdem sie mir für meine Zeit in der Untersuchungshaft einen alten grauen Jogginganzug gegeben haben, aber heute Morgen musste ich sie wieder anziehen, zerknittert und voller alter Schweißflecke. Ich erinnere mich noch, wie ich sie im Krankenhaus wieder angezogen hatte und dann auf und ab gegangen bin, während ich mit den Ereignissen rang, die ich gerade mit angesehen hatte.

Dr. Jones hat Mr Shabir getötet. Seit sie den Zeitpunkt des Todes verkündet hat, kann ich kaum an etwas anderes denken. Auch in der winzigen Zelle bin ich meine Erinnerungen wieder und wieder durchgegangen: Das Schimmern des Stahls an der Aorta, das Blut, das heraussprudelte. Es war kein Versehen, so viel weiß ich ganz sicher. Sie hat die Klinge mit Überzeugung geführt. Dr. Jones muss den OP schon mit der Absicht betreten haben, Ahmed Shabir zu töten.

Aber warum?

Motorengeräusch grollt die Seitenstraße herauf, ich erstarre und wappne mich für meine Mitfahrgelegenheit. Als ich ein Polizeiauto näher kommen und an mir vorbeifahren sehe, seufze ich erleichtert; das einzige Mal in meinem Leben, dass ich froh bin, die Bullen zu sehen.

Als ich entlassen werden sollte, hat mich die Beamtin gefragt, ob ich jemanden anrufen will, der mich abholen kann, und ich habe sie nur angestarrt, während ich versuchte, einen Namen herauszubringen. Bis zu dem Augenblick war mir gar nicht bewusst gewesen, wie allein ich war – mir fiel nicht ein einziger Mensch ein, der mir zur Seite stehen könnte. Als die Beamtin vorschlug, stattdessen den Bus zu nehmen, flog ein Name von meinen Lippen, in dem Versuch, zumindest einen letzten Rest Selbstwertgefühl zurückzugewinnen. Ein Name, den ich seither bereue. Es ist pures Glück, dass seine Telefonnummer immer noch dieselbe war.

Ich habe meinen Bruder seit Jahren nicht mehr gesehen.

Damien wollte immer genauso werden wie Ma. Jedes Wort aus ihrem Mund war heilig, und er hat sein Leben in dem Glauben geführt, dass die Welt ihm etwas schuldet, und sich einfach immer alles genommen, was er wollte, egal, zu welchem Preis. Doch im Gegensatz zu Ma hat er irgendwo da drin auch noch ein Herz. Oder hatte früher zumindest eins.

Du könntest dich genauso gut selbst so beschreiben, Maggot.

Ich reibe mir das Gesicht, Blut kribbelt unter der müden Haut.

Nein, das hier ist was anderes. Ich hab das nur getan, um mich aus einem Loch rauszuarbeiten, während Ma sich darin gesuhlt hat, die Familie immer noch tiefer reinzureiten. Ich bin ganz anders als die beiden.

Ich höre Damien, bevor ich ihn sehe: das brutale Röhren des Motors, der die Seitenstraße entlanghallt. Ein schwarzer Mercedes kommt in Sicht und bremst scharf auf Höhe der Treppe.

Wir starren einander an, während der Motor unter der Haube schnurrt. Er trägt eine verspiegelte Sonnenbrille, die mein Bild reflektiert: Meine Schultern hängen vor Erschöpfung herab, und mein Gesicht ist totenblass. Er nickt mir knapp zu. Ich nicke zurück und drücke meine Kippe aus, während mein Herz heftig in meiner Brust schlägt.

»Verdammt. Du stinkst, Maggot«, sagt Damien, als ich neben ihm ins Auto steige. Der Wagen fährt los, bevor ich mich anschnallen kann.

»Freut mich auch, dich zu sehen.«

Er fährt die Scheiben herunter, um den Gestank rauszulassen, und beugt sich an mir vorbei zum Handschuhfach. Die Klappe schlägt an meine Knie. Er holt ein Päckchen Zigaretten heraus, bevor er das Fach wieder zuklickt, und lässt mir gerade genug Zeit, damit ich die Pistole darin sehen kann, deren Lauf direkt auf meinen Bauch zielt.

»Wo soll ich dich absetzen?«

»Bei der Wohnung von meinem Freund«, lüge ich, während ich die

Gurtschnalle einrasten lasse. »Am Ende der London Road. Schöne Karre übrigens. Wem hast du die denn geklaut?«

Er nimmt die nächste Kurve mit Schwung. Ich halte mich am Türgriff fest, bis jeder Tropfen Blut aus meinen Fingern gepresst ist.

»Woher weißt du, dass ich mir nicht selbst was aufgebaut habe, seit du weg bist?«

Ich schnaube bei der Vorstellung.

»Wer immer dir den umlackiert hat, hat was ausgelassen. Der Lack innen an der Türangel ist noch blau.«

Er lacht mit der Zigarette zwischen den Zähnen und nimmt den Blick von der Straße, um sie anzuzünden. Er zieht daran und füllt dann das Auto mit Rauch.

»Dir entgeht aber auch nichts, was? Weshalb haben sie dich eingebuchtet?«

»Diebstahl. Meine Anhörung ist in vier Wochen.«

Er pfeift anerkennend.

»Das kann dir bis zu sieben Jahre einbringen, das weißt du?«

»Weniger als du für Autodiebstahl kriegen würdest.«

»Nur dass ich nicht so doof bin und mich erwischen lasse.«

Ich verdrehe die Augen und sehe zum Fenster hinaus.

»Das hört sich ja gerade so an, als wärst du noch nie eingebuchtet worden.«

Während ich merke, wie ich wütend werde, fällt mir auf, dass wir uns gegenseitig aufziehen, so, wie wir es als Kinder immer getan haben. Wir haben uns seit fünfzehn Jahren nicht mehr gesehen, und alles ist wieder so, als wären nur fünfzehn Minuten vergangen. Und es schmerzt mich, mir eingestehen zu müssen, dass ich ihn vermisst habe. Doch ihm das zu sagen, traue ich mich nicht: Er könnte es als Druckmittel benutzen.

»Sicher, dass du nicht kurz mit nach Hause kommen willst?«

»Nach Hause? Du wohnst doch wohl nicht immer noch bei Ma?«

»Ist jetzt meine Wohnung.«

Nein, ermahne ich mich. *Damit fangen wir gar nicht erst an. Es gibt einen Grund, warum wir so lange nichts mehr miteinander zu tun hatten.*

»Mein Freund erwartet mich.«

»*Mein Freund erwartet mich*«, wiederholt er spöttisch und übertrieben vornehm. »Also lerne ich diesen reichen Freund nicht kennen, wegen dem du von uns weg bist?«

»Du hast mich seit Jahren nicht gesehen. Du könntest mich fragen, wie es beruflich läuft, was ich aus meinem Leben gemacht habe. Aber dir fällt nichts ein, außer dich über mich lustig zu machen.« Mit einem Schnauben drehe mich wieder zum Fenster. »Und da fragst du dich, warum ich nie zu Besuch komme.«

»In Ordnung, wie läuft's denn so beruflich?«

Ich trommele mit den Fingern auf den Fensterrahmen.

»Na los, du wolltest doch, dass ich frage.«

»Bin gefeuert worden.«

Ein kurzes Schweigen hängt zwischen uns, in dem nur das Grollen des Motors den Raum erfüllt. Dann höre ich ihn hinter geschlossenen Lippen auflachen. Er versucht, es zu unterdrücken, doch das führt nur dazu, dass er noch heftiger lachen muss. Es dauert nicht lange, und er heult vor Lachen und haut mit der Handfläche aufs Lenkrad. Als ich ihm in die Augen sehen, kriecht ein Grinsen über meine Lippen. Er gibt mir einen spielerischen Stups, und mit einem Mal lache ich auch, bis mir die Tränen in den Augen stehen und mein Bauch wehtut. Er biegt in die London Road ein und parkt einen Steinwurf von meinem Haus entfernt.

»Das hat mir gefehlt«, sagt er und grinst immer noch.

Ich wische mir die Augen und zwinge das Lachen hinunter. Für den Bruchteil eines Augenblicks hatte ich vergessen, auf der Hut zu sein, und mich danach gesehnt, die Arme um ihn zu schlingen. Mein großer Bruder, hier leibhaftig neben mir. Ich räuspere mich und straffe die Schultern.

»Komm mit nach Hause«, sagt er. »Iss mit uns.«

»Uns? Du hast tatsächlich jemanden gefunden, der es mit dir aushält?«

Er beißt nicht an. »Ach, komm. Du hättest mich doch nicht angerufen, wenn du es nicht auch wolltest. Du hättest auch diesen Kumpel anrufen können, zu dem du gleich gehst. Ist doch nur ein Essen. Und nur fürs Protokoll: Ja, ich habe jemanden kennengelernt. Er heißt Rick, und du würdest ihn echt mögen, wenn du ihm eine Chance geben würdest.«

Damien hat die Liebe gefunden und ist sesshaft geworden, und ich habe das alles verpasst. Ich schockiere mich selbst, indem ich darüber nachdenke, die Einladung anzunehmen.

Nein. Lass dich nicht von ihm einlullen. Er ist genau wie Ma.

Ich senke den Blick und löse den Gurt.

»Danke, aber ich hab schon was vor.«

Er will noch mehr sagen, verkneift es sich aber und nickt nur scharf. »Okay.«

»Danke fürs Mitnehmen.«

»Ja«, sagt er abweisend. »Viel Glück vor Gericht.«

Ich steige aus und gehe auf das Haus zu, während Damiens Blick sich in meinen Rücken brennt. Ich trete durch die Haustür und nehme die Treppe, statt auf den Aufzug zu warten, halte die Tränen zurück, als wäre ich wieder ein kleines Mädchen.

Reiß dich am Riemen, schimpfe ich mich, als ich den vierten Stock erreiche und in meiner Tasche nach den Schlüsseln krame. *Du darfst dich nicht wieder auf ihn einlassen, weil du ihm nicht trauen kannst. Das weißt du.*

Ich überquere den Treppenabsatz und erstarrte, als ich den Zettel sehe, der an meiner Tür klebt.

Deine Sachen sind eingelagert. Schick mir eine SMS, wenn du die Adresse wissen willst.

Sandy

Ich reiße ihn ab und lese ihn immer wieder, bis ich es schließlich begreife und die Hände vors Gesicht schlage. Das Papier knistert in meinem Griff, und die Tränen brennen in meinen Augen.

Sie hat es tatsächlich getan. Ich bin obdachlos. Kein Job. Keine Wohnung. Was soll ich nur machen?

»Ist dein Freund nicht da?«

Ich schrecke zusammen und lasse die Hände fallen. Damien steht oben an der Treppe, lässig ans Geländer gelehnt, die Sonnenbrille in sein kurz geschorenes, blondes Haar hochgeschoben. Er muss mir gefolgt sein. Sein spielerisches Grinsen wird weicher, als er die Tränen sieht, und ich bemerke einen Schimmer von Mitleid in seinen Augen.

»Komm. Wir holen uns nachher zum Abendessen Fish and Chips, ich lad dich ein.«

Wie erstarrt stehe ich vor der Tür, als hätte ich irgendeine andere Wahl. Es fühlt sich so schön an, dass sich endlich jemand um mich kümmert, doch bei dem Gedanken daran, wieder in die Vergangenheit zurückzukehren, vor der ich so lange davongelaufen bin, schreit alles in mir mich an, zu bleiben, wo ich bin; in einem Frauenhaus oder sogar auf der Straße wäre ich besser dran. Ich schaue auf den Zettel in meiner Hand. Die Tränen haben die Tinte zerlaufen lassen.

Ich habe keine andere Wahl.

Er hält mir die Hand hin, und ich mache einen Schritt auf ihn zu, während jede Faser meines Körpers mir sagt, dass ich es nicht tun soll. Er legt den Arm um meine Schultern und zieht mich an sich.

»Aber vorher duschst du erst mal, du stinkige Kuh.«

Ich lache und schniefe gegen die Tränen an.

In der Obhut meines großen Bruders fühle ich mich sicherer als seit langer Zeit. Doch während wir die Treppe wieder hinuntergehen, schlingt sich langsam die Panik um meinen Hals.

Wenn ich erst einmal zurück bin, wird er es mir so gut wie unmöglich machen, wieder zu gehen.

27

ANNA

MONTAG, 8. APRIL 2019, 08:40 UHR

Anscheinend kann ich inzwischen nur noch zittern. Aus Angst, vor Wut, aus Schlafmangel, und die Benzodiazepine halten mich ruhig. Ich reiße die Augen vom Krankenhaus auf der anderen Seite der Windschutzscheibe los und lasse zwei gelbe Tabletten in meine Hand fallen, die ich mit einem Schluck aus meiner Wasserflasche hinunterspüle.

Ich habe alles getan, was sie verlangt haben. Ich habe gelogen, betrogen, kaltblütig einen Menschen getötet, und sie geben ihn mir trotzdem nicht zurück.

Den ganzen Sonntag habe ich in einem unruhigen, selbst induzierten Koma verbracht, in das ich hinein- und wieder hinausgetrieben bin. Habe von Zack geträumt und im Schlaf so laut nach ihm gerufen, dass ich davon aufgewacht bin, nur um durch den Schmerz, der mich erwartete, niedergestreckt zu werden. Dann habe ich ein paar Pillen geschluckt und bin wieder eingeschlafen. Ich fühle mich immer noch benommen.

Das Wegwerfhandy, das die Entführer mir gegeben haben, ist stumm geblieben, aber ich weiß, dass sie mich beobachtet haben. Wann immer ich aus dem Nebel der Medikamente erwacht bin, habe ich das Starren der Kameras auf meiner Haut kribbeln gefühlt.

Ich betrachte mich im Spiegel an der Sonnenblende. Ich trage eine weiße Bluse zu schicken schwarzen Stoffhosen, als wäre es ein vollkommen normaler Montag. Doch wenn ich genauer hinschaue, sehe ich, dass mir das Haar leblos um die Schultern hängt, sichtlich ausgedünnt vom unablässigen Zupfen. Selbst unter dem Make-up wirkt meine Haut müde und ausgezehrt, und das Weiße in meinen Augen ist vom vielen Weinen gerötet.

Reiß dich zusammen. Zack braucht dich.

Niemand darf argwöhnen, dass irgendetwas nicht in Ordnung ist.

Ich muss stark sein, gleichgültig. Undurchdringlich. Ich werfe einen letzten Blick auf die Frau im Spiegel, sehe, wie sie sich hart macht, und klappe die Sonnenblende hoch.

Wenn ich nicht überzeugend bin, bringen sie ihn um.

Dann hole ich tief Luft und steige aus.

Ich betrete die Station und lausche dabei dem vertrauten Rascheln meiner Dienstkleidung und dem leisen Auftreten meiner Clogs. An jedem anderen Tag würde ich mich, ohne groß nachzudenken, an die Arbeit machen, jetzt jedoch brauche ich meine ganze Kraft für das falsche Lächeln und die morgendlichen Begrüßungen, halte die Lüge mit dem letzten Fetzen Selbstkontrolle zusammen, der mir noch bleibt.

Ich erreiche das Schwesternzimmer und begegne Vals Blick. Sie zeigt mit einem raschen Kopfnicken dorthin, wo Dr. de Silva am Bett eines meiner Patienten steht.

Mein Herz macht einen Satz.

»Was soll denn das?«

»Weiß ich nicht genau«, antwortet sie. »Haben Sie schon das von Margot gehört?«

»Was ist mit ihr?«

»Sie war die Diebin. Ist am Samstag gefeuert und direkt von der Polizei abgeholt worden.«

»Meine Güte, das hätte ich nicht gedacht.«

Noch eine Lüge. Natürlich hätte ich das von ihr gedacht. Wenn ich an all die Gelegenheiten zurückdenke, wo sie versucht hat, sich in der Umkleide mit mir anzufreunden, vermute ich, dass sie wahrscheinlich nur versucht hat, meine Aufmerksamkeit von meinem offenen Spind abzulenken oder mein Vertrauen zu gewinnen, damit ich sie nicht verdächtige. Ziemlich clever. Hat nur nicht ganz gereicht.

Zumindest ein Mensch weniger, über den ich mir Sorgen machen muss.

»Hat Dr. de Silva irgendetwas gesagt, warum er meinen Patienten übernimmt?«

»Nein, er hat nur nach Ihren Unterlagen gefragt. Er war richtig stinkig.«

Was bedeutet, dass irgendjemand von weiter oben ihm meine Arbeit aufgebürdet hat.

»Danke.«

Ich komme bei Dr. de Silva an, als er sich gerade vom Bett des Patienten abwendet und etwas auf dem Klemmbrett abhakt. Auf meinem Klemmbrett.

»Guten Morgen.«

Er blickt auf und errötet sofort.

»Anna, guten Morgen.«

»Tauschen wir Patienten? Ich weiß, es kann ein bisschen eintönig sein, aber das wäre mir jetzt echt neu.«

Er tut nicht mal so, als fände er das witzig. Sein mitleidiger Blick lässt mich rot werden.

»Sie sollten mit Dominic reden.«

»Irgendwas, worüber ich mir Sorgen machen müsste?«

Er gerät kurz ins Stottern, ohne die Augen von dem Klemmbrett zu nehmen. »Schauen Sie einfach kurz bei ihm vorbei, wenn Sie Zeit haben.«

Ich zwinge mich zu einem Lächeln, mache auf dem Absatz kehrt und gehe zurück zum Ausgang. Val beobachtet mich, als ich an ihr vorbeigehe.

Dominic hatte schockiert auf die Nachricht von Ahmed Shabirs Tod reagiert. Ich spiele den Moment im Geiste noch einmal durch, denke an sein entgeistertes Gesicht, wie ihm eine ganze Palette aus Ängsten durch den Kopf zu gehen schien: welche Auswirkungen der Tod eines Abgeordneten auf den guten Ruf des Krankenhauses haben würde, auf seinen eigenen Ruf, das PR-Desaster, das auf ihn zukommen wird. Zweifellos dachte er an all die Male, wo er im Kreise seiner engsten Freunde damit geprahlt hatte, und nun wurde ihm klar, dass er zu Kreuze kriechen musste. Doch ich hatte nicht damit gerechnet, dass es so weit führen würde: Es gibt nur eine Erklärung dafür, dass die Patienten eines Chirurgen von einem anderen übernommen werden.

Ich erreiche die Tür seines Büros und klopfe zaghaft an.

»Herein.«

Ich trete ein, und als Dominic mich erblickt, glättet sich seine Stirn.

»Anna. Guten Morgen.«

»Morgen, Dominic.«

Ich setze mich. Die dunklen Ringe um seine Augen sagen mir, dass er nicht gut geschlafen hat. Insgeheim überlege ich, was meine Erscheinung wohl über mich verrät.

»Dr. de Silva hat meine Patienten übernommen?«, frage ich, wobei mein Tonfall zwischen einer Feststellung und einer Frage hin und her schwingt. Auch wenn ich gerade und angespannt dasitze, spüre ich immer wieder ein Aufflackern von Verletzlichkeit: ein gelegentliches Augenzucken, ein nervöses Ziehen an den Mundwinkeln.

»Ja«, antwortet er. »Ich habe es für das Beste gehalten, bis wir wissen, was uns erwartet, sobald die Öffentlichkeit davon erfährt.«

»Also suspendieren Sie mich?«

»Nein«, wehrt er viel zu schnell ab. »Oder zumindest nicht wegen irgendeines Fehlverhaltens. Ich bestrafe Sie nicht für das, was geschehen ist. Sie konnten es eindeutig nicht verhindern. Aber …«

»Aber?«

»Die Direktion findet es angemessen, Ihnen in dieser Situation zu erlauben, einen Schritt zurückzutreten, während wir uns mit potenziellen Reaktionen der Presse befassen.«

Er scheint furchtbare Angst zu haben, etwas Falsches zu sagen und für noch mehr Unruhe zu sorgen, als Ahmed Shabirs Tod ohnehin schon ausgelöst hat. Am liebsten würde ich die Worte aus ihm herausschütteln.

»Dominic, Sie brauchen mich nicht mit Samthandschuhen anzufassen. Sagen Sie mir einfach, was los ist.«

Spann mich nicht länger auf die Folter.

Er nickt langsam und sieht mir endlich in die Augen.

»Es liegt nicht mehr in meinen Händen, Anna. Die Direktion verlangt eine gründliche Untersuchung von Mr Shabirs Tod und eine vorübergehende Suspendierung, um jegliche Hetzjagden durch die Presse zu vermeiden.«

Untersuchung.

»Ahmed Shabir ist derzeit einer der prominentesten Parlamentarier und hat enormen Rückhalt in der Öffentlichkeit. Wir rechnen in den kommenden Tagen mit sehr großem Medieninteresse.«

»Und da wäre es einfacher, wenn ich nicht hier wäre.«

»Ja«, antwortet er unumwunden.

Ich nicke ganz ruhig, doch innerlich schreie ich los. Das hier war nicht Teil des Plans.

Wenn bei der Untersuchung irgendwelche Fehler von mir ans Licht kommen, ist Zack tot.

Ich klemme die Hände zwischen die Oberschenkel, damit sie nicht zittern.

»Eine Untersuchung … Verdächtigen die mich der Fahrlässigkeit oder so etwas?«

»Niemand deutet so etwas an, aber Sie werden sicher verstehen, warum es notwendig ist. Die Presse wird Fragen stellen, die Regierung … Wir müssen zeigen, dass wir ganz genau wissen, was geschehen ist.«

Er muss nicht mehr sagen. Ich schaue nach unten in meinen Schoß, um mich zu fassen, und zwinge die Panik hinunter, bevor ich ihm wieder in die Augen sehe.

»Und was passiert jetzt?«

»Es wird eine Untersuchung geben, und man wird Ihnen und allen anderen, die im OP-Saal waren, Fragen stellen. Außer Margot, die unglücklicherweise wegen etwas anderem entlassen werden musste. Der Coroner hat die Leiche inspiziert, und es wird noch eine zweite Meinung eingeholt.«

Er schindet Zeit, möchte nicht laut aussprechen, was als Nächstes kommt. Wir wissen beide, dass es kommt, halten beide den Atem an.

»Sie sind vorbehaltlich des Ergebnisses der Untersuchung suspendiert. Hier sind Datum und Uhrzeit für Ihr Gespräch mit der Direktion.« Er schiebt mir einen Briefumschlag über den Tisch. »Sollte mehr erforderlich sein … was natürlich nicht passieren wird, aber gesetzt den Fall … dann muss ich einen Verfahrensbevollmächtigten kontaktieren.«

Meine Kehle brennt heftig, jeder Muskel meines Körpers ist zum Zerreißen gespannt.

»Wie lange dauert es noch, bis das Ganze an die Öffentlichkeit kommt?«, frage ich tonlos.

»Ich würde sagen, Sie haben noch bis heute Abend.«

Rasch nicke ich, die Zähne fest zusammengepresst. Ich erwarte, dass er noch etwas Aufmunterndes sagt. *Sie schaffen das schon* oder *Rufen*

Sie mich an, wenn Sie irgendetwas brauchen, doch mehr als meinem Blick auszuweichen, bekommt er nicht hin.

Ich stehe schweigend auf und wende mich zur Tür.

»Anna … es tut mir leid.«

Ich kann nicht antworten, nicht mit Worten, nicht einmal mit einem Nicken. Ich starre ihn einfach nur an, bevor ich die Tür öffne, und gehe, so schnell ich kann, zu meinem eigenen Büro; dabei zittere ich, als wäre ich kurz davor zu implodieren. Ich schlüpfe durch die Tür und lehne mich von innen dagegen.

Eine Untersuchung bedeutet, dass sie jeden meiner Handgriffe unter die Lupe nehmen werden. Jeden Schnitt. Jedes Instrument. Ich hätte ihn noch mal aufmachen sollen, bevor ich ihn nach unten in die Leichenhalle gebracht habe, um mich abzusichern.

Mein Privathandy klingelt vom Schreibtisch her, und ich schrecke bei dem Geräusch zusammen. Meine Nerven sind am Ende. Ich reiße mich von der Tür los und schwanke zum Tisch.

DI Conaty ruft an.

Mit zitternder Hand nehme ich das Telefon und diskutiere mit mir selbst, ob ich die Mailbox anspringen lassen oder das Handy gleich ganz ausschalten soll. Doch ich weiß, dass sie nicht von mir ablassen wird; sie ist genauso entschlossen wie ich. Ich hole tief Luft und nehme den Anruf an.

»Hallo?«

»Dr. Jones, hier ist Detective Inspector Rachel Conaty. Ich habe gehofft, Sie könnten heute aufs Revier kommen, damit wir unser Gespräch von gestern fortsetzen können. Passt es Ihnen heute irgendwann?«

Meine Beine schlottern wie wild, panische Angst baut sich hinter meinen Zähnen zu einem Schrei auf.

»Muss das heute sein?«

Ein kurzes Schweigen. Ich lausche dem Schlagen meines Herzens.

»Ihre Nachbarin ist ermordet worden, Dr. Jones. Je eher wir mit allen auf unserer Liste gesprochen haben, desto schneller können wir herausfinden, wer sie umgebracht hat. Es ist sehr wichtig.«

»Natürlich. Ich wollte nicht andeuten, es wäre nicht … es ist nur, ich bin im Moment ziemlich eingespannt.«

»Passt es heute Mittag?«, fragt sie.

»Ja. Wenn es Ihnen recht ist.«

»Sie wissen, wo wir sind?«

»Ja.«

»Dann sehen wir uns um zwölf.«

Sie legt auf.

Ich lege das Handy mit dem Display nach unten auf den Tisch und bemerke das Zittern meiner Finger, meine Haut ist weiß vor Schock. Wie betäubt sitze ich da und lausche der Stille.

Wie idiotisch von mir, zu glauben, dass ich jemals mit so etwas davonkommen könnte. Ich war eine ahnungslose, verzweifelte Idiotin.

28

RACHEL

MONTAG, 8. APRIL 2019, 09:32 UHR

Vergangene Nacht habe ich von dem Jungen geträumt.

Die Aufnahmen der Überwachungskameras von Zack Jones sind unscharf: keine Gesichtszüge, keine Details, nur eine Silhouette mit weißer Haut und blondem Haar, das die Sonnenstrahlen reflektiert. Doch in meinen Träumen war er deutlich zu sehen, mein Verstand verschmolz ihn mit Erinnerungen an meinen Sohn, borgte sich dessen Sommersprossen und das leuchtende Blau seiner Augen. Wir waren am Strand, und mir fielen vor Müdigkeit die Augen zu; als ich sie wieder aufschlug, war er verschwunden, und ich wurde davon aus dem Traum gerissen, dass ich laut seinen Namen rief.

Danach konnte ich nicht wieder einschlafen.

Ich sitze am Schreibtisch in meinem Büro und reibe mir den Nacken, während ich mir die Ausdrucke ansehe, die auf dem Tisch liegen.

Das meiste, was Anna Jones mir gesagt hat, hat gestimmt. Ihr Bruder Jeff Dunn, ein Therapeut mit eigener Praxis in London, hat ein Ferienhaus in Cornwall, und Zacks Lehrerin konnte bestätigen, dass der Junge davon gesprochen hatte, die Osterferien dort mit ihm zu verbringen. Doch nichts davon erklärt Dr. Jones' Verhalten oder warum ich noch nichts von Mr Dunn gehört habe.

Ich erinnere mich an die Panik, die über ihr Gesicht geflackert ist, als ich während des ersten Gesprächs in ihrem Haus ihr Handy angerufen habe. Die Angst in ihren Augen sagte mir alles, was ich wissen musste: Sie hat etwas zu verbergen.

Niemand braucht drei Telefone.

Außerdem hat sie unbewusst einen Blick zum Haus des Opfers geworfen, als ich sagte, dass wir über ein Schwerverbrechen reden wollten.

Dr. Jones wusste von Paulas Tod, bevor wir mit ihr darüber gesprochen haben.

Ich gehe die Dokumente durch, die Diane mir geschickt hat: Die

Erdspuren, die vor der Haustür gefunden wurden, wurden auch im Haus entdeckt. Anscheinend ist jemand über den Rasen gelaufen, hat einen der Blumentöpfe umgestoßen und dann das Haus betreten, und hat hinterher versucht, alles wieder sauber zu machen. Falls unter dem Blumentopf ein Schlüssel gelegen hatte, war er nicht mehr da, als wir dort ankamen.

Warum sollte Dr. Jones verschweigen, dass sie an dem Tag, an dem Paula gestorben ist, im Haus ihrer Nachbarin war? Was hat sie zu verbergen?

Die Tür meines Büros geht auf; ich reiße mich aus meinen Gedanken und setze mich auf, als Detective Chief Inspector George Whitman hereinkommt.

»Conaty, guten Morgen.«

George ist ein stämmiger Mann Mitte fünfzig mit dunkelbrauner Haut, grau meliertem Haar und tiefschwarzen Augen. Seine Stimme klingt tief und rau, und sein Gesicht wirkt hart, doch nach ein paar Drinks zeigt sich seine feminine Seite. Ich habe ihn einmal gefragt, warum er meint, sich verstecken zu müssen. Er hat so heftig gelacht, dass er sein Bier zur Hälfte wieder aushustete. Die Polizei hat definitiv ihre Schwierigkeiten mit der Gleichbehandlung, ganz egal, was die Diversitätsposter behaupten, mit denen die Wände der Flure vollgekleistert sind.

»Morgen, Sir.«

»Wie läuft's?«

»Gut. Die Nachbarin des Opfers kommt heute Mittag aufs Revier, und ich bin gerade dabei, ein paar Inkonsistenzen in ihrer Aussage zu überprüfen.«

»Guter Anfang«, antwortet er, während er sich auf der anderen Seite meines Schreibtisches niederlässt. »Haben Sie noch andere Ermittlungsansätze?«

»Keine, die so vielversprechend wären wie dieser. Es wurden Fußspuren gefunden, die vom Haus der Chirurgin über den Rasen zum Haus des Opfers führen, mit dem sie befreundet war. Ihr Kind hat Paula vermutlich als Letztes lebend gesehen.«

»Ihr Kind«, wiederholt er.

Meine Nackenhaare stellen sich auf.

»Ja, Sir. Gibt es da ein Problem?«

Er hebt beschwichtigend die Hand.

»Nein, natürlich nicht. Aber ich möchte, dass Sie auch für die anderen Ermittlungsansätze offenbleiben.«

»Ansätze, die nicht das Kind betreffen?«

Er atmet scharf aus und beugt sich vor.

»Ich meine nur, dass wir den Fall aus allen Perspektiven betrachten müssen.«

»Welche anderen Perspektiven würden Sie vorschlagen? Ich folge der Spur mit den meisten bisher noch nicht beantworteten Fragen: Warum möchte Dr. Jones nicht mit mir über den Tod ihrer Nachbarin sprechen, der Frau, der sie immerhin ihr Kind jeden Tag nach der Schule anvertraut hat? Wieso führen Fußspuren über den Rasen des Opfers, die nahelegen, dass eine erwachsene Person zwischen den beiden Grundstücken hin und her gerannt ist? Und wer könnte das Opfer besser kennen als die Frau, die neben ihr gewohnt hat, die sie jeden Tag gesehen hat und der sie ihren Sohn anvertraut hat?«

»Aber das ist es doch nicht, was Sie am meisten stört, oder?«, fragt George ganz ruhig. »Sondern dass Sie den Aufenthaltsort ihres Sohnes nicht bestätigen können.«

»Was ist daran so ungewöhnlich?«

»Weder die Mutter noch der Vater des Jungen haben ihn als vermisst gemeldet, und während Sie sich auf die Jones konzentrieren, vernachlässigen Sie die Anzeichen, die auf organisierte Kriminalität hindeuten: gezogene Zähne, abgeschnittene Fingerkuppen, die Einblutungen und Abschürfungen um die Handgelenke, die darauf hindeuten, dass sie gefesselt worden ist.«

»Mein Team arbeitet das alles ab.«

»Und wieso nicht Sie?«

Wir starren uns über den Tisch hinweg an.

»Ich lese Ihre Berichte«, sagt er. »Ich will ja nicht sagen, dass das, was Sie gefunden haben, nicht weiterverfolgt werden sollte, aber ich würde gern eine etwas umfassendere Beschäftigung mit dem Motiv sehen: frühere Verbrechen mit ähnlichem Tathergang, mögliche Verbindungen zu bekannten kriminellen Organisationen. Bisher sehe ich davon noch gar nichts.«

Er steht auf und zieht sein Jackett glatt, während er sich zur Tür wendet.

»Befragen Sie heute ruhig Dr. Jones und schauen Sie, was dabei herauskommt. Nehmen Sie Kontakt zur Polizei von Cornwall auf und veranlassen Sie, dass jemand nach dem Jungen sieht, falls es nötig ist, aber dann übertragen Sie diese Aufgaben einem Mitglied des Teams. Ich möchte, dass Sie sich hier mit den dickeren Fischen beschäftigen.«

Schweigend sitze ich am Tisch und zupfe an meinen Nagelhäuten, bis Hautfetzen überall auf meiner Hose verstreut sind.

»Dr. Jones wird doch wohl kaum diejenige gewesen sein, die dem Opfer die Zähne gezogen oder die Fingerkuppen abgesägt hat, oder?«

Ich schlucke meinen Stolz hinunter und sehe ihm in die Augen.

»Nein, Sir.«

Meine Stimme klingt erstickt, durch zusammengebissene Zähne gepresst. Er nickt, ist anscheinend zufrieden und geht zur Tür. Mit der Hand auf dem Türgriff hält er noch einmal inne, und ich weiß schon, was jetzt kommt, und spüre, wie der Zorn in mir aufsteigt.

»Rachel, wenn Sie jemanden zum Reden brauchen …«

»Nein, brauche ich nicht«, antworte ich schnell. »Ich werde tun, was Sie gesagt haben.«

Whitman zögert noch einen Moment, sieht zu, wie ich die Akten auf dem Tisch zur Hand nehme. Als die Tür sich mit einem Klicken hinter ihm schließt, räuspere ich mich, greife zum Telefon und tippe die Nummer ein, die in der aufgeschlagenen Akte vor mir steht.

»Hallo, ist dort Adam Jones? Hier spricht Detective Inspector Rachel Conaty von der Redwood Police. Ich würde Ihnen gern ein paar Fragen über Ihre Frau stellen.«

29

MARGOT

MONTAG, 8. APRIL 2019, 11:03 UHR

Ich blicke an dem Haus hinauf, in dem ich aufgewachsen bin, und spüre, wie sich mein ganzer Körper mit Furcht füllt.

Es ein hässlicher Anblick. Die verwitterten braunen Ziegelsteine der unteren Hälfte, rissiger Putz weiter oben, und unter den Fensterbrettern hat sich grüner Schimmel breitgemacht. Die Fensterscheibe meines Zimmers hat immer noch einen Sprung. Wenn die Sonne im richtigen Winkel einfällt, wirft er einen Regenbogen an die Wand. Stundenlang habe ich den früher angestarrt.

Damien steigt aus und knallt die Autotür hinter sich zu.

Widerwillig folge ich ihm. Die Luft riecht immer noch genauso abgestanden wie immer: nach dem gammeligen Wasser des Flussarms, der träge hinter dem Grundstück entlangfließt und in dem wir als Kinder getobt haben, der gelegentliche Benzinschwall von der Tankstelle an der Hauptstraße, wo Damien mir zum ersten Mal gezeigt hat, wie man klaut. Doch am überwältigendsten ist vielleicht der unvermeidliche Gestank nach Zigarettenrauch, der von Mas Haus ausgeht, als säße sie immer noch da drin und würde den Tag verqualmen und auf mich warten. Wenn die Stadt das Haus jemals abreißt, werden die Wände orangefarbenen Teer ausbluten.

Ich folge Damien, der bereits den Schlüssel ins Schloss steckt, ihn nach links dreht und sich dann mit der Schulter gegen die Tür wirft, damit das Schloss entriegelt. So funktioniert das, seit ich denken kann.

Während er über die Post hinwegsteigt und seine Schuhe abstreift, bleibe ich in der Tür stehen, und mir wird schwindelig von den vertrauten Gerüchen, die zur Begrüßung auf mich einstürmen: eine Mischung aus Zigarettenrauch und Gras sowie Speck aus der Küche, wo sich der Geruch in die Wände gebrannt hat. Wenn ich genau hinhöre, kann ich ihn immer noch in der Pfanne brutzeln hören, während der Dunst in den Flur zieht. Speck war das Einzige, was Ma kochen konnte.

»Na komm«, sagt er und hält mir die Tür auf. Ein Büschel Achselhaar kriecht aus den kurzen Ärmeln seines Shirts.

Ich trete ein und zucke stumm zusammen, als die Tür hinter mir ins Schloss fällt.

Alles ist noch genauso wie damals, als ich gegangen bin. Rauputz an den Wänden, geschmacklose Strukturplatten aus Kunststoff an der Decke. In dem Flauschteppich unter meinen Füßen, fadenscheinig und abgetreten von schmutzigen Schuhsohlen, hängen in Form von Flecken zahllose Erinnerungen.

Ich ziehe die Schuhe aus und folge Damien ins Wohnzimmer, während mein Herz gegen meine Rippen hämmert und der Geruch von Marlboro Reds meine Lunge füllt. Als ich ihn erblicke, bleibe ich wie angewurzelt in der Tür stehen.

Mas Sessel. Die Erinnerung an sie ist so lebhaft, als säße sie direkt vor mir, mit untergeschlagenen Beinen und einer qualmenden Kippe in der Hand. In ihrem rosafarbenen Morgenmantel voller Zigarettenasche, zerzaust und ungekämmt, mit kurzem dunklen Haar und silbernem Ansatz. Was sie jetzt wohl sagen würde?

Du bist fett geworden.

Damien setzt sich aufs Sofa und legt die Beine auf den Tisch. Es ist immer noch dieselbe Sitzgruppe, an die ich mich aus meiner Kindheit erinnern kann. Er holt einen langen Joint aus einer blechernen Zigarettendose und zündet ihn sich an.

»Also, wie ist es dir so ergangen?«, fragt er, die Stimme gequetscht, weil er den Rauch zurückhält. »Hast du deinen Freund noch?«

Diesen reichen Schnösel, wegen dem du uns verlassen hast, flüstert Ma mir ins Ohr.

»Wir haben uns getrennt«, antworte ich und stehe immer noch wie festgewurzelt im Türrahmen.

Und jetzt kommst du zurückgekrochen.

Seit ich das Haus betreten habe, habe ich immer schlechter Luft bekommen, doch als ich jetzt vor Mas Sessel stehe – als ich sie vor mir sehe, ihre Stimme höre, ihre Zigaretten und den Speck rieche –, verschließen sich meine Atemwege. Schwankend zwischen Lachen und

Weinen sehe ich Damien an und stürze zur Haustür, so schnell ich kann, nur um kurz frische Luft zu schnappen, bevor er mit der Hand dagegenhaut und sie wieder zuknallt.

»Tu das nicht«, sagt er, und sein Atem stinkt nach Dope. »Geh nicht schon wieder. Noch nicht. Lass dir einen Augenblick Zeit.«

»Ich ... krieg keine Luft«, zische ich.

»Du bist vor fünfzehn Jahren abgehauen, findest du nicht, du schuldest mir einen Augenblick?«

Er dreht mich zu sich herum und nimmt mein Gesicht zwischen seine Hände, fest. »Komm schon, du hast mir gefehlt. Bitte.«

Ich starre auf den Türknauf, als könnte ich ihn mit der Kraft meiner Gedanken drehen.

»Geh duschen und komm erst mal wieder runter; du stehst noch unter Schock, das ist alles.« Er lässt mein Gesicht los und reibt mir sanft den Rücken. »Ist ja nicht so, als könntest du irgendwo anders hin.«

Ich werfe einen Blick die Treppe hinauf, die oben in Düsternis versinkt, und atme in kurzen, hektischen Stößen.

Früher hatte ich solche Angst vor der Dunkelheit, dass ich mich oft nicht aus meinem Zimmer getraut habe, um über den Flur ins Bad zu gehen. Viele Male habe ich mir in die Hosen gemacht und bin dann wieder ins Bett zurückgekrochen, nass und zitternd vor Angst, weil ich wusste, dass Ma einen Wutanfall bekommen würde, wenn sie wieder eine Pfütze auf dem Teppich entdeckte.

Ist ja nicht so, als könntest du irgendwo anders hin.

»Na los.« Er schubst mich auf die Treppe zu.

Ich nicke, zu erschöpft, um mich zu wehren, und steige die Treppe hinauf. Die Stufen knarren vertraut unter meinem Gewicht. Als ich oben ankomme, sehe ich das alte Familienfoto immer noch an der Wand hängen: Ma, Damien, die beiden Schäferhunde Penny und Spike, die damals noch am Leben waren. Aber ich bin nicht mit drauf.

Ma hat mich rausgeschnitten.

In der kleinen Kammer, die ich früher mein Eigen nannte, sind alle Spuren meiner Existenz getilgt. An der Wand sind noch ein paar Reste der Klebestreifen zu sehen, mit denen ich meine Nirvana-Poster aufgehängt habe, und auf dem schmalen Bett, das dicht an der Wand steht, türmt sich irgendwelcher Kram: eine staubige Uhr, die schon vor langer Zeit aufgehört hat zu ticken, Kartons, die es nie wieder durch die Luke über meinem Kopf zurück auf den Dachboden geschafft haben. Der Tisch unter dem Fenster ist immer noch derselbe. An der Rückseite der Tür hängen ein paar Klamotten und ein Klebezettel mit meinem Namen darauf, in Damiens krakeliger Handschrift.

Ich stehe mitten im Zimmer und zittere am ganzen Körper, als ich in die Jogginghose steige und sie um die Taille zubinde. Ich bin in der Wanne geblieben, bis das Wasser kalt und meine Haut runzelig wurde. Mein Haar ist noch feucht und klebt mir am Rücken.

Ich ziehe das weiße Trägerhemd über den Kopf und dann den viel zu großen Hoodie darüber, in dem ich beinahe ertrinke. Und dann ist nichts mehr zu tun, außer in der Mitte des Zimmers zu stehen und alles in mich aufzunehmen. An dem Tisch unter dem Fenster habe ich oft bis in die frühen Morgenstunden gesessen und gebüffelt, verzweifelt bemüht, alles zu lernen, was mir helfen konnte, hier rauszukommen. Wenn ich jetzt daran denke, dass das alles vergebens war, dass ich jetzt, Jahre später, wieder genau hier gelandet bin … Ich schiebe das Zeug auf dem Bett auf einen Haufen zusammen und setze mich seufzend auf eine Ecke.

Bald werde ich eine alleinerziehende Mutter sein, ohne Geld, ohne Job und ohne Zuhause. Vorbestraft wegen Diebstahl, werde ich nie wieder als Krankenschwester arbeiten können. Scheiße, ich könnte sogar ins Gefängnis kommen. Die Qualifikationen, für die ich mich so krumm gemacht habe, sind nur noch wertloses Papier. Ich bin wieder genau da, wo ich angefangen habe.

Meine Hand wandert zu meinem Bauch. Wenn ich verurteilt werde, werde ich im Gefängnis gebären müssen. Sie werden mir mein Baby wegnehmen und es irgendeinem Mittelklasse-Ehepaar geben, und ich werde für immer die missratene Mutter sein, die nicht für ihr Kind sorgen konnte. Ich stelle mir das Baby als Mädchen vor, klein und unschuldig, wie ich es war, als Ma mich bekommen hat, bis es größer wird und begreift, dass ihre Mum genauso mies ist, wie meine es war. Eine Erblinie aus schlechten Müttern, die ihre Kinder verderben.

Diese Linie endet mit mir. Dafür werde ich tun, was immer nötig ist.

Das Einzige, was mich daran hindert, ist Geld. Es heißt immer, Geld würde nicht glücklich machen, aber ich war nie so unglücklich wie in den Zeiten, wenn ich kein Geld hatte. Mit den nötigen Mitteln könnte ich fliehen. Die Kaution verfallen lassen und irgendwo unter einem neuen Namen neu anfangen.

Ich habe Mas Stimme im Ohr, wie sie mir die letzten Worte zuflüstert, die sie damals gesagt hatte, bevor ich zur Haustür rausmarschiert war.

Wie weit du auch rennst, wie viele Lügen du dir auch selbst erzählst, dass du was Besseres wärst als die Gosse, in die du hineingeboren bist, es wird immer in deinem Blut bleiben. Du kannst deiner DNA nicht davonlaufen, Maggot. Aber du wirst bestimmt alles dransetzen, es zu versuchen.

Wie gern würde ich sagen, dass sie sich geirrt hat. Wie falsch sie mit allem gelegen hat, was sie zu mir gesagt hat. Aber jetzt bin ich wieder hier, genau da, wo ich angefangen habe. Genau, wie sie vorausgesagt hat.

Wie könnte ich an das Geld kommen? Es geht ja nicht nur um Tausende, sondern um Zehntausende.

Es ist unmöglich, so viel zu klauen, dass ich auf die Summe komme, die ich brauche. Und wenn ich dann erwischt und auch noch fürs Abhauen angeklagt würde, gäbe es keine Kaution mehr. Ich habe nur eine Chance, und die darf ich nicht vermasseln.

Die einzige Möglichkeit wäre, jemanden zu kennen, der richtig viel Kohle hat.

Still sitze ich da und denke an Namen und Gesichter, verwerfe sie einen nach dem anderen, bis einer mir in den Sinn kommt, der hängen bleibt.

Dr. Jones.

Sie hat einen Mercedes, diese dicken Diamantringe, das große Haus hinter dem Krankenhaus. Meine Güte, die hat Geld wie Heu. Und ich habe gerade gesehen, wie sie einen Mord begangen hat.

Ein Plan nimmt allmählich in meinem Kopf Gestalt an, und mein Herz schlägt wie wild, als mir ein Wort einfällt und alles perfekt ineinanderfügt.

Erpressung.

Ich schaue auf meinen Bauch hinunter. Panik überkommt mich bei dem Gedanken, dass darin Leben heranwächst. Dieses Kind wird einen besseren Start ins Leben haben als ich, und wenn es mich umbringt. Ich merke, wie mein Kampfgeist wieder erwacht.

Ich muss jetzt noch an jemand anderen denken. Wenn ich das jetzt nicht tue, lande ich im Gefängnis, und sie nehmen mir mein Kind weg. Geben es irgendwelchen Snobs wie Dr. Jones. Ich bin hier nicht die Verbrecherin – sie ist diejenige, die einen Menschen getötet hat. Ich sorge nur dafür, dass sie für das bezahlt, was sie getan hat.

Während Schuldgefühle in mir aufflackern, denke ich an das Skalpell, das an Mr Shabirs Aorta entlangfährt. An den Blutschwall, der die ganze Brusthöhle überschwemmt.

Sie hat sich das selbst eingebrockt, in dem Augenblick, als sie ihm die Schlagader aufgeschlitzt hat.

Die Sonne trifft auf den Sprung in der Fensterscheibe und malt den Regenbogen an die Wand. Ich strecke die Hand aus und berühre ihn. Unter meinen Fingern spüre ich nur kalten Putz, aber er erinnert mich daran, was ich gefühlt habe, als ich noch klein war und seine Schönheit in unschuldiger Bewunderung betrachtet habe: Hoffnung.

Ich komm hier wieder raus – ich muss nur Damien bei Laune halten, bis ich das Geld zusammenhabe.

Barfuß tappe ich zur Tür, meine dreckigen Klamotten zusammengeknüllt im Arm, und bleibe auf dem Flur stehen, um der Stille des Hauses zu lauschen. Als ich in der Wanne war, hat Damien nach oben gerufen, dass er kurz weggeht, um Rick abzuholen. Das hat mir Zeit gegeben, etwas herunterzufahren und zu erkennen, dass das hier einfach nur ein Haus ist. Die Erinnerungen an Ma, an ihre Stimme, das ist alles nur in meinem Kopf. Doch als ich oben an der Treppe stehe, kommt trotzdem alles flüsternd zu mir zurück.

Ich gehe die Treppe hinunter und stecke meine Sachen in die Waschmaschine, schalte sie ein, ohne darüber nachdenken zu müssen, wie, gehe ins Wohnzimmer und setze mich auf das Sofa, das gegenüber von Mas Sessel steht. Dann ziehe ich die Beine an und schiebe die Füße unter mich, um meine Zehen zu wärmen.

Der Sessel hat sich über die Jahre an ihre Körperform angepasst. Das Polster hat unter ihrem Gewicht eine Kuhle bekommen, und die Armlehnen sind durchgescheuert. Auf dem Beistelltischchen hatte sie immer eine Packung Marlboro Red liegen, und daneben stand der Kristallaschenbecher, den sie im Pub hatte mitgehen lassen, umgeben von halb leeren Tablettenblistern.

Alle wussten, dass Ma tablettenabhängig war. Alle, außer Ma. Sie hat immer gesagt, sie nimmt die Schmerztabletten wegen ihres schlimmen Zahns, dem Backenzahn, der mit der Zeit vollkommen schwarz verrottet war. Manchmal roch ich als Kind einen Hauch Verwesung aus ihrem Rachen.

Am Ende hat das Zeug sie umgebracht, natürlich, keine sechs Monate nachdem ich ausgezogen war. Sie hat so viele Tabletten genommen, dass sie ihr eigenes Herz angehalten hat, im Schlaf. Ich erfuhr über fünf Ecken, dass Damien mich suchte, um es mir zu erzählen und mich für die Trauerfeier heimzuholen, aber ich bin nicht zurückgekommen. Ohne Vater, war ich über Nacht zur Waise geworden, denn Ma hatte seine Identität mit ins Grab genommen, als letztes Faustpfand, mit dem sie für alle Ewigkeit Macht über uns ausüben kann. Vielleicht sehe und höre ich sie deshalb hier so deutlich: Ich habe nie den Schlussstrich ziehen können, den ich brauchte. Ich habe sie nicht tot gesehen.

Ich höre einen Schlüssel im Schloss der Haustür, gefolgt vom Schulterrempeln, um die Tür aufzukriegen. Es dauert nicht lange, bis ich Fisch und Essig rieche.

»Ich dachte, wir holen uns das zum Lunch«, ruft Damien aus der Küche.

Mit einem Mann im Schlepptau kommt er ins Wohnzimmer, einem hübschen dunkelhäutigen Jungen mit langen Wimpern und kurz geschorenem schwarzen Haar.

»Rick, das ist meine Schwester Maggot.«

»Hi«, sagt er lächelnd. »Ich geh mal den Tisch decken.«

Damien bleibt zurück, um auf mein Urteil zu warten.

»Niedlich.«

Zu niedlich für unsereins.

Damien lächelt stolz und reicht mir eine Plastiktüte.

»Ich hab dir ein paar Sachen besorgt, dachte, du könntest die vielleicht brauchen.«

Ich werfe einen Blick hinein und finde Zigaretten, Deodorant, eine

Zahnbürste und Zahnpasta. Als ich die Schachtel Tampons sehe, fällt mir kurz das dankbare Lächeln aus dem Gesicht.

»Danke«, sage ich. »Hör mal, kannst du mich nachher wo absetzen?«

Er zieht eine unsichtbare Mütze und deutete eine Verbeugung an: »Sonst noch was, Prinzessin?«

»Vielleicht. Hast du irgendeine Idee, wie man jemanden um einen Riesenhaufen Kohle erleichtert?«

Ich sehe, wie ihm klar wird, wovon ich rede: Sein Blick wird wach, und ein Grinsen zuckt um seine Mundwinkel. Ich stelle mir vor, wie Ma ebenfalls lächelt und von ihrem Sessel aus beifällig nickt.

Braves Mädchen.

»Und du musst mir ein Auto besorgen.«

»Meine Güte, du bist echt bescheiden, was?«, sagt er mit einem Lachen. »Wofür brauchst du denn ein Auto?«

»Ich muss schnell abhauen können, wenn die Kacke am Dampfen ist. Wie schnell kannst du eins besorgen?«

»Ich nehme an, du hast kein Geld, um die Karre zu bezahlen?«

»Ich soll für ein gestohlenes Auto bezahlen? Kannst du nicht einfach … eins besorgen?«

»Ich mach die Drecksarbeit nicht mehr selbst«, sagt er und wirkt ein wenig beleidigt, dass ich ihn dermaßen unterschätzt habe. Doch er scheint über meine Bitte nachzudenken und nickt seufzend: »Ich kenn da jemanden, der mir noch was schuldet. Ich seh zu, was ich tun kann.«

»Danke.«

»Hey, ich mach das auch für mich. Von nichts kommt nichts, stimmt's?«, antwortet er augenzwinkernd.

Es gibt nichts umsonst. Das hat uns Ma gelehrt. Damien tut das nicht für mich: Er ist scharf auf das Geld, das er von mir erwartet, wenn er mitspielt. Zu dumm, dass er nicht klug genug ist, um zu kapieren, dass ich ihn in seinem eigenen Spiel schlagen könnte.

»Klar«, sage ich mit einem gezwungenen Lächeln.

30

ANNA

MONTAG, 8. APRIL 2019, 11:05 UHR

Nachdem ich das Krankenhaus verlassen hatte, bin ich stundenlang in Redwood herumgefahren und habe überlegt, was ich der Polizei sage. Ich konnte nicht nach Hause. Es fühlte sich an, als wäre ich auf der Flucht, obwohl ich nur im Kreis fuhr. Was die Entführer wohl gedacht haben, als sie mich so herumgondeln sahen?

Schließlich biege ich doch in die Privatstraße ein, die nach Hause führt, und atme dabei tief durch, um mich zu beruhigen.

Zack braucht dich. Du bist schon so weit gekommen, dir fällt schon was ein.

Doch je näher ich dem Haus komme, desto größer wird meine Angst – den Ort, an dem ich mich immer am sichersten gefühlt habe, fürchte ich jetzt am meisten. Die Männer sind nicht nur in mein Zuhause eingebrochen. Sie haben es mir genommen. Selbst wenn die Kameras abgebaut und die Schlösser ausgetauscht sind und ich Zack endlich wieder bei mir habe, wird sich daran nichts mehr ändern. Immer werde ich ihre Blicke auf meiner Haut spüren, wenn ich von einem Zimmer ins andere gehe, und mich daran erinnern, wie sich die Hand des Eindringlings auf meinem Mund angefühlt hat.

Ich erreiche das Ende der Zufahrt und trete heftig auf die Bremse.

Adams Auto versperrt den Weg. Ich sehe ihn auf der Türschwelle sitzen, er starrt mich wütend an.

»Oh, Gott«, sage ich laut. »Nicht jetzt.«

Er steht auf und kommt mit großen Schritten auf meinen Wagen zu. Allein an der Art, wie er geht, sehe ich, wie wütend er ist.

»Was zum Teufel geht hier vor?«, fragt er, als ich aussteige.

Detective Conaty muss es ihm gesagt haben. Ich öffne den Mund, um die erste Lüge auszusprechen, doch dann fällt mir etwas ein.

Wenn das Haus verwanzt ist, dann das Auto vielleicht auch. Sie belauschen mich auf Schritt und Tritt.

Ich knalle die Tür zu, nehme ihn bei der Hand und führe ihn zur Straße zurück.

»Nicht hier.«

Er reißt sich von mir los. »Unsere Nachbarin ist ermordet worden, und du fandest das nicht wichtig genug, um es zu erwähnen?«

»Adam«, flehe ich ihn an. »Nicht hier.«

Ich drehe mich um und gehe über die Straße auf das kleine Waldstück zu. Adam folgt mir. Der Boden vibriert unter seinen wütenden Schritten, sein Atem hinter meinem Rücken klingt schnell und rau. Ich trete zwischen die Bäume und bleibe etwa fünfzehn Meter hinter dem Waldrand stehen.

»Ich kann alles erklären, aber du musst dich erst mal beruhigen.«

»Beruhigen? Heute Morgen hat die Polizei bei mir angerufen und mir Fragen über dich gestellt, nach dem Mord an Paula, und du verlangst von mir, dass ich mich beruhige?«

»Adam, bitte …«

»Du hast die Schlösser ausgewechselt. Ich musste vor meiner eigenen Haustür sitzen wie ein Hund.«

»Es ist nicht …«

»Erst darf ich nicht mit meinem Sohn sprechen, dann nimmst du meine Anrufe nicht an. Ich komme hierher, um nachzusehen, was los ist, und stelle fest, dass du mich ausgeschlossen hast. Wie soll ich das denn verstehen?«

»Ich werde beobachtet, okay?«

Er starrt mich stumm mit offenem Mund an. Wir stehen einander gegenüber und sehen uns an, während hinter den Bäumen ein Rettungswagen mit Martinshorn zum Krankenhaus vorbeifährt.

»Spinnst du?«

»Ich bin da in etwas reingeraten, aber es ist alles nur ein Missverständnis.«

»Du glaubst, du wirst *beobachtet*?« Bewusst oder unbewusst macht er einen Schritt zurück. »Du bist paranoid, das weißt du doch, oder?«

Er starrt mich an, als wäre ich verrückt.

»Kennst du Ahmed Shabir? Unseren Abgeordneten?«

»Natürlich kenn ich den«, faucht er. »Jeder kennt den.«

»Nun, er ist tot.«

Wirre Gefühle spiegeln sich in seinem Gesicht.

»Und was hat das mit dir zu tun?«

»Ich habe ihn umgebracht.«

»*Was?*«

»Ich habe ihn am Samstag operiert, und er hat es nicht geschafft.«

Ich beobachte, wie sich seine Schultern entspannen und sein Atem sich beruhigt.

»Das bedeutet doch nicht, dass du ihn *umgebracht* hast, Anna.«

Oh, doch. Ich habe ihn getötet.

»Ich bin suspendiert worden, und es wird eine interne Untersuchung geben. Was, wenn die was finden, was sie mir anhängen können?«

»Also, das ist jetzt aber wirklich paranoid«, sagt er und macht wieder einen Schritt auf mich zu. »Du hast doch nichts falsch gemacht.«

Wenn mir nur das Privileg vergönnt wäre, meine Lüge ebenfalls zu glauben. Es wäre alles so viel leichter zu ertragen.

»Aber Detective Conaty hat mich auf dem Kieker. Ich war so gestresst wegen all dem, dass sie mein Verhalten verdächtig gefunden haben muss, als sie mich nach Paula gefragt hat.«

»Was, denkt sie etwa, du hättest sie umgebracht?«

»Nein, aber …«

»Was dann?«

»Ich weiß es doch nicht! Sie hat mich einfach auf dem Kieker. Vielleicht, weil Paula und ich so gut befreundet waren und ich nicht mit ihr reden wollte. Sie denkt wahrscheinlich, ich habe etwas zu verbergen.«

»Na, hast du aber nicht, also musst du dir doch keine Sorgen machen.«

Er drückt tröstend meinen Arm.

Vor Rührung fängt meine Oberlippe an zu zittern, und mit einem Mal sehne ich mich danach, ihm zu erzählen, was Zack und mir gerade passiert. Damit er sich um alles kümmern kann, nur ganz kurz, und ich ein bisschen Luft holen kann. Doch ich weiß, welches Schicksal Zack droht, wenn ich das tue.

Er wird nicht gehen, wenn ich ihm nicht wehtue.

Als ich mich durch seine Worte nicht sichtlich beruhigen lasse, lässt er die Hand langsam sinken.

»Hast du vielleicht doch was zu verbergen?«

»Sei doch nicht blöd.«

Ich trete von ihm weg und fange an, auf und ab zu gehen.

»Ich bin gestresst, okay? Gleich habe ich einen Termin bei der Polizei, wegen Paula, und dann steht mir eine interne Befragung im Krankenhaus bevor, und die Presse wird jeden Moment über Mr Shabirs Tod berichten, und dann machen sie mir das Leben zur Hölle. Lass mich einfach mal kurz in Ruhe, ja?«

»Ich?«, protestiert er. »Was hab ich denn gemacht?«

»Ständig machst du Druck, weil Zack dich noch nicht angerufen hat, fragst, wann ich mit ihm gesprochen habe, wann er wohl anrufen wird. Ich kann mich jetzt nicht auch noch damit beschäftigen und dir jedes Mal versichern, dass schon alles in Ordnung ist.«

Ich sehe, wie sein Gesicht schlaff wird, wie das Schuldbewusstsein in seinem Blick auftaucht.

»Oh, so hab ich das nicht gesehen.«

»Zack braucht Abstand, und ich auch. Lass ihn seine Ferien genießen, ohne an die Scheidung denken zu müssen, und lass mich mit der Scheiße fertigwerden, in der ich stecke. Wenn Zack sich meldet, sage ich dir Bescheid, ja? Aber bis dahin halt dich zurück. Wir lassen uns scheiden, Adam. Fang endlich an, dich auch so zu benehmen.«

Er atmet scharf aus und wendet den Blick ab.

»Hast du deshalb die Schlösser ausgewechselt? Damit ich es endlich kapiere?«

»Ja«, lüge ich. Es kommt so harsch heraus, dass ich beinahe davor zurückschrecke.

»Wow«, sagt er kopfschüttelnd. »Okay, ich hab's kapiert.«

Er dreht sich um und geht zur Straße zurück. Über die Schulter hinweg ruft er mir zu: »Du stehst mir mit deinem Auto im Weg.«

Ich folge ihm, und meine Hände zittern vor Adrenalin. An seinen verspannten Schultern und seinen großen Schritten sehe ich, wie aufgebracht er ist. Die Spannung ist mit Händen zu greifen.

»Adam«, sage ich.

Er dreht sich um, und ich zucke zusammen. Seine Augen sind übergelaufen. Es kommt nur sehr selten vor, dass er vor mir weint.

»Wenn die Polizistin noch mal anruft, sag ihr bitte, sie soll ihre Probleme direkt mit mir ausmachen und dich in Ruhe lasse. Ich will nicht, dass sie zwischen uns noch mehr kaputt macht, als sie es schon getan hat. Wenn sie nicht lockerlässt, ignorier ihre Anrufe einfach, bis sie aufgibt.«

»Du willst, dass ich eine Polizistin ignoriere?«, fragt er. »Wird sie dadurch nicht noch misstrauischer?«

»Jetzt mach dich mal nicht kleiner, als du bist. Du kannst einen prima verarschen, wenn du willst.«

Das lässt ihn zusammenzucken, so giftig ist das herausgekommen. Die ganze Wut, die in mir brodelt, seit wir uns getrennt haben, habe ich in meine Worte gelegt. Bisher bin ich immer leise geblieben und habe auf meine Formulierungen geachtet, um Zack zu schonen, falls er zufällig mithört, aber jetzt, wo er nicht hier ist, kommt der Zorn allmählich an die Oberfläche.

Er beißt sich auf die Unterlippe, als würde er sich eine Erwiderung verkneifen, und nickt scharf. Ich sehe zu, wie er seinen Wagen aufschließt und die Tür öffnet. Bevor er einsteigt, hält er noch einmal inne.

»Wieso hab ich das Gefühl, dass du mich anlügst?«

Mein Herz rast. Ich verschränke die Arme.

»Nicht alle Menschen belügen ihre Ehepartner, Adam.«

Damit steige ich in meinen eigenen Wagen und knalle die Tür zu, fahre schwungvoll rückwärts auf Paulas Grundstück, damit er Platz hat, um rückwärts aus der Einfahrt zu fahren. Meine Hände zittern heftig am Lenkrad, meine Fingerknöchel sind weiß und blutleer. Ich warte, bis er weggefahren ist und auf der Straße so heftig beschleunigt, dass hinter seinem Auto der Staub aufwirbelt.

Dann atme ich langsam aus, während die Anspannung allmählich aus mir heraussickert, und sehe auf die Uhr auf dem Armaturenbrett. Ich muss zur Polizei.

31

RACHEL

MONTAG, 8. APRIL 2019, 11:49 UHR

Könnten Sie bitte für die Aufnahme Ihren Namen nennen?«

»Anna Jones«, sagt sie kurz, knapp und ruhig.

Sie sitzt kerzengerade auf der anderen Seite des Tisches, ihre Körpersprache ist angespannt, aber gefasst. Sie trägt eine schicke Bluse und elegante Hosen, jedes Haar ist an seinem Platz, und doch ist irgendetwas seltsam an ihr. Ich bemerke, dass ihre Augen stark gerötet sind. Entweder hat sie nicht geschlafen, oder sie hat geweint.

»Danke, dass Sie sich heute die Zeit genommen haben. Es muss ein ziemlicher Schock für Sie gewesen sein, als wir gestern vor der Tür standen. Ich hoffe, Sie sind heute in der Lage, länger mit uns zu sprechen?«

»Ja«, antwortet sie ausdruckslos.

»Sehr schön.«

Ich falte die Hände auf dem Tisch und beuge mich vor. DS Ryan sitzt aufmerksam neben mir.

»Bitte beschreiben Sie mir als Erstes, in welcher Beziehung Sie zu Paula Williams standen, und schildern Sie uns dann Ihren Tagesablauf am Donnerstag, dem vierten April. Vielleicht kann uns das dabei helfen, aufzuklären, was ihr passiert ist.«

»Selbstverständlich«, antwortet sie ruhig. »Ich helfe gern. Auch wenn ich Paula leider am Donnerstag überhaupt nicht gesehen habe.«

»Wann haben Sie sie zum letzten Mal gesehen?«

»Als ich am Abend davor von der Arbeit gekommen bin, so gegen sechs Uhr.«

Sie muss nicht einmal nachdenken. Keine kurze Pause, um kurz die Erinnerungen durchzugehen, kein Seitenblick der Rückbesinnung, fast so, als hätte sie eingeübt, was sie hier sagen will.

»Paula hat Zack von der Schule abgeholt und Abendessen für ihn und mich gekocht, wie sie es sonst auch tut. Zack hatte schon gegessen und war im Wohnzimmer, wo er seine Hausaufgaben vor dem Fernseher gemacht hat, und Paula hat ein Buch gelesen. Es war alles wie immer.«

Dr. Jones wirkt auf mich sehr kalt. Sie spricht mit kühler, monotoner Stimme, ohne emotionale Reaktionen und die dazugehörige Mimik. Sie kommt direkt zur Sache, ihr Gesicht ist regungslos, obwohl es um ihre ermordete Freundin geht. Ich kann mir nicht vorstellen, dass sie überhaupt Freunde hat.

»Haben Sie Paula dafür bezahlt?«

»Ich habe sie mehrfach gefragt, ob ich sie bezahlen könnte, aber sie hat immer abgelehnt. Ihre Tochter war nach Australien gezogen, und ihr Mann war gestorben, kurz bevor wir nebenan eingezogen sind. Sie wollte sich nützlich fühlen. Ihre Worte, nicht meine.«

»Da hatten Sie ja großes Glück. Viele Leute würden für so ein Arrangement morden.«

Ich beobachte, ob sie auf die Wortwahl reagiert, und sehe, wie ihr Mundwinkel zuckt.

»Wie haben Sie sich mit Paula angefreundet?«

»Detective, haben wir das nicht alles schon …«

»Für die Aufnahme, Dr. Jones.«

Ihr Blick bleibt an meinem hängen, und ich sehe, wie hilfloser Groll darin hochkocht.

»Über meinen Sohn. Als wir nebenan eingezogen sind, haben Paula und ich uns zunächst nur gegrüßt, wenn wir einander begegnet sind, aus nachbarschaftlicher Höflichkeit. Zack fährt oft mit dem Fahrrad den Weg auf und ab, und da haben sie irgendwann angefangen, miteinander zu reden, wenn sie im Garten war. Ab da hat sich alles ergeben.«

»Ihre andere Nachbarin …« Ich tue so, als müsste ich mich erst an den Namen erinnern, und werfe einen Blick auf meinen Notizblock. »Jenny Howard. Sie hat Ihren Sohn als einsam beschrieben; er hätte nur wenige Freunde.«

Ein Riss tut sich in ihrer Fassade auf. Ihre Lippe zittert noch einmal, und ihre Augen werden schmal.

Sie mag nicht als Mutter kritisiert werden. Das ist ihre Schwachstelle.

»Vielleicht. Wir waren gerade erst aus London hergezogen. Allerdings ist mir nicht ganz klar, was das mit Paulas Tod zu tun haben soll.«

Wieder ein Ablenkmanöver. Jede Erwähnung ihres Sohnes wehrt sie ab.

Warum möchte sie so ungern über ihr Kind sprechen?

»Natürlich«, antworte ich. »Was ich meinte, war, dass Paula das vielleicht erkannt hat und sie sich deshalb mit ihm anfreunden wollte, und andersherum genauso.«

»Vielleicht.« Sie lächelt höflich, doch das Lächeln erreicht ihre Augen nicht.

»Also nehme ich an, dass das dazu beigetragen hat, dass Sie und Paula sich nähergekommen sind?«

»Ja, wir sind häufiger stehen geblieben und haben noch ein bisschen geredet, und Zack und ich haben ihr morgens zugewinkt, wenn sie am Fenster saß und ihren Kaffee getrunken hat. Sie hat bemerkt, wie schwierig es für mich war, den Vollzeitjob und Zack unter einen Hut zu bekommen, und hat angeboten, auszuhelfen. Daraus hat sich eine Freundschaft entwickelt. Nachdem mein Mann und ich uns getrennt hatten, wurde die Freundschaft noch enger.«

»Das hört sich an, als hätte sie eine wichtige Rolle in Ihrem Leben gespielt. Sie haben ihr Ihr Kind anvertraut, sie hat jeden Tag gekocht und sauber gemacht. Hört sich nach einem System an.«

»Was uns allen genützt hat«, antwortet sie sachlich.

»Sie sagten, Sie hätten ihr jeden Morgen zugewinkt«, sagt DS Ryan neben mir. »War das immer noch so, nachdem Paula anfing, Ihnen nachmittags auszuhelfen?«

»Ja.«

»Nur dass Sie uns eben gesagt haben, Sie hätten sie am Mittwoch zum letzten Mal gesehen«, entgegnet er. »Also haben Sie ihr am Donnerstag, dem vierten April, nicht zugewinkt?«

Sie überlegt, blickt zur Decke.

»Sie haben recht. Das war das letzte Mal, dass ich sie gesehen habe.«

»Am Morgen vor Ihrem Tod?«, frage ich.

»Ja, Zack und ich haben ihr auf dem Weg zum Auto zugewinkt. Sie hat zurückgewinkt. Dann habe ich den Tag im Krankenhaus verbracht. Es tut mir leid, dass ich das vergessen hatte. Es war nur ein ganz kurzes Zuwinken.«

»Sind Sie ab und zu auch über den Rasen gegangen, um Hallo zu sagen?«, fragt DS Ryan. »Auf ein Schwätzchen zum Fenster hinüber?«

Sie zieht die Augenbrauen zusammen. »Nicht, dass ich mich erinnern kann. Warum?«

»Wir haben Fußspuren gefunden, die von Ihrem Haus über den Rasen zur Haustür des Opfers führen. Erinnern Sie sich diesbezüglich an etwas?«

Ich sehe, wie ihr Kehlkopf hüpft, als sie nervös schluckt.

»Ich … nein, nichts.«

»Welche Schuhgröße haben Sie?«

»Vierzig«, antwortet sie, zögerlich.

»Unsere Abdrücke passen zu einem Frauenschuh in Größe vierzig.«

»Wie seltsam«, sagt sie, eindeutig beklommen.

»Es sieht aus, als sei die betreffende Person gerannt.«

Ich kann sehen, wie sie nach einer Erklärung sucht, ihr Blick wimmelt vor Gedanken.

»O ja, natürlich! Das war ich.«

»Ach ja?«, fragt DS Ryan neugierig.

»Mein Hund«, sagt sie. »Ich war an dem Morgen in Eile, und er ist an mir vorbeigeschlüpft. Ich musste ihm nachlaufen und ihn wieder ins Haus zurückbringen.«

»Gibt es noch etwas, was Sie von diesem Morgen vergessen haben könnten?«, frage ich.

»Ich war in Eile. Ich bin alleinerziehend und arbeite Vollzeit, Detective. Da läuft kein Morgen reibungslos ab.«

»Ich verstehe.« Ich blicke auf meine Notizen, um meine Frustration zu verbergen. Die Frau findet für alles eine Ausrede.

»Als wir mit Mrs Howard gesprochen haben, hat sie auch erwähnt, sie habe verschiedene Umzugswagen gesehen, die am Tag von Paulas Tod von Ihrem Ende der Avenue gekommen seien.« Ich sehe, wie sich ihre Augen ein klein wenig weiten. »Wissen Sie irgendetwas darüber?«

Sie fängt sich schnell und grinst, wirkt amüsiert.

»Mrs Howard ist … schon etwas speziell. Sie steckt ihre Nase gern in anderer Leute Angelegenheiten. Ich würde nicht alles, was sie sagt, für bare Münze nehmen.«

»Okay. Aber das beantwortet meine Frage nicht.«

Das Lächeln fällt ihr aus dem Gesicht. »Mein Mann und ich lassen uns scheiden. Er hat ein paar von seinen Sachen in seine neue Wohnung bringen lassen.«

»Und er kann das bestätigen?«

»Wenn es wirklich für Ihren Fall so wichtig ist … ja, bestimmt würde er das tun.«

Sie läuft zu großer Form auf, wenn sie Herablassung zeigen will. So brillant, dass ich beinahe anfange, an mir zu zweifeln.

»Sie hatten vereinbart, dass Paula Zack zu dem Treffen mit ihrem Bruder bringen sollte, für die Reise nach Cornwall, ist das richtig?«

»Das ist korrekt.«

»Wo sollte die Übergabe stattfinden?«

»Sie haben sich bei Kathleen's Diner getroffen. Das liegt auf halbem Weg zwischen der Schule und der Abfahrt von der M1 nach Redwood.«

»Warum hat Jeff ihn nicht von der Schule abgeholt?«

In ihren Augen blitzt kurz die Angst auf. Beinahe, als hätte sie auf diese Frage keine Antwort einstudiert.

»Wie meinen Sie das?«

»Na ja, wenn Jeff sowieso von London nach Redwood gefahren ist, weshalb ist er dann nicht direkt zur Schule gekommen, damit Zack nicht erst noch irgendwohin gebracht werden musste?«

»Sie wollten am Freitag früh direkt aus der Stadt aufbrechen, um den Stau auf dem M25 zu umgehen«, sagt sie. »Und es ist ja nicht gerade ein Katzensprung aus der Stadt. Da schien es logisch, sich einen weiteren Umweg und das Gedränge vor dem Schultor zu sparen, Zack einfach einzusammeln und wieder auf die M1 zu fahren.«

»Das ist aber ein ziemlicher Fußmarsch für eine Frau über sechzig, oder?«

Sie zieht die Augenbrauen zusammen.

»Da wäre ich mir nicht so sicher. Entschuldigen Sie, aber wie alt sind Sie? Mitte fünfzig? Denken Sie, dass Sie in zehn Jahren die paar Kilometer nicht mehr zu Fuß schaffen?«

»Nicht, wenn es nötig ist, aber hier war der Grund doch ziemlich belanglos, oder?«

Ihre Fassade bekommt Risse. Ihre Wangen sind gerötet, und ich kann eine Ader an ihrem Hals hervortreten sehen.

»In unserem ersten Gespräch haben Sie gesagt, Sie hätten Ihrem Bruder Jeff das Gepäck Ihres Sohnes bereits vor der Reise gegeben. Heißt das, Ihr Bruder ist den ganzen Weg von London rausgefahren, hat das Gepäck Ihres Sohnes abgeholt und ist wieder zurückgefahren, nur um ein paar Tage später noch einmal nach Redwood rauszukommen, um Paula und Zack am Diner zu treffen und sich die zehn Minuten zu sparen, die es ihn gekostet hätte, bis ganz zur Schule zu fahren?«

Sie schlägt die Beine übereinander, eine schützende Geste. Ihre Oberarme bewegen sich, als würde sie unter dem Tisch die Hände ringen.

»Es tut mir leid, aber ich kann Ihnen nicht mehr ganz folgen. Was hat irgendetwas davon mit Paulas Tod zu tun?«

Noch ein Ablenkungsmanöver. Ich beuge mich vor, bis ich nah genug bin, um ihr Parfüm zu riechen, ein blumiger Duft mit einem scharfen Unterton.

»Soweit wir wissen, muss Paula zum letzten Mal von Ihrem Sohn und Ihrem Bruder in dem Diner gesehen worden sein. Sie ist nicht nach Hause gekommen, was nahelegt, dass sie auf dem Heimweg abgefangen wurde. Im Einzelnen zu überprüfen, wo sie gewesen sein könnte und warum, ist von ungeheurer Bedeutung. Also, wie haben Sie den Gepäckaustausch organisiert, Dr. Jones?«

Ich sehe, wie ihre Augen nervös zucken, während sie nachdenkt. Was immer sie gleich sagen wird, entstammt nicht ihrer Erinnerung – sie spinnt eine Lüge.

»Mein Bruder hatte letzte Woche etwas in der Nähe zu erledigen, also haben wir die Gepäckübergabe damit verbunden.«

»Aber es gab doch sicher Sachen, die Zack während der Woche noch benötigt hat, oder? Seine Zahnbürste zum Beispiel?«

Ihre Augen verengen sich.

»Ich plane gern im Voraus. Das liegt in meiner Natur und hat auch etwas mit meinem Beruf zu tun. Ich habe ihm einen Reisewaschbeutel gekauft, und auch eine Zahnbürste. Wenn er irgendetwas davon verliert, ist das keine große Sache, weil es nur Wegwerfartikel sind. Mein Bruder kann Ihnen das alles bestätigen, wenn er anruft.«

»Apropos, warum hat er das noch nicht getan?«

Ihre Wangen werden noch röter, inzwischen erstrecken sich die roten Flecken auch über ihren Hals, wie ein Ausschlag.

»Entschuldigen Sie, aber ich habe nicht damit gerechnet, dass das so wichtig für Sie ist. Sie ermitteln in einem Mordfall – ich war mir nicht bewusst, dass Sie sich dermaßen dafür interessieren würden, was mein Sohn in seinen Ferien macht. Ich gebe ihm heute Abend Ihre Nummer.«

»Sie haben seit Samstag weder mit Ihrem Sohn noch mit seinem derzeitigen Betreuer gesprochen?«

Ihre Augen füllen sich mit Zorn, und ihr Blick brennt. Noch ein paar kleine Sticheleien, und sie geht aus den Fugen.

»Ich bin Herzchirurgin, Detective Conaty. Ich habe nicht gerade viel Freizeit. Am Samstag hatte ich eine sehr schwierige Operation auf dem Plan, und als ich nach Hause kam, standen zwei Polizisten vor meiner Tür, die mir mitteilten, dass eine meiner engsten Freundinnen gestorben ist. Entschuldigen Sie, wenn ich einen Tag brauchte, um das zu verarbeiten. Da ich nun weiß, wie wichtig es ist, werde ich meinem Bruder, wenn er heute Abend anruft, selbstverständlich sagen, dass er sich bei Ihnen melden soll. Haben Sie jetzt noch Fragen zu Paula? Oder wollen Sie mich noch ein bisschen länger über mein Privatleben aushorchen? Ich dachte, ich wäre hier, um Ihnen Einblicke ins Leben meiner Nachbarin zu geben, nicht um Ihr Interesse an meinem Leben zu befriedigen.«

Wir starren einander über den Tisch hinweg an, die Spannung ist mit Händen zu greifen.

»Sobald wir wissen, dass Jamie dort ist, wo Sie sagen, können wir weitermachen.«

Sie runzelt die Stirn und blickt DS Ryan fragend an. Ich sehe aus dem Augenwinkel, wie er sich zu mir herumdreht.

»Zack«, sagt er. »Der Junge heißt Zack.«

Ich bemerke meinen Fehler und senke den Blick auf die Tischplatte, zu beschämt, um jemandem in die Augen zu sehen. Meine Wangen brennen.

»Es tut mir leid, entschuldigen Sie.«

Ich wünschte, der Boden würde sich öffnen und mich verschlingen. Die Spannung, die wir aufgebaut hatten, ist durch meinen Fehler zersprungen, und die gesamte Aufmerksamkeit, die wir auf Dr. Jones gelenkt hatten, richtet sich jetzt auf mich. Mark neben mir ist sichtlich angespannt. Das Vertrauen, das er normalerweise in mich hat, ist erschüttert, er zweifelt an mir. Dr. Jones starrt mich an, ein kaum wahrnehmbares, schadenfrohes Lächeln spielt um ihre Lippen.

»Danke, Dr. Jones. Wir melden uns, wenn wir noch weitere Frage haben. Bitte kontaktieren Sie bis dahin Ihren Bruder. Ich würde gern so bald wie möglich mit ihm sprechen, damit wir dieses Thema abschließen können.«

»Ja«, antwortet sie und steht auf. »Das fände ich sehr begrüßenswert.«

»Mein Kollege bringt Sie hinaus.«

DS Ryan eskortiert sie aus dem Vernehmungsraum, und ich bleibe allein sitzen, nachdem die Tür ins Schloss gefallen ist. Das Band läuft weiter.

Er heißt Zack, ermahne ich mich, sage es wieder und immer wieder, um es mir ins Hirn zu pauken.

Jamie ist tot.

32

ANNA

MONTAG, 8. APRIL 2019, 12:57 UHR

Der Motor geht zum dritten Mal aus.

»Scheiße!«

Ich haue mit den flachen Händen gegen das Lenkrad und werfe einen gestressten Blick in den Rückspiegel, als das Auto hinter mir hupt. Fluchend hantiere ich mit dem Schlüssel herum. Hinter mir hupt es erneut. Als der Wagen endlich anspringt, ramme ich den Fuß aufs Gaspedal und rase los.

Allmählich holen die Lügen mich ein. Es sind so viele, dass ich mir kaum noch merken kann, welche zu wem gehört. Um einen Menschen zu überzeugen, muss ich einen anderen anlügen, und dann noch einen und noch einen. Eine unendliche Spirale aus Lügen und Täuschungen. Kann sich eine Spinne in ihrem eigenen Netz verfangen?

Detective Conaty weiß, dass irgendetwas nicht stimmt. Sie hat jedes Wort angezweifelt, das aus meinem Mund kam, hat an losen Fäden meiner Story gezogen, von denen ich nicht einmal wusste, dass es sie gab. Jedes Mal, wenn ich den Mund aufmache, erkaufe ich mir nur Zeit, um darüber nachzudenken, was ich als Nächstes tun kann, und doch werde ich das Gefühl nicht los, dass alles, was ich sage und tue, am Ende mein Untergang sein wird. Dass dieselben Lügen, die ich erzähle, um meiner Bestrafung zu entgehen, mich am Ende anklagen werden.

Ich schrecke zusammen, als das Wegwerfhandy in meiner Tasche vibriert.

Sie haben den Wagen zum Polizeirevier verfolgt.

Ich fahre in die nächste Haltebucht und wühle hektisch das Telefon aus der Tasche.

»Hallo?«, sage ich atemlos.

»Sie werden sich heute Abend mit uns treffen«, sagt eine tiefe, raue Stimme. »Um zehn Uhr, in Littlebrook, auf der verlassenen Farm. Die ist an der Hauptstraße ausgeschildert, die ins Dorf führt – fahren Sie durchs Tor und halten Sie erst an der Scheune an. Kommen Sie nicht zu spät.«

Als ich den Mund öffne, um zu antworten, wird der Anruf beendet. Wie betäubt sitze ich da und lausche dem lang gezogenen Piepton. Dann lasse ich das Telefon in meinen Schoß fallen und lege den Kopf aufs Lenkrad.

Glauben die, ich hätte mit der Polizei kooperiert? Er hat mir keine Chance gegeben, zu erklären, dass ich versuche, die Aufmerksamkeit von mir abzulenken. Wenn die Entführer denken, dass ich sie verrate, tun sie Zack etwas an. Vielleicht haben sie das schon längst getan. Ich habe seine Stimme nicht mehr gehört, seit ich Shabir umgebracht habe.

Was, wenn Shabir am Leben zu lassen mein einziges Pfand gewesen wäre? Das Einzige, was Zack hätte retten können? Wenn sie ihn nun umgebracht haben, sobald ich getan habe, was sie von mir wollten?

Mein Atem wird immer flacher und flacher, bis ich kaum noch Luft bekomme.

Reiß dich zusammen. Zack braucht dich.

Ich schließe die Augen und lehne mich in meinem Sitz zurück, bis das Hyperventilieren nachlässt und mein Herzschlag sich wieder beruhigt. Als ich die Augen öffne, tanzen überall, wo ich hinsehe, Funken. Mein Blick bleibt an einer Telefonzelle hängen, die an der nächsten Straßenecke steht.

Jeff.

Ich löse den Sicherheitsgurt und schnappe mir meine Geldbörse aus der Tasche. Der Lärm draußen trifft mich wie ein Schlag: Autos dröhnen vorbei, Bremsen quietschen, wenn die Ampel auf Rot springt. Ich renne los und schließe mich in der Zelle ein.

Es riecht nach Urin, und das Telefon ist vollkommen verdreckt, die Tasten sind schwarz von den Fingerspitzen fremder Menschen. Ich nehme den Hörer ab, stecke Kleingeld in den Schlitz und wähle die Nummer.

»Hallo?«

»Jeff, Anna hier.«

»Anna? Von wo rufst du an?«

Es hört sich an, als sei er im Freien. In der Entfernung höre ich die Brandung, und hin und wieder pfeift der Wind in den Hörer.

»Aus einer Telefonzelle. Hör zu, Jeff, ich hab nicht viel Zeit.«

»Ist alles in Ordnung? Du hörst dich …«

»Es ist etwas passiert, und ich brauche deine Hilfe.«

»Okay«, sagt er in seinem ruhigen Therapeuten-Tonfall. Ich hasse es, wenn er mich behandelt wie einen seiner Patienten.

»Ich gebe dir jetzt die Telefonnummer einer Polizistin. Sie möchte, dass du sie anrufst.«

»Eine Polizistin?«

»Ich bin in etwas Schlimmes reingeraten, Jeff, etwas richtig Schlimmes. Ich darf mit niemandem darüber sprechen, aber bitte, vertrau mir. Ich schaffe das nicht allein.«

»Was schaffst du nicht allein?«, fragt er. Der Wind knistert im Hörer. »Anna, du machst mir Angst.«

Könnte ich es ihm erzählen? Ich habe die Telefone im Auto liegen gelassen. Hier drin sind keine Kameras, die mich beobachten, keine Mikrofone, die mich belauschen. Doch bei dem Gedanken an das Risiko, Zack mit meinen Worten zu schaden, wird mir eiskalt. Tränen der Verzweiflung brennen in meinen Augen.

»Sie möchte mit dir sprechen, weil sie denkt, du hast Zack bei dir.«

Er antwortet nicht gleich. Ich höre eine Möwe kreischen, und dann Leilas Stimme. Jeff muss die Hand auf das Telefon gelegt haben, denn ich höre gedämpft, dass er etwas antwortet, bevor der Ton wieder klar wird, und Leila weg ist.

»Wie kommt sie darauf?«

»Weil ich es gesagt habe. Zack ist in Gefahr, und es ist absolut unerlässlich, dass ich die Wahrheit vor der Polizei geheim halte, damit ihm nichts passiert.«

»Das ergibt doch keinen Sinn …«

»Es muss auch keinen Sinn ergeben!«

Ich seufze schwer, während die Wut wieder aus mir heraussickert.

»Damit Zack nichts passiert, muss ich sagen, dass er bei dir in Cornwall ist.«

»Und wo ist er in Wirklichkeit?«

»Das kann ich dir nicht sagen.«

»Du kannst nicht von mir erwarten, dass ich für dich die Polizei anlüge, ohne zu wissen, warum, Anna. Jetzt mache ich mir ehrlich Sorgen, dass …«

»Vertraust du mir?«

Er zögert. Ich höre eine Tür zuklicken, und die Geräusche der Küste verschwinden.

»Natürlich.«

»Dann tu das einfach für mich, bitte.«

»Aber Anna …«

»Wenn du Zack liebst, wenn du mich liebst, dann machst du das. Ich kann dir nicht sagen, warum. Ich erkläre es dir später, wenn ich weiß, dass Zack in Sicherheit ist.«

»Du verlangst von mir, dass ich ein Verbrechen begehe. Wenn ich die Polizei anlüge und später dabei erwischt werde, kann ich dafür ins Gefängnis kommen. Leila würde ihren Vater verlieren.«

»Und wenn du es nicht tust, verliere ich Zack für immer.« Meine Stimme bricht, als mir die Tränen kommen. »Bitte, Jeff. Ich flehe dich an. Ich weiß, das ist viel verlangt, aber ich würde es nicht tun, wenn ich eine andere Wahl hätte. Bitte.«

»Dad!«, sagt Leila am anderen Ende. »Ich will wieder raus.«

Ich warte mit angehaltenem Atem.

Bitte, Jeff. Bitte.

»Ich telefoniere noch schnell mit Tante Annie zu Ende, mein Schatz. Geh schon mal raus, ich komme gleich.«

Ich höre eine Tür aufgehen und sich wieder schließen. Jeff seufzt schwer. Seine Tochter anzusehen, muss ihm das Herz zerrissen haben, denn seine Stimme klingt vollkommen anders. Der kritische Ton ist verschwunden, er klingt weicher und nachgiebiger.

»Okay.«

Ich seufze erleichtert und kann endlich wieder durchatmen.

»Danke.«

Es beginnt zu piepen. Ich sehe in meine Geldbörse, doch ich habe nur noch Geld für zwei Minuten.

»Hast du was zum Schreiben da?«, frage ich. »Ich hab nicht mehr viel Zeit, hör gut zu: Ich sage dir jetzt ihre Nummer und was du ihr erzählen musst.«

Ich schrecke mit einem Ruck aus dem Schlaf hoch.

Die Träume werden immer schlimmer.

Wenn ich allein zu Hause bin, schlafe ich fast nur noch. Sonst treibe ich mich selbst in den Wahnsinn, indem ich auf und ab tigere und auf einen Anruf der Entführer warte. Wenn ich schlafe, kann ich die Welt ausschließen, aber jedes Mal, wenn ich aufwache, trifft mich die Erinnerung an meine ausweglose Lage wie ein Schlag.

Ich stemme mich auf die Ellbogen hoch und blinzele müde in den Raum. Ich sehe alles verschwommen, meine Zunge ist belegt.

Ich bin im Wohnzimmer. Das Licht ist aus, die Rollläden sind heruntergelassen. Die einzige Lichtquelle ist der Fernseher in der Ecke. Die Tabletten müssen mich glatt ausgeknipst haben.

Schwerfällig hebe ich die Füße vom Sofa auf den Boden und setze mich auf, stütze die Ellbogen auf die Oberschenkel und reibe mir die Augen, bis sie brennen. Die Tabletten blenden den Lärm in meinem Kopf aus, betäuben den Schmerz in meiner Brust, aber je häufiger ich sie nehme, desto schwerer scheint es mir zu fallen, mich wieder aus ihrem Griff zu lösen. Sie waren mir kurz vor dem Umzug verschrieben worden, in der schlimmsten Phase meiner Ehe, doch damals hatte ich mich entschieden, sie nicht zu nehmen, aus Angst, sie könnten mich bei der Arbeit beeinträchtigen. Ich atme tief durch und fahre mir mit den Händen durchs Haar. Drei lange Haare segeln langsam in Richtung Teppich.

Mit nervös zitternden Händen taste ich meine Kopfhaut ab. Als ich die Hände vom Kopf löse, hängen lange blonde Haare darin. Scham durchflutet mich, und ich sehne mich danach, wieder die Augen zu schließen und mich in die Dunkelheit zurückfallen zu lassen, in jenen schmerzfreien Abgrund, in dem die Schuld mich nicht erreichen kann. Ich muss im Schlaf gezupft haben; wenn man zu viel zupft, fallen die umgebenden Haare vor Stress mit aus.

Meine Augen wandern zum Fernseher. Er ist so leise gestellt, dass die Stimme des Moderators nur als leises Murmeln zu mir dringt. Aber die Schlagzeilen, die unten am Bildschirmrand entlangkriechen, sind unmissverständlich klar.

Breaking News: Redwood-Abgeordneter Ahmed Shabir mit 40 VERSTORBEN – geheime Herz-OP fehlgeschlagen – Stellungnahme des Premierministers in Kürze erwartet

Ich starre auf das »Breaking-News«-Banner, lese die Worte immer wieder, wenn sie in Endlosschleife vorbeiziehen. »Ahmed Shabir verstorben!«, schreien sie mir zu. Ich schnappe mir die Fernbedienung und regele die Lautstärke hoch.

»Diese Nachricht führt zu Spekulationen darüber, dass Ahmed Shabirs Herzprobleme geheim gehalten wurden, um seine Wiederwahl als Abgeordneter des Bezirks Redwood nicht zu gefährden oder seine Ambitionen auf den Posten des Parteivorsitzenden der Labour Party zu behindern …«

Bär bellt, als es an der Tür klingelt, und reißt mich aus meiner Trance.

Mein erster Gedanke gilt der Presse. Könnten da draußen vor dem Haus Reporter auf mich lauern? Das passiert doch, wenn so eine große Story ans Licht kommt, oder? Doch in den Nachrichten sehe oder höre ich nichts von meinem Namen.

Beruhige dich. Denk nicht so weit voraus.

Aber die Rädchen in meinem Verstand drehen sich immer weiter.

Ich stehe auf, sehe Horden von Journalisten vor meinem geistigen Auge, die auf eine Stellungnahme von mir warten. Und wenn es die Polizei ist? Sie werden die Nachrichten ebenfalls gesehen haben und sich in ihrem Verdacht bestärkt fühlen.

Meine Lügen holen mich ein.

Vor dem Spiegel im Eingangsbereich bleibe ich stehen, bringe mit den Händen meine Haare in Ordnung und mache die Tür auf.

Nur eine einzige Person steht da im Schatten der Nacht. Ein verschlagenes Lächeln umspielt ihre Mundwinkel.

Es ist Margot.

33

MARGOT

MONTAG, 8. APRIL 2019, 20:25 UHR

Die Tür öffnet sich nur langsam, es dauert, bis ich durch den Spalt einen Ausschnitt von einem Gesicht sehe: Dr. Jones lugt vorsichtig nach draußen. Sie runzelt die Stirn, als sie mich erblickt, und macht die Tür ganz auf.

Sie sieht furchtbar aus. Ihre Haare und ihre Klamotten sehen aus, als käme sie direkt aus dem Bett. Ihre Augen haben einen betrunkenen Glanz, aber ich erkenne sofort, dass das nichts mit Alkohol zu tun hat. Mit einer tablettensüchtigen Mutter aufzuwachsen, macht es einem sehr leicht, die Auswirkungen bei anderen Menschen zu erkennen.

»Was machen Sie denn hier?«

Alles, was ich eingeübt habe, ist weg. Ich bin vielleicht eine Diebin, Erpressung jedoch ist ein vollkommen neues Spiel, für das man Nerven aus Stahl braucht und kein Gewissen haben darf. Im Grunde ist es auch Klauen, ja, aber jetzt muss ich ihr dabei in die Augen sehen.

Sie seufzt genervt, als würde allein die Tatsache, dass es mich gibt, ihre Zeit verschwenden. Mein Schuldbewusstsein ist sofort weg.

»Ich weiß, was Sie getan haben«, platze ich heraus.

Das Stirnrunzeln verschwindet, ihre Augen weiten sich. Kleine Hinweise auf die Verletzlichkeit, die sie normalerweise so gut verbirgt.

»Was?«

»Im OP. Ich hab alles gesehen.«

Sie sieht mich an, als hätte sie nicht die geringste Ahnung, was ich meinen könnte, aber sie kann die Panik in ihren Augen nicht verbergen, das nervöse Hüpfen ihres Kehlkopfs beim Schlucken. Ein Hund steckt den Kopf um ihre Beine herum und starrt mich an, seine rosa Zunge vibriert im Rhythmus seines Hechelns.

»Was haben Sie gesehen, Margot?«, fragt sie, tritt heraus und zieht die Tür heran.

»Sie haben Ahmed Shabir umgebracht.«

Sie sieht mich lange an. Erstarrt wie ein Reh im Scheinwerferlicht.

»Ich hab gesehen, wie Sie's gemacht haben. Sie haben das Skalpell genommen und damit …«

»Ist ja gut«, fährt sie mich an. »Warten Sie kurz hier.«

Sie geht wieder hinein, und ich bleibe draußen, trete unruhig von einem Bein aufs andere. Als die Tür wieder aufgeht, hat sie den Hund an der Leine.

Ich mache einen nervösen Schritt zurück.

»Was haben Sie vor?«

»Kommen Sie mit«, sagt sie und nickt mit dem Kopf zum Wald hin.

So hatte ich mir das nicht vorgestellt. Ich dachte, ich sage ihr, was ich weiß und was sie tun muss, damit ich den Mund halte, und alles ist erledigt. Sie würde mir versprechen, alles zu tun, was ich von ihr verlange. Doch irgendwie hat sie jetzt die Zügel in der Hand.

»Na los doch!«, zischt sie mir aus den Schatten zu.

Ich folge ihr ins Dunkle, der Kies der Zufahrt knirscht unter meinen Schuhen.

»Achtung, da ist ein Graben.«

Auf dem kleinen Abhang neben der Straße gerate ich ins Stolpern und schürfe mir die Knie auf. Meine Wangen brennen vor Scham.

»Wo gehen wir hin?«, frage ich, während ich mir die Hose abklopfe.

»Wo uns keiner sehen kann.«

Sie strebt auf das Wäldchen zu, nur das Mondlicht zeigt uns, wohin wir gehen, bis sie unter dem dunklen Dach der Bäume verschwindet. Ich spähe vom Waldrand aus dort hinein.

»Das ist weit genug.«

Ich höre, wie kleine Ästchen unter ihren Füßen brechen, als sie wieder zurückkommt. Wir stehen nur einen Meter voneinander entfernt: ich im Freien, sie im Schatten. Sie lässt den Hund von der Leine, der sofort davonsaust, um zwischen den Bäumen herumzuschnuppern.

»Ich nehme an, Sie wollen mich erpressen.«

»So was in der Art, ja.«

»Und Sie meinen, die Leute würden Ihnen glauben?«

Der Wind raschelt in den Bäumen, Mondlicht flackert über ihr Gesicht. Ihre Lippen sind zu einem fiesen Grinsen verzogen.

»Wenn Sie jemandem im Krankenhaus erzählen, was Sie gesehen zu haben *meinen*, glauben Sie ernsthaft, irgendwer wird Ihr Wort über meins stellen? Ich meine, wem werden sie eher glauben? Einer angesehenen Chirurgin mit einer tadellosen Bilanz? Oder einer rachsüchtigen ehemaligen Angestellten, die wegen Diebstahls gefeuert worden ist?«

Ich verschränke die Arme vor der Brust.

»Das Krankenhaus mag das vielleicht denken, aber die Polizei wird sich das genauer ansehen wollen, wenn ich Anzeige erstattet habe. Dann wird Ihre Bilanz nicht mehr so tadellos aussehen. Und wenn Sie die Polizei im Nacken sitzen haben, wird auch das Krankenhaus noch mal genauer hinschauen und die Spuren von dem Schnitt finden, den Sie gesetzt haben. Wenn sie nicht schon durch die Nachrichten von Ahmed Shabirs Tod unter Druck stehen. Dann wird es ihnen nicht mehr so leichtfallen, mich einfach wegzuschicken, wenn sie die Beweise direkt vor der Nase haben.«

Der Wind frischt wieder auf und wirbelt mir die Haare um den Kopf. Ich schiebe mir die Locken aus dem Gesicht und stecke sie hinter die Ohren.

»Der Unterschied zwischen uns ist, dass ich nichts davon habe, zu lügen, Dr. Jones. Aber Sie haben alles zu verlieren – Ihren Sohn, Ihre Karriere, Ihren Wohlstand. So wird die Polizei das auch sehen.«

Jetzt sagt sie nichts mehr. Ich versuche, im Dunkeln in ihrer Miene zu lesen.

»Was wollen Sie?«, fragt sie schließlich.

»Fünfzig Riesen.«

Sie lacht schallend auf. Ich schrecke überrascht zusammen.

»Das ist absurd.«

»Sie verdienen mehr als das Doppelte im Jahr. Da drüben steht ein Vermögen in Form von Steinen und Mörtel, und ein brandneuer Mercedes davor. Sie haben mehr als genug abzugeben.«

»Nicht wirklich.«

»Ist mir egal. Ich will bis morgen Mittag zehntausend als Anzahlung.«

»Und wenn nicht?«

»Dann gehe ich zur Polizei und dann an die Presse. Die bezahlen bestimmt auch ganz gut. Ich kriege mein Geld, Anna. Mir ist es egal, wie. Es liegt an Ihnen, ob es gut für Sie ausgeht oder nicht.«

Ich starre in die Dunkelheit, sehe nur ganz schwach ab und zu eine Bewegung oder ein Stück Haut aufblitzen, wenn die Bäume sich im Wind bewegen und Mondlicht auf ihr Gesicht fällt.

»Sie müssen sich entscheiden«, sage ich. »Sie können hier mit fünfzig Riesen weniger rauskommen oder in Handschellen. Denken Sie drüber nach, wie viel Ihnen Ihre Freiheit wert ist. Was ist Ihnen Ihr Stolz wert, wenn Ihr Sohn keine Mutter mehr hat.«

Ich drehe mich zur Straße um und werfe die letzten Worte über die Schulter zurück.

»Ich rufe Sie morgen früh um zehn auf dem Diensthandy an, und Sie sagen mir, wo wir uns treffen.«

»Nein«, sagt sie so scharf, dass ich stehen bleibe. »Rufen Sie mich nicht an. Wir treffen uns um elf am Hinterausgang. Bei den Mülltonnen.«

»Na gut«, antworte ich. »Aber kommen Sie nicht zu spät.«

Mit pochendem Herzen gehe ich weiter, und ein Lächeln kriecht über mein Gesicht.

Morgen früh bin ich um zehntausend Pfund reicher.

Ich kann nicht anders, aber ich muss da im Dunkeln laut auflachen.

34

ANNA

MONTAG, 8. APRIL 2019, 21:50 UHR

Ich halte vor der Scheune der Littlebrook Farm, wo bereits eine ganz Reihe Autos steht, und beäuge die hohen Türen, deren Ränder durch Licht von innen nachgezeichnet werden. Ich erkenne den Audi, der mich letzte Woche zum Polizeirevier verfolgt hat.

Ich umklammere das Lenkrad, während der Stress unter meiner Schädeldecke pulsiert. Dünne blonde Härchen bedecken meinen Schoß, weil ich auf der Fahrt an meinen Unterarmen gezupft habe. Ich werde in so viele Richtungen gezerrt, von den Entführern, vom Krankenhaus, von der Polizei und jetzt auch noch von Margot, dass ich nur noch schreien möchte, damit das alles aufhört.

Mir war klar, dass mit Margot irgendetwas nicht stimmt, aber niemals hätte ich gedacht, dass sie fähig wäre, mich zu erpressen. Wenn ich nur an diesen selbstgefälligen, durchtriebenen Ausdruck auf ihrem Gesicht denke, als sie vor meiner Tür stand, wird mir schon schlecht.

Eins nach dem anderen.

Ich bin früh dran. Sie haben gesagt, ich soll nicht zu spät kommen, aber ich bin mir nicht sicher, ob sie es schätzen würden, wenn ich zu früh komme. Also sitze ich da, starre in die Nacht hinaus und versuche, mich zu beruhigen. Aber ich kann nicht aufhören zu zittern und mir auszumalen, was sie alles mit mir vorhaben könnten, sobald ich da hineingehe.

Als die Uhr am Armaturenbrett endlich 21:58 Uhr zeigt, schalte ich den Motor aus und steige aus dem Auto.

Die Nacht ist kühl, doch mir ist heiß. Mein Herz galoppiert wild, und Schweiß bedeckt meine Handflächen. Selbst das Knirschen des Schotters unter meinen Schuhen klingt unheilvoll. Als ich an das Tor komme, höre ich das leise Gemurmel dahinter verstummen und klopfe an.

»Kommen Sie herein«, sagt ein Mann.

Zehn Männer empfangen mich mit Schweigen, Schulter an Schulter, in schwarzen Anzügen und blütenweißen Hemden. Der Mann mit den blauen Augen steht in der Mitte, ein verschlagenes Lächeln auf den Lippen.

»Schließen Sie die Tür.«

Meine Hände beben, gleichermaßen aus Angst wie aus dem Drang, mich auf ihn zu stürzen.

Dieses Monster hat meinen Sohn.

Ich drehe mich um und schließe die Tür hinter mir.

»Ich habe alles getan, was Sie verlangt haben«, sage ich.

»Das stimmt. Jetzt müssen Sie nur noch damit durchkommen.«

Zehn Augenpaare starren mich an. Das Zittern wird schlimmer, rasselt meine Wirbelsäule hinunter bis in meine Beine. Ich klemme die Knie zusammen und umklammere meine Hände auf dem Rücken so fest, dass ich ein Gelenk knacken höre.

»Sie verlieren die Kontrolle über die Situation. Die Polizei kreist Sie ein, und das Krankenhaus ermittelt gegen Sie. Was meinen Sie, wie das für uns aussieht?«

»Ich verliere nicht die Kontrolle«, stammele ich. »Ich tue, was ich kann.«

»Die haben noch nicht lockergelassen. Sie sind immer noch interessant für sie.«

Er tritt näher, seine Stiefel mit den Stahlspitzen zerbröseln das alte Heu, das den Boden bedeckt. Jeder Muskel in meinem Körper spannt sich an. Als er seinen Arm vom Rücken nach vorn bringt, zucke ich zusammen, weil ich eine Ohrfeige erwarte. Er sieht, wie ich mich winde, und grinst.

In seiner Hand ist eine schwarze Mappe.

»Nutzen Sie das hier, um die Polizei im Fall Ihrer toten Nachbarin abzulenken«, sagt er. »Und was den Tod von Ahmed Shabir angeht, nun … Die Polizei wird sich auf die Ermittlungsergebnisse des Krankenhauses verlassen, oder?«

»Ich … ich glaube schon.«

»Dann überzeugen Sie sie.«

Er sagt das mit einem so sengenden Starren, dass ich rot werde und den Blick abwende. Inzwischen steht er so dicht vor mir, dass ich die Hitze seines Atems auf meinen Lippen fühle.

»Sehen Sie mich an«, sagt er ernst und wartet, bis ich gehorche. »Sagen Sie mir, dass Sie sie überzeugen werden.«

Ich nicke hastig.

»Das werde ich tun.«

»Dann bleiben Sie und Ihr Sohn am Leben. Muss ich Sie daran erinnern, was passiert, wenn es Ihnen nicht gelingt?«

Ich schüttele den Kopf.

»Dann können Sie gehen«, sagt er mit einer abschätzigen Geste in meine Richtung, während er sich bereits umdreht. Die anderen Männer tun es ihm gleich und gehen zur Rückseite der Scheune, wo eine weitere Tür offen steht und im Nachtwind leise knarrt.

»Woher weiß ich, dass Sie die Wahrheit sagen?«, frage ich zittrig. »Woher weiß ich, dass er nicht schon längst tot ist und ich das alles hier umsonst mache?«

Er wirbelt herum und geht mit zornrotem Gesicht auf mich los. Ich weiche nervös zurück, pralle gegen die Tür und schreie erschrocken auf, als er sie mit einem Fußtritt aufstößt. Rücklings lande ich im Dreck, atme Staub ein und verliere die Mappe, die er mir gegeben hat. Papiere verstreuen sich im Wind.

Er packt mich an der Jacke und reißt mich grob hoch.

»*Was machen Sie denn?*«, schreie ich, als er mich am Kragen packt und mich in die Dunkelheit schleift.

Mein Haar ist in seinem Griff an meinem Kragen gefangen, es zerrt an meiner Kopfhaut, dass mir die Tränen kommen. Ich versuche, mich loszureißen. Er zerrt noch heftiger an mir. In der Entfernung taucht eine mondbeschienene Lichtung auf. Ich sehe die Öffnung eines Brunnenschachts, und meine Beine geben unter mir nach.

Ich denke an Paula, die aus dem schmutzigen Wasser heraufstarrt. An das dunkle Loch mitten auf ihrer Stirn.

Dort haben sie ihre Leiche abgeladen.

»*Nein! Nein! Bitte, es tut mir leid!*«

Meine Füße schleifen über den Boden, und die Nachtluft bleibt mir in der Kehle stecken. Meine wild um sich schlagenden Hände streifen die Pistole in seinem Hosenbund. Ich stelle mir Paula vor, die tot auf dem Grund des Brunnens liegt, das Einschussloch in ihrer Stirn.

»Ich tue alles, was Sie von mir verlangen!«

Wir kommen näher und näher, bis ich das Moos erkennen kann, das die Steine überzieht, und den modrigen Geruch des stehenden Wassers dort unten riechen kann. Er wirft mich über den Rand, und ich schreie.

Ich schluchze verzweifelt, baumele über dem Brunnenschacht. Das Einzige, was mich davon abhält, vornüberzufallen, ist seine Faust, die meinen Kragen und mein Haar eisern im Griff hält. Der steinerne Rand des Brunnens gräbt sich schmerzhaft in meine Leiste, und ich sehe hilflos zu, wie sich Steine und Mörtel aus der Wand lösen und Sekunden brauchen, bevor sie unten ins Wasser fallen. Wenn er mich jetzt loslässt, ist das mein Ende.

»Weißt du, wo wir sind?«, flüstert er mir ins Ohr. Sein Atem riecht nach Zigaretten und etwas Scharfem und Süßem, wie Bourbon. Ganz kurz lockert er seinen Griff ein wenig, und ich schreie auf.

»*Ja!*«

Er hält mich eine ganze Weile da fest, und sein heißer Atem faucht in mein Ohr, während ich in seinem Griff schlottere und meine Tränen in das Wasser unter mir fallen.

»Du stellst mir keine Fragen«, zischt er. »Du tust, was dir gesagt wird, oder du und dein Junge werdet mit einer Kugel im Schädel da unten gefunden, verstanden?«

Ich nicke hastig, meine Stimme gurgelt durch die Tränen.

»*Ja.*«

Er reißt mich zurück und schleudert mich zu Boden. Eilig rappele ich mich auf und lehne mich keuchend und tränenüberströmt an den Brunnen, während er in die Nacht davongeht.

»Bitte tun Sie ihm nichts!«, rufe ich ihm nach, aber meine Worte verhallen zwischen den Bäumen.

Dann schließe ich die Augen und bleibe da sitzen, an den Brunnen gekauert, ringe zitternd nach Atem, bis die Motorengeräusche ihrer Fahrzeuge die Straße hinunter verschwinden und ich allein zurückbleibe. Außer den zirpenden Grillen ist nichts mehr zu hören.

Deshalb hat er mich hierherbestellt: Um mir zu zeigen, wo man unsere Leichen finden wird, wenn ich scheitere.

Ich kann den Gedanken nicht ertragen, dass Zack in den Händen dieser Männer ist, dass er ihren plötzlichen Wutausbrüchen hilflos ausgeliefert ist.

Ich enttäusche ihn.

Ein Geräusch reißt mich aus meinen Gedanken, und ich starre um mich. Ein weißes Blatt aus der Mappe, die der Mann mir gegeben hat, hat sich im hohen Gras verfangen und knistert in der Brise. Ich springe eilig auf, um es zu schnappen, bevor es wegfliegt.

Ich halte es ins Mondlicht und blinzele, um die Worte in der Dunkelheit auszumachen. Es ist eine Fotokopie der Titelseite einer Zeitung. Ich lese die Schlagzeile mehrmals und betrachte die Fotos darunter. Eines ist von einem Kind. Von einem anderen Kind, das ich noch nie gesehen habe.

Ein Lächeln kriecht über mein Gesicht, ein nervöses Lachen arbeitet sich aus meiner Kehle.

Das hier ändert alles.

35

MARGOT

DIENSTAG, 9. APRIL 2019, 09:45 UHR

Die geben mir echt einfach so ein Auto?«, frage ich.

Damien fährt. Ein Hauch von Ganja weht jedes Mal zu mir herüber, wenn der Wind durchs offene Fenster hereinschlüpft.

»Nein«, entgegnet er. »Sie geben *mir* ein Auto, das ich an dich weitergebe.«

Er steckt sich zwei Zigaretten zwischen die Lippen und zündet sie an, wobei er den Blick kurz von der Straße nimmt, bevor er eine an mich weitergibt. Jedes Mal, wenn er woanders hinschaut, muss ich den Drang unterdrücken, ins Lenkrad zu greifen.

»Diese Chirurgin«, sagt er. »Hat die den Typen echt umgebracht?«

»Ich hab's mit eigenen Augen gesehen.«

Ich halte mich am Türgriff fest, als er um eine Kurve fegt.

»Ist sie gefährlich?«

»Nur für Leute, die ihr vertrauen, und das tue ich nicht.«

»Na ja, ich wette, wer einen Abgeordneten kaltmachen kann, der zögert bei dir nicht.«

Ich schnaube und ziehe an der Zigarette.

»Sie ist nicht gefährlich – sie ist ein Feigling. Er war bewusstlos, um Himmels willen. Sie hätte niemals die Eier dafür gehabt, wenn er sich hätte wehren können. Warum muss ich im Auto bleiben?«

»Zur Sicherheit.«

»Zu wessen Sicherheit?«

»›Wessen‹«, spottet er. »Wem willst du mit dem Scheiß was vormachen? Du hörst dich an wie so 'ne eingebildete Fotze.«

Ich verdrehe die Augen und richte den Blick auf die lange Landstraße, die nach Redwood hinausführt.

»Wie lange noch, bis wir da sind?«

»Ist gleich die nächste links«, antwortet er und sieht zu mir herüber. »Ich mein's ernst, bleib im Auto.«

»Ja, hab ich verstanden.«

Es ist ein seltener Anblick, Damien so nervös zu sehen. So ängstlich habe ich ihn nicht mehr gesehen, seit er zwölf war und der Besitzer des Kiosks an der Ecke ihn mit einem Rucksack voller Cider-Dosen erwischt und am Kragen zur Tür rausgeschmissen hat. Vielleicht ist er nur besser darin geworden, es zu verbergen. Aber jetzt wirkt er auf jeden Fall nervös.

»Hör zu, wenn das irgendwie zu viel verlangt ist oder dir zu große Schulden aufbürdet, kann ich auch was anderes finden.«

»Nee, passt schon. Ich mach das gern.«

Er tut das nicht für dich. Er tut es wegen des Geldes.

Bevor ich weggegangen bin, war mir nicht klar, wie ähnlich er und Ma sich waren. Er spricht wie sie, er lacht wie sie, sogar seine Zähne sehen allmählich aus wie ihre, ein zähes Gelb mit Raucherflecken in jedem Zwischenraum. Aber irgendwo unter der Härte und der Angeberei muss er ein gutes Herz haben. Andererseits ist das halt einfach Barnes'sche Familientradition: Wir nehmen uns von allen anderen, was wir brauchen, um uns zu schützen; auch von unseren eigenen Leuten. Ist es nicht genau das, was ich gerade tue, ihn mit falschen Versprechungen ausnutzen?

Über den Büschen, die die Straße säumen, erblicke ich einen Berg Schrott, der in der Sonne glitzert, als die kurz durch eine Wolkenlücke scheint. Damien verlangsamt den Wagen und biegt in die nächste Einfahrt ein, die mit einem großen Schild mit der Aufschrift »Redwood Quality Metals« versehen ist, das ironischerweise vollkommen verrostet ist. Unter dem Namen ist ein kreisförmiges Symbol. Es sieht aus wie zwei ineinandergerollte Schlangen, deren Köpfe sich in der Mitte treffen. Vielleicht sind die ja gut in Sachen Alteisen, aber was die Markenbildung angeht, haben sie echt noch Luft nach oben.

Damien folgt einem holprigen unbefestigten Weg voller Schlaglöcher und Bodenwellen. Am Ende ist eine große Lagerhalle, umgeben von einer Wand aus zusammengepressten, aufeinandergestapelten Autos, und ein kleines Wachhäuschen steht vor der Einfahrt zum Grundstück. Damien hält an und lässt das Fenster herunter.

»Wir sind mit Jax verabredet«, sagt er.

Der Mann nickt und winkt ihn durch.

»Wer ist Jax?«

»Je weniger du weißt, umso besser.«

Er hält neben einem der Metallberge und zieht die Handbremse an, während eine Tür der Lagerhalle sich öffnet und drei Männer in schwarzen Anzügen in den Hof treten.

»Warte hier«, sagt er ernst und knallt die Tür hinter sich zu.

Ich sehe zu, wie er über den Hof auf die Männer zugeht, ihnen die Hände schüttelt und dabei fest zudrückt, wie Männer das so machen, um einander zu beeindrucken. Auf dem Armaturenbrett schaue ich nach der Uhrzeit: Es ist fast zehn. In einer Stunde treffe ich mich mit Dr. Jones und bin um zehn Riesen reicher.

Ich muss aufhören, sie so zu nennen. Das hört sich an, als wäre sie meine Vorgesetzte. Anna Jones ist nichts anderes als eine Mörderin.

Aus dem Augenwinkel sehe ich eine Bewegung. Es ist Damien, der mich zu sich winkt. Ein schwarzer Audi steht jetzt vor der Halle, das neueste A3-Modell und verblüffend sauber. Er wird das Schönste sein, was ich je besessen habe. Von den Männern ist nichts mehr zu sehen.

Ich habe so lange versucht, ein rechtschaffenes Leben zu führen. Ich habe mich von meiner Familie getrennt, bin noch mal zur Schule gegangen, habe mich krumm geschuftet, nur um wieder genau da zu landen, wo ich angefangen habe. Und dabei hätte ich einfach nur fragen müssen, um ein Auto wie das da zu bekommen.

Ich steige aus und schüttele die dunklen Gedanken ab.

Vielleicht hat Damien ja recht.

Ich parke den Wagen eine Straße vom Krankenhaus entfernt und mache mich zu Fuß auf den Weg zu unserem Treffen. Den größten Teil der Fahrt war ich in Hochstimmung, aber jetzt werde ich zunehmend nervös. Eine meiner Kautionsauflagen bestand darin, mich unter allen Umständen vom Krankenhaus fernzuhalten, außer bei einem medizinischen Notfall. Das hier könnte mich bis zu meiner Anhörung ins Gefängnis bringen.

Vielleicht ist es genau das, was Anna damit bezweckt. Sie könnte mich in eine Falle locken.

Nein. Du bist paranoid. Sie steht doch selbst mit einem Bein im Gefängnis.

Ich folge dem Fußgängerweg, der auf die Rückseite des Krankenhauses führt, vorbei an den Nebengebäuden, in denen sich die Labore befinden, während der Geruch der Müllcontainer mir bereits entgegenweht, und biege um die Ecke.

Anna erwartet mich.

Sie sieht besser aus als gestern. Sie hat sich die Haare gewaschen und geföhnt, und ihre Klamotten sehen teuer aus. Sogar ihre Haut macht einen besseren Eindruck, ihre Wangen unter der Sonnenbrille sind rosig. Aber ihre Miene ist eisig und abweisend, mit zusammengepressten Lippen und hocherhobenem Kopf.

»Sie sind spät dran«, sagt sie.

Meine Finger zupfen nervös an meinem Hosenbein. Was würde ich dafür geben, diese Arroganz zu erschüttern.

»Haben Sie das Geld?«

Sie greift in ihre Tasche und zieht einen Umschlag heraus. Sogar von hier aus kann ich sehen, dass er prall mit Geldscheinen gefüllt ist. Mir läuft das Wasser im Mund zusammen. Ich reiße ihn ihr aus den Fingern und schaue hinein, zähle die Fünfzigpfundnoten.

»Äh, soll das ein Witz sein? Das sind nur fünftausend.«

»Den Rest müssen Sie sich verdienen«, sagt sie ganz ruhig.

Die Wut kocht sofort in mir hoch. Ich habe sie so lange zurückgehalten, mir auf die Zunge gebissen, jeden Schlag eingesteckt, den das Leben mir verpasst hat. Aber ihre Gleichgültigkeit bringt das Fass zum Überlaufen. Ich gehe auf sie los, knalle sie gegen den nächsten Müllcontainer und drücke ihr meinen Unterarm gegen den Hals.

»Ich glaube, Sie kapieren hier was nicht«, zische ich. »Sie haben hier nichts zu verhandeln. Entweder Sie geben mir das Geld, oder ich rede. Das ist der Deal.«

Sie hat tatsächlich die Frechheit, in dieser Situation zu lächeln. Ich drücke noch fester zu. Eine Ader schwillt an ihrer Stirn.

»Nein, das werden Sie nicht tun«, antwortet sie mit rauer Stimme, weil mein Arm auf ihren Kehlkopf drückt.

»Wollen Sie's drauf ankommen lassen?«

Sie greift um meinen Arm herum, nimmt die Sonnenbrille ab, und wir starren einander in die Augen.

»Ich weiß, dass Sie's nicht tun werden, weil Sie es sich nicht leisten können. Ihnen ist doch vollkommen egal, was das Richtige wäre, sonst hätten Sie's längst getan. Sie denken nur an das Geld. Aber ich weiß, dass Sie eigentlich kein schlechter Mensch sind, so sehr Sie sich auch bemühen, das zu verbergen. Also, in was für eine Scheiße Sie sich auch reingeritten haben, dass Sie zu solchen Mitteln greifen – es muss ziemlich schlimm sein. Sie brauchen das Geld offensichtlich dringend. Spielen Sie nach meinen Regeln, und Sie kriegen es.«

Ich sehe ihr in die Augen und überdenke meine Möglichkeiten, bis ich mit einem frustrierten Knurren von ihr ablasse.

»Sie machen mich wahnsinnig«, fauche ich.

»Danke, gleichfalls.«

Ich zünde mir hinter gewölbten Händen eine Zigarette an und nehme einen langen, tiefen Zug. Als ich zu hier hinübersehe, bringt sie gerade ihre Frisur in Ordnung und streicht sich vorsichtig über den Hals; die Haut ist ganz rot von meinem Arm.

»Wenn Sie mein Geld wollen«, sagt sie, »müssen Sie erfahren, womit ich es hier zu tun habe. Aber sobald ich Ihnen alles gesagt habe, gibt es kein Zurück mehr.«

Wenn meine Lage schlimm genug ist, um mich dazu zu bringen, jemanden zu erpressen, dann muss ihre sogar noch schlimmer sein, wenn sie dafür jemanden umgebracht hat. Ich sehe auf den Umschlag in meiner Hand hinunter. Er zittert in meinem Griff. Fünftausend reichen nicht, um ein neues Leben anzufangen.

»Na los«, sage ich mit einem Nicken. »Erzählen Sie's mir.«

»Ich mein's ernst, Margot. Wenn ich Ihnen das erzähle, hängen Sie da mit drin. Ich kann es nicht rückgängig machen.«

Sie blickt mich lange unverwandt an. Ich fahre mir nervös mit der Zunge über die Lippen. Sie scheint mein Schweigen als Einverständnis zu nehmen.

»Heben Sie Ihre Bluse hoch.«

»Was?«

»Ich habe gesagt, heben Sie die Bluse hoch. Ich muss sichergehen, dass Sie nicht verkabelt sind.«

Ich lache, ebenso vor Nervosität wie vor Bestürzung, aber sie wartet nur, ohne noch etwas zu sagen. Augenrollend reiße ich mein Oberteil hoch und zeige ihr meinen BH.

»Drehen Sie sich um«, sagt sie und unterstreicht den Befehl mit einer Geste.

Am liebsten würde ich ihr eine reinhauen. Ihr diesen selbstsicheren Ausdruck aus dem Gesicht prügeln. Stattdessen beiße ich mir auf die Lippe und drehe mich um, hebe wieder das Top, um ihr meinen Rücken zu zeigen.

»Okay«, sagt sie, als ich mich wieder zu ihr herumdrehe. »Jetzt geben Sie mir Ihr Handy.«

Jetzt will ich sie wirklich schlagen. Sie kommandiert mich herum wie einen Hund. *Sitz. Platz. Roll dich.* Ich starre sie wild an, meine Hände zittern vor Wut.

»Sie könnten das alles auf dem Handy aufnehmen«, erklärt sie ungeduldig. »Sie kriegen es zurück, wenn ich alles gesagt habe, was ich sagen muss.«

Ich schiebe die Hand in meine Tasche, knalle das Telefon in ihre offene Handfläche und beobachte, wie sie den Homebutton drückt, um zu sehen, ob ich irgendetwas aufnehme. Dann schaltet sie es aus und lässt es in ihre Handtasche gleiten.

Anscheinend zufrieden, seufzt sie, als würde sie überlegen, womit sie anfangen soll.

»Als ich nach Peter Downings OP nach Hause gekommen bin, waren fremde Männer in meinem Haus. Sie hatten meine Nachbarin umgebracht und meinen Sohn entführt und haben gesagt, ich bekomme ihn nur zurück, wenn ich Ahmed Shabir auf dem OP-Tisch töte. Ich habe versucht, mich zu wehren, aber es gab keine andere Möglichkeit. Deshalb habe ich es getan. Um meinen Sohn zu retten.«

Ich stehe mit offenem Mund da. Keine Ahnung, was ich erwartet hatte, aber *das* nicht. Die ganze letzte Woche oder so, wo sie besonders eklig war – war das Stress, weil ihr Kind entführt worden war?

»Bullshit«, schnaube ich.

Sie starrt mich schweigend an.

»Was, und ich soll das einfach so glauben? Das könnte eine Lüge sein, um Mitleid zu erregen und mich umzustimmen.«

Sie zieht ihr Telefon aus der Handtasche und hält es mir hin.

Auf dem Display ist ein Foto von einem Kind. Anfangs denke ich, dass er in einem Haufen Decken schläft, doch als ich genauer hinsehe, erkenne ich, dass Wände und Fußboden aus dreckigem alten Beton sind. Sehe die scharfen Kontraste, weil das Foto mit Blitz im Dunkeln gemacht worden ist, und eine Infusionsnadel auf seinem Handrücken; der Schlauch daran schlängelt sich aus dem Bild.

Ich krieg den Mund kaum wieder zu.

Sie meint es ernst.

Sie steckt ihr Telefon wieder ein, ohne auch nur einen Moment lang diese kalte Selbstbeherrschung zu verlieren, die sie so unmenschlich wirken lässt.

»Ich habe getan, was sie von mir verlangt haben, aber sie haben ihn mir noch nicht zurückgegeben. Ich sollte den Patienten nicht nur töten, ich darf auch nicht erwischt werden – aber das Interesse von Polizei und Presse hat sie nervös gemacht. Ich bekomme ihn nicht zurück, bevor sich alles beruhigt hat.«

In ihrem Gesicht ist nicht das leiseste Aufflackern von Gefühlen zu sehen, kein Zittern in ihrer Stimme. Entweder will sie sich mir gegenüber nicht verletzlich zeigen, weil ich eine Bedrohung bin, oder sie ist wirklich der kälteste Mensch, dem ich je begegnet bin.

»In meinem Haus sind überall Kameras angebracht worden, an meinem Auto ist ein GPS-Tracker, meine Telefone werden abgehört. Wenn sie rausfinden, dass ich Ihnen davon erzählt habe, bringen sie nicht nur meinen Sohn und mich um … sie werden auch Sie töten. Ich meinte es ernst, als ich gesagt habe, dass es kein Zurück mehr gibt.«

Mein Magen sackt weg, als hätte mir jemand einen Tritt versetzt.

»Moment mal, *was?* Sie haben kein Wort davon gesagt, dass Sie mich in Gefahr bringen.« Ich werfe meine Kippe weg und wende mich zum Gehen. »Sie Dreckstück!«

Ich spüre ihre Hand an meinem Handgelenk. Sie reißt mich zurück. Als ich mich umdrehe, berühren sich unsere Nasen beinahe. Sie packt mich noch fester.

»Jetzt hängen Sie da mit drin«, zischt sie. »Wenn Sie ein Wort sagen, sind wir beide tot. Mein Sohn wird sterben. Er ist acht Jahre alt, Margot. *Acht.*« Sie starrt mir in die Augen. Ihre Augen werden feucht, als sie von ihrem Sohn spricht. »Ich habe Ihnen doch gesagt, es gibt kein Zurück mehr.«

Ich reiße meinen Arm los und fange an, auf und ab zu gehen, während ich mir die Haare raufe.

»Wenn Sie sehen, dass ich schon durch die Hölle gehe, wieso laden Sie mir noch mehr auf? Was *stimmt* nicht mit Ihnen?«

»Stellen Sie sich nicht so an. Sie sind doch hierhergekommen, um mich zu erpressen. Da können Sie sich jetzt nicht zu etwas Besserem erklären, weil ich den Spieß umdrehe.«

Ich zünde mir noch eine Zigarette an, aber dieses Mal zittert sie in meiner Hand, und das Feuerzeug verweigert den Dienst. Ich drehe das Rädchen so fest, dass es bestimmt gleich kaputtgeht. Anna legt ihre Hand um meine. Sie ist eiskalt, aber vollkommen ruhig. Sie nimmt mir das Feuerzeug ab und entzündet es beim ersten Versuch.

»Wir können hier beide gewinnen«, sagt sie ruhig.

Ich starre ihr in die Augen; die Zigarette zwischen meinen Lippen wird feucht.

Trau ihr nicht, sage ich mir.

Ich halte die Zigarette in die Flamme, mache einen Schritt zurück und inhaliere die Toxine.

»Okay, gut … Wer sind *die?* Wer hat Ihr Kind entführt.«

»Das weiß ich nicht«, antwortet sie und gibt mir das Feuerzeug zurück. »Das müssen Sie für mich rausfinden.«

»*Ich?*«

»Ich habe Ihnen doch gesagt, die verfolgen jede meiner Bewegungen. Und jetzt habe ich die Polizei im Nacken, und das Krankenhaus untersucht Shabirs Tod. Ich kann nirgendwo unbeobachtet hingehen – Sie schon.«

Sie sieht auf ihre Armbanduhr. Als sie mich wieder ansieht, ist ihr Gesicht ein wenig blasser geworden, und ihre Augen wirken größer vor Beklommenheit.

»Ich habe nicht mehr viel Zeit. Haben Sie ein gutes Gedächtnis?«

Sie spricht mit solcher Überzeugung, dass jeder Satz perfekt auf den Punkt kommt, und ihre Stimme klingt, als würde sie mit den Fingern schnippen, damit ich mich mit meiner Antwort beeile. Ich bin nicht ihre gleichberechtigte Partnerin, dafür respektiert sie mich nicht genug. Das zeigt sich jedes Mal, wenn sie etwas sagt oder mich ansieht; diese Selbstgerechtigkeit in ihrem Ton.

»Ja. Warum?«

»Gut«, sagt sie und tritt einen Schritt näher. »Sie müssen herausfinden, in was Shabir verwickelt war, was ihn in so eine Geschichte hineingezogen haben könnte. Es hat bestimmt etwas mit den Maßnahmen gegen den Drogenhandel zu tun, für die er in der Stadt geworben hat, und mit dem politischen Einfluss, den er dafür ausgeübt hat. Wenn wir herausfinden, wer seine Gegner waren, finden wir heraus, wer die Männer sind, die meinen Sohn haben. Ich besorge Ihnen eine Kopie von Shabirs Arztberichten, da könnte etwas drin sein, aber der Rest ist Ihre Aufgabe. Ich gebe Ihnen die zweiten fünftausend, wenn Sie herausfinden, was er vorhatte, und wenn ich meinen Sohn zurückhabe, bekommen Sie die restlichen vierzigtausend.«

Ich hatte gedacht, ich würde Geld dafür bekommen, einfach nur den Mund zu halten, aber irgendwie bin ich jetzt in ihre Schwierigkeiten mit hineingezogen worden. Es ist so schnell gegangen, dass ich nicht mal weiß, ob ich überhaupt zugestimmt habe.

Ich hätte einfach die fünf Riesen nehmen und abhauen sollen.

»Da kommen Sie jetzt nicht mehr raus«, sagt sie. Die Panik muss mir ins Gesicht geschrieben stehen. »Ich habe Ihnen etwas erzählt, das das Leben meines Sohnes gefährden könnte.«

Jede Faser in mir schreit mir zu, dass ich mich umdrehen soll. Ich kann ihr unmöglich genug vertrauen, um ihr zu helfen. Ich wäre mehr damit beschäftigt, aufzupassen, dass sie mir nicht in den Rücken fällt, als damit, selbst keinen Fehler zu machen.

»Woher sollen die denn wissen, was Sie mir erzählt haben? Ich kann doch einfach hier weggehen und so tun, als hätten Sie nichts gesagt.«

»Wenn's hart auf hart kommt und die mich und meinen Sohn umbringen, sage ich denen, wer Sie sind, was Sie wissen und wo sie Sie finden. Sie werden für den Rest Ihres Lebens auf der Flucht sein. Sie haben mich und meinen Sohn gefährdet, indem Sie versucht haben, mich zu erpressen. Das vergesse ich nicht.«

Das Ganze war von Anfang an eine Falle. Es war dumm von mir, zu glauben, ich könnte ihr Angst machen. Sie ist zu intelligent, zu berechnend. Ich traue ihr durchaus zu, dass sie diesen Plan schon geschmiedet hat, als wir im Wald miteinander geredet haben. Sie scheint mir immer einen Schritt voraus zu sein.

»Also, Sie können sich jetzt umdrehen und türmen, bis die Sie finden, oder Sie können mit mir zusammenarbeiten und um fünfzigtausend reicher irgendwo anders noch mal von vorn anfangen. Ich brauche Ihre Antwort in einer Stunde. Wenn Sie mitmachen, müssen Sie zwei Handys kaufen, die man nicht tracken kann, während ich weg bin. Wir treffen uns um halb zwölf wieder hier, Sie bringen die Telefone mit, und dann sehen wir weiter.«

Verblüfft sehe ich zu, wie sie mein Telefon aus ihrer Tasche nimmt und es mir reicht. Dann zieht sie die Sonnenbrille herunter und geht.

»Wo gehen Sie hin?«, frage ich.

»Zu meinem Gespräch mit der Klinikleitung. Wenn ich zurückkomme, habe ich die Akten dabei. Wenn dann Sie hier sind, sind wir im Geschäft.«

»Und wenn nicht.«

Sie starrt mich an, ihr Blick sengt durch die Brillengläser. Ich hasse sie, habe sie immer schon gehasst, doch mir wird klar, wie sehr sie mich ebenfalls hassen muss.

»Dann wünsch ich Ihnen viel Glück. Sie werden es brauchen.«

Sie geht davon und verschwindet um die Ecke, lässt mich allein bei den Müllcontainern stehen, eine zum Stummel herunterbrannte Zigarette zwischen den Fingern.

36

RACHEL

DIENSTAG, 9. APRIL 2019, 11:30 UHR

Conaty«, sagt DCI Whitman von der Tür zu seinem Büro aus. »Kann ich Sie mal kurz sprechen?«

Alle im Raum sehen mich an. Ich stehe gerade neben DS Ryans Tisch. Wir wissen alle, dass dieser Tonfall nichts Gutes verheißt. Mit hocherhobenem Kopf und geradeaus gerichtetem Blick gehe ich zu seinem Büro.

George hat sich hinter seinen Schreibtisch gesetzt.

»Setzen Sie sich«, sagt er.

Ich schließe die Tür hinter mir und setze mich, sehe, wie er sich mit der Hand über sein kurz geschorenes Haar fährt und aus tiefstem Herzen einen langsamen Seufzer ausstößt.

»Ich weiß nicht, wie ich es Ihnen schonender beibringen soll, also komme ich direkt zur Sache: Ich habe heute Morgen eine Beschwerde über Sie erhalten. Jemand hat angerufen und behauptet, Sie würden sie schikanieren.«

Ich weiß nicht, was ich sagen soll.

»Was? Wer?«

»Dr. Anna Jones.«

Ich muss laut auflachen.

»Das soll wohl ein Witz sein.«

Er starrt mich an, sein Blick ist ernst und unnachgiebig.

»Sie macht sich Sorgen um Sie.«

»Um *mich*?«

»Sie fürchtet, Sie könnten die Trauer um Ihr Kind auf sie projizieren.«

Ich kann mir vorstellen, wie sie das Gespräch dominiert hat. Sie kann die Aufmerksamkeit eines ganzen Raumes auf sich ziehen, indem sie ihn einfach nur betritt, und ich traue es ihr durchaus zu, dass sie so etwas auch übers Telefon hinbekommt.

Sie hat in meiner Vergangenheit herumgewühlt. Und wozu? Um Möglichkeiten zu finden, mich zu diskreditieren?

»Das ist absurd, Sir. Natürlich tue ich das nicht. Ich mache nur meine Arbeit.«

»Nein, Conaty, das tun Sie nicht.«

Er nimmt Paula Williams' Akte vom Tisch.

»Hier geht es nicht um Kindesentführung, Rachel. Das ist ein Mordfall mit deutlichen Anzeichen von Verbindungen zum organisierten Verbrechen. Aber statt sich damit zu beschäftigen, die Täter aufzuspüren, sind Sie besessen von einem Kind, das nicht einmal verschwunden ist, zumindest beiden Eltern und seinem derzeitigen Betreuer zufolge. Und trotzdem beißen Sie sich daran fest, obwohl ich Ihnen bereits gesagt habe, Sie sollen sich zurückhalten. Warum?«

Er wirft die Akte wieder auf den Tisch.

»Meinen Sie das ernst? Wenn die Aussagen von Dr. Jones und ihrem Bruder zutreffen, waren dieser Jeff und das Kind möglicherweise die Letzten, die das Opfer lebendig gesehen haben. Den Aufnahmen der Überwachungskameras zufolge ist sie nie zu Hause angekommen, was nahelegt, dass sie unterwegs abgefangen wurde. Insofern ist es von ungeheurer Bedeutung, die Einzelheiten zu überprüfen, die zu ihrem Verschwinden geführt haben. Und offen gestanden könnte es mich nicht weniger interessieren, was die Familie des Kindes behauptet – bisher konnte sein Aufenthaltsort noch nicht polizeilich bestätigt werden.«

»Was mich zu der zweiten Beschwerde bringt.«

»Das können Sie nicht ernst meinen.«

»Die Cornwall Police hat sich gemeldet. Anscheinend rufen Sie da an und beschimpfen die Kollegen dort?«

»Beschimpfen? Ich verlange von denen, dass sie ihren verdammten Job machen, Sir. Sie haben gesagt, sie seien zu der Adresse gefahren, die ich für den Bruder der Verdächtigen vorgelegt habe, und es war niemand da. Und als ich ihnen gesagt habe, dass die das Haus dann eben überwachen sollen, bis er zurückkommt, haben sie sich geweigert.«

»Die können nicht einfach zwei Beamte abstellen, um vor dem Haus auf ihrem Arsch zu sitzen und auf ein Kind zu warten, das nicht mal als vermisst gemeldet wurde, verdammt noch mal. Die sind da unten noch ganz anders von den Budgetkürzungen betroffen als wir, und ob Sie's glauben oder nicht, Conaty, die haben mit ihren eigenen Fällen genug zu tun.«

»Hier geht es um mutmaßliche Kindeswohlgefährdung.«

»Eines Kindes, das niemand als vermisst gemeldet hat!«, fährt er mich an.

Ich zucke zusammen, als er mich so anbrüllt, und sehe, wie der Zorn aus seinem Gesicht verschwindet. Seufzend senkt er den Blick, als müsste er sich sammeln.

»Ich habe mir die Aufnahme Ihrer Vernehmung von Dr. Jones angehört.«

Mein Herz wird schwer. Ich wusste, dass dieser Fehler sich rächen würde.

»Sie haben den Namen des Jungen mit dem Ihres Sohnes verwechselt.«

Schweiß rinnt mir über die Rippen. Ich spüre, wie er sich über meiner Oberlippe sammelt, wie meine Handflächen feucht werden.

»Das war ein Versprecher.«

»Das Ganze nimmt Sie zu sehr mit. Die Grenzen verschwimmen. Ich warne Sie nicht noch mal – wenn ich noch einmal von einem solchen Verhalten höre, ziehe ich Sie von dem Fall ab.«

Während er mich über den Tisch hinweg streng anblickt, weicht seine Frustration allmählich Besorgnis. Er nimmt eine Handvoll Akten vom Tisch und überreicht sie mir.

»Das hier sind frühere Fälle mit einem ähnlichen MO wie im Fall Williams. Arbeiten Sie die ab, sonst nichts. Das hätten Sie von Anfang an tun sollen.«

Ich weiß, ich sollte den Mund halten, aber ich kann mich nicht beherrschen. Die Worte purzeln aus mir heraus, bevor ich sie aufhalten kann.

»Aber Sir, wenn ich gerüchteweise gehört habe, dass Dr. Jones Ahmed Shabirs Herzchirurgin war, dann müssen Sie das auch mitbekommen haben. Es kann kein Zufall sein, dass ihre Nachbarin ausgerechnet kurz vor einer so wichtigen …«

Er hebt die Hand und zeigt mit dem Finger auf mich.

»Wenn Sie jetzt anfangen, hier Verschwörungstheorien über Shabirs Tod zu verbreiten, entziehe ich Ihnen den Fall sofort und schicke Sie zum Polizeipsychologen.« Er nimmt die Paula-Williams-Akte und wedelt damit herum, wobei seine Augen meine nicht loslassen. »Wenn ich mitbekomme, dass Sie irgendetwas anderes tun als das, dann kriegen Sie hier keinen Fuß mehr auf die Erde, verstanden?«

Ich halte seinem Blick stand, bis ich es nicht mehr ertrage. Dann gebe ich nach und nicke.

»Gut. Also an die Arbeit.«

Ich stehe auf und gehe mit vor Wut zitternden Beinen zur Tür.

Als ich in das Großraumbüro trete, sehen mich alle erwartungsvoll an. Wahrscheinlich denken sie auch, dass ich mich in einer Sackgasse verrannt habe. Ich starre zurück, sehe zu, wie sich jedes Augenpaar wieder auf die jeweilige Tischplatte senkt, gehe zu meinem Büro und schließe die Tür fest hinter mir.

Dr. Jones hat meinen verschwundenen Sohn gegen mich eingesetzt. Den Bruchteil einer Sekunde lang hasse ich sie. Ein heißer, brennender Hass lodert in meiner Brust. Ich weiß, dass irgendetwas mit ihrem Kind ist, das spüre ich, wie es nur jemand spüren kann, dessen eigenes Kind verschwunden ist. Etwas stimmt nicht mit ihrem Sohn – Dr. Jones weiß es, und ich weiß es auch. Aber wozu der ganze Aufwand, um das geheim zu halten? Was für eine Mutter würde ihr Kind nicht als vermisst melden?

Ihr Bruder Jeff ist genauso zwielichtig wie sie. Als ich ihn heute Morgen endlich ans Telefon bekam, hatte er für alles eine Entschuldigung parat. Genau wie Dr. Jones.

Natürlich können Sie jederzeit zum Cottage kommen, aber ich kann Ihnen nicht versprechen, dass wir hier sind. Wir haben viel vor, und ich werde den Kindern nicht die Ferien verderben, indem wir auf die Polizei warten. Und ich kann Zack auch nicht aufs Revier bringen, so leid es mir tut. Das ist zwei Orte weiter, und das Auto ist in der Werkstatt. Ich bin über einen Stein gefahren, und die Radaufhängung hat was abgekriegt.

Sie können jetzt nicht mit ihm sprechen. Die beiden halten Mittagsschlaf, wir waren heute Morgen schwimmen.

Es wäre mir wirklich lieb, wenn Sie uns unsere Ferien in Ruhe genießen lassen könnten.

Täuschung muss ihnen im Blut liegen. Sie scheinen förmlich darin zu schwelgen. Aber wenn Dr. Jones meint, sie könnte das Verschwinden meines Kindes nutzen, um mich loszuwerden, dann hat sie sich geschnitten. Jetzt will ich ihren Sohn erst recht finden – und ich höre erst auf, wenn es so weit ist.

Ich setze mich an meinen Schreibtisch und greife zum Hörer. Durch die gläserne Trennwand sehe ich, wie DS Ryan den Anruf annimmt.

»Kommen Sie mal kurz rüber.«

Ich lege auf, bevor er antworten kann, und beobachte, wie er aufsteht und zu meinem Büro geht.

»Machen Sie die Tür zu«, sage ich, als er hereinkommt.

Merklich nervös setzt er sich auf die andere Seite des Schreibtisches.

»Ja, Ma'am?«

»Sie müssen für mich die Jones-Spur weiterverfolgen.«

Ich sehe, wie seine Miene sich verdüstert. Sein Körper spannt sich.

»Ma'am, ich …«

»Wenn Sie nichts finden, dann lasse ich es gut sein. Aber nur das Wort seiner Eltern, das genügt mir nicht. Wenn Sie erwischt werden, bin ich diejenige, die einen reingewürgt kriegt, nicht Sie, okay? Machen Sie es?«

Er wirft einen Blick über die Schulter zur Tür, als suche er nach jemandem, der ihm Rückendeckung geben kann. Oder vielleicht auch auf der Suche nach einem Fluchtweg. Um zu entkommen, bevor ich ihn mit mir ins Verderben ziehen kann.

»Und was genau soll ich machen?«

»Sehen Sie sich die Route des Jungen an, die er mit seinem Onkel nach Cornwall genommen hat. Es gibt bestimmt Hunderte von Kameras zwischen hier und dort. Suchen Sie nach seinem Nummernschild an den einschlägigen Rastplätzen, Radarfallen, alles. Niemand kann diese Strecke mit zwei Kindern fahren, ohne zwischendurch irgendwo anzuhalten. Wenn Sie nichts finden, lasse ich es gut sein.«

Ich starre ihm in die Augen. Schließlich bricht er den Blickkontakt ab und schaut auf seine Füße.

»Ja, Ma'am.«

»Sehen Sie mich an«, sage ich und warte, bis er es tut. »Danke, im Ernst.«

»Ich befolge nur Ihre Anweisungen, Ma'am.«

Mein Lächeln fällt in sich zusammen.

Genau das wird er sagen, wenn wir auffliegen.

37

ANNA

DIENSTAG, 9. APRIL 2019, 11:50 UHR

Ich sitze vor dem Konferenzraum, die Hände um die Träger meiner Tasche gekrampft.

Inzwischen bin ich meine Geschichte schon so oft durchgegangen, dass ich sie im Schlaf erzählen könnte, aber ich kann einfach nicht damit aufhören, sie im Geist immer wieder zu proben, um nicht zu vertrauensselig zu werden. Ich muss meine Aussage mit voller Überzeugung machen, die Nerven bewahren, mir genug Zeit nehmen, um mir den nächsten Lügenstrang ins Gedächtnis zu rufen, als wären es echte Erinnerungen, damit ich nicht improvisieren muss. Alles muss so natürlich wie möglich wirken. Ich frage mich, wann ich zu einer so guten Lügnerin geworden bin.

Mein Vormittag verlief wie geplant. Zum ersten Mal bin ich ohne diesen vernichtenden Druck der Angst auf meiner Brust aufgewacht. Margots Erpressungsversuch hätte mir eigentlich noch mehr Sorgen aufbürden müssen, doch ich hatte bald erkannt, was für ein Geschenk sie mir damit gemacht hat. Sie hat mir etwas – oder jemanden – in die Hand gegeben, womit ich arbeiten kann. Ich kann mich nicht unbeobachtet bewegen, sie hingegen schon, und das wird sie auch tun, denn für sie steht fast genauso viel auf dem Spiel wie für mich. Und dazu noch Detective Inspector Conaty und die Akte, die die Entführer mir gegeben haben, in der alles über das Verschwinden ihres Sohnes detailliert aufgeführt ist.

Es tut mir wirklich leid, was mit ihrem Sohn passiert ist, habe ich zu DCI Whitman gesagt. *Sie hat zweifellos Furchtbares durchgemacht. Aber das rechtfertigt doch nicht, dass sie meine Familie und mich schikaniert. Ich bin sicher, Sie verstehen meine Verärgerung.*

Ich habe ihm erklärt, dass DI Conaty mich wahrscheinlich als unkooperativ oder gereizt wahrgenommen hat, dies aber nur dem Stress meines Jobs geschuldet sei, und habe dabei auf Shabirs OP verwiesen und ihn daran erinnert, dass ich der Schweigepflicht unterliege, was meine Patienten angeht. Er hat sich wortreich entschuldigt und versprochen, sich um die Angelegenheit zu kümmern. Danach musste ich nur noch das Bargeld abheben und darauf warten, dass mir Margot in die Falle ging.

Es tut mir leid, was Detective Conaty durchmachen musste, wirklich, aber nicht so sehr, dass ich deswegen das Leben meines Sohnes aufs Spiel setzen würde. Sie möchte, dass Zack nichts passiert, nur weiß sie nicht, dass sie, wenn sie weiter in unserem Leben herumwühlt, ihn in genau die Gefahr bringt, vor der sie ihn bewahren will. Ich werde tun, was in meiner Macht steht, um sie aufzuhalten. Auch wenn das bedeutet, ihre Karriere zu zerstören.

Nachdem ich bei der Polizei angerufen hatte, bin ich ins Bad gegangen, habe meine Pillen in der Toilette hinuntergespült, mich zurechtgemacht und mein Haar zu einem festen Knoten geschlungen, aus dem sich keine Strähne lösen kann. Ich darf nicht wieder die Beherrschung verlieren, ich muss fokussiert und wach bleiben. Selbstmitleid oder selbstzerstörendes Verhalten, um mich abzulenken, bringt mich nicht weiter. Zack braucht mich.

Die Tür zum Konferenzzimmer öffnet sich, und Keith Montague erscheint, der Ärztliche Direktor der Chirurgie.

»Wir sind jetzt bereit für Sie, Dr. Jones.«

Er tritt beiseite und gibt den Blick auf die Tische frei, an denen das Direktorium sitzt. Sie sehen mich alle erwartungsvoll an. Ich stehe auf und gehe auf den Konferenzraum zu. Montague lächelt mich flüchtig an; ob als Ermutigung oder aus Mitleid, bin ich mir nicht sicher.

Mit zusammengefalteten Papiertaschentüchern unter den Achseln schlüpfe ich aus der Damentoilette. Mein Gesicht ist noch immer gerötet und fleckig vom Stress, mein Make-up quasi durch den Schweiß weggespült.

Ich habe vielleicht jede ihrer Fragen ruhig und rational beantwortet, jedes Wort und jeden Satz genau wie einstudiert wiedergegeben, doch der Körper lügt nicht.

In dieser Situation wirkt jeder wie ein nervöses Wrack, ob schuldig oder unschuldig.

Das sage ich mir die ganze Zeit, in der Hoffnung, dass ich es irgendwann glauben kann. Doch das ändert nichts daran, dass mir ihre letzte Frage immer noch in den Ohren klingt.

Gibt es irgendetwas, das Sie hätten anders machen können oder sich wünschen, anders gemacht zu haben?

Nein, sage ich mir, als ich die Lobby erreiche. *Ich würde alles wieder genauso machen, wenn ich müsste.*

Draußen strahlt die Sonne, und die stehende, heiße Luft trifft mich wie eine Ohrfeige. Ich nehme den Fußweg zur Rückseite des Krankenhauses und beschleunige meinen Schritt nach einem Blick auf die Uhr: Ich bin zwanzig Minuten zu spät für mein Treffen mit Margot. Falls sie überhaupt kommt.

Als ich die Mülleimer erreiche, sind die Taschentücher unter meinen Achseln durchgeschwitzt, und mein Gesicht ist schweißbedeckt. Ich biege um die Ecke und hole scharf Luft.

Sie ist nicht da.

Scheiße.

Ich gehe auf und ab, aber meine Wut wächst und wächst, bis ich mich zusammenreißen muss, um nicht gegen die Müllcontainer zu treten.

Ich war mir so sicher, dass sie mitspielen würde. Aber natürlich ist sie abgehauen, die kleine Hosenscheißerin.

Trotz der Erpressung und des Geldes war Margot mein Hoffnungsschimmer: Sie war das Einzige, was ich kontrollieren konnte. Ich weiß nicht, wie ich Zack ohne ihre Mithilfe nach Hause holen soll.

Etwas landet zwischen meinen Füßen, und als ich nach unten sehe, finde ich einen brennenden Zigarettenstummel auf dem Boden.

Margot steht mit verschränkten Armen und einem selbstgefälligen Grinsen vor mir.

»Panik?«, fragt sie.

Ich würde erleichtert aufseufzen, wenn ich ihr damit nicht solche Genugtuung verschaffen würde.

»Bilden Sie sich bloß nichts ein«, antworte ich, während ich mich fasse. »Ich habe mir gerade den Kopf über die Sitzung mit dem Direktorium zerbrochen.«

»Aber sicher doch«, sagt sie. »Ich hatte Zeit zum Nachdenken.«

Mein Herz macht einen Sprung. *Was jetzt noch?*

»Sie haben mich in Gefahr gebracht, indem Sie mich in Ihre Schwierigkeiten reingezogen haben.«

»Das wäre nicht passiert, wenn Sie nicht versucht hätten, mich zu erpressen, Margot.«

Sie schnaubt, fährt sich mit der Zungenspitze über die Lippen, als müsste sie sich beherrschen, um nicht laut auszusprechen, was sie am liebsten sagen würde. Dann tritt sie auf mich zu, bis wir dicht voreinander stehen.

»Wenn Sie wollen, dass ich für Sie den Laufburschen mache, brauche ich mehr als fünfzigtausend.«

»Mehr Geld habe ich nicht.«

»Ich will nicht mehr Geld.«

Sie starrt mich stumm an, um die Spannung zu erhöhen, bis mir schlecht wird.

»Oh, um Himmels willen, spucken Sie's schon aus!«

»Ihre Ringe.«

»Meine …«

Mir klappt der Kiefer herunter, und ich verfluche mich im Stillen dafür, dass ich Schwäche vor ihr zeige. Die Ringe sollten mir egal sein, ich habe sie von einem Lügner und Betrüger bekommen. Aber es geht ums Prinzip. Sie repräsentieren Zacks ganzes Leben.

»Ist ja nicht so, als bräuchten Sie sie noch«, sagt sie. »Sie geben mir Ihren Verlobungsring, wenn ich irgendwas gegen Shabir finde, und den Ehering, wenn alles vorbei ist.«

Ein bösartiges Grinsen kriecht über ihr Gesicht. Ich hasse sie dafür.

»Gut, aber Sie werden sich jeden Penny verdienen müssen.« Ich hole die Mappe aus meiner Tasche und klatsche sie ihr vor die Brust. »Ein Kopie von Shabirs Krankenakte.«

Sie nimmt den Ordner und schiebt ihn in ihre Tasche.

»Bis heute Abend will ich wissen, was Shabir mit dem Ganzen zu tun hat.«

»Wie? Das ist lächerlich! Wie soll ich denn …«

»Mir egal. Wenn Sie meine Ringe und mein Geld wollen, werden Sie sie sich verdienen. Mein Sohn wartet schon lange genug. Haben Sie die Handys?«

Sie zieht eine schwarze Schachtel heraus und reicht sie mir.

»Ich hab's auf dem Weg hierher ein bisschen aufgeladen. Die Nummer von meinem ist eingespeichert.«

Ich reiße ihr die Schachtel etwas zu heftig aus der Hand und stecke sie in meine Tasche.

»Gut.«

Eine Weile stehen wir unbeholfen schweigend voreinander, ohne zu wissen, was wir sagen sollen. Wir haben beide unsere Bedingungen genannt, wissen beide, was die andere will.

Und keine von uns vertraut der anderen, so viel ist klar.

»Na gut, fangen Sie an«, sage ich. »Sie müssen Geld verdienen.«

Ihr Blick verfinstert sich. Ohne ein Wort dreht sie sich um und verschwindet hinter der Ecke des Gebäudes.

Ich habe nicht vor, ihr auch nur einen Penny mehr zu geben – das könnte ich auch gar nicht, selbst wenn ich wollte. Ich kann nicht einfach irgendetwas von Wert verkaufen, weil unser gesamtes Vermögen an die Scheidung gebunden ist, und auch wenn ich mir etwas Geld zurückgelegt habt, es reicht nicht annähernd an die Summe heran, die sie verlangt. Ich durfte nur zehntausend abheben. Davon hat sie jetzt die Hälfte, und die andere Hälfte habe ich einbehalten, um sie ruhig zu halten, falls sie später noch mehr von mir verlangt. Aber mehr bekommt sie von mir nicht. Jetzt muss ich nur dafür sorgen, sie so zu beschäftigen, dass sie es nicht merkt, bevor es zu spät ist. Ich hätte ihr alles versprochen, um Zack heil und gesund und nach Hause zu holen, und ich frage mich, ob sie wohl ebenfalls Pläne macht, mich zu hintergehen.

Wenn ich heil aus dieser Sache herauskommen will, muss ich jeden ihrer Züge vorhersehen. Ich muss ihr jederzeit einen Schritt voraus sein.

38

MARGOT

DIENSTAG, 9. APRIL 2019, 13:16 UHR

Als ich vor Damiens Haus halte, überlege ich gerade, wie wohl das Essen im Gefängnis schmeckt. Ob es so schlecht ist, wie es immer heißt.

Ich sollte einfach einen Schlussstrich ziehen und sofort zur Polizei gehen und gestehen, was ich getan habe. Wahrscheinlich wäre ich hinter Gittern sicherer als hier draußen in irgendeiner krummen Geschichte, in die Anna mich reinzieht.

Ich stelle mir vor, wie ich in meiner Zelle auf und ab gehe, die Hand im Kreuz, um das Gewicht meines Bauches auszugleichen. Manche Frauen haben einen Partner, der ihnen die geschwollenen Füße massiert, und essen nur Biozeugs, damit ihr Baby schon im Mutterleib optimal ernährt wird. Alles, was ich hätte, wäre eine prollige Zellengenossin und Gefängnisfraß.

Nein. Ich kriege das Geld und haue ab. Ich lasse nicht zu, dass dieses Baby mich später hasst.

Anna ist wesentlich berechnender und nachtragender, als ich erwartet hätte. Ich wusste immer schon, dass sie kalt ist, aber ich hätte mir nie vorstellen können, wie verschlagen sie sein kann, dass sie so schnell den Spieß umdrehen und die Oberhand gewinnen könnte. Wie kann sie von mir erwarten, dass ich bis heute Abend rausfinde, wer Shabirs Tod wollte? Das ist doch absurd. Vielleicht gehört das auch zu ihrem Plan, mir bewusst eine Aufgabe zu stellen, bei der ich scheitern muss, damit sie es rechtfertigen kann, mir das Geld nicht zu geben.

Dann muss ich ihr eben das Gegenteil beweisen.

Ich steige aus und klopfe an die Haustür. Als sie aufgeht, steht Damien auf der anderen Seite und zeigt mir in einem übertrieben breiten Lächeln seine fleckigen Zähne. Er ist high wie nur was, mit glasigem Blick, schweren Lidern und verpeiltem Grinsen. Unsere erste Tüte haben wir von Ma bekommen.

»Hereinspaziert, hereinspaziert«, sagt er mit einer ausladenden Geste. »Ich mache gerade Lunch.«

»Schmacht?«, frage ich, während ich eintrete. Das Haus stinkt nach Gras und Schinken, wie früher, wenn Ma am Herd stand.

Er kichert, beinahe wie ein Kind. »Und wie.«

»Ist Rick da?«

»Ja, geh rein und setz dich«, sagt er und wischt sich die schwitzigen Hände vorn am T-Shirt ab. »Ich bring dir ein Sandwich.«

Ich finde Rick auf dem Sofa ausgestreckt vor, wie er gerade an einem Joint zieht. Gehen die überhaupt jemals arbeiten?

»Da ist sie ja«, sagt er, und sein Gesichtsausdruck ist genauso verpeilt wie Damiens. »Wir haben gerade über dich geredet.«

»Nur Gutes, hoffentlich«, sage ich und setze mich neben dem Fernseher auf den Boden; niemals würde ich mich in Mas Sessel setzen.

»Nee, komm her«, sagt Rick und rappelt sich mühsam aus seiner liegenden Position auf.

»Ist schon okay.«

»Stell dich nicht an.«

Er klopft auf den Platz neben sich und bietet mir einen Zug an, sobald ich mich gesetzt habe. Er riecht stechend nach altem Schweiß.

»Nein danke.«

Achselzuckend nimmt er einen weiteren Zug. »Ich höre, du hast da was Gutes am Laufen, um Kohle zu machen …«

»Und wie sie das hat«, sagt Damien, als er hereinkommt und ein Tablett auf meinem Schoß abstellt: ein Teller mit Schinken-Sandwiches und ein Glas Cola, deren Farbe mich an Mas verrottete Zähne erinnert. »Hau rein.«

»Also, was ist der Plan?«, fragt Rick.

Er hebt den Joint wieder an seine Lippen, und ich erhasche einen Blick auf den Ring an seinem Finger. Der kommt mir vage bekannt vor, aber mir fällt nicht ein, woher.

»Du kannst es ihm ruhig sagen«, sagt Damien auf dem Weg zurück in die Küche. »Er ist einer von uns«, ruft er über die Schulter zurück.

Einer von uns.

Mit solchen Leuten in einen Topf geworfen zu werden, löst tiefe Beschämung in mir aus. Ich stecke die Hand unter mein Top, streichele meinen Bauch und flüstere stumm in meinem Kopf.

Wir sind nicht wie die, überhaupt nicht.

»Hast du die Story über diesen Politiker in den Nachrichten gesehen?«, frage ich.

»O ja, Herzfehler, stimmt's?«

»Eher Arztfehler«, sagt Damien, der mit zwei Tellern zurückkommt. »Maggot hat gesehen, wie die Ärztin den Typen auf dem OP-Tisch kaltgemacht hat.«

Rick macht große Augen und nimmt Damien einen Teller ab.

»Erzähl keinen Scheiß!«

»Yep, und sie hat Geld wie Heu, stimmt's, Maggot?«

Ich nicke. »Kann man was draus machen, dachte ich.«

Damien nickt anerkennend, während er selbstgefällig grinsend in Mas Sessel Platz nimmt. Er sieht genau aus wie sie, wenn er da sitzt.

»Und wie ist es mit ihr gelaufen?«, fragt er, während er die Hand nach Rick und der Tüte ausstreckt. Ich sehe, wie ihre Finger sich berühren. Damien und Rick tragen denselben Ring.

Genauso einen Ring habe ich schon einmal bei jemand anderem gesehen und erinnere mich von irgendwoher an das Design, aber ob es nun an dem Gras in der Luft oder an dem Morgen liegt, den ich hinter mir habe, ich bekomme die Erinnerung nicht zu fassen.

»Alles nach Plan gelaufen.«

Natürlich sage ich ihm nichts von Annas Ringen, sonst will er auch daran seinen Anteil, und wenn ich ihm erzähle, wie schrecklich alles schiefgegangen ist und wie hinterlistig und kontrollsüchtig Anna ist, verliert er das Vertrauen. Ich weiß sehr gut, dass seine Fürsorglichkeit nur darauf gründet, dass ich ihm die Taschen füllen werde, und trotzdem sehne ich mich danach.

»Hat sie dir die Anzahlung gegeben?«

Also deshalb stellt er all diese Fragen. Er will wissen, ob er seinen Anteil kriegt.

»Ja, aber fürs Erste hab ich das Geld in Sicherheit gebracht.«

Rick zieht die Augenbrauen zusammen. »Es wär hier doch in Sicherheit, oder?«

Nein.

»Sie ist ein cleveres Mädchen«, sagt Damien und beißt von seinem Sandwich ab. Ein Klecks Ketchup glänzt an seinem Kinn. »Wir kriegen unseren Anteil, wenn es so weit ist. Maggot weiß schon, was sie tut, stimmt's?«

Er lächelt mich an, aber das Lächeln erreicht seine Augen nicht. So verweist er mich auf meinen Platz, lässt er mich wissen, was passieren wird, wenn ich ihn verrate.

»Klar«, antworte ich schüchtern.

Er lächelt breiter. »Siehst du. Sie ist in Ordnung. Immerhin hab ich sie mit großgezogen.«

Ich nehme das Sandwich vom Teller und beiße eine der Ecken ab. Der Schinken ist so kross, dass er den ganzen Weg durch die Speiseröhre kratzt. Während Rick sich über seins hermacht, flackert mein Blick wieder zu seinem Ring.

Jetzt weiß ich, wo ich das schon mal gesehen habe.

Auf dem Ring sind zwei sich umeinanderwindende Schlangen, deren Köpfe sich treffen wie zu einem Kuss. Es ist dasselbe Logo wie auf dem Schild bei dem Schrottplatz, aber das ist nicht die Erinnerung, die mich beinahe umhaut – die führt in die Zeit zurück, bevor das alles anfing: Ahmed Shabir hatte genauso einen Ring. Ich weiß noch, wie ich vor der OP seine Ringe auf dem Nachttisch habe liegen sehen: einen Ehering und den Sovereign. Ich erinnere mich daran, weil ich überlegt hatte, wie viel ich wohl dafür kriegen würde.

Warum sollte jemand wie Ahmed Shabir den gleichen Ring tragen wie diese beiden Penner?

»Arbeitet ihr beide auf dem Schrottplatz?«, frage ich.

»Ja«, antwortet Rick mit vollem Mund und nickt zu Damien. »Da haben wir uns kennengelernt.«

»Und wie bist du an den Job gekommen, Rick?«

»Über den Freund von 'nem Freund«, sagt er. »Sein Onkel Fahim organisiert das. Als er gehört hat, wie lange ich schon Zeug verkaufe …«

»Rick«, sagt Damien warnend.

Also geht's hier nicht um Autos. Sie dealen. Die Autos sind wahrscheinlich nur ein Nebenjob.

»Wie heißt er denn mit Nachnamen?«, frage ich so beiläufig, wie ich nur kann. »Vielleicht kenn ich ihn ja.«

»Glaub ich kaum. Shabbar heißt er.«

»Nicht Shabir?«

»Ne, definitiv Shabbar. Das denkst du nur wegen dem Politiker.«

»Ach ja«, antworte ich und greife nach meinem Sandwich. »Stimmt.«

Shabir. Shabbar. Es kann kein Zufall sein, dass ihre Namen so ähnlich klingen. Aber was sollte ein hochrangiger Abgeordneter mit Leuten wie denen zu tun haben?

Das Glitzern von Ricks Ring fällt mir ins Auge, als er in sein Sandwich beißt.

Impulsiv hebe ich das Bein mit dem Tablett, sodass die Cola umkippt und sich über Ricks Schoß und Teller ergießt.

»Oh, Scheiße, tut mir leid!«

Seine Jogginghose ist triefnass, sein Teller schwimmt, das Brot von seinem Sandwich löst sich auf, kleine Bröckchen schwimmen in einer dunklen Pfütze. Er starrt an sich hinunter, die Augen weit aufgerissen vor Schreck, und blickt dann zu Damien hinüber. Dann lachen sie laut los, prusten, bis sie knallrot im Gesicht sind und mein Bruder sich beinahe auf dem Teppich kugelt. Rick tupft sich die Augen ab. Wahrscheinlich würden sie das Ganze nicht halb so komisch finden, wenn sie nicht total breit wären.

Ich stehe auf, nehme den Teller von seinem Schoß, wobei die Cola über den Rand tropft, und stelle ihn auf das zu Boden gefallene Tablett. Aus dem Augenwinkel betrachte ich Ricks Ring, glänzend und nass. Der sollte leicht abgehen.

»Geh und zieh dich um«, sage ich. »Wir machen hier sauber.«

Ich stehe auf und strecke ihm die Hand hin, lehne mich zurück, als er sie ergreift und sich von mir hochziehen lässt. Der Ring gleitet mühelos von seinem Finger.

»Du bist nicht sauer?«, frage ich.

»Ach wo, war doch lustig! Komm her.« Er packt mich, schlingt die Arme um mich und zieht mich an seine nasse Brust. Ich winde mich und merke, wie ich rot werde, aber ich bin in seinem Griff gefangen, was bei ihm und Damien einen weiteren Lachanfall auslöst. In diesem Moment hasse ich sie beide. Als er mich schließlich loslässt, wuschelt er mir durchs Haar, geht hinaus und lacht, als er auf dem Weg ins Stolpern gerät.

Ich lasse den Ring in die Hosentasche gleiten und schnappe mir meine Tasche.

»Hey, das ist ja wie Fahrerflucht!«, sagt Damien immer noch lachend.

»Sorry«, sage ich. »Ich muss noch mal los. Wir sehen uns später.«

»Maggot«, sagt er, zieht mich zu sich herum, und das Grinsen verschwindet aus seinem Gesicht. »Du teilst das Geld doch mit uns, oder?«

Sein Gesicht ist hart und sein Blick durchdringend. Damien kann Leuten drohen, ohne auch nur den Mund aufzumachen. Ich bekomme eine Gänsehaut.

»Klar.«

»Gut«, sagt er mit einem Augenzwinkern. »Gut.«

Er schenkt mir noch ein Lächeln, das die Augen nicht erreicht, und es läuft mir kalt über den Rücken. Ich zwinge mich zu einem Lächeln und gehe zur Tür.

Wenn er merkt, dass ich mit dem Geld abgehauen bin, wird er es zu seiner persönlichen Lebensaufgabe machen, mich aufzuspüren und dafür zu sorgen, dass ich es bereue.

Wenn das hier geschafft ist, gibt es kein Zurück mehr.

39

MARGOT

DIENSTAG, 9. APRIL 2019, 17:10 UHR

Mit hämmernden Kopfschmerzen sitze ich vor dem Computer in der Bibliothek. Stunden habe ich damit verbracht, mich durch Zeitungsartikel, öffentliche Polizeiberichte und Archive zu wühlen und die Akte mit Shabirs medizinischer Vorgeschichte durchzugehen, bis ich das Gefühl habe, dass ich sie so gut kenne wie meine eigene. Und doch komme ich zu keinem Ergebnis.

Ich drücke mir die Kopfhörer fester in die Ohren und spiele den Videoclip auf dem Bildschirm ab. Shabir spricht in einer im Fernsehen übertragenen Podiumsdiskussion, beschreibt Drogensucht als eine in unserem Land grassierende Seuche und plädiert an die Verantwortung der Regierung, daran etwas zu ändern und endlich Reformen einzuleiten.

Wie kann jemand, der sich so gegen den Drogenhandel einsetzt, mit den Shabbars zu tun haben?

Nachdem ich mir Shabirs berufliche Laufbahn angesehen habe, bin ich Annas Vermutung nachgegangen und habe online nach Statistiken zu Drogen gesucht. In der Presse war Shabir allgemein dafür gelobt worden, die Zahl der Verhaftungen und Verurteilungen aufgrund von Drogendelikten gesteigert zu haben, doch wenn man sich die Statistiken der Drogentoten in Redwood und der Stadt ansieht, haben sich die Zahlen nicht verändert. Trotz der vermehrten Verurteilungen gelangen immer noch gleich viele Drogen in die Stadt.

Das ergibt keinen Sinn.

Ich fahre mir mit den Händen durchs Haar, die Ellbogen auf den Tisch gestützt, und lasse den Kopf hängen. Wenn ich das nicht bis heute Abend rausfinde, verliere ich das Geld, und ohne das Geld kann ich nicht abhauen. Wieder habe ich das Bild vor Augen, wie ich hochschwanger in einer Zelle auf und ab gehe, die Schultern schwer von der Verantwortung, die auf ihnen lastet. Mein Blick bleibt an der Patientenakte hängen.

An Shabirs Akte ist nichts Besonderes. Von Anfang an hat er den Namen Shabir getragen. Alles, was er in Interviews über seine Vergangenheit gesagt hat, lässt sich bestätigen: Sein Name stand in allen online verfügbaren Schularchiven, von der Grundschule bis hin zur University of Oxford. Wenn Journalisten seine Vergangenheit nach irgendwelchen schmutzigen Geschichten durchsucht haben, haben sie nichts gefunden. Auf dem Papier ist er blitzsauber.

Unter meiner Schädeldecke brennt ein Kopfschmerz, und auf den Armen habe ich Gänsehaut wegen der Klimaanlage, die über mir rattert. Ich nehme Ricks Ring vom Tisch, streife ihn auf meinen Finger und bewundere die goldenen Körper der beiden sich umeinanderwindenden Schlangen. Dem Netz zufolge symbolisieren sie das Gute und das Böse, das in jedem von uns steckt, eine Art moralisches Yin und Yang, harmonisch ineinander verschlungen. Die Vorstellung, dass es »gute« Drogendealer geben soll, finde ich ziemlich weit hergeholt, aber das hilft ihnen bestimmt, nachts gut zu schlafen.

Shabbar und Shabir, das klingt ziemlich ähnlich. Das kann kein Zufall sein, nicht, nachdem der Abgeordnete auf dem OP-Tisch ermordet wurde. Es muss eine Verbindung geben, und die muss der Grund dafür sein, dass er getötet wurde.

Ich presse die Fingerspitzen fest in meine Schläfen. Irgendwo muss es da einen Zusammenhang geben.

Wieder greife ich zu der Krankenakte und lese sie noch einmal von vorne bis hinten durch, studiere dieselben Angaben, die ich schon ein Dutzend Mal durchgegangen bin. Hereditäre Hypercholesterinämie, Erstdiagnose mit fünfundzwanzig Jahren, erster Eingriff mit dreißig. Plötzlich halte ich inne, mein Finger bleibt am Namen seines Vaters hängen.

Ahmed hat seinen Namen nicht geändert. Aber sein Vater vielleicht.

Ich wecke den Cursor auf und rufe die Seite aus dem Archiv der Gazette auf, mit dem Link zu dem Archiv, in dem ich nach irgendwelchen Änderungen von Ahmed Shabirs Namen gesucht hatte. Als ich jünger war, hatte ich gehört, dass man seinen Namen ändern konnte, und war ganz fasziniert von der Vorstellung, meine Verbindungen zu Ma und meiner Vergangenheit durch eine Namensänderung abzuschütteln. Doch als ich mir die Gebühren dafür hätte leisten können, war ich bereits berufstätig, alle kannten meinen Namen, und ich hatte einen Freund, der sich weigerte, mich anders zu nennen. Ich gebe den Namen des Vaters ein und durchsuche die Listen. Kein Treffer.

Scheiße.

Ich war mir so sicher, dass der Vater die richtige Spur war. Erneut greife ich zu der Akte, blättere die Notizen zu Shabirs medizinischer Vorgeschichte durch und sehe, wie sich die Krankheit durch die Familiengeschichte zieht, dass auch sein Vater sie bereits hatte. Mein Finger bleibt an dem Datum seiner Diagnose hängen: Die Aufzeichnungen beginnen, nur einen Monat nachdem er im November 1977 ins Land gekommen war. Sein Zustand war damals bereits sehr ernst, was bedeutet, dass er vorher schon in Behandlung gewesen sein musste. Ich werfe einen Blick auf Ahmeds Geburtsdatum – er wurde sechs Monate nach ihrer Ankunft hier im Land geboren. Das knappe Timing drei solch wichtiger Ereignisse erscheint mir viel zu perfekt, um nur auf Glück zu beruhen.

Wenn ich nur an die Krankenakte des Vaters herankommen könnte! Aber nachdem ich gefeuert worden bin, wird niemand für mich im System nachgucken oder mir die Informationen so einfach geben.

Ich überlege, wen ich im Krankenhaus anrufen könnte, aber alle, die mir einfallen, habe ich beklaut.

Dann denke ich an Val. Sie war am Boden zerstört, als vor Weihnachten ihre Brosche verschwunden war. Es war ein Erbstück von ihrer Mutter, das Val sehr in Ehren gehalten hatte. Hätte ich gewusst, dass sie ihr so viel bedeutete, hätte ich die Brosche nicht gestohlen. Aber vielleicht bringt die Aussicht, sie zurückzubekommen, sie dazu, mir zu helfen.

Ich sehe auf die Uhr, sie müsste noch bei der Arbeit sein. Auf Station hat sie ihr Handy wahrscheinlich nicht dabei. Ich greife zu meinem Telefon und rufe die Stationsleitung an. Mein Fuß tippt nervös auf den Boden, während ich warte, dass die Verbindung aufgebaut wird.

Es meldet sich jemand, dessen Stimme ich nicht erkenne.

»Ist Val da?«, frage ich.

»Wer spricht da?«, fragt die Frau.

»Ihre Tochter«, platze ich heraus.

»Warten Sie, Liebes, ich sehe nach.«

Ich lausche der Wartemelodie und versuche, die nagenden Schuldgefühle zu ignorieren. Es ist vollkommen unmöglich, dass ich diese Brosche zurückbekomme; ich habe sie sofort verhökert, kaum dass ich sie in den Fingern hatte. Aber nur so können das Baby und ich hier rauskommen, und es könnte auch helfen, Annas Kind zu retten.

Ich tue das nicht nur für mich.

»Hallo, meine Kleine«, sagte Val, als sie ans Telefon kommt. »Ist alles in …«

»Hier ist nicht deine Tochter, Val. Ich bin's, Margot. Leg nicht auf – ich hab etwas, das du haben willst.«

»Mein Geld zurück, das wär ein Anfang«, sagt sie schnippisch. »Du hast vielleicht Nerven, einfach hier anzurufen, nachdem du …«

»Ich hab die Brosche von deiner Mum, Val.«

Sie verstummt.

»Willst du sie zurück?«, frage ich.

»Natürlich, du kleine …« Sie reißt sich zusammen. Ich frage mich, wie sie mich wohl hatte nennen wollen.

»Dann musst du für mich was in einer Patientenakte nachgucken.«

»Du weißt doch, dass das nicht geht«, faucht sie.

»Natürlich geht das. Es hängt nur davon ab, wie sehr du die Brosche wiederhaben willst, schätze ich …«

Sie verstummt erneut, hin- und hergerissen, und ich lausche wehmütig den Hintergrundgeräuschen der Station. Wie gern wäre ich jetzt dort.

»Wie ist der Name?«, fragt sie schließlich.

»Sadiq Shabbar. Ich muss wissen, ob und wann er zuletzt bei uns behandelt wurde und ob er noch unter einem anderen Namen da war.«

»Wenn ich das für dich tue, und du mir meine Brosche nicht zurückgibst …«

»Ich sag dir alles, was du wissen musst, Val«, antworte ich.

»Okay. Warte.«

Sie tippt auf der Tastatur, und ich warte mit klopfendem Herzen.

»Kein anderer Name«, sagt sie. »Und seit 1976 ist er auch nicht mehr hier behandelt worden. Danach gibt's keine Aufzeichnung mehr zu ihm.«

Unmöglich.

Ahmeds Eltern müssen das Land verlassen und ihren Namen geändert haben und dann als Shabirs wieder eingereist sein, um ihre Spur zu verwischen. Und Ahmed wurde nur sechs Monate später geboren. Schon irgendwie genial.

»Jetzt will ich meine Brosche«, flüstert Val.

»Deine beste Chance ist an der Ecke von Simmons Way.«

»Was? Wie meinst du das?«

»Der Pfandleiher an der Ecke. Da hab ich sie gleich vertickt, nachdem ich sie geklaut hab.«

»Oh, du kleine diebische Hu…«

Mit einem breiten Grinsen lege ich auf.

Es kann kein Zufall sein, dass Ahmeds Familie, die möglicherweise Verbindungen zu einem Drogenkartell hat, nur Monate vor seiner Geburt den Familiennamen ändert.

Warum sollten sie ihren Namen ändern, wenn er dann eine Laufbahn einschlägt, bei der er es sich zum Ziel macht, die Geschäfte der Familie zu zerstören?

Aber das hat er gar nicht getan, oder? Es mag mehr Verhaftungen gegeben haben, aber die Statistiken sind gleich geblieben.

Die Antwort ist zum Greifen nah, so verführerisch, ich habe den Eindruck, als müsste ich nur die Hand heben, um sie abzupflücken.

Sieht fast so aus, als wären da Konkurrenten aus dem Verkehr gezogen worden, damit ein Kartell den Markt beherrschen kann.

Als die Idee Gestalt annimmt, muss ich mich mit aller Kraft zusammenreißen, um nicht jubelnd vom Stuhl aufzuspringen. Das ist kein seltsamer Zufall – es muss von Anfang an so geplant worden sein. Wer würde jemals einen Abgeordneten, der sich für eine schärfere Strafverfolgung von Drogenhandel einsetzt, verdächtigen, selbst in solche Geschäfte verwickelt zu sein? Mein Gott, die Shabbars müssen ihn mit der Absicht großgezogen haben, ihn in die Regierung einzuschleusen. Um was zu erreichen? Um die Maßnahmen gegen den Drogenhandel ausschließlich gegen ihre Mitbewerber zu richten und dann uneingeschränkt über ihr Reich zu herrschen?

Wer wäre besser geeignet, ein Schlupfloch in den verschärften gesetzlichen Bestimmungen zu finden, als der Mann, der sie ins Leben gerufen hat?

Ich sehe wieder auf den Bildschirm und lasse das Video von Shabirs Podiumsdiskussion weiterlaufen. Unter der Schlagzeile wird Ahmed als die Zukunft der Labour Party bezeichnet; Redwood ist erst der Anfang. Ahmed nutzt seine Macht, um den Import von Drogen nach London zu erschweren, aber wenn er Parteiführer und am Ende Premierminister geworden wäre, wäre sein Einfluss noch unendlich viel größer gewesen.

Er hätte jeden seiner Konkurrenten im ganzen Land aus dem Geschäft drängen können. International hätten die Shabbars die gesamte Einfuhr von Drogen ins Land kontrollieren können.

Ich starre auf die Patientenakte und dann wieder auf den Bildschirm, lese die Worte immer wieder, bis mir klar wird, was meine Entdeckung bedeutet.

Alles, was Ahmed Shabir während seiner politischen Karriere gesagt hat, war eine Lüge.

Bestimmt wollten die Entführer durch Shabirs Tod ihr eigenes Geschäft schützen, was bedeutet, dass Zack und Anna in dieser ganzen Geschichte nur Kollateralschäden sind: Zacks Entführung ist ihr Mittel, um Anna dazu zu bringen, zu tun, was sie wollen. Es hätte jedem passieren können, der für die Operation eingeteilt worden wäre. Natürlich mussten sie eine Methode finden, die keinen Verdacht erregt. Wenn sein Tod auch nur im Geringsten verdächtig gewesen wäre, hätte die Polizei unter den Augen des ganzen Landes die gründlichste Ermittlung auf die Beine gestellt, die man sich nur vorstellen kann. Ihn während eines schwierigen Eingriffs unter den Händen einer renommierten Chirurgin sterben zu lassen, macht die Sache unverdächtig.

Das Wegwerfhandy vibriert in meiner Tasche, aber ich wage nicht, den Anruf hier anzunehmen. Ich suche meine Sachen zusammen und merke, wie erschöpft und hungrig ich bin. Doch das Adrenalin lässt mich beschwingt die Treppe zum Hauptausgang hinunterflitzen. Als ich an der Tür bin, klingelt das Telefon.

»Ich hab's«, sage ich, während ich auf die Straße hinaustrete und meine Tasche nach Zigaretten durchwühle.

Anna sagt nichts. Mir gefällt der Gedanke, dass ich sie verblüfft habe. Offensichtlich hat sie nicht damit gerechnet, dass ich genauso clever sein könnte wie sie.

»Wir sollten das nicht am Telefon besprechen«, sagt sie schließlich.

»Ich hab extra Telefone gekauft, die man nicht tracken kann«, antworte ich, während ich eine Zigarette aus dem Päckchen angele. »Da kann nichts passieren.«

»Ich gehe kein Risiko ein. Wir treffen uns in dem Wäldchen bei meinem Haus. Aber fahren Sie nicht die Avenue entlang; parken Sie woanders und kommen Sie zu Fuß hin. Schicken Sie mir eine SMS, wenn Sie da sind.«

Sie hängt auf, bevor ich antworten kann.

Ich setze mich auf eine der Bänke vor der Bibliothek, zünde mir meine Zigarette an und blase meine ganze Wut mit der Rauchwolke aus.

Warum, nach dem ganzen Theater mit den Wegwerfhandys will sie die nun nicht benutzen? Vielleicht hat sie Angst, dass die Entführer irgendwie mithören. Oder sie verdächtigt mich, dass ich das Gespräch aufzeichne, das hat sie ja gestern Abend auch gedacht.

Anna traut mir kein Stück weit.

Gut, denke ich, während ich einen langen, tiefen Zug nehme. *Ich traue ihr auch nicht.*

Ich hole das Handy wieder hervor und schreibe eine Textnachricht, die brennende Zigarette zwischen den Lippen.

Ich
Bringen Sie die nächste Rate mit, sonst sage ich Ihnen gar nichts.

Ich warte ein paar Minuten auf eine Antwort, aber es kommt nichts.

Als ich am Rand des Wäldchens ankomme, schreibe ich Anna, dass ich da bin.

Es ist ein warmer Abend. Wärmer als gestern. Ich stecke die Hand in meine Tasche, um den Umschlag zu befühlen, den Anna mir heute Morgen gegeben hat. Damien habe ich gesagt, dass das Geld an einem sicheren Ort ist, und das ist es tatsächlich. Ich werde jeden Penny behalten, den Anna mir gibt. Nie im Leben lasse ich das Geld irgendwo, wo es jemand finden könnte, und ganz bestimmt nicht irgendwo, wo Damien oder Rick es in die Finger kriegen können. Ich streiche mit dem Daumen über das Päckchen Scheine.

Licht scheint auf Annas Einfahrt und wirft den lang gezogenen Schatten einer Frau auf den Boden. Ich sehe sie in der Haustür stehen und höre das leise Klirren eines Schlüsselbundes. Die Tür schließt sich, und ich halte im Dunkeln nach ihr Ausschau, sehe sie aber erst, als sie schon auf etwa dreißig Meter heran ist und mit energischen Schritten über die Grünfläche geht. Ich höre einen Hund hecheln und sehe das blonde Vieh an ihrer Seite.

»Haben Sie das Geld dabei?«, frage ich, als sie näher kommt.

Sie wedelt im Dunkeln mit einem Umschlag.

»Sagen Sie mir erst, was Sie wissen«, verlangt sie.

»Nein. Letztes Mal haben Sie mir nur fünf Riesen gegeben, obwohl wir uns auf zehn geeinigt hatten. Das schafft nicht gerade Vertrauen.«

Sie seufzt und gibt mir den Umschlag.

»Fünftausend. Alles hier drin.«

Ich hole mein Telefon raus, schalte die Lampe an und leuchte in den Umschlag, um das Geld zu zählen.

»Dafür haben wir jetzt wirklich keine Zeit«, fährt sie mich an.

»Ich hab alle Zeit der Welt. Sie sind diejenige, die's eilig hat.«

Sie verschränkt die Arme vor der Brust und tippt ungeduldig mit der Fußspitze auf den Boden, während ich mit dem Daumen über das Bündel Scheine fahre und die Fünfziger leise durchzähle.

»Meine Güte, nun machen Sie schon.«

Ich schiebe den Umschlag in meine Tasche und schalte das Licht aus. Es hat einen Flecken in meinem Gesichtsfeld hinterlassen, den ich jetzt überall sehe, wohin ich auch schaue.

»Was haben Sie rausgefunden?«

»Sind Sie sicher, dass Sie mich nicht erst filzen wollen? Ob ich verkabelt bin?«

»Sie haben gerade Bestechungsgeld angenommen. Wenn Sie etwas aufnehmen würden, hätten Sie sich gerade selbst belastet. Jetzt reden Sie schon.«

Ich stecke die Hand in die Hosentasche, um Ricks Ring herauszuziehen, und sage ihr, sie solle die Hand ausstrecken. Sie ist kalt und weich; ich stelle mir vor, wie sie vor dem Zubettgehen teure Cremes darauf schmiert.

»Was ist das?«

»Genauso ein Ring, wie ich ihn bei Ahmed Shabir vor seiner OP gesehen habe.«

Sie zögert, und ich wage zu hoffen, dass sie beeindruckt ist.

»Machen Sie das Licht an.«

Ich hole mein Telefon wieder heraus und leuchte auf den Ring. Das Gold schimmert, als sie ihn hin und her dreht.

»Ich erinnere mich auch daran. Bedeuten die Schlangen irgendetwas?«

»Symbolisieren das Gute und das Böses in uns allen. Offensichtlich ist das bei denen nicht ganz so ausgeglichen.«

Ich nehme ihr den Ring wieder ab und schalte das Licht aus. »Ich habe das Logo noch woanders gesehen. An einem Schrottplatz draußen vor der Stadt, die haben genau das gleiche.«

»Und was soll das heißen? Dass Shabir mit Altmetall gehandelt hat? Das hilft mir wohl kaum, meinen Sohn zurückzubekommen.«

»Nein, der Schrottplatz ist nur Fassade. Shabir hat mit Drogen gehandelt.«

Selbst im Dunkeln sehe ich, wie ihre Miene sich verändert. Es fühlt sich gut an, ihr diese Überheblichkeit aus dem Gesicht gewischt zu haben.

Ich erzähle ihr alles, was ich herausgefunden habe, angefangen von Shabirs Vater, der seinen Namen geändert hat, bis hin zu der Verbindung meines Bruders mit dem Geschäft und dem Namen Fahim Shabbar.

»So bin ich an den Ring gekommen. Mein Bruder arbeitet für die.«

»Also waren Sie schon einmal dort?«

»Heute Morgen.«

Sie schweigt eine Weile, denkt im Dunkeln nach. Mir gefällt es nicht, wenn sie so stumm ist. Das bedeutet meistens, dass sie die Dinge irgendwie zu ihren Gunsten verdreht.

»Das sagt mir immer noch nicht, wer die Entführer sind oder wo mein Sohn ist.«

»Nein, aber es ist die Verbindung, über die wir das rausfinden können.«

»Wie meinen Sie das?«

»Na ja, wenn wir zu denen gehen und erklären, was passiert ist, helfen sie uns vielleicht.«

Sie lacht mich im Dunkeln aus.

»Sie halten es für eine gute Idee, dass ich zu Ahmed Shabirs Familie gehe und ihnen sage, dass ich ihn umgebracht habe? Aber, oh, ob sie wohl so nett sein könnten, mir zu helfen, meinen Sohn zurückzubekommen, falls es nicht zu viel Mühe macht?«

»Sie werden wissen, dass Sie keine andere Wahl hatten, dass Sie nur ihr Werkzeug waren, mit dem sie ihn umbringen konnten, ohne Verdacht zu erregen. Wenn wir ihnen sagen, was passiert ist und wer wirklich die Verantwortung dafür trägt, dann *helfen* wir ihnen doch. Wir sollten gleich heute Abend hingehen.«

Sie schnaubt, sagt aber nichts mehr und denkt nach.

»Warum haben Sie nicht Ihren Bruder gebeten, mit Ihnen hinzugehen?«

»Damit Sie sich nicht die Hände schmutzig machen müssen? Keine Chance. Abgesehen davon würde mein Bruder ohne Bezahlung sowieso keinen Handschlag tun. Haben Sie irgendwo noch mal fünfzig Riesen rumliegen?«

Ihr Schweigen sagt mir, dass dies nicht der Fall ist.

»Das garantiert mir aber immer noch nicht, dass sie mir helfen, meinen Sohn zurückzubekommen. Es ist viel zu riskant.«

»Fällt Ihnen was Besseres ein?«

Plötzlich klingelt ihr Handy, und wir schrecken beide zusammen. Das Geräusch hallt zwischen den Bäumen wider.

»Das sind sie«, sagte sie. Ihr Tonfall hat sich vollkommen verändert. Normalerweise klingt sie bei allem, was sie sagt, so selbstsicher und souverän. Jetzt hört sie sich wirklich verängstigt an. »Sagen Sie kein Wort.«

Sie nimmt den Anruf an.

»Hallo?«

Ich höre gedämpft einen Mann reden. Tiefe Stimme, barscher Ton.

»Ich führe meinen Hund aus.«

Mein Gott, die verfolgen tatsächlich jede ihrer Bewegungen.

»Ich habe alles im Griff«, sagt sie. »Ich habe die Informationen genutzt, die Sie mir gegeben haben. Die Polizistin wird mich nicht mehr …«

Sie bricht mitten im Satz ab und holt scharf Luft. Meine Augen haben sich inzwischen so gut an die Dunkelheit gewöhnt, dass ich immer wieder kurz Details ihres Gesichtes erkennen kann: das Schimmern ihrer Augen, in denen sich der Mond spiegelt, das Öffnen ihrer Lippen. Ich höre sie schniefen.

»Oh, mein Schatz«, sagt sie. »Ich bin ja da, es ist alles okay.«

Der Hund zu ihren Füßen fängt an zu winseln. Instinktiv nehme ich ihr die Leine ab und gehe in die Hocke, um den Hund zu streicheln und ruhig zu halten. Anna dreht sich um, geht ein paar Schritte weg und wischt sich ungeduldig die Tränen ab.

»Ich weiß, dass du Angst hast, Schatz, ich weiß. Aber ich tue alles, was ich kann, um dich zurückzuholen. Ich hab dich lieb, okay? Denk immer daran. Ich liebe dich von ganzem …«

Sie bricht abrupt ab. Ich höre nur noch das Geräusch des Windes, der durch die Blätter raschelt. Der Hund winselt und atmet mir ins Gesicht. Ich hatte aufgehört, ihn zu streicheln, zu sehr von der Szene gefangen.

»Ja«, sagt sie ins Telefon. Sie klingt wieder wie vorher, als sie mit dem Mann gesprochen hat. »Ich weiß. Ich gehe heute Abend ins Krankenhaus und sehe, was ich über die interne Untersuchung herausfinden kann. Wenn's sein muss, bleibe ich die ganze Nacht da.«

Jetzt spricht bestimmt der Mann, denn sie sagt fast eine Minute lang gar nichts.

»Ja«, sagt sie schließlich. »Ich weiß, was auf dem Spiel steht.«

Sie lässt das Telefon sinken, steckt es in die Hosentasche und sagt kein Wort, während sie sich die Tränen von den Wangen wischt. Der Hund scheint sich nicht mehr für mich zu interessieren und zieht in ihre Richtung. Sein Schwanz wedelt gegen mein Knie.

Als Anna sich umdreht, weint sie nicht mehr, und ihr Gesicht ist wieder hart und kalt.

»Wir fahren noch heute Abend da hin«, stellt sie fest und nimmt mir die Leine aus der Hand.

»War das Ihr Sohn?«

»Ja«, antwortet sie tonlos. »Sie verfolgen jede meiner Bewegungen, also muss ich erst ins Krankenhaus. Von da aus können wir zusammen fahren.«

»In Ordnung«, sage ich sanft und sehe, wie sie sich anspannt, als sie das Mitleid in meiner Stimme hört. Ich korrigiere meinen Tonfall und sage barsch: »Ich hab an der Straight Road geparkt. Lassen Sie mir zehn Minuten Vorsprung. Wir treffen uns am Krankenhaus.«

Sie nickt einmal mit zusammengepresstem Mund und dreht sich um.

»Haben Sie nicht noch was vergessen?«, frage ich.

Sie bleibt wie angewurzelt stehen. Als es ihr dämmert, reißt sie sich ihren Verlobungsring vom Finger und wirft ihn mir vor die Füße. Dann geht sie ohne ein weiteres Wort, und der Hund hüpft fröhlich neben ihr her.

Das war das erste Mal, dass ich etwas wirklich Menschliches in ihr gesehen habe. Aber sie hat es innerhalb von Sekunden wieder unterdrückt. Es in ihrer üblichen Kälte erstickt.

Ich gehe auf ein Knie und hebe den Ring auf. Der Diamant glitzert im Mondlicht. Ich stecke ihn an. Er ist noch warm.

Wenn sie all diesen Schmerz so gut verbergen kann, dann will ich nicht wissen, was sie sonst noch alles verheimlichen kann.

40

ANNA

DIENSTAG, 9. APRIL 2019, 20:09 UHR

Ich parke am Krankenhaus, lege die verwanzten Telefone ins Handschuhfach und mache mich zu Fuß auf den Weg zum Gebäude.

Dies ist das erste Mal, dass ich tatsächlich gegen die Anweisungen der Entführer verstoße, und meine Angst ist so überwältigend, dass ich schier durchdrehe und beim leisesten Geräusch zusammenzucke. Jedes Knacken eines Ästchens oder das Rauschen der Blätter in den Bäumen veranlasst mich dazu, herumzuwirbeln und hinzusehen, immer in der Erwartung, die Entführer aus den Schatten auf mich zukommen zu sehen. Schließlich haben sie mich schon einmal verfolgt. Ich hole das Wegwerfhandy heraus und benachrichtige Margot.

Ich
Wir treffen uns hinter dem Krankenhaus, selbe Stelle wie letztes Mal.

Ich konnte ihr nicht ins Gesicht sehen, als wir auseinandergegangen sind. Sie hat mich so mitleidig angesehen, nachdem sie mein Telefongespräch mit Zack mit angehört hatte. Aber sie kann nicht so tun, als hätte sie eine Seele, nicht, wenn sie weiter an ihrem Plan festhält, mich zu erpressen, und mir ohne auch nur den Anflug von Schuldbewusstsein meine Ringe wegnimmt. Was mich betrifft, ist sie keinen Deut besser als die Entführer. Genauso verbrecherisch. Genauso herzlos.

Als ich um die Ecke biege, werfe ich einen verstohlenen Blick über die Schulter, um sicherzugehen, dass ich nicht verfolgt werde, und versuche, die ganze Wut aus mir herauszuatmen. Ich spüre, wie sie auf meine Brust drückt und in mir widerhallt wie Hitze. Unwillkürlich frage ich mich, was wohl mein Bruder mit seiner Fachkenntnis dazu sagen würde.

Du bist wütend, weil sie deine Schwächen zu sehen bekommen hat, deine Verletzlichkeit. Dass du nicht die perfekte Frau bist, zu der Mutter dich erzogen hat.

Ich schätze, ich bin aus vielen Gründen wütend auf Margot.

An den Mülltonnen angekommen, stehe ich wartend im Dunkeln und lausche auf das leise Pfeifen des Windes. Meine Gedanken kehren zu Zack zurück.

Er hat sich vollkommen verängstigt angehört. Seine Sprache klang durch die Sedierung undeutlich. Wie verschreckt und verwirrt er sein muss, wenn er aufwacht und jedes Mal diese fremden Männer sieht, die ihm ein Telefon ans Ohr halten, und dann meine Stimme hört, die wie aus einer anderen Welt kommt. Ein Klumpen brennt in meiner Kehle, während ich das Bild vor Augen habe, wie er zusammengerollt auf den staubigen Decken liegt, in der Ecke eines fremden, kalten Raumes, einen venösen Zugang auf dem Handrücken.

Das Motorengeräusch eines nahenden Autos reißt mich aus meinen Gedanken. Scheinwerfer erleuchten die schmale Straße, die auf die Rückseite des Krankenhauses führt, und ich habe sofort den schwarzen Audi der Entführer vor Augen, der mir schon einmal gefolgt ist. Mit angehaltenem Atem warte ich darauf, dass ich den Wagen hinter den Lichtern sehen kann, und lausche dem Schlagen meines Herzens.

Es ist ein Audi.

Mein Herz macht einen Satz, als ich das Emblem mit den vier Ringen am Kühlergrill erblicke, spüre die Galle im Rachen, als er am Bordstein anhält. Ich starre durch die Windschutzscheibe, während mein Herzschlag mir in den Ohren dröhnt.

Margot sitzt am Steuer.

Erleichtert seufze ich auf und spüre, wie meine Panik allmählich abflaut.

»Ist Ihnen jemand gefolgt?«, frage ich, während ich auf der Beifahrerseite einsteige. Der Innenraum riecht nach Zigarettenrauch und billigem Parfüm.

»Nein«, antwortet sie und fährt los, bevor ich eine Chance hatte, mich anzuschnallen. »Alles paletti.«

Der Wagen ist viel zu schick für jemanden, der stehlen muss, um über die Runden zu kommen, und jeden Tag dieselben Klamotten trägt. Eigentlich möchte ich so wenig wie möglich mit ihr reden, doch meine Neugier ist stärker.

»Wie können Sie sich so einen Wagen leisten?«

Wir erreichen die Ausfahrt, sie fährt auf die Straße hinaus und beschleunigt so heftig, dass ich gegen die Rückenlehne gedrückt werde.

»Kann ich nicht. Den hab ich von den Shabbars.«

»Die haben Ihnen ein Auto gegeben? Wieso das denn?«

»Sie stehlen auch Autos«, antwortet sie. »Mein Bruder arbeitet für sie. Er hat sie darum gebeten und es mir dann gegeben.«

An die Gefahr, die ihre Verbindung zu den Shabbars bedeutet, hatte ich gar nicht gedacht. Ihr Bruder arbeitet für sie, und Margot bekommt ein Auto, ohne auch nur einen Penny zu bezahlen. Vielleicht ist ihre Beziehung zu ihnen besser, als sie durchblicken lässt.

Vielleicht ist das eine Falle.

»Mir war nicht klar, dass Ihr Bruder so gut vernetzt ist.«

»Er weiß nichts von Ahmed Shabirs Verbindung zu den Shabbars, falls es das ist, was Sie denken«, antwortet sie. »Ich glaube nicht, dass viele davon wissen. Als ich Shabirs Namen erwähnt habe, hat er nicht mal geblinzelt. Mein Bruder gibt gerne mit seinen Kontakten an, er hätte das nicht verschwiegen.«

»Also haben Sie es ihm gesagt«, sage ich. »Was ich getan habe …«

Eine Weile antwortet sie nicht, zweifellos sauer, weil sie sich selbst belastet hat. Sie wirft einen Blick aufs Navi und biegt nach links von der Hauptstraße ab.

»Ich hab's ihm schon vor Tagen gesagt«, erklärt sie schließlich. »Wenn er etwas über eine Verbindung von Shabir zu den Shabbars gewusst und seinem Boss erzählt hätte, was Sie getan haben, hätten Sie das längst gemerkt.«

Ich frage mich, wie es wohl sein mag, sich in seinen Überzeugungen so sicher zu sein. So blind dem eigenen Urteil zu vertrauen. Ich kann nichts tun, ohne mich bei jedem Schritt zu hinterfragen.

»Sie haben gesagt, er hat eine große Klappe.«

»Es sei denn, es springt was für ihn raus.«

»Sie geben ihm etwas von dem Geld ab?«

»Das denkt er, ja. Aber sobald Sie liefern, bin ich weg, und das Geld nehme ich mit.«

Wenn sie ihre eigene Familie hintergehen kann, wird es ihr nichts ausmachen, mich zu verraten.

Mit quietschenden Bremsen halten wir an einer Ampel. Ich sehe zu ihr hinüber, ihre Augen leuchten rot, weil das Licht der Ampel sich darin spiegelt. Wenn ich sie nicht so verabscheuen würde und sie nicht so ungepflegt aussähe, würde ich sie wahrscheinlich als hübsch beschreiben. Doch sosehr sie sich auch bemüht, abgebrüht zu wirken, ihre Augen verraten sie. Sie ist nur ein verängstigtes kleines Mädchen.

»Also lassen die Sie immer mal mit Zack reden?«, fragt sie.

Ich mag es nicht, seinen Namen aus ihrem Mund zu hören. Es fühlt sich an, als würde sie ihn in den Dreck ziehen. Ich wende den Blick ab und schaue wieder auf die Straße.

»Nur, wenn sie mich daran erinnern wollen, was auf dem Spiel steht.«

Über ihn zu sprechen, bringt meine Schutzmechanismen ins Wanken. Ich merke, wie die Traurigkeit an die Oberfläche brodelt, wie die Angst sich ihren Weg nach draußen krallt. Dann sehe ich meinen Verlobungsring an ihrer Hand. Alle Traurigkeit verdunstet in der sengenden Hitze meiner Wut.

Konzentrier dich auf das Wesentliche, sage ich mir und starre wieder nach vorn, als die Ampel umspringt.

»Woher wissen wir, dass die mich nicht einfach umbringen, weil ich für die Entführer die Drecksarbeit gemacht habe?«

»Wissen wir nicht«, antwortet sie.

Keiner von uns ist danach noch nach reden zumute.

»Wir sind da«, sagt sie und bremst.

Mein Blut pumpt so schnell, dass ich es in den Ohren rauschen hören kann. Ich wische mir die Handflächen an der Hose ab und fühle die Härchen in meinem Schoß. Ich muss im Dunkeln an meinem Arm herumgezupft haben.

Sie biegt in eine kleine Landstraße ein, die so voller Schlaglöcher ist, dass der Wagen ständig vor und zurück und zur Seite geworfen wird. Bei den Erschütterungen schwappt mir jedes Mal Magensäure in den Hals hinauf. Ich halte mich am Türgriff fest, bis meine Fingerknöchel weiß werden.

Margot hat immer noch diesen harten, abwesenden Gesichtsausdruck, doch ihre Augen sind jetzt noch größer als vorhin, und ihre Hand zittert, wenn sie nach dem Schalthebel greift. Schweigend sehe ich zu, wie sie die Hand in die Tasche steckt, den goldenen Ring herauszieht und ihn auf den Finger steckt.

Vor uns ist ein Wachhäuschen zu sehen, gerade groß genug für einen Wachmann, mit einer einzigen Glühbirne, die über seinem Kopf hängt. Margot fährt bis ans Fenster vor und tritt auf die Bremse. Mücken und andere Insekten schwirren gegen das Glas des Häuschens. Der Mann schiebt das Fenster beiseite und verschmiert ihre kleinen Körper zu grünen Schlieren.

»Wir sind mit Jax verabredet«, sagt sie, nachdem sie das Fenster heruntergelassen hat. Ihre Stimme klingt ruhig, aber bei genauerer Betrachtung sehe ich, wie die Haare, die sich aus ihrem Pferdeschwanz gelöst haben, zusammen mit ihrem Körper zittern. Bei dem Anblick kribbelt meine Kopfhaut.

Zupfen, sagt die Stimme, *zupfen.*

Der Wachmann schaut auf ihre rechte Hand, sieht den Ring, der in dem schwachen Licht glitzert, das aus dem Häuschen dringt, und nickt. Als wir weiterfahren, sehe ich, wie er sich ein Telefon ans Ohr hält.

»Wer ist Jax?«, frage ich.

»Keine Ahnung. Mein Bruder hat nach ihm gefragt, als wir hier waren.«

»Wussten Sie, dass der Ring so gut funktionieren würde?«

»Nein, aber es war einen Versuch wert.«

Kein Wunder, dass sie im Leben da gelandet ist, wo sie ist. Sie scheint jede Entscheidung spontan zu treffen, ohne sich irgendwelche Gedanken über die Auswirkungen zu machen. Im Licht dieser Erkenntnis wirkt unsere Fahrt hierher noch wahnwitziger. Ich will ihr gerade sagen, dass sie umdrehen soll, als wir vor einer großen Halle ankommen. Rundherum begrenzen rostende Wände aus aufeinandergestapelten, platt gedrückten Autowracks das Grundstück. Eine Tür öffnet sich in der Halle, und ein langes Rechteck aus Licht scheint auf den nur teilweise asphaltierten Boden.

»Das ist zu gefährlich«, sage ich und ertappe mich dabei, wie ich ihr Handgelenk packe. »Es muss noch eine andere Möglichkeit geben.«

Sie sieht mich ausdruckslos an und schält langsam meine Finger von ihrem Handgelenk.

»Ihr Sohn ist in den Händen von Leuten wie diesen, Anna.«

Mein Magen fällt bei diesem Gedanken ins Bodenlose.

Wie kann ich es wagen, Angst zu haben, wenn er so viel mehr durchmacht? Ich werde ganz sicher nicht zulassen, dass sie mutiger ist als ich.

Ich nicke stumm und greife nach dem Türgriff.

Die Nachtluft ist kühl und still. Die zusammengepressten Autos glitzern noch von dem Regenschauer, durch den wir auf dem Hinweg gefahren sind, und die Wassertropfen, die von den oberen Autos auf die jeweils darunterliegenden tropfen, bilden einen hell klingenden Chor. Drei Männer stehen vor dem Gebäude; das Licht aus der Tür strahlt sie von hinten an, sodass wir sie nur als dunkle, gesichtslose Umrisse wahrnehmen können. Margot knallt ihre Tür zu und marschiert auf sie zu. Ich halte mich einen Schritt hinter ihr.

»Jax?«, fragt sie.

Der Mann in der Mitte nickt. Inzwischen sind wir nah genug, dass ich die Gesichter erkennen kann: Der Mann namens Jax hat tiefe, undurchdringliche Augen und Haar, das dunkler ist als die Nacht.

»Wir müssen mit Fahim sprechen.«

»Wenn's ein Problem mit dem Wagen gibt, sprichst du mit mir.«

»Es geht nicht um den Wagen«, antwortet sie. »Es geht um Ahmed.«

Seine Augen weiten sich ein wenig, aber nur für eine Sekunde.

»Um wen?«

»Soll ich es wirklich vor den Jungs da aussprechen?« Sie nickt zu dem Mann, der rechts neben ihm steht. »Mein Bruder arbeitet für dich und hat keine Ahnung, wer er ist … also wer er *wirklich* ist. Ich schätze mal, das ist hier nicht allgemein bekannt.«

Ich sehe zwischen den beiden hin und her und beobachte, wie Verwirrung sich auf den Mienen der beiden anderen breitmacht. Margot klingt so selbstbewusst, aber ich sehe, dass sie hinter ihrem Rücken den goldenen Ring nervös um ihren Finger dreht.

»Geht rein und macht die Tür zu«, sagt Jax zu den anderen beiden.

Obwohl sie offensichtlich immer noch nicht wissen, worum es geht, nicken sie und gehen stumm wieder hinein. Die Tür schließt sich hinter ihnen, und wir drei stehen im Finstern.

»Schieß los«, sagt er.

Ohne die Männer neben sich wirkt er noch größer. Mir fällt auf, wie muskulös seine Arme sind und wie massig seine Schultern.

»Ahmeds Tod war kein Versehen«, sagt Margot.

Er mustert erst sie von unten nach oben und dann mich. Wir müssen wirklich seltsam aussehen.

»Kannst du das beweisen?«, fragt er.

Sie hebt die Hand und zeigt über ihre Schulter.

Auf *mich*.

»Sie ist die Ärztin, die ihn umgebracht hat.«

Angst durchzuckt mich. Er blickt mir ausdruckslos ins Gesicht, und meine Beine zittern.

»Aber es geht hier nicht um sie«, sagt Margot. »Einer von euren Konkurrenten hat ihren Sohn entführt. Wenn sie's nicht getan hätte, hätten sie ihn umgebracht. Ahmeds Blut klebt an deren Händen, nicht an ihren. Sie war nur das Werkzeug, damit sie es erledigen konnten, ohne sich selbst die Hände schmutzig zu machen.«

Er sieht mich immer noch an, Hass pulsiert in seinem Blick.

»Wartet hier«, sagt er.

Er hämmert mit der Faust an die Tür und tritt hindurch, sobald sie sich öffnet.

»Passt auf sie auf«, sagt er und verschwindet im Inneren.

Die beiden Männer kommen wieder heraus und bauen sich drohend vor uns auf.

Ich kann nicht denken. Ich kann nicht atmen. Ich stehe wie eingefroren vor den Männern und versuche, meine Beine mit Willenskraft davon abzubringen, zu zittern, damit ich weglaufen kann. Margot sagt ebenfalls kein Wort. Ich wünschte, sie würde sich umdrehen und mich ansehen, um mir zu versichern, dass ihr wahnwitziger Plan aufgehen wird, doch sie starrt geradeaus und dreht hinter dem Rücken den Ring an ihrem Finger.

Aus dem Inneren des Gebäudes sind Schritte zu hören. Viele. Schwere Stiefel auf etwas, das sich wie eine Metalltreppe anhört. Sie werden lauter und lauter, bis das Geräusch das dumpfe Klopfen meines Herzens übertönt.

Die Tür öffnet sich wieder, und die beiden Männer treten zur Seite.

Vier Männer kommen durch die Tür, die Gesichter hinter schwarzen Sturmhauben verborgen.

Sie kommen auf mich zu.

»Was habt ihr vor?«, fragt Margot.

Aber ich kann sie nicht mehr sehen. Die Männer umringen mich, Hände packen meine Handgelenke, meine Schultern, meinen Hals. Ich werde so schnell herumgewirbelt, dass mir das Haar ins Gesicht peitscht. Ein schwarzer Geländewagen fährt auf den Hof. Als mir ein schwarzer Kissenbezug grob über den Kopf gezogen wird, kann ich mich nicht mehr beherrschen und schreie auf.

»Es geht nicht um sie!«, ruft Margot. »*Hey! Ich hab doch gesagt, es geht nicht um sie …*«

Sie verstummt. Ich höre nichts mehr außer meinem eigenen lauten Atem in dem Kissenbezug, meine Füße, die über den Boden schlurfen. Als ich den Wagen erreiche, stolpere ich und schlage mir das Schienbein am Rand der Tür an.

Ich bekomme keine Luft.

»Steh auf«, fährt mich ein Mann direkt neben meinem Ohr an.

Blind strecke ich die Hände aus, spüre ihre Handflächen überall an meinem Körper, als sie mich ins Auto bugsieren. Zwei Männer klettern neben mich und zerdrücken mich fast zwischen ihren muskelbepackten Körpern.

Autotüren werden zugeschlagen. Ein Motor springt an.

Niemand sagt etwas. Ich werde davongefahren.

41

RACHEL

DIENSTAG, 9. APRIL 2019, 20:34 UHR

Im Büro wird getuschelt. Über mich.

Anfangs dachte ich noch, dass ich mir das nur einbilde. Dass ich die vollkommen normalen Blicke der Menschen für aufdringlich halte, es persönlich nehme, wenn ich in einen Raum kam und alle sofort verstummten. Doch dann hörte ich in den Toilettenabteilen meinen Namen. Und dann Jamies.

Conaty ist ganz besessen von diesem Kindeswohl-Ansatz, oder? Als hätte sie das Opfer nicht mit eigenen Augen tot im Brunnen liegen sehen. Meine Güte, hier geht's um Mord!

Ja, echt. Fast als würde sie in jedem Kind Jamie sehen. Schon irgendwie traurig. Hast du den Artikel gelesen, den ich dir geschickt habe?

Ja, echt schlimm, was ihr passsiert ist. Aber wenn sie nicht damit fertigwird, sollte sie sich vielleicht einen anderen Job suchen, oder?

Eine der Stimmen gehörte DS Slater aus meinem eigenen Team. Beide Frauen haben sich zum Feierabend mit einem falschen Lächeln ganz normal von mir verabschiedet.

Jetzt ist das Büro verlassen, was in gewisser Weise ein Segen ist, andererseits aber auch hinderlich. Ich kann arbeiten, ohne aus dem Großraum beobachtet zu werden, kann zur Toilette gehen oder mir Kaffee kochen, ohne mich von meinem eigenen Team geächtet zu fühlen. Doch die Stille erlaubt es meinen Gedanken, in Overdrive zu schalten, und langsam, aber sicher kommen mir Zweifel.

Was ist, wenn sie recht haben?

Bisher habe ich mein Urteilsvermögen nie in Zweifel gezogen. Wenn mir mein Instinkt etwas gesagt hat, bin ich ihm gefolgt. Doch nachdem Jamie verschwunden war, fing ich als Erstes an, mich als Mutter infrage zu stellen. Gute Mütter verlieren ihre Kinder nicht. Gute Mütter hören nicht auf, nach ihnen zu suchen, auch wenn die Welt sich nicht mehr dafür interessiert und sich anderen Themen zuwendet. Zweifel durchziehen jeden Aspekt meines Lebens. Doch eins weiß ich ganz sicher: Wenn ich nicht bald einen starken Ermittlungsansatz finde, wird dieser Fall kalt werden.

Wir haben keinen Tatort. Keine Mordwaffe. Keine Verdächtigen. Paula Williams war eine ganz gewöhnliche Frau aus der Mittelschicht, die ihr Leben als Rentnerin genossen hat, bis sie auf offener Straße entführt und tot in einem Brunnenschacht aufgefunden wurde. Es gibt keinen offensichtlichen Grund, warum jemand sie hätte töten wollen: kein Anzeichen seltsamer Vorgänge in ihren Telefonunterlagen oder ihren Kontoauszügen, die auf Erpressung oder finanzielle Schwierigkeiten deuten würden, keine neuen Bekanntschaften mit zweifelhaften Motiven, keine bekannten Streitigkeiten oder Schwierigkeiten mit den Nachbarn. Keine Partner, die man unter die Lupe nehmen, oder Arbeitskollegen, die man vernehmen könnte. Ihr Leichnam wies keine Anzeichen sexueller Gewalt auf. Die einzigen Gründe für ihren Tod, die mir beim besten Willen einfallen wollen, stehen alle in Verbindung mit dem Jungen.

Ich stoße einen tiefen Seufzer aus, er raschelt in den Papieren, die über den Tisch verstreut liegen. Ich kann kaum noch schlafen, und wenn, träume ich, dass ich wieder am Strand bin, dass ich umherrenne und Fremde anschreie, sie frage, ob sie meinen Sohn gesehen haben. Die Arbeit hält mich beschäftigt und gibt mir einen Grund, wach zu bleiben, aber sie macht auch die Albträume schlimmer, wenn ich dann irgendwann doch vor Erschöpfung einnicke. Ein toxischer Kreislauf, den ich nicht zu durchbrechen vermag.

Ein Foto von Paulas Leiche ragt aus einer Ecke der Ermittlungsakte. Ich ziehe es heraus und betrachte ihr hübsches Gesicht, entstellt durch die zahnlosen Kiefer, die Schusswunde in der Stirn und die Knochenstückchen, die sich in ihrem Haar verfangen haben.

Die Einzigen, die solche Zerstörung hinterlassen, sind kriminelle Organisationen mit genauen Kenntnissen unserer Arbeitsweise, und die Geschäftsfelder, in denen sie operieren, sind üblicherweise der Handel mit Drogen oder Sex.

Der Verdacht, dass Jamie Opfer von Letzterem geworden ist, besteht schon lange.

Tränen brennen in meinen Augen. Ich lege die Finger auf die Augenlider und drücke fest darauf.

Seit ich diesen kleinen Jungen auf den Überwachungsaufnahmen gesehen habe, verfolgt mich der fröhliche Schwung in seinem Schritt, die Art und Weise, wie er Paulas Hand hielt, als sie vom Schultor weggingen. Allein der Gedanke, dass jemand einem so unschuldigen Kind etwas antun könnte, bereitet mir Übelkeit. Wie fest ich auch auf meine Augenlider drücke – ich spüre, wie Tränen heraussickern und über mein Gesicht rinnen. Alles, was ich gefühlt habe, als mir Jamie entrissen wurde, kommt wieder an die Oberfläche.

»Ma'am?«

Ich schrecke vom Stuhl hoch und blicke zur Tür, wo DS Ryan steht.

»Was machen Sie hier?«, frage ich und wische mir hastig das Gesicht ab. »Ich dachte, Sie sind nach Hause gegangen.«

»Ich bin noch ein bisschen geblieben«, sagt er. »Um an dem Gefallen zu arbeiten, um den Sie mich gebeten haben.«

Wenn er jetzt mit schlechten Nachrichten kommt, weiß ich nicht, wie ich das verkraften soll. Ich setze mich fest auf den Stuhl, den Rücken aufgerichtet, wappne mich.

»Und?«

Er zieht die Hand hinter dem Rücken hervor und hält mir eine Mappe hin.

Mit klopfendem Herzen schlage ich sie auf.

»Ich denke, wir können mit Sicherheit sagen, dass Sie richtiggelegen haben, was den Jungen angeht.«

42

ANNA

DIENSTAG, 9. APRIL 2019, 20:45 UHR

Wir sind bestimmt schon zwanzig Minuten unterwegs, aber bisher hat noch niemand ein Wort gesagt.

Ich bekomme keine Luft. Meine Lunge fühlt sich an, als sei sie aufgeblasen, ohne dass ich die Luft wieder ausstoßen kann, ich ersticke an meinem eigenen Atem. Jemand hat mir die Hände mit einem Kabelbinder zusammengeschnürt, und der sitzt so eng, dass ich meinen Puls in den Fingerspitzen fühle. Doch das kümmert mich kaum.

Zack muss genauso entführt worden sein. Eine Kapuze über dem Kopf, die Handgelenke gefesselt. Ich stelle mir vor, wie der Kabelbinder in seine schöne weiche Haut einschneidet. Höre sein verängstigtes Wimmern unter dem Kissenbezug. Er muss so schreckliche Angst gehabt haben.

Wenn ich sterbe, wird niemals herauskommen, was Zack zugestoßen ist. Der einzige Mensch, der Bescheid weiß, ist Margot. Was ist, wenn sie sie auch umbringen?

In der Abgeschlossenheit des Kissenbezugs lasse ich die Tränen laufen, bis ich sie an meinem Kiefer zittern fühle. Ich kann nicht aufhören, daran zu denken, dass Zack genau dieselbe Angst durchgemacht hat.

Sie werden ihn niemals finden. Niemand wird wissen, wo nach ihm gesucht werden muss. Wenn ich umgebracht werde und Margot sich absetzt, wird niemand jemals erfahren, was mit uns passiert ist.

Das Auto wird langsamer, Schotter knirscht unter den Reifen. Mein Atem geht noch flacher, und die Luft unter dem Sack wird heiß.

Bremsen quietschen, dann bleiben wir stehen. Türen werden aufgerissen und zugeschlagen, und das Auto schaukelt leise unter dem Gewicht menschlicher Körper. Eine Hand packt meinen Arm, und Angst schießt durch mich hindurch.

»Steig aus«, sagt ein Mann.

Ich schiebe mich die Sitzbank entlang, stoße mir den Kopf am Türrahmen und setze blind die Füße auf den Schotter. Die Nachtluft bläst den Kissenbezug gegen mein Gesicht. Meine Tränen werden kalt.

»Vorwärts.«

Ich werde über Schotter geführt, höre ihn unter meinen Schuhsohlen knirschen, während die Männer sich in einer Sprache unterhalten, die ich nicht verstehe. Der Schotter wird zu taufeuchtem Gras. Mein Herz rast schneller und schneller. Ich kann es beinahe schmecken, einen metallischen Hauch in meinem Mund.

Wenn Margot sich nun geirrt hat und diese Leute mit Zacks Entführern zusammenarbeiten? Wenn wir hier direkt in eine Falle laufen?

Mein rechter Fuß rutscht auf dem feuchten Gras weg, und die Finger des Fremden graben sich tiefer in meine Haut, als ich wieder hochgezogen werde. Vielleicht führen sie mich auf eine Lichtung und fordern mich gleich auf, mich hinzuknien, und halten mir eine Waffe an den Hinterkopf.

»Bi-bitte …« Die Angst hat mich an der Kehle. Ich hole tief Luft und ersticke daran. »Bitte töten Sie mich nicht. Mein Sohn …«

»Ruhe.«

»Bitte …«

Ein lautes Hämmern lässt mich verstummen, ein Ruck am Arm bedeutet mir, dass ich stehen bleiben soll. Sein Griff brennt jetzt, wie damals als Kind, wenn Jeff mir den Arm umgedreht hat. Meine Beine zittern nutzlos.

Ein Metallriegel wird zurückgezogen, gefolgt vom Geräusch einer Tür, die in den Angeln quietscht.

»Weitergehen.«

Ich stolpere vorwärts, spreize sinnlos die Finger meiner gefesselten Hände. Die Tür knallt hinter mir zu. Das Geräusch hallt im Raum wider und zerrt an meinen Nerven.

Mein Mund ist so trocken vor Angst, dass die Innenseiten meiner Wangen an den Zähnen kleben. Schwere Schritte zu beiden Seiten. Ich bleibe stehen, zitternd und stumm bis auf das Rasseln meines hektischen, panischen Atmens unter der Kapuze.

Ich werde geschubst, unvermittelt und mit so viel Kraft, dass ich mit einem lauten Schrei nach hinten falle. Ein Stuhl fängt meinen Sturz ab.

»Es tut mir leid«, stammele ich. »Sie haben mir keine andere Wahl gelassen. Mein Sohn …«

Die Kapuze wird mir vom Kopf gerissen, und ich werde von grellem weißen Licht geblendet. Ich blinzele heftig und erkenne vier maskierte Männer, die jeweils zu zweit zu beiden Seiten einer Stahltür stehen, die mit schweren Riegeln verschlossen ist.

Ängstlich sehe ich mich im Raum um. Der Boden, die Wände und die Decke über mir sind aus dunkelgrauem Beton. Über meinem Kopf baumelt eine einzelne Glühbirne, die im Luftzug noch leise hin und her schwingt. In genau so einem Raum stelle ich mir Zack vor, allein und frierend.

Oh, Gott, wenn sie nun wirklich mit den Entführern zusammenarbeiten und das hier der Ort ist, wo Zack gefangen gehalten wird? Ich habe gegen ihre Regeln verstoßen, als ich Margot die ganze Geschichte erzählt habe, und jetzt werden sie mich dafür bezahlen lassen.

Die Tür geht auf.

Ein Mann kommt herein, ebenfalls mit einer Sturmhaube über dem Kopf und in einem tiefschwarzen Anzug. Er überragt die anderen noch. Er kommt auf mich zu und bleibt direkt vor meinen Knien stehen. Ich spüre seinen Atem auf meinem Gesicht. Heiß und scharf. Alles, was ich von ihm sehe, ist ein Fleckchen dunkler Haut im Ausschnitt seines Hemdes und tiefbraune Augen. Sie kommen mir bekannt vor, als hätte ich sie schon einmal gesehen, und dann begreife ich, an wen sie mich erinnern.

Das ist Fahim Shabbar.

Ich habe seinen Neffen ermordet.

Ich öffne die Lippen und stammele los, während ich noch den Mut zusammenraffe, zu sprechen.

»Ich wollte es nicht tun«, sage ich verzweifelt. »Aber sie haben gesagt, sie bringen meinen Sohn um, wenn ich es nicht tue. Sie haben ihn immer noch. Er heißt Zack. Er ist erst acht Jahre alt.«

Als die Tränen zu fließen beginnen, senke ich den Blick und quietsche auf, als er mein Kinn ergreift und mich zwingt, ihn anzusehen.

»Wer sind ›*die*‹?«

»Ich weiß es nicht«, stottere ich. »Sie haben mir nichts gesagt.«

Sein Griff um mein Kinn wird fester. Der Hass in seinen Augen ist so brennend, dass ich anfange, mich unter seinem Blick zu winden.

»Beschreiben Sie sie.«

Ich versuche, an den Tag zurückzudenken, an dem ich nach Hause gekommen bin und sie in meinem Haus vorgefunden habe, doch es ist, als hätte mir jemand einen Schlag auf den Hinterkopf versetzt. Alles ist durcheinander. Ich schließe die Augen und versuche, mir die Szene vorzustellen.

»Der Mann, der mit mir gesprochen hat … Er war weiß, ungefähr vierzig oder so, mit dunklem Haar, ein bisschen Grau an den Schläfen. Blaue Augen, und er hat mit Akzent gesprochen. Das haben sie alle getan. Es klang osteuropäisch, aber ich könnte nicht sagen, nach welchem Land. Sie hatten Tattoos.«

Fahim sagt über die Schulter hinweg etwas in seiner Muttersprache zu den anderen Männern.

»Wissen Sie, von wem ich rede?«

»Ja.«

Mein Herz macht einen Sprung.

»Die haben meinen Sohn! Ich würde alles tun, um ihn zu …«

»Woher wissen Sie, wer ich bin?«, fragt er. Ich spüre seinen Puls an meinem Hals. Ruhig und rhythmisch.

»Ich wollte herausfinden, wer die Entführer sind, damit ich meinen Sohn finden kann, aber dafür mussten wir erst wissen, warum sie Ahmed töten wollten. Ich sage niemandem, wer Sie sind oder was Sie machen. Ich will nur meinen Sohn zurück.«

»*Wir.* Sie und die kleine Barnes?«

Ich nicke heftig.

»Sie hat gesehen, was ich getan habe, und erpresst mich jetzt damit. Sie will Geld. Und meine Ringe. Ich habe ihr gesagt, sie bekommt sie nur, wenn sie mir und meinem Sohn hilft.«

Er blickt auf meinen Ehering hinunter, nickt ruhig und lässt langsam mein Gesicht los.

»Tötet sie.«

Damit dreht er sich zur Tür um, während einer der Maskierten auf mich zutritt und eine Pistole aus seinem Gürtel zieht.

»*Nein, nein, nein, nein!* Bitte! Wenn Sie mich umbringen, wird mein Sohn nie gefunden werden!«

Fahim zieht die Tür auf, der maskierte Mann steht vor mir und zieht den Schlitten der Waffe zurück. Ich höre eine Kugel ins Magazin klicken.

»Ich tue alles, was Sie wollen! Bitte!«

Das kalte Metall des Pistolenlaufs drückt gegen meine Stirn. Die Angst ist überwältigend, durchfährt mich wie ein Stromschlag. Tränen strömen mir übers Gesicht. Ich schluchze hemmungslos, mein Gesicht verzerrt, und Speichelfäden bilden sich zwischen meinen Lippen. Ich platze mit der ersten Begründung heraus, die mir in den Kopf kommt, die Worte purzeln in einem Aufschrei zwischen meinen Lippen heraus.

»Sie brauchen mich vielleicht noch! Ahmeds Krankheit ist erblich!«

Ich spüre, wie sich der Finger des Mannes am Abzug spannt, und kneife die Augen zu.

»Warte.«

Keuchend sitze ich mit fest zugedrückten Augen da, und der Puls hämmert in meinen Ohren. Die Waffe löst sich von meiner Stirn, ich höre Schritte den Raum durchqueren. Eine Hand reißt an meinem Kinn, und meine Augenlider schnellen in die Höhe.

»Was haben Sie gesagt?«, fragt Fahim.

Er blickt mich mit beinahe brutaler Neugier an. Seine Augen suchen mein Gesicht ab, seine Lippen sind grimmig zusammengepresst. Ich blicke verzweifelt zu ihm auf, meine Tränen laufen über seine Hand.

Das ist meine einzige Chance.

»Ahmeds Krankheit ist erblich. Wenn Sie oder einer Ihrer Verwandten jemals ähnliche Symptome haben, aber keine Hilfe über offizielle Kanäle bekommen können, weil Sie krimin…« Ich breche ab und blinzele die Tränen weg. »Wegen dem, was Sie tun … Ich könnte Sie behandeln.«

»Wie?«, fragt er ungeduldig.

Er blickt mich gespannt an, sein Blick ist durchdringend, und er blinzelt nicht.

»Medikamente. Eine Operation. Was immer Sie brauchen. Ich finde einen Weg.«

Flehentlich sehe ich zu ihm auf, betrachte, was ich von seinem Gesicht sehen kann. Seine Wimpern sind lang und dick, genau wie Ahmeds.

»Ich würde alles tun, um meinen Sohn zurückzubekommen. Ich verrate niemandem, wer Sie sind. Das könnte ich auch gar nicht, selbst wenn ich wollte. Ich würde mich selbst belasten. Bitte, ich will nur meinen Sohn retten.«

Er starrt mir noch eine Weile in die Augen, sucht in meinem Blick, mustert mein Gesicht, das Zittern meiner Lippen.

»Bitte …«

Langsam lässt er mein Kinn los. Ich spüre, wie das Blut wieder dahin zurückfließt, wo sein Griff es gestaut hatte.

»Kommen Sie mit«, sagt er und geht an mir vorbei zu einer Tür in meinem Rücken.

Ich sitze schlotternd auf dem Stuhl, während mir klar wird, wie knapp ich gerade dem Tod entgangen bin, bevor ich mich zwingen kann, aufzustehen. Meine Beine zittern unter meinem Gewicht, und Lichtblitze treiben in mein Blickfeld.

»Wo gehen wir hin?«, stammele ich, als ich mich langsam zu der Tür umdrehe.

Er schnippt einem der Männer mit den Fingern zu.

»Zu dem Patienten.«

Von hinten wird mir der Kissenbezug über den Kopf gestülpt.

Ich muss in ein Nebengebäude geführt worden sein, denn wir überqueren erneut das Gras, bei leichtem Regen und kaltem Wind, gehen durch eine weitere Tür. Ich werde hineingeschoben, Schuhsohlen quietschen auf Holzdielen, die Männer, die mich hergebracht haben, gehen dicht hinter mir.

Jemand nimmt meine gefesselten Hände und legt sie auf ein Geländer, und ich steige von Kopf bis Fuß zitternd vorsichtig die Treppe hinauf.

Tu einfach, was sie sagen. Tu, was immer du tun musst, um hier rauszukommen. Zacks Leben hängt davon ab.

Ich erreiche das Ende des Geländers und folge dem Mann, der meine gefesselten Handgelenke gepackt hat und mich durch einen langen Flur führt. Nach fünfzehn Schritten hält er an und klopft an eine Tür. Die anderen bleiben so dicht hinter mir stehen, dass ich den Atem von einem von ihnen durch die Kapuze am Hinterkopf spüre. Wieder höre ich das Fingerschnippen. Jemand nimmt mein Handgelenk, ich spüre kaltes Metall, dann gibt der Kabelbinder nach. Das Blut strömt zurück in meine Hände.

Die Tür öffnet sich knarrend.

»Gehen Sie rein, aber nehmen Sie die Kapuze nicht ab, bevor ich es sage«, sagt Fahim.

Blind taste ich mich in den Raum hinter der Tür. In der Luft hängt derselbe medizinische Geruch wie im Krankenhaus. Ich kann das Knistern eines Feuers und ein zischendes Geräusch hören.

»Nehmen Sie die Kapuze ab.«

Langsam hebe ich die Hände und ziehe sie ab.

Ich stehe in einem Schlafzimmer mit hoher Decke, holzvertäfelten Wänden und zwei Sesseln vor einem großen, offenen Kamin. Die hohen Fenster sind mit dicken, schweren Vorhängen verhängt.

Ich stehe am Fußende eines Pflegebettes. Der Patient darin scheint etwa in meinem Alter zu sein, aber er sieht todkrank aus. Seine Haut ist fahlgrau, sein Brustkorb hebt und senkt sich schwer, und sein Atem rasselt hinter einer Sauerstoffmaske. Er starrt mich schweigend an.

»Mein anderer Neffe«, sagt Fahim, als er neben mich tritt. »Ahmeds Cousin. Er wird per Haftbefehl gesucht. Wenn er ins Krankenhaus geht, wacht er in Handschellen auf.«

Neben dem Bett des Patienten steht eine Frau, die mich misstrauisch mustert. Sie trägt ebenfalls eine Sturmhaube, um ihre Identität zu verbergen, aber ich kann langes, dunkles Haar sehen, das ihr weit über den Rücken reicht, und wunderschöne, hellbraune Augen, die aus den Löchern in der Maske hervorblicken.

»Das ist seine Pflegerin«, sagt Fahim.

Sie nickt und reicht mir eine Mappe.

»Das sind meine Notizen. Ich hoffe, sie sind ausreichend.«

Sie wirkt kalt, und ich bemerke, dass sie die Hand des Patienten hält. Ein großer Diamantring glänzt an ihrem Finger. Das muss seine Frau sein.

»Setzen Sie sich«, sagt Fahim. »Und lesen Sie.«

Ich setze mich in den Sessel, der am dichtesten am Feuer steht, und schlage zitternd in meiner regenfeuchten Kleidung mit unsicheren Fingern die Mappe auf.

Die Notizen sind von Hand geschrieben, doch nach Jahren im Arztberuf bin ich an schwer leserliche Handschriften gewöhnt und sehe die Notizen so schnell wie möglich durch, immer in dem Bewusstsein, dass jede meiner Bewegungen beobachtet wird. Zu tun, was ich am besten kann, verschafft mir ein willkommenes Gefühl innerer Ruhe, und ich konzentriere mich auf die Aufgabe, die vor mir liegt. Der Patient bekommt mindestens ein Dutzend Medikamente. Keines davon wird ihn noch viel länger am Leben erhalten.

»Wie lang ist er schon bettlägerig?«, frage ich die Pflegerin.

»Neun Monate«, antwortet sie. »Manchmal bekommt er so schlecht Luft, dass ihm schwindelig wird.«

»Wird er ohnmächtig?«

Sie nickt.

»Hier steht, Sie konnten ihm ein Angiogramm beschaffen?«

Sie nickt wieder und öffnet den kleinen Nachttisch neben dem Bett des Patienten. Dann kommt sie zu mir und reicht mir die Röntgenaufnahme.

Ich halte sie gegen das Licht des Kaminfeuers, während die Pflegerin wieder an die Seite des Patienten zurückkehrt, und sehe, dass alle vier Koronararterien Blockaden aufweisen, allerdings ist keine so schlimm, dass sie den schlechten Zustand des Patienten erklären könnte.

»Das ist schon eine Weile her, oder?«

»Letztes Frühjahr«, antwortet sie.

Was bedeutet, dass sich der Zustand seiner Gefäße in nur einem Jahr erheblich verschlechtert haben muss. Ich stehe auf, gehe zum Bett und gebe ihr die Mappe zurück. Sie hat ein Stethoskop um den Hals hängen.

»Darf ich?«

Sie nickt und nimmt es vom Hals. Der Patient mustert mich von oben bis unten.

»Darf ich Sie abhören?«, frage ich.

Er blinzelt zweimal schnell hintereinander.

»Das heißt ja«, sagt sie.

»Bekommt er nicht genug Luft, um zu sprechen?«

»Er hat eine schlechte Nacht. Manche Tage sind besser als andere.«

Ich stecke mir die Stöpsel des Stethoskops in die Ohren und höre ihn ab. Sein Herz schlägt gefährlich schnell für einen Menschen, der im Bett liegt. Einen solchen Puls würde man bei jemandem erwarten, der gerade einen Zehnkilometerlauf hinter sich hat. Ich lege die Finger an seinen Hals.

»Sorry, wenn meine Hand ein bisschen kalt ist«, sage ich mit einem kleinen Lächeln, mein üblicher Spruch, mit dem ich versuche, die Patienten zu entspannen, doch er reagiert nicht. Ich lausche eine ganze Minute seinem Herzen, blende das Ticken der Uhr in der Ecke aus, den Regen, der gegen die Fenster schlägt, die Hitze von Fahims starrem Blick. Ich zähle hundertdreißig Schläge, und die sind alles andere als gleichmäßig. Dieser Mann gehört ins Krankenhaus. Er hat inzwischen die Augen geschlossen und ist eingeschlafen. Ich vermute, dass er häufig wegdämmert, weil ihm der Sauerstoff fehlt.

»Sein Zustand ist ernst. Er muss so bald wie möglich operiert werden.«

Fahim winkt mich zum Kamin hinüber. Seine Hand liegt in meinem Kreuz, als ich den Raum durchquere, und mein Herz rast wieder, als ich ihm gegenüber am Feuer Platz nehme. Die Flammen spiegeln sich in seinen Augen.

»Denken Sie, Sie können ihn retten?«

»Ja, mit der richtigen Ausstattung und Unterstützung.«

Er starrt mich lange an. Ich sehe Wut in seinem Blick aufflackern, Zweifel.

»Ich würde nicht … nicht noch einmal tun, was ich getan habe.«

Er starrt mich weiter nur an, und ich kann nicht anders, als mich unter der Intensität seines Blickes zu winden.

»Wie kann ich Ihnen vertrauen?«, fragt er schließlich.

»Nicht mehr, als ich Ihnen vertrauen kann. Ich könnte ihn operieren, und Sie bringen mich trotzdem hinterher um.«

Er nickt schweigend, als wäre ihm der Gedanke bereits gekommen; mein Magen sackt bei dem Gedanken weg. Es ist erschreckend, wie wenig ihm mein Leben bedeutet. Er könnte mich jederzeit töten.

»Ich kann Ihren Neffen retten, Mr Shabbar. Aber nur, wenn Sie meinen Sohn retten.«

»Oh, also verhandeln wir jetzt?«, antwortet er mit einem spöttischen Lächeln. »Und ich dachte doch glatt, Sie würden ihn operieren, damit ich Ihnen keine Kugel in den Kopf jage.«

Ich erinnere mich an das kalte Metall an meiner Stirn und schlucke schwer.

»Mir geht es nur um meinen Sohn.«

Er betrachtet mich wieder lange. Ich höre das Ticken der Uhr auf der anderen Seite des Zimmers, das langsame Zischen des Sauerstofftanks, der die Lunge des Patienten füllt.

»Okay«, sagt er schließlich. »Sie operieren, und wir holen im Gegenzug Ihren Sohn zurück.«

Mein Herz macht einen Satz. Ich öffne den Mund, um ihm zu danken, als er weiterspricht.

»Ihnen ist klar, was Ihnen und Ihrem Sohn passiert, wenn mein Neffe nicht überlebt?«

Er wird uns töten.

Ich nickte schweigend, als mir dämmert, dass ich eigentlich nur eine Bedrohung durch eine andere tausche.

Aber immerhin bekommen wir eine Chance.

»Wer hat Zack?«, frage ich. »Wer tut uns das an?«

»Einer unserer Konkurrenten, die Volkovs. Ahmeds Einfluss hat ihnen das Geschäft verdorben. Jetzt schlagen sie zurück. Sie dachten offenbar, sie können Sie benutzen, um ungeschoren davonzukommen.«

Das ist alles? Sie benutzen Zack und mich nur, um sich zu rächen?

»Wann können Sie ihn rausholen? Er ist in Gefahr, und er ist doch noch so klein … Er muss so furchtbare Angst haben …«

»Das hängt von der Operation ab«, fällt er mir ins Wort. »Je eher sie stattfindet, desto eher bekommen Sie Ihren Sohn zurück. Also liegt es an Ihnen.«

Ich starre ihn leer an, versuche, einen Weg aus der Ecke herauszufinden, in die ich mich manövriert habe. Ich kann nicht einfach spontan eine Operation durchführen, schon gar nicht, ohne dass es jemand mitbekommt. Ich brauche einen Operationssaal, ein Team, Anästhesie. Ich darf nicht einmal das Krankenhausgelände betreten, allein meine Anwesenheit würde Alarm auslösen.

Fahim beobachtet mich, wartet. Ich blicke nervös zu dem Patienten hinüber und versuche, mir selbst auszureden, was ich gerade vorschlagen will. Ich wiederhole den Gedanken, den ich hatte, bevor ich das Zimmer betreten habe.

Tu einfach, was sie sagen. Tu, was immer du tun musst, um hier herauszukommen. Zacks Leben hängt davon ab.

»Heute Nacht«, platze ich heraus. »Wir machen es gleich heute Nacht.«

Die Pflegerin springt auf und flüstert etwas in einer Sprache, die ich nicht verstehe. Fahim hebt die Hand, um sie zum Schweigen zu bringen, ohne den Blick von mir zu wenden.

»Ihr Neffe schwebt bereits in großer Gefahr«, sage ich mit so viel Autorität, wie ich aufbringen kann. »In dem Zustand, in dem er ist, hält er keine Woche länger durch. Er hätte längst operiert werden müssen. Je eher wir es tun, desto wahrscheinlicher wird er überleben.«

Und desto eher bekomme ich meinen Sohn zurück.

Er sieht mich so lange an wie noch nie, und ich erwidere seinen Blick, ohne nachzugeben.

Die Pflegerin sagt wieder etwas und blickt dabei böse auf Fahims Rücken.

»Wir müssen ihr vertrauen«, antwortet er auf Englisch. »Sie ist unsere einzige Hoffnung.«

Tränen der Erleichterung prickeln in meinen Augen.

Zu denken, dass ich, wenn das alles vorbei ist, Zack wieder in meine Arme schließen kann! Ich weiß noch nicht, wie ich das fertigbringen werde, aber wenn ich die Operation durchgeführt habe und die Shabbars mit den Entführern fertiggeworden sind, werden sie aus unserem Leben verschwinden, und Detective Conaty wird sich zurückziehen, sobald sie sieht, dass Zack in Sicherheit ist. Dann muss nur noch die Untersuchung des Krankenhauses zu meinen Gunsten ausgehen. Allerdings nur, wenn … Eine weitere Sorge beginnt an mir zu nagen. Eine Bedrohung, die ich noch aus dem Weg räumen muss.

»Eins noch«, sage ich und werfe einen Blick auf die Frau, die am Bett des Patienten steht. »Etwas, das wir unter vier Augen besprechen müssen.«

Fahim sagt etwas zu der Frau in seiner Muttersprache. Sie sieht mich böse an und verlässt ohne ein weiteres Wort den Raum.

Ich spreche erst, als die Tür sich hinter ihr geschlossen hat und wir allein mit dem schlafenden Patienten sind.

43

MARGOT

DIENSTAG, 9. APRIL 2019, 22:30 UHR

Ich stehe vor den Männern und zittere in der Dunkelheit. Meine Wange brennt noch, wo Jax mir eine Ohrfeige verpasst hat, damit ich aufhöre zu schreien. Ich bin hart zu Boden gegangen und habe mir die Wange aufgeschürft. Mein Ellbogen hat das meiste abgefangen, er wird morgen grün und blau sein.

Die Männer haben mich nicht aus den Augen gelassen.

Zwei Stunden müssen vergangen sein, seit sie Anna mitgenommen haben. Anfangs hatte ich gedacht, sie wollten sie umbringen, und mir die verschiedenen möglichen Todesarten für sie ausgemalt, während ich da frierend allein in dem Hof stand und mich fragte, wie lange es dauern würde, bis sie dasselbe mit mir machen. Doch während die Zeit verstrich und die Panik sich allmählich legte, dämmerte es mir, dass sie mich nicht hier so stehen lassen würden, wenn sie sie loswerden wollten. Sie hätten sich längst auch um mich gekümmert. Aber noch warten wir.

Ich muss mal, und meine Kehle ist ganz ausgedörrt. Vor etwa einer Stunde habe ich gefragt, ob ich mich vielleicht ins Auto setzen könnte, um mich warm zu halten, aber die Männer haben nicht geantwortet, sondern mich einfach nur weiter angestarrt. Seitdem stehe ich hier, zitternd und rauchend, während sich immer mehr Kippen um meine Füße herum sammeln.

Als ich hinter mir Motorengeräusche höre, drehe ich mich um. Scheinwerfer nähern sich auf dem unebenen Feldweg, wippen auf und ab, während sie Schlaglöcher und Bodenwellen nehmen.

Das muss sie sein. Sie bringen sie zurück. Oder sie haben sie umgebracht und kommen jetzt mich holen.

Der Wagen erreicht den Anfang der kleinen Straße und biegt nach links ab, als wollte er an der Halle vorbeifahren. Dann bremst er abrupt ab und hält. Mein Herz sinkt. Das ist nicht das Auto, in dem Anna weggefahren wurde, sondern ein Porsche Cayman mit einem Nummernschild aus dem vergangenen Jahr. Einfach nur ein weiteres gestohlenes Fahrzeug.

Damien und Rick steigen aus.

Oh, Scheiße.

»Was zum Teufel machst du hier?«, fragt Damien, während er mit langen Schritten auf mich zukommt, dicht gefolgt von Rick.

»Hey«, sagt Damien, als er mich erreicht. »Ich hab dich was gefragt.«

Seine Augen quellen vor Wut fast aus den Höhlen. Als er die Schürfwunde auf meinem Wangenknochen entdeckt, sieht er sofort den Mann an, der mich bewacht.

»Warst du das?«

»Jax«, sagt der Mann auf der anderen Seite. »Sie hat Ärger gemacht.«

Er sieht wieder mich an und bebt förmlich vor Wut.

»Was für Ärger?«

»Schwer zu erklären«, antwortet er.

Er packt mich an den Armen.

»Ich hab dir doch gesagt, du sollst nicht hierherkommen.«

Jetzt, wo sein Gesicht so nah an meinem ist, kann ich sehen, dass seine Pupillen erweitert sind und eine weiße Substanz um seine Nasenlöcher klebt. Ich sehe zu Rick hinüber, der hinter ihm steht: Er wirkt genauso aufgedreht.

»Guck nicht ihn an«, sagt Damien und schüttelt mich. »Guck mich an. Was machst du hier?«

»Hey!«, sagt Rick und schnappt sich meine Hand. »Das ist ja mein Ring!«

Ich reiße meine Hand zurück und zucke zusammen, als Damien mich anschreit.

»Sag was! Los!« Sein Atem bläst mir heiß ins Gesicht.

Ein grelles, weißes Licht scheint in unsere Augen. Wir blinzeln beide, drehen uns um und sehen ein weiteres Fahrzeug in den Hof einbiegen. Als der Motor ausgeschaltet wird und die Scheinwerfer ausgehen, erkenne ich es wieder.

Es ist der Wagen, mit dem Anna abgeholt wurde.

Die Türen öffnen sich in schneller Folge, und ein maskierter Mann nach dem anderen steigt aus. Ich hoffe jedes Mal, Annas Kopf zu sehen, und jedes Mal wird mir das Herz schwer, wenn es jemand anderes ist.

Oh, Gott, sie haben sie tatsächlich umgebracht. Sie liegt irgendwo tot im Graben und verrottet.

Noch jemand steigt aus. Es ist zu dunkel, und ich gehe einfach davon aus, dass es noch ein Maskierter ist, bis mir auffällt, dass es keine Sturmhaube ist wie bei den anderen, sondern eine Kapuze. Ich sehe, wie sie heruntergerissen wird und Annas blonde Haare in der Dunkelheit klar zu erkennen sind.

Ich reiße mich von Damien los und laufe zu ihr. Sie wirkt seltsam gefasst, aber ihr Gesicht ist totenbleich. Die maskierten Männer gehen ohne ein Wort an mir vorbei.

»Alles okay?«

Ich mustere sie von oben bis unten, suche nach Blutergüssen und Blut, doch sie scheinen sie nicht angerührt zu haben. Sie nickt stumm und sieht dann meine Wange.

»Wir müssen los«, sagt sie drängend und dreht sich ohne eine weitere Erklärung um.

»Warten Sie, was ist passiert. Ich dachte …«

Ich blicke über die Schulter. Damien und Rick starren mich verblüfft an.

»Margot«, sagt Anna scharf. Sie steht neben meinem Wagen und wartet drauf, einsteigen zu können.

Ich werfe einen letzten Blick auf Damien und kann immer noch sehen, wie stinkwütend er ist, weil ich hierhergekommen bin. Ich sollte kurz zu ihm gehen und mit ihm reden, erklären, dass es notwendig war, um an das Geld zu kommen, aber ich spüre, wie unruhig Anna wird. Ich kann es mir nicht leisten, dass sie ohne mich fährt.

Ich gehe zu meinem Auto zurück und drehe mich nicht mal um, als Damien meinen Namen ruft.

»Also, was ist passiert?«, frage ich, als wir ins Auto steigen. »Haben sie Ihnen was getan?«

Ich lasse den Motor an und wende. Sie sagt kein Wort, bis wir den holprigen Weg zur Hälfte hinter uns gebracht haben.

»Mir geht's gut.«

»Was wollten die denn?«

Sie starrt aus dem Fenster, als hätte sie mich nicht gehört. Ich komme ans Ende des Feldwegs und biege auf die Landstraße ein, atme den Geruch von frischem Schweiß ein, der von ihr ausgeht. Sie tippt nervös mit der Fußspitze auf den Boden.

»Anna«, sage ich streng. »Was wollten die?«

»Sie holen meinen Sohn zurück«, sagt sie, seltsam ruhig. »Aber vorher müssen wir noch etwas für sie tun.«

»Oh, das ist ja toll …«, antworte ich vorsichtig, verwirrt durch ihre Stimmung. »Was denn?«

Sie schweigt wieder und starrt in die Ferne. Beinahe als wäre sie high oder so was. Sie ist noch ganz mitgenommen von dem, was ihr passiert ist.

»Ahmed Shabir hat einen Cousin«, sagt sie schließlich. »Er braucht unsere Hilfe.«

Braucht unsere Hilfe? Worauf will sie hinaus?

»Er muss operiert werden?«, frage ich.

»Ja.«

»Was soll denn daran unmöglich sein? Sie machen doch jeden Tag Bypässe. Sie können ihn einfach anmelden und …«

»Es muss geheim bleiben«, unterbricht sie mich und sieht mir endlich in die Augen. »Und es muss heute Nacht passieren.«

»Moment, Moment, Moment … *was?*« Ich lache auf, so absurd ist das, und richte den Blick wieder auf die Straße. Sie lacht nicht mit. »Wie sollen wir das anstellen? Wir haben keinen Anästhesisten, keinen Kardiotechniker oder … sonst wen. Wir zwei können doch alleine keine Herz-OP stemmen.«

»Wir müssen einen Weg finden«, sagt sie trocken.

»Hören Sie, ich verstehe ja, dass Sie Ihren Sohn zurückhaben wollen, aber das ist doch nicht zu Ende gedacht. Wie sollen wir eine Herz-OP durchführen, ohne dass jemand im Krankenhaus davon erfährt?«

»Bei Ahmed Shabir haben wir das auch getan. Wir machen einfach alles genauso wie bei ihm: den Patienten durch den Hintereingang hineinbringen, den ganzen Trakt unter dem Vorwand einer gründlichen Reinigung abriegeln, den OP-Saal blocken, damit niemand anderes ihn buchen kann. Wir kriegen das hin.«

Ich bin nicht sicher, ob sie wirklich glaubt, was sie sagt, oder ob sie versucht, nicht nur mich, sondern auch sich selbst zu überzeugen. Wie dem auch sei, sie hört sich völlig irre an, und bei dieser Beleuchtung sieht sie auch so aus: die Pupillen infolge des Schocks erweitert, ihre Hände zittern in ihrem Schoß.

»Ach ja? Und was ist mit den Laboruntersuchungen, die Sie brauchen? Blutbild, EKG, Röntgen, Echo, Venen-Mapping und sonst noch alles Mögliche. Wenn Sie nur eine davon veranlassen, kann das Krankenhaus sie zu uns zurückverfolgen, und wenn nicht, wissen Sie nicht, womit wir es zu tun haben, jedenfalls nicht vollständig. Besteht Ihr großer Plan darin, im Blindflug zu operieren?«

»Wenn es sein muss, ja!«

Ich fahre an den Straßenrand und trete auf die Bremse. Wir werden beide nach vorn in die Gurte geschleudert.

»Hören Sie sich eigentlich selbst zu? Das ist verrückt.«

»Es ist der einzige Weg, meinen Sohn zurückzubekommen«, antwortet sie fest. »Und der einzige Weg, wie Sie an Ihr Geld kommen.«

Ich starre sie an, gleichermaßen wutentbrannt wie auch voller Bewunderung für ihre Sturheit. Das ist das Fahrlässigste, was wir tun könnten. Wenn wir erwischt werden, wird Anna nie wieder operieren, und ich kann mein Vorstrafenregister noch um ein Verbrechen mehr ergänzen. In einem Krankenhaus, in dem ich gefeuert wurde, bei einer Operation assistieren? Das würde so viele verschiedene Anklagen wegen fahrlässiger Gefährdung nach sich ziehen, dass ich sie gar nicht alle aufzählen kann.

Aber wenn ich das Geld nicht kriege, lande ich trotzdem im Gefängnis.

»Also, wie jetzt, glauben Sie wirklich, wir können zu zweit eine Bypass-OP durchziehen?«

»Natürlich nicht«, faucht sie.

»Wie wollen Sie das dann anstellen? Niemand, der einigermaßen bei Sinnen ist, würde Ihnen dabei helfen, nicht mal, wenn Sie ihm eine verdammte Pistole an den Kopf halten.«

Anna dreht sich in ihrem Sitz zu mir und starrt mir in die Augen.

»Sie müssen aufhören, so zu tun, als hätten wir irgendeine Wahl, Margot. Wir stecken da beide drin. Bis zu Ihrer genialen Idee hatten wir es nur mit einer Bedrohung zu tun, jetzt sind zwei gefährliche Verbrechergruppen hinter uns her. Wenn wir diese OP nicht machen und ich auffliege, weil ich Ahmed Shabir getötet habe, dann bringen die Männer, die meinen Sohn haben, ihn um, und danach uns beide. Aber wenn wir die OP machen, holen die Shabbars meinen Sohn zurück und kümmern sich um die Männer, die ihn entführt haben. Zwei Fliegen, eine Klappe. Sie kriegen Ihr Geld, und ich bekomme mein Kind zurück. Das ist unser einziger Ausweg. Also bleiben wir jetzt so lange in diesem Auto sitzen, bis uns ein Plan einfällt, weil ich nämlich keine andere Möglichkeit sehe. Sie etwa?«

Ihre Brust hebt und senkt sich, und ihr Blick ist verzweifelt. Ich wende mich ab und sehe auf die vom Mond erleuchtete Straße hinaus.

»Sie vergessen noch eine dritte Möglichkeit«, sage ich.

»Und das wäre?«

»Wir operieren, und der Patient stirbt.«

Wir schweigen beide und malen uns die Folgen aus. Ich bezweifle, dass sie Anna ein zweites Mitglied ihrer Familie töten lassen, ohne sie dafür zur Rechenschaft zu ziehen.

»Nun, dann müssen wir eben dafür sorgen, dass das nicht passiert, oder?«

44

ANNA

MITTWOCH, 10. APRIL 2019, 00:34 UHR

Früher fand ich es immer übertrieben, wenn Leute etwas als außerkörperliche Erfahrung bezeichneten, aber die letzten paar Stunden sind wie im Nebel an mir vorbeigezogen. Ich habe mich Dinge tun sehen, die riskant und fahrlässig waren, und mich selbst angefleht, damit aufzuhören, nur um hilflos zusehen zu müssen, wie ich immer weitergemacht habe: Das verzweifelte Verlangen danach, Zack zurückzubekommen, hat mich dazu gezwungen, immer weiter einen Fuß vor den anderen zu setzen.

Nachdem wir unseren Plan geschmiedet und die Shabbars informiert hatten, haben Margot und ich das Krankenhaus um halb zwölf durch den Hintereingang des Westflügels betreten. Mit Masken über Mund und Nase, um unsere Gesichter zu verbergen, setzten wir dieselben Sicherheitsmaßnahmen um, wie sie für Ahmed Shabirs Operation getroffen worden waren. Der Flur zum OP-Saal ist wegen Grundreinigung abgeriegelt, der Saal selbst ist im Plan geblockt und nicht mehr für andere verfügbar. Drinnen haben wir alle Geräte und Instrumente bereitgelegt, die wir benötigen könnten, sowie jedes erdenkliche Medikament. Margot ist wirklich gut darin, Dinge zu beschaffen, die ihr nicht gehören.

Jetzt bleibt uns nichts anderes mehr zu tun, als auf den Patienten zu warten.

Ich warte im OP-Saal, zusammen mit den beiden Männern, die Fahim geschickt hat, um sicherzustellen, dass wir uns an den Plan halten, und lausche dem Ticken der Uhr und dem nervösen Rattern meines Herzens. Die Stimme eines der Männer erkenne ich von der Fahrt zu Fahim wieder. Beide sind muskulös gebaut und haben die gleiche braune Haut und ebenso schwarzes Haar wie Fahim, doch jetzt tragen sie OP-Kleidung und medizinische Masken, die wir ihnen gegeben haben, um sie zu tarnen. Ich hasse die Art und Weise, wie sie misstrauisch jeden meiner Handgriffe beobachten, aber wir brauchen sie hier, wenn wir die Falle für den Anästhesisten in Bereitschaft erfolgreich stellen wollen. Ich wünschte nur, es wäre nicht ausgerechnet Dr. Burke.

Im Kopf gehe ich immer wieder den Plan durch, besessen von all den verschiedenen Möglichkeiten, wie er scheitern könnte. Erst jetzt, wo der Schock durch die Erschöpfung abklingt und ich Zeit zum Nachdenken habe, wird mir klar, wie hastig wir das alles hier geplant haben. Wenn wir nur mehr Zeit gehabt hätten, um sicherzustellen, dass wirklich alles perfekt ist. Doch heute ist der einzige Abend, an dem die Entführer damit rechnen, dass ich mich im Krankenhaus aufhalte. Und so wie mein Patient ausgesehen hat, wird er ohne diesen Eingriff im Lauf der nächsten Woche sterben.

Und ich kann einfach keinen Moment länger von Zack getrennt sein.

Jetzt oder nie, darauf läuft es hinaus.

Die Tür zur OP-Schleuse öffnet sich mit einem schrillen Quietschen. Wir alle fahren herum. Einer der Männer muss instinktiv nach seiner Waffe gegriffen haben, denn seine Hand schwebt über der Stelle, wo er sie an seiner Hüfte trägt.

Margot kommt herein. Erst als ich erleichtert aufseufze, merke ich, dass ich den Atem angehalten habe.

»Dr. Burke kommt aus dem OP«, sagt sie.

Ich sehe zu den Männern hinüber. Der, dessen Stimme ich erkannt habe, nickt.

Jetzt oder nie.

»Piepsen Sie ihn an«, sage ich.

Margot nimmt den Piepser von ihrer Hüfte und schickt die Nachricht, während ich niederknie und langsam die Hände hebe. Margot tut es mir nach, während die beiden Männer sich hinter uns stellen und ihre Pistolen auf unsere Hinterköpfe richten.

Niemand, der einigermaßen bei Verstand ist, würde Ihnen dabei helfen, nicht mal, wenn Sie ihm eine verdammte Pistole an den Kopf halten.

Das hat Margot gesagt, als ich ihr von dem Plan erzählt habe, und das war es, was uns auf die Idee gebracht hat, wie wir uns Hilfe organisieren könnten. Weil sie falschlag, denn natürlich würde uns jemand bei der OP helfen, wenn sein Leben davon abhängt, oder das Leben von jemandem, den er liebt. Genau so bin ich ja in diesen ganzen Schlamassel hineingeraten.

Mein Herz rast, und ich spüre, wie das Blut durch mich hindurchrauscht und in meinen Knien kribbelt.

Das ist alles für Zack.

Dass jemand mir eine Waffe an den Kopf hält, presst mir die ganze Luft aus der Lunge. Ich sage mir, dass das alles zum Plan gehört, dass er mir nichts Böses will, doch der Gedanke, dass eine Pistole auf mich gerichtet ist, lässt meine Lunge schrumpfen und mein Herz schneller und schneller schlagen, bis meine Atemzüge flacher und flacher werden und mein Kopf anfängt zu schwimmen und …

Dr. Burke öffnet die Tür.

Mein Herz setzt aus.

Ich sehe, wie er verblüfft stehen bleibt und mit offenem Mund auf Margot und mich hinunterstarrt, und dann die Männer anblickt. Sein Blick bleibt an der Pistole hängen, die auf meinen Kopf gerichtet ist.

»W-was geht hier vor?«, stottert er.

»Auf die Knie«, befiehlt der Mann hinter Margot. Er macht einen Schritt nach vorn, die Waffe auf Dr. Burke gerichtet. »Ich habe gesagt: auf … die … Knie.«

Burke geht erst auf ein Knie, dann aufs andere, sodass er direkt vor mir kniet und wir einander in die Augen sehen können. Er zittert so heftig, dass sein Kittel schlottert.

»Was wollen Sie?«, stottert er.

»Dr. Jones wird heute Nacht operieren«, sagt der Mann mit der Waffe. »Und Sie werden ihr helfen.«

Dr. Burke starrt mich schockiert an. Es hat ihm die Sprache verschlagen.

»Sie müssen nur Dr. Jones bei der Arbeit helfen und dürfen nie ein Wort darüber verlieren, was in diesem Raum geschehen ist, und niemandem wird etwas passieren. Verstanden?«

Dr. Burke starrt den Mann an wie in Trance. Er sieht aus, als würde er gleich losschreien oder in Tränen ausbrechen oder beides.

Der Mann hinter mir zieht den Schlitten seiner Pistole zurück. Ich zucke zusammen, als ich das metallische Schnappen höre.

»Okay! Okay!«, antwortet Dr. Burke verzweifelt. »Nur … tun Sie uns nichts.«

»Dr. Burke«, sage ich, und echte Tränen brennen in meinen Augen. »Ich weiß, Sie haben Angst. Ich auch. Aber wenn wir hier lebend rauskommen wollen, müssen wir Ruhe bewahren, und wir müssen einander vertrauen. Wir schaffen das.«

Burke sieht mich an, aufgeputscht vom Adrenalin. Seine Augen vibrieren förmlich in ihren Höhlen.

»Vertrauen Sie mir?«

Er versucht, etwas zu sagen, doch er bringt kein Wort heraus. Sein Blick fällt wieder auf die Waffe, die auf meinen Kopf gerichtet ist.

»Burke …«, sage ich fest. »Diese Männer wissen, wo wir wohnen. Verstehen Sie, was ich sage? Sie wissen, wo unsere Kinder wohnen.«

Sein Gesicht wird kreidebleich.

»Ihre Tochter«, sagt der Mann hinter mir. »Sie schläft in dem Zimmer, das nach vorne rausgeht. In dem mit den rosa Vorhängen, nicht wahr?«

Mir ist ganz schlecht vor Schuldgefühlen, denn das habe ich ihnen gesagt. Ich weiß es nur, weil Adam und ich letztes Jahr zu einer Weihnachtsparty bei den Burkes eingeladen waren und ich auf der Suche nach dem Bad ins falsche Zimmer gestolpert bin. Sie waren so freundlich zu uns gewesen. Und jetzt verrate ich ihn auf denkbar schlimmste Weise. Doch ich würde es wieder tun, wenn ich müsste. Sein Kind zu bedrohen, ist die einzige Möglichkeit, um meines zu retten.

»Wir müssen diese Operation durchziehen, Dr. Burke«, flüstere ich eindringlich. »Und wir dürfen niemandem etwas davon sagen.«

»Niemandem«, stößt er hervor. »Ich verspreche es.«

Ein Handy klingelt, und der Mann hinter mir meldet sich in seiner Muttersprache. Als er das Gespräch beendet, vibriert die Stille im Raum vor Anspannung, wir alle hängen an seinen Lippen.

»Sie sind da«, sagt er.

45

ANNA

MITTWOCH, 10. APRIL 2019, 00:48 UHR

Einer von Fahims Männern eskortiert mich. Wir stehen schweigend im Aufzug, die Masken über Mund und Nase. Ich frage mich, was Ahmed ihm bedeutet hat, ich frage mich, wie sehr er mich hasst.

Im Erdgeschoss öffnen sich die Türen, und wir gehen den langen, kalten Flur entlang, der zum Hintereingang des Westflügels führt. Ich trage mehrere Garnituren OP-Kleidung und Masken unter dem Arm. Der Mann geht einen Schritt hinter mir und beobachtet jede meiner Bewegungen.

Die Vorderseite des Krankenhauses wurde gerade renoviert, als ich hier anfing, sodass das Gebäude jetzt ein ganz frisches Gesicht zeigt. In allen der Öffentlichkeit zugänglichen Bereichen sind die Böden neu gemacht und die Wände gestrichen worden. Doch der hintere Teil des Gebäudes hat seit Jahrzehnten keinen Innenarchitekten mehr gesehen; der Westeingang wird vor allem als Lieferanteneingang und für heimliche Raucherpausen genutzt. Das topmoderne Security-System reicht ebenfalls noch nicht bis hierher, sodass wir kommen und gehen können, ohne von den Überwachungskameras erfasst zu werden.

Wir erreichen den Hintereingang, dessen Türen automatisch aufgleiten und die kalte Nachtluft hereinlassen. Das Transportfahrzeug des Patienten wartet in der Anlieferbucht: ein schwarzer Van ohne Aufschrift mit laufendem Motor, jederzeit bereit, davonzufahren, falls es Ärger geben sollte.

»Gehen Sie«, sagt der Mann.

Eine grobe Hand schubst mich im Rücken, und ich trete mit heftig pochendem Herzen auf den Asphalt hinaus, die OP-Kleidung in der Hand. Als ich das Fenster der Passagierseite erreiche, erschrecke ich beim Anblick des Mannes hinter dem Fenster. Er trägt dieselbe Sturmhaube, die ich vorhin gesehen habe, zwei dunkle Augen starren mich durch die Löcher in der Maske an. Das Fenster gleitet herunter, und ich gebe ihm wortlos die OP-Kleidung. Er nimmt ein Paar für sich selbst und reicht den Rest durch das Fenster in der Trennwand in den hinteren Teil des Lieferwagens weiter. Als sich das Fenster wieder schließt, gehe ich denselben Weg wieder zurück.

Kurz darauf steigt der Mann in der OP-Kluft und mit einer medizinischen Maske vor dem Gesicht auf der Beifahrerseite des Führerhauses aus und öffnet die Hecktüren des Fahrzeugs. Der Patient wird auf einer Trage auf dem Hof abgesetzt. Sein Atem rasselt hörbar hinter der Sauerstoffmaske. Zwei weitere Männer steigen aus, ebenfalls in OP-Kleidung. Als sie den Patienten zu den Türen rollen, erkenne ich, dass einer von ihnen Fahim Shabbar ist.

»Ich habe nicht damit gerechnet, dass Sie persönlich hier sein werden«, sage ich, als er zu mir kommt, während der Lieferwagen davonfährt.

»Dachten Sie, ich würde Sie noch ein Mitglied meiner Familie operieren lassen, ohne Sie im Auge zu behalten? Als Ärztin müssten Sie klüger sein.«

Ich gehe durch den Flur zum Aufzug voran und versuche, mir meine Nervosität nicht anmerken zu lassen. Erst vor ein paar Stunden hat dieser Mann meinen Tod befohlen. Ich denke daran, wie der Lauf der Pistole sich an meine Stirn gehoben hat, wie ich gesehen habe, wie sich der Finger des Fremden am Abzug anspannte. Jede Sekunde, die ich in Fahims Gegenwart verbringe, bin ich in Lebensgefahr. Ein Wort von ihm genügt.

»Alles ist vorbereitet?«, fragt er.

»Ja«, antworte ich kurz, um nicht ins Stottern zu geraten.

»Ich bin mir immer noch nicht sicher, wie sinnvoll es ist, noch eine weitere Person einzubeziehen.«

»Ohne Anästhesisten kann ich nicht operieren, Mr Shabbar.«

»Sprechen Sie meinen Namen hier drin nicht laut aus«, warnt er mich. »Dieser Dr. Burke – weiß er, was passiert, wenn er redet?«

Ja. Sie bringen ihn um. Sie bringen uns alle um.

»Es ist ihm klar. Dafür habe ich gesorgt.« Die Rollen der Trage quietschen leise auf dem Linoleum, und ich schaue im Gehen auf den Patienten hinunter. »Wie geht es Ihnen?«

Er nickt mir hinter seiner Maske zu, aber ich kann die Angst in seinen Augen sehen. Er weiß immer noch nicht, ob er mir vertrauen kann. Nach allem, was ich getan habe, würde ich mir an seiner Stelle auch nicht vertrauen.

Wir erreichen den Aufzug und quetschen uns alle zusammen hinein, stehen dicht gedrängt um die Trage des Patienten. Es wird schnell warm in dem engen Raum, und mich überkommt ein schreckliches Déjà-vu: ich denke daran, wie ich mit Ahmed Shabir und den beiden Entführern zusammen im Aufzug in die Leichenhalle hinuntergefahren bin. Die Erinnerung ist so lebendig, dass ich ihre Körperwärme spüre und den Geruch des Blutes in der Nase habe, der aufstieg, als ich Shabirs Leichnam für sie aufgedeckt habe. Niemals hätte ich gedacht, dass ich so etwas noch einmal erleben müsste.

Als wir in den OP-Saal kommen, spüre ich die Panik, die in der Luft liegt, sie summt förmlich wie eine Stromleitung. Burke zittert am ganzen Körper, während Margot mit vor Angst weit aufgerissenen Augen am Tisch wartet.

Die Shabbars parken die Trage parallel zum OP-Tisch, und Dr. Burke macht sich sofort daran, einen venösen Zugang zu legen.

»Warten Sie bitte da drüben«, sage ich zu Fahim und seinen Männern. »Da in der Ecke, wo Sie uns nicht im Weg stehen.«

»Wenn Sie irgendwas versuchen …«, warnt Fahim.

»Das werden wir nicht tun«, antworte ich entschieden.

Margot hält mir ein offenes Paar Handschuhe hin, und ich schlüpfe hinein, bevor ich mich über den Patienten beuge, um ihm in die Augen zu sehen.

»Wir legen Sie jetzt in Narkose, okay? Bitte glauben Sie mir, wir sind nur hier, um Ihnen zu helfen. Wenn Sie aufwachen, werden Sie wieder zu Hause sein und sich wesentlich besser fühlen als jetzt. Hört sich das gut an?«

Er nickt nervös hinter seiner Sauerstoffmaske, aber ich sehe immer noch die Unsicherheit in seinen Augen. Suchend blickt er sich um.

»Ich glaube, er möchte Sie sehen.«

Fahim tritt vor, beugt sich über den Patienten und nimmt seine Hand. Während sie miteinander flüstern, offensichtlich ein Gebet, gehe ich im Kopf die nächsten Schritte durch: Sobald der Patient sediert ist, wird Dr. Burke ihn intubieren, und Margot wird ihn abdecken und vorbereiten. Dann gehe ich ans untere Ende des Tisches, um die Venenstücke für den Bypass selbst zu entnehmen.

Ich sehe Margot an. Wenn sie Angst hat, verbirgt sie es gut, und ich bin froh, sie an meiner Seite zu haben. Ich brauche ihre Augen, ich brauche ihre Stärke. Sobald ich den ersten Schnitt gemacht habe, gibt es kein Zurück mehr. Der Patient muss überleben, oder wir werden alle sterben. Zack wird nie gefunden werden. Von jetzt an bis Tagesanbruch hängt das Leben von ihnen allen von mir ab.

Als Fahim von der Trage wegtritt, nicke ich Dr. Burke zu und beobachte, wie er die Anästhesie einleitet. Dann trete ich zu dem Patienten.

»Zählen Sie mit mir von zehn abwärts.«

»Zehn …«, krächzt er hinter seiner Maske. »Neun …«

Bevor er bei acht ankommt, verdreht er schon die Augen, und seine Lider schließen sich flatternd.

Jetzt gibt's kein Zurück mehr.

Während der Puls an meinem Hals pocht, gehe ich ans Fußende des Tisches und hebe die Laken ab, um das Bein des Patienten zu enthüllen. Mein Herz wird schwer bei dem Anblick, der sich mir bietet.

Dick geschwollene Knöchel. Aufgeblähte Füße mit lila verfärbter Haut, in denen das Blut sich staut. Ich sehe, wie Margot sich anspannt. Fast kann ich hören, wie sie mich verspottet.

Ich hab Ihnen doch gesagt, dass wir da nicht im Blindflug reingehen können.

46

ANNA

MITTWOCH, 10. APRIL 2019, 01:10 UHR

»Wie lange sehen seine Beine schon so aus?«, frage ich so leichthin, wie es mir möglich ist.

Sobald ich Shabbar gegenüber Schwäche zeige oder ihn merken lassen, dass ich etwas nicht weiß, wird sein Misstrauen mir gegenüber wachsen. Ich kann es mir nicht leisten, noch mehr von seinem Vertrauen zu verlieren, ganz besonders nicht so früh: Noch habe ich nicht einmal den ersten Schnitt gesetzt. Wenn ich hier ohne Probleme durchkommen will, darf ich ihn nicht beunruhigen.

»Seit ungefähr vier Monaten«, sagt er. Er hat sich in eine Ecke des Raumes zurückgezogen.

»Trockener Husten?«

Ich beobachte, wie er nachdenkt. »Ja, oft.«

»Und ist die Atemnot im Liegen schlimmer?«

»Ja … Warum fragen Sie das?«

»Reine Routine, kein Grund zur Sorge«, lüge ich. »Ich muss die Anamnese erheben. Margot, Skalpell.«

Ich nehme das Skalpell entgegen, setze den ersten Schnitt und mache mich bereit, die Venen für den koronaren Bypass zu entnehmen.

Die Symptome des Patienten deuten darauf hin, dass nicht nur die koronaren Arterien blockiert sind, sondern dass er außerdem noch unter einer konstriktiven Perikarditis leidet: Der Herzbeutel, der das Herz schützen sollte, ist entzündet und entsprechend verengt. Statt das Herz vor Schaden zu bewahren, drückt ihm das Perikard quasi die Luft ab.

Das Einzige, was da hilft, ist, einen Teil des Herzbeutels zu entfernen. Und bevor das nicht geschehen ist, kann ich die Operation, wegen der wir eigentlich hier sind, nicht durchführen. Doch die beiden Operationen müssen vollkommen unterschiedlich angegangen werden. Für den Bypass muss ich die Blutzirkulation über die Herz-Lungen-Maschine laufen lassen, aber um das Perikard zu entfernen, muss das Herz aus eigener Kraft schlagen. Falls das Perikard selbst Blutungen verursacht, muss ich das wissen, bevor ich ihn aufmache; sobald er an der Herz-Lungen-Maschine hängt, habe ich diese Möglichkeit nicht mehr. Bei jedem anderen Patienten würde ich vermutlich den Bypass auch ohne Herz-Lungen-Maschine legen können, während das Herz noch schlägt, aber das erhöht das Risiko, und das Herz dieses Patienten ist dafür bereits viel zu schwach. Wenn ich ihm auch nur ein wenig mehr zumute, wird es mit großer Wahrscheinlichkeit einfach aufgeben.

Ich hätte eine wesentlich gründlichere Anamnese machen sollen, als ich den Patienten zum ersten Mal gesehen habe. Dann hätte ich das kommen sehen können. Aber ich wollte einfach nur so schnell wie möglich da raus.

Während ich das letzte Stück Vene herauspräpariere und an Margot übergebe, nimmt mein Plan Gestalt an.

Ich werde den Einsatz der Herz-Lungen-Maschine so lange wie möglich hinauszögern und erst die Perikardektomie vornehmen, dann auf die Maschine umschalten und die Bypässe legen. Wenn alles fertig ist, stellen wir die Herzfunktion wieder her und warten so lange, wie wir können, auf Anzeichen von Blutungen durch die Perikardektomie. Falls wir überhaupt noch Zeit dafür haben, falls uns nicht noch weitere Überraschungen erwarten.

Nachdem ich die Schnitte am Bein des Patienten wieder verschlossen habe, bewege mich ans obere Ende des Tisches.

»Dr. Burke«, sage ich ruhig und bin mir die ganze Zeit der Tatsache bewusst, dass Fahim an meinen Lippen hängt. »Wir verschieben den Bypass noch ein wenig.«

»Warum?«, fragt Fahim dazwischen. »Sie haben gesagt, Sie könnten …«

»Das kann ich auch. Aber ich muss vorher noch ein anderes Problem lösen, und das geht nur, solange das Herz noch aus eigener Kraft schlägt.«

»Was meinen Sie mit ›ein anderes Problem‹?«, fragt er erschrocken.

»Geschwollene Beine, trockener Husten, Schwierigkeiten mit der Atmung im Liegen … das sind alles Symptome, die auf eine konstriktive Perikarditis hindeuten. Der Herzbeutel, der sein Herz beschützen soll, ist verdickt und verhärtet und erschwert es dem Herzen, seinen Job zu machen. Kein Problem, wir müssen nur unseren Plan ein wenig anpassen.«

Ich nehme das Skalpell von Margot entgegen.

»Ist vielleicht besser, wenn Sie jetzt kurz nicht hinsehen.«

Das Gefühl des Skalpells in der Hand gibt mir Sicherheit. Langsam führe ich die Klinge über den Brustkorb, bis Haut und Muskeln aufklaffen und das weiße Brustbein freilegen. Ich gebe Margot das Skalpell zurück, die mir dafür die oszillierende Säge reicht.

Fahim zuckt zusammen, als ich die Säge anschalte. Ich ziehe das Sägeblatt am Brustbein entlang, bis der Knochen nachgibt und der Brustkorb sich öffnet. Und die ganze Zeit fürchte ich das, was ich darunter finden werde. Ich gebe die Säge an Margot zurück und nehme den Rippenspreizer entgegen, mit dem ich den Brustkorb auseinanderdrücken werde.

»Wie groß ist das Risiko bei der anderen Operation?«, fragt Fahim.

Es ist das erste Mal, dass ich einen Bevollmächtigten des Patienten im Operationssaal habe, und ich kann nicht sagen, dass es mir gefällt. Ich setze die stählernen Haken des Rippenspreizers in den Spalt im Sternum und arbeite weiter, während ich antworte.

»Nun, es besteht ein erhöhtes Infektionsrisiko, das Herz kann sich verschieben …«

»Dann dürfen Sie das nicht tun.«

»Die Alternative ist, dass der Patient stirbt«, antworte ich neutral. »Wollen Sie, dass ich ihm das Leben rette?«

Als ich Fahim anblicke, sehe ich, dass seine Wangen sich vor Zorn röten.

»Natürlich.«

»Dann müssen Sie mich meinen Job machen lassen. Außerhalb dieses Raumes können Sie mich behandeln, wie Sie wollen, aber hier drin, während dieser Operation, tun Sie, was ich sage. Andernfalls stirbt der Patient. Ist das klar?«

Wir starren einander durch den Saal hinweg an. Eine Hitzewelle rast über meinen Rücken, doch ich halte seinem durchdringenden Blick stand. Ich spüre, wie Dr. Burke sich unter der Spannung im Raum windet, fühle, wie Margot den Atem anhält. Schließlich nickt Fahim. Ich seufze leise hinter meiner Maske.

»Danke.«

Langsam zwinge ich den Brustkorb auseinander und lege den Blick auf das Organ frei, das in der Brusthöhle schlägt. Normalerweise würden Margot und ich sofort mit gezückten Instrumenten loslegen. Doch jetzt stehen wir einander am Tisch gegenüber, jede auf ihrer Seite, und starren stumm in die Brusthöhle, bevor wir einen kurzen, entsetzten Blick wechseln.

Das hier ist mit ziemlicher Sicherheit der schwerste Fall konstriktiver Perikarditis, den ich je gesehen habe.

47

MARGOT

MITTWOCH, 10. APRIL 2019, 02:10 UHR

Langsamer«, sagt Dr. Jones und legt einen behandschuhten Finger auf meinen, der an der Pinzette liegt. »Selbst wenn Sie denken, Sie sind zu vorsichtig – seien Sie noch vorsichtiger. Die Herzwände sind extrem mürbe.«

Mürbe ist noch milde ausgedrückt. Das Perikard drückt das Herz nicht nur von allen Seiten zusammen, es ist auch noch verkalkt und praktisch mit dem Herzmuskel verklebt. Es ist unmöglich, alles zu entfernen, ohne das Herz in Fetzen zu reißen.

»Ich bin schon so vorsichtig, wie ich kann, aber …«

»Kein ›Aber‹«, gibt sie schroff zurück. »Sehen Sie einfach zu, dass Sie's hinkriegen.«

… aber das ist echt schwierig, wenn das Herz dabei noch schlägt.

Jedes Mal, wenn ich einen Streifen abschäle, muss ich den Bewegungen des Herzmuskels folgen, damit ich nicht versehentlich mit meinem Instrument hineinsteche. Wenn ich zu schnell mache oder zu fest ziehe, könnte ich das ganze Organ aufreißen. Dazu kommt, dass der Herzschlag des Patienten total unregelmäßig ist, was es erschwert, die Bewegungen des Organs vorherzusehen. Der Patient ist vielleicht erst Mitte vierzig, aber sein Herz könnte genauso gut einem achtzig Jahre alten Kettenraucher gehören.

Ich sehe auf die Uhr: Es ist Viertel nach zwei. Mein Kopf hämmert vor Anspannung. Wir arbeiten jetzt seit fünfundvierzig Minuten an der Perikardektomie und sind erst halb fertig. Mit den blockierten Arterien haben wir noch nicht mal angefangen. Wenn wir nicht vor sechs Uhr fertig sind, sitzen wir hier wie auf dem Präsentierteller und warten förmlich darauf, dass jemand hereinkommt und uns auf frischer Tat ertappt.

Shabbar und seine Männer beobachten uns. Er wendet den Blick nicht von Dr. Jones ab, ständig wandert er zwischen ihren Händen und ihren Augen hin und her. Wenn er mal woanders hinguckt, beobachtet er mich oder Dr. Burke, der zitternd am Kopfende sitzt.

Dr. Burke sieht völlig verängstigt aus, die meiste Zeit starrt er mit wippendem Knie leer vor sich hin. Ich fange seinen Blick aus und zwinkere ihm über den Rand meiner Maske hinweg zu, um ihm zu sagen, dass alles gut gehen wird, und er lächelt kurz, bevor er wieder in seinen beinahe schon katatonischen Zustand verfällt.

Das ist gelogen, natürlich – ich habe keine Ahnung, ob wir hier heil rauskommen. Selbst wenn wir das Leben dieses Mannes retten können, können wir immer noch jederzeit eine Kugel in den Hinterkopf bekommen. Ich stelle mir das Geräusch eines Schusses vor, den dumpfen Schlag, mit dem mein Körper auf dem Boden aufprallt.

Mein Atem geht flacher und flacher.

Denk nicht daran, herrsche ich mich selbst an. *Hör auf, Panik zu schieben – atme weiter.*

Dr. Jones ist ebenfalls angespannt, wie sollte sie auch nicht. Während sie sich normalerweise immer ganz locker bewegt, sind ihre Bewegungen heute abgehackt und steif, ihre Muskulatur ist fest vor Angst. Ihre Maske bewegt sich kaum, so schnell und flach atmet sie.

»Margot«, sagt sie. Ihr Blick schießt jäh nach oben, um meinem zu begegnen. Ich schrecke zusammen. »*Konzentrieren Sie sich.*«

Meine Wangen werden heiß, und ich sehe wieder auf das Herz hinunter.

Ich habe wissentlich bestimmte Stellen des Perikards gemieden, aber inzwischen sind alle einfachen Stücke entfernt. Ich konzentriere mich auf den Bereich, der um den oberen, rechten Vorhof herumführt, und richte die Pinzette aus.

Langsam, ermahne ich mich, während ich den Rhythmus des Herzschlags beobachte und den Streifen mit den Spitzen der Pinzette greife. Gerade als ich anfange, ihn abzuziehen, stolpert das Herz und zieht sich zusammen, weg von mir. Die Wand des rechten Vorhofes reißt auf. Dunkles Blut quillt aus dem Riss in die Brusthöhle. Der Herzmonitor kreischt.

»Was haben Sie gemacht?«, blafft Anna.

»Ich kann nichts dafür! Da war eine Palpitation und dann …«

»Sparen Sie sich die Entschuldigungen und geben Sie mir die Absaugung. Sofort.«

Ich lege die Pinzette weg und greife zur Absaugung, richte die Düse auf das Blut, das die Brusthöhle füllt und die Sicht auf den Riss behindert, während Anna nach Nadelhalter und Faden greift. Als sie die Nadel zum ersten Mal in die Herzwand einstechen will, erstarren wir, weil wir das leise und doch Übelkeit erregende Klicken einer Kugel hören, die in die Kammer einer Pistole gleitet.

Ich sehe auf. Shabbar steht hinter Dr. Jones; seine Waffe ist direkt auf ihren Hinterkopf gerichtet. Dr. Burke wimmert. Als ich über Dr. Jones' Schulter blicke, sehe ich, dass einer der Männer direkt auf seine Stirn zielt.

Der Dritte steht hinter mir.

»Wenn er stirbt, sterben Sie auch, Dr. Jones«, sagt Shabbar. »Sie alle.«

Mein Magen sackt weg. Tränen füllen meine Augen. Der Herzmonitor kreischt lauter. Das Kreischen wird so durchdringend, dass ich nicht mehr klar denken kann.

Ich will nicht sterben.

Ich starre in Dr. Jones' entsetzte Augen. Tränen schlüpfen über meine Augenlider und rinnen mir über die Wangen, während ich zusehe, wie sie ihre Angst verarbeitet. Shabbar drückt den Lauf der Pistole an ihren Hinterkopf.

»Na los!«

Sie wimmert, als das Metall sie berührt, und kneift die Augen zu. Ihre Lippen bewegen sich hinter der Maske. Dann beruhigt sich ihr Atem allmählich, und ihr Körper hört auf zu zittern. Als sie die Augen wieder aufschlägt, wirkt sie so gefasst und konzentriert wie immer.

»Burke«, befiehlt sie. »Status.«

Ich höre ihn an der Perfusionsstation.

»B-b-b-blutdruck fällt.«

»Nitropussid, und fahren Sie die Blocker hoch. Senken Sie den Blutdruck so weit wie möglich und machen Sie eine Transfusion bereit. Vielleicht müssen wir auch schnell auf Bypass springen. Und Margot, um Himmels willen, *absaugen.*«

Ich sehe nach unten. Die Brusthöhle des Patienten hat sich mit Blut gefüllt, das um das erratisch zuckende Herz herumschwappt. Ich schiebe die Düse in die Pfütze und sauge ab, während Dr. Jones die Nadel in die Herzwand steckt und beginnt, den Riss am schlagenden Herzen zu nähen.

»Blutvolumen fällt«, ruft Dr. Burke.

»Transfusion starten«, befiehlt sie. »Geben Sie ihm alles, was wir haben.«

Der Pistolenlauf streift meinen Hinterkopf, und ich breche vor Schreck in Tränen aus.

Ich will nicht sterben. Ich will nicht, dass mein Baby mit mir stirbt.

»*Margot*«, brüllt Anna. »Sehen Sie mich an.«

Ich öffne die Augen und blinzele schluchzend die Tränen weg.

»Denken Sie nicht an die Waffe«, sagt sie. »Denken Sie an den Patienten. Ich brauche Sie hier. *Reißen Sie sich zusammen,* sofort.«

Ich blinzele die Tränen weg und schaue in die Brusthöhle und auf den Absaugschlauch. Ich weine und blinzele, weine und blinzele, sehe scharf und wieder verschwommen und wieder scharf im Wechsel. Ich höre, wie Dr. Jones etwas sagt, aber es klingt blechern und weit entfernt.

»Blutvolumen ist niedrig, aber stabil«, antwortet Burke, während die Geräuschkulisse wieder klarer wird. »Druck stabilisiert sich langsam.«

Das Blut in der Brusthöhle ist fast vollständig abgesaugt, und der Riss ist zugenäht. Die Gefahr lässt nach. Ich seufze hinter meiner Maske, als ich spüre, wie sich die Spannung aus meinen Schultern löst.

Dann heult der Herzmonitor wieder los.

»Vorhofflimmern«, ruft Burke.

Ich starre auf die Brusthöhle hinab. Das Herz schlägt nicht mehr normal, es zittert nur noch hektisch, zu schwach, um das Blut von einer Kammer in die andere zu pumpen.

»Margot, Paddles.«

Ich drehe mich um, um den Defibrillator hinter mir heranzuziehen, und starre direkt in den Lauf einer Pistole. Hastig und unter Tränen taste ich nach den Knöpfen, während die Waffe an meine Schläfe gedrückt wird.

»Konzentration, Margot«, ruft Dr. Jones über den Lärm hinweg. »Denken Sie an den Patienten.«

An den Patienten denken, an den Patienten denken, an den Patienten denken ...

Ich wiederhole die Worte im Kopf, während ich die Maschine anschalte und die Waffe fester an meine Schläfe gedrückt wird. Etwas Heißes brennt an meinen Oberschenkeln. Ich greife nach den Paddles und rutsche beinahe aus, als ich sie ihr hinüberreiche.

»Auf hundert laden.«

Ich drehe am Einstellring und warte auf das »Weg vom Tisch.« Das Herz erhält einen elektrischen Schlag, reagiert aber nicht.

»Zweihundert.«

Ich drehe noch höher und beobachte, wie Dr. Jones' ganzer Körper durchgeschüttelt wird und sie auf den Monitor blickt. Alle Augen sind auf den Bildschirm gerichtet, auf die Linien, hoffen inständig, dass sie wieder zu dem schwachen, ineffektiven Rhythmus von vorhin zurückkehren.

Wenn er stirbt, sterben Sie auch. Sie alle sterben.

Ich halte den Atem an.

Das Herz erwacht mit einem Ruck zum Leben.

Alle atmen erleichtert aus, und die Waffen lösen sich von unseren Köpfen. In dem Augenblick, wo die Männer einen Schritt zurücktreten, fließt das Adrenalin aus mir heraus, und ich fühle, wie mein Körper vor Erschöpfung in sich zusammensackt.

Als ich nach unten blicke, um nachzusehen, warum meine Beine so gebrannt haben, sehe ich, dass meine OP-Hose nass ist und sich am Boden um meine Füße herum Urin in einer kleinen, schimmernden Pfütze gesammelt hat. Als ich die Paddles angereicht habe, bin ich in meinem eigenen Urin ausgerutscht. Ich habe mir wortwörtlich vor Angst in die Hose gepisst.

»Gut gemacht, Team«, sagt Dr. Jones. Sie klingt wieder souverän und beherrscht, aber ihr Blick ist immer noch hektisch, und ich bemerke, dass die Paddles in ihrer Hand zittern, als sie sie mir zurückgibt. »Mehr können wir jetzt bei der Perikardektomie nicht erreichen, aber es sollte genügen, damit das Herz ungehindert schlagen kann.« Sie blinzelt heftig und sieht zur Uhr hinauf. »Wir haben noch dreieinhalb Stunden für den Bypass. Burke, bereiten Sie die Herz-Lungen-Maschine vor.«

Sie sieht mich über die Brusthöhle hinweg an und streckt die blutbefleckte, behandschuhte Hand aus. »Margot, Skalpell.«

Während ich das Skalpell vom Instrumententisch nehme, fühlt es sich an, als würde der letzte Rest Energie aus mir herausfließen.

Die Operation, wegen der wir hier sind, hat noch nicht mal angefangen.

48

MARGOT

MITTWOCH, 10. APRIL 2019, 05:00 UHR

Dr. Jones beendet gerade die Arbeiten am letzten Transplantat, als die Uhr fünf schlägt.

Noch nie im Leben war ich so erschöpft. Mein Kopf hämmert, und meine Zähne und Zunge fühlen sich pelzig an. Die Hose klebt mir an den Oberschenkeln wie eine zweite Haut.

Auch Dr. Jones sieht müde aus. Das Weiße in ihren Augen ist blutunterlaufen, und die dunklen Ringe sind immer tiefer geworden, je weiter die Nacht fortgeschritten ist. Doch irgendwie hat sie uns alle davon abgehalten, zusammenzubrechen. Bevor ich diesen Saal betreten habe, habe ich die Frau gehasst, jetzt jedoch empfinde ich eine gewisse Verbundenheit mit ihr, die ich nicht leugnen kann. Sie muss auch so empfinden, denn sie ist heute Nacht freundlicher zu mir gewesen als je zuvor bei den vielen anderen OPs, bei denen wir zusammengearbeitet haben. Trauma schweißt auch die unwahrscheinlichsten Menschen zusammen, schätze ich.

Fahim Shabbar ist immer noch hellwach und beobachtet jede unserer Bewegungen. Seine Männer hingegen werden allmählich unruhig, treten von einem Bein aufs andere. Wahrscheinlich schlafen ihnen vom langen Stehen langsam die Füße ein.

Dr. Burke scheint um zehn Jahre gealtert zu sein, seit er den Raum betreten hat. Seine Haut ist blasser, und die Tränensäcke unter seinen Augen sind aufgequollen. Unsere Blicke treffen sich, aber wir sind zu erschöpft, um uns zu einem Lächeln zu zwingen, und grüßen uns quasi nur schweigend, bevor wir den Blick wieder abwenden.

Bald wird es draußen hell werden. Neue Patienten werden aufgenommen werden, und die Schwestern werden sich auf die Übergabe vorbereiten. Uns bleibt weniger als eine Stunde Zeit, um den Patienten zuzunähen und hier wegzuschaffen, und einen kurzen, trügerischen Moment lang scheint alles so zu sein, wie es sein sollte: Dr. Jones und ich beenden eine Operation, Dr. Burke sitzt am Kopfende. Doch dann sehe ich die Shabbars mit ihren Waffen in der Ecke stehen, und die Realität prügelt mir das Delirium aus dem Kopf.

»Burke«, ruft Dr. Jones. »Ich denke, wir können von der Maschine weg.«

Es ist beinahe vorbei, sage ich mir und erlaube mir ganz kurz, ein Gefühl purer Erleichterung über mich hinwegspülen zu lassen.

Dr. Jones wartet auf die Freigabe von Dr. Burke, und als das Blut in den Kreislauf des Patienten zurückströmt, öffnet sie die Klemme, die das Herz von der Blutversorgung getrennt hat. Sie lässt einen kurzen Blutschwall hindurch, um die Kaliumlösung auszuspülen, die das Herz daran gehindert hat, zu schlagen, und das Organ bekommt allmählich wieder Farbe. Mit angehaltenem Atem warten wir alle, jedes Paar Augen im Raum ist auf das Hezr des Patienten gerichtet.

Es beginnt zu schlagen.

Und dann geht die Tür zum OP-Saal auf.

49

ANNA

MITTWOCH, 10. APRIL 2019, 05:11 UHR

Der Wachmann David steht in der Tür.

Ich sehe, wie sein Gesichtsausdruck sich innerhalb weniger Sekunden mehrmals verändert. Erst zieht er die Augenbrauen zusammen, als er sieht, dass der Saal besetzt ist; dann erkennt er mich hinter der Maske – eine normale, vertrauenswürdige Erscheinung im OP-Saal –, und seine Miene entspannt sich. Dann bemerkt er die fremden Männer in den Ecken.

Niemand bewegt sich, alle stehen in verblüfftem Schweigen da. Nichts ist zu hören, außer dem regelmäßigen Rauschen der Beatmungsmaschine und dem gelegentlichen Piepsen der Apparate. Die Spannung ist greifbar. David weiß es nicht, aber hat uns gerade alle zum Tode verurteilt.

Aus dem Augenwinkel sehe ich, wie Fahim nach seiner Pistole greift und mein Herz schlingert.

»David«, platze ich heraus. »Können wir Ihnen helfen?«

Sein Blick hebt sich von dem offenen Brustkorb; er sieht mich an.

»Sorry, ich wollte nicht stören. Ich wollte nur nachsehen, ob das Reinigungsteam schon fertig ist, damit wir die Station wieder aufmachen können. Ich hatte nicht damit gerechnet …«

»Und Sie sind nicht auf die Idee gekommen, dass der ganze Flur abgesperrt sein könnte, weil wir einem prominenten Patienten etwas Privatsphäre verschaffen wollten? Wie beim letzten Mal, als wir uns hier gesehen haben?«

An seiner Miene sehe ich, wie sein Selbstvertrauen ins Wanken gerät. Er blickt wieder auf den Patienten auf dem Tisch, spürt, dass alle im Raum ihn ansehen. Wieder zieht er die Augenbrauen zusammen, als ihm ein anderer Gedanke kommt.

»Hätte da nicht der Wachdienst irgendwie benachrichtigt werden müssen?«

Seine Beharrlichkeit geht mir genauso auf die Nerven, wie sie mir Angst macht. Ich stehe in der Hierarchie haushoch über ihm, und damit, eine Ärztin so zu hinterfragen, steht er auf gefährlich dünnem Eis; was bedeutet, dass seine Zweifel sehr groß sein müssen.

Margot hält den Kopf gesenkt, und mir wird jetzt erst klar, warum. Wenn David sie erkennt, weiß er unter Garantie, dass hier etwas nicht stimmt. Es gibt keinen vernünftigen Grund dafür, dass eine gefeuerte Angestellte bei einer Operation assistiert.

Die Shabbars hinter ihr scheinen ungeduldig zu werden. Fahim starrt mich an. Er sagt kein Wort, aber seine Botschaft ist unmissverständlich.

Tun Sie was, oder ich tu's.

»Ob Sie's glauben oder nicht, David«, sage ich. »Wir sind absolut in der Lage, eine Herzoperation durchzuführen, ohne Sie und Ihr Team miteinzubeziehen, und offen gestanden finde ich es auch nicht so prickelnd, in meinem eigenen OP-Saal infrage gestellt zu werden. Vielleicht wäre es angebracht, wenn Sie sich wieder auf Ihre eigentliche Aufgabe besinnen.« Ich bedenke ihn mit einem meiner schärfsten Blicke. »Oder soll ich mich an Ihren Vorgesetzten wenden?«

Mit hochrotem Gesicht blickt er sich im Raum um.

»Nein, Dr. Jones«, sagt er und wendet sich zum Gehen. Doch dann lässt ihn etwas innehalten. Ich starre seinen breiten Rücken an. Er dreht sich noch einmal zu mir um. »Sind Sie nicht suspendiert worden?«

Ich spüre, wie die Anspannung im Raum noch weiter zunimmt. Mein Herz pocht in meiner Brust, und mein Hinterkopf brennt unter Fahims Blick. Margot zittert auf der anderen Seite des Tisches und blickt starr in die offene Brusthöhle hinunter. Dr. Burke rutscht unruhig auf seinem Stuhl herum und starrt David an. Sein Mund zittert, als würde er seinen ganzen Mut zusammenraffen, um etwas zu sagen.

Oh, mein Gott. Gleich verrät er uns.

»David!«, fauche ich. »Ich weiß nicht, was in Sie gefahren ist, aber ich denke, Sie gehen jetzt besser. Sie haben keinerlei Befugnis, einen Operationssaal zu betreten – der im Übrigen mit jeder Minute, die Sie da in der Tür stehen, unsteriler wird – und von einer Chirurgin zu verlangen, dass sie sich für ihre Arbeit rechtfertigt. Wenn Ihnen Ihr Job etwas wert ist, dann schlage ich vor, Sie drehen jetzt um und kümmern sich um Ihre Arbeit, nämlich Türen bewachen und im Haus patrouillieren und dergleichen. Sie überschreiten hier die Grenzen Ihrer Zuständigkeit.«

David starrt mich an. Mein Tonfall, verbunden mit meinem Hinweis auf die Rangordnung, hat ihn sichtlich erschüttert. Ich sehe ihn so wütend an, dass er noch mehr errötet und schließlich klein beigibt.

»Es tut mir leid, Dr. Jones. Kommt nicht wieder vor.«

Er dreht sich um. Die Tür schwingt hinter ihm zu.

»David …«

Alle Blicke zucken zur Ecke des OPs hinüber. Dr. Burke blickt mit immer noch halb geöffnetem Mund zur Tür.

Du bringst uns alle um, du verdammter Feigling.

David erscheint wieder in der Tür. Fahim verliert endgültig die Geduld. Er greift an seine Hüfte, und ich sehe schon Blut aus Davids Hinterkopf sprühen und höre den dumpfen Aufprall seines Körpers auf dem Boden.

»Dr. Burke«, fauche ich. »Wir müssen jetzt wirklich weiter operieren. Das Leben des Patienten hängt davon ab. Seine Tochter wartet darauf, dass ihr Vater nach Hause kommt. Lassen wir sie nicht noch länger warten.«

Ich sehe, wie er zusammenschreckt, als ich »Tochter« sage. Er sieht mich an, und ich starre so wild zurück, dass ich merke, wie mein Gesicht rot anläuft und mir die Halsadern schwellen. Fahim starrt mich aus seiner Ecke heraus an, während David mich von der anderen Seite her mustert. Es ist, als würden wir alle russisches Roulette spielen und jeder nur darauf warten, wer als Erster umfällt.

Dr. Burke nickt und wendet sich mit einem gezwungenen Lächeln an David.

»Ich wollte nur sagen, David … Machen Sie sich keine Gedanken. Wir werden das nicht weiterverfolgen. Beim nächsten Mal wissen Sie Bescheid, oder?«

Ich sehe David im Türrahmen an. Er nickt ernst.

»Danke«, sagt er und wendet sich dann noch einmal an mich. »Es tut mir leid, Dr. Jones. Ich bin zu weit gegangen. War eine lange Schicht.«

»Schon in Ordnung.« Ich zwinge mich zu einem Lächeln. »Vergessen wir das Ganze. Soweit es mich betrifft, ist hier heute Morgen nichts passiert.«

»Danke, Dr. Jones.«

David dreht sich um und geht hinaus, aber ich habe zu große Angst, um mich zu entspannen. Erst als ich höre, wie sich die Tür der OP-Schleuse quietschend schließt und danach Stille herrscht, atme ich endlich aus. Ich muss mir auf die Lippe beißen, um nicht vor Erleichterung aufzuschluchzen.

Fahim stürzt sich mit gezogener Pistole auf Dr. Burke, reißt ihn hoch und knallt ihn krachend an die Wand. Burke wimmert nach seiner Mutter. Ich sollte etwas sagen, aber ich bin so wütend auf Burke, dass ich fast nichts dagegen habe.

Beinahe hätte er uns alle umgebracht.

»Dr. Jones«, sagt Margot scharf.

Ich reiße mich aus meinen Gedanken. Sie sieht mich ungläubig an.

»Nehmen Sie die Waffe runter«, sage ich streng. »Wir sind hier noch nicht fertig.«

Fahim starrt Burke mit solcher Wut an, dass ich schon mit dem Schuss rechne, und damit, Rot auf die weißen Fliesen spritzen zu sehen. Doch schließlich senkt er die Pistole und zieht sich auf die andere Seite des Raumes zurück. Dr. Burke bleibt an die Fliesen gedrückt stehen und wimmert leise vor sich hin. Ich sollte Mitleid mit ihm haben, sollte verstehen, dass er versuchen wollte, uns zu retten. Aber er hat uns beinahe alle umgebracht. Er hat Zack beinahe umgebracht.

Erst als ich wieder auf die Brust des Patienten blicke, um ihn zuzumachen, nehme ich wirklich wahr, was ich da sehe: ein schlagendes Herz, das vor Farbe nur so strahlt, weil es ausreichend durchblutet wird und Platz genug hat, um sich zu bewegen.

Der Patient wird leben.

50

ANNA

MITTWOCH, 10. APRIL 2019, 09:19 UHR

Ich wache in Zacks Zimmer auf.

Ich weiß, wo ich bin, noch bevor ich die Augen aufschlage. Sein Geruch hüllt mich ein: Er hängt in der Luft, in den Laken. Ich vergrabe das Gesicht in seinem Kissen und atme tief ein. Allmählich riecht es mehr nach mir als nach Zack; ich habe es im Schlaf an meine Brust gedrückt, als wäre er es, der da in meinem Arm liegt.

Sie holen ihn zurück. Das hat Fahim gesagt, als der Patient zu dem Lieferwagen gerollt wurde.

Es fühlt sich nicht real an. Der Schmerz darüber, dass er mir entrissen wurde, hat sich inzwischen so in mich hineingegraben, dass ich mir gar nicht mehr vorstellen kann, ohne ihn zu leben; selbst wenn Zack wieder zu Hause ist, wird das etwas sein, womit ich zu leben lernen muss. Die Chirurgin in mir würde ihn am liebsten herausschneiden.

Bevor ich den Shabbars begegnet bin, haben sich alle meine Gedanken nur darum gedreht, ihn nach Hause zu holen. Doch jetzt, wo das tatsächlich möglich zu sein scheint, geht mir der Gedanke nicht mehr aus dem Kopf, was danach kommt. Nicht nur, dass er Traumatisches durchlebt hat, es muss auch noch geheim bleiben. All diese schmerzhaften Erinnerungen, in ihm eingeschlossen, mit mir als seiner einzigen Vertrauten! Er wird immer wieder lügen müssen, genau wie ich es getan habe, und er wird wissen wollen, warum er das tun muss.

Weil Mummy eine Mörderin ist.

Mörderin. Da gibt es nichts zu beschönigen, nichts zu rechtfertigen. Ich habe jemanden getötet und mit angehaltenem Atem zugesehen, wie das Leben aus ihm herausgeblutet ist, bis es zu Ende war. Wird Zack mich hassen, wenn er erfährt, was ich getan habe, um ihn zu retten? Dass ich ein Leben gegen seines eingetauscht habe?

Wird mein Sohn Angst vor mir haben?

Die Skeptikerin in mir ist erwacht, sobald ich nach Hause gekommen bin und meinen Kopf auf sein Kissen gelegt habe, hat meine Hoffnung auseinandergerissen wie ein Kind, das einem Insekt die Beine ausreißt. Wenn die Shabbars nun scheitern und ihr Eingreifen die Entführer dazu veranlasst, Zack etwas anzutun? Was ist, wenn die Shabbars ihr Versprechen nicht halten? *Was wäre, wenn? Was wäre, wenn? Was wäre, wenn?*

Ich reibe mir die Augen und spüre die Nacktheit meiner wimpernlosen Lider. Ich habe höchstens eine Stunde geschlafen, bin jedoch frustrierend wach. Ich werde keine Ruhe finden, bis Zack endgültig zu Hause ist.

Alle meine Telefone liegen neben dem Bett. Ich checke sie alle, drücke bei jedem Gerät den Homebutton, um das Display aufzuwecken, doch es sind keine Nachrichten da.

Ich stehe auf, ziehe die Decke glatt und schüttele die Kissen auf, bin mir unausweichlich der Kamera bewusst, die jede meiner Bewegungen aus der Ecke des Raumes verfolgt. Es ist seltsam, wie sehr ich mich bereits daran gewöhnt habe, dass mich diese zusätzlichen Augenpaare von überall aus im Haus beobachten. Auf absurde Weise fühle ich mich dadurch weniger allein, selbst wenn ihre Gegenwart mir Schaden zufügt.

Dass die Entführer sich nicht melden, beunruhigt mich, aber es muss bedeuten, dass sie mir meine Lüge geglaubt haben, dass ich die Nacht damit verbracht habe, im Krankenhaus nach dem Stand der Ermittlungen zu forschen. Wenn sie die Wahrheit wüssten, würden sie sich nicht zurückhalten und abwarten. Das ist nicht ihr Stil. Sie wären hier längst mit gezückten Waffen eingefallen. Doch vielleicht wissen sie es auch, vielleicht haben sie mich auch im Krankenhaus beobachtet und warten jetzt nur ab, was für Lügen ich ihnen noch auftischen werde.

Es klingelt an der Tür.

Ich höre, wie Bär bellend nach unten läuft.

Was ist, wenn das die Entführer sind? Unter dem aufmerksamen Blick der Kamera fange ich an, aufgeregt auf und ab zu gehen, meine Herzfrequenz steigt. *Oder sind es die Shabbars? Haben sie Zack schon bei sich?*

Als ich die Treppe hinuntersteige, schlägt mein Herz so schnell, dass mir fast schwindelig wird. Dann tappe ich auf unsicheren Beinen zur Tür. Die einzige Person, die ich mir jetzt bildlich vorstellen kann, ist Zack.

Jetzt wird geklopft, und Bär bellt lauter. Ich hebe eine zitternde Hand zur Abdeckung des Türspions, halte das Auge ganz dicht daran und luge hindurch.

Die Polizisten stehen vor der Tür.

Ihr Anblick trifft mich wie ein Schlag. Erschöpft lehne ich den Kopf gegen die Tür. Ich hatte mir so gewünscht, dass es Zack sein würde, beinahe als hätte ich ihn mit der Kraft meiner Gedanken herbeizaubern können. Habe mir das Gefühl seines kleinen Körpers vorgestellt, der sich an mich drückt, seine Wärme, während ich ihn ganz fest in den Armen halte und seinen Duft inhaliere. Ich schließe die Augen und atme bebend aus. Vergrabe den Schmerz. Dann nehme ich Bär am Halsband und öffne die Tür.

»Ja?«

DS Ryan schreckt angesichts der Schärfe meiner Stimme zusammen. DI Conaty blinzelt nicht einmal.

»Dr. Jones«, sagt er. »Sie müssen mit uns aufs Revier kommen.«

»Weshalb denn jetzt schon wieder?«

Ich hasse sie dafür, dass sie nicht Zack sind. Mein Tonfall ist scharf und mein Blick feindselig. Ich sollte mich weicher geben, unschuldiger wirken, mehr verblüfft als aggressiv. Aber anscheinend kann ich die Wut nicht abschütteln.

»Ich habe Ihnen alles gesagt, was ich über Paula weiß. Es tut mir leid, wenn Sie noch mehr wollen, aber das kann ich Ihnen nicht geben.« Ich mustere DI Conaty von oben bis unten. »Und Sie, dürfen Sie überhaupt hier sein? Ich hatte den Eindruck, dass Ihr Vorgesetzter meine Beschwerde über Ihr Verhalten ziemlich ernst genommen hat.«

»Wir sind nicht wegen Paula hier«, antwortet sie und versucht nicht einmal, den Triumph in ihrem Blick zu verbergen. »Wir sind wegen Ihres Sohnes hier.«

Mein Magen schlägt einen Salto, Galle steigt mir in die Kehle.

»Wie oft muss ich Ihnen noch sagen, dass er in Cornwall ist? Hören Sie, Detective, es tut mir wirklich leid, was mit Ihrem Kind passiert ist.

Das ist sehr traurig und muss extrem schwer zu ertragen sein, aber es bedeutet nicht, dass Sie mich nach Belieben schikanieren können, nur weil Sie sich einbilden, mein Kind retten zu müssen, als Ausgleich dafür, dass Sie Ihr eigenes nicht gut genug beschützt haben.«

Das triumphierende Grinsen fällt ihr aus dem Gesicht.

»Wir haben Beweise, Dr. Jones«, sagt sie streng. »Beweise, die Ihre Geschichte widerlegen. Sie müssen mitkommen.«

Sie hat das letzte Wort. Ihr Blick hellt sich wieder auf, als sie sieht, wie mich die Panik ergreift. Ich hole Luft, um mich zu sammeln, und halte dann den Atem an, als Anker, der mich hier in der Gegenwart hält.

»Werde ich verhaftet?«

»Na ja«, sagt sie stockend. »Nein …«

»Dann können Sie warten. Ich muss erst duschen und mich anziehen.«

Ich knalle die Tür so heftig zu, dass die kleine Abdeckung über dem Türspion wie wild kreiselt.

51

RACHEL

MITTWOCH, 10. APRIL 2019, 11:05 UHR

Irgendetwas bereitet Dr. Jones schlaflose Nächte.

Sogar unter ihrem Make-up kann ich die dunklen Schatten um ihre Augen herum sehen, und das kränkliche Weiß ihres Halses. Es wirkt beinahe, als sei sie geschrumpft, seit ich sie zum letzten Mal gesehen habe. Sie ist schmaler geworden, und ihre Züge wirken zu groß für ihr Gesicht; sogar ihr Haar sieht dünner aus. Als sie heute Morgen die Tür aufgemacht hat, habe ich sie kaum erkannt.

Sie hat nicht viel gesagt, seit sie in den Vernehmungsraum getreten ist, und die Schärfe in ihrem Tonfall, die ich vor ihrer Haustür zu spüren bekommen habe, hat sich gelegt. Doch die starre Haltung und ihre steinerne Miene lassen deutlich erkennen, dass sie noch genauso wachsam ist wie zuvor und sich auf unsere Fragen eingestellt hat.

Ohne ein Wort lege ich die Akte vor ihr auf den Tisch.

»Soll ich die aufschlagen?«, fragt sie.

Ich nicke. »Bitte.«

Wenn mir eines an Dr. Jones aufgefallen ist, dann ist es ihre Kontrollsucht. Sobald sie die Kontrolle hat, scheint sie in allem zu glänzen, was sie sich vornimmt. Doch als sie auf die Karte hinabblickt, die wir ausgespielt haben, sehe ich ihre Sicherheit ins Wanken geraten. Sie leckt sich nervös die Lippen und schlägt die Mappe auf. Als sie sieht, was darin liegt, wird sie kreidebleich.

»Könnten Sie für die Aufzeichnung beschreiben, was Sie sehen, Dr. Jones?«

Ein Muskel zuckt unter ihrem Auge. Ich kann beinahe sehen, wie die Rädchen in ihrem Gehirn sich drehen.

»Ich sehe ein Foto von meinem Bruder am Steuer seines Wagens, meine Nichte sitzt neben ihm. Es die Aufnahme einer Radarkamera.«

»Und Zeit und Datum?«, fragt sie.

»Fünfter April, 10 Uhr 31.«

»Sehen Sie noch jemanden im Wagen sitzen?«

Noch ein Zucken unter ihrem Auge. Ich blicke auf ihren Hals: Der offene Ausschnitt ihrer Bluse bebt im Takt ihres rasenden Herzschlags.

»Nicht aus der Perspektive, aus der das Foto aufgenommen wurde, nein. Ich sehe sonst niemanden.«

»Dieses Bild wurde auf dem M3 aufgenommen an dem Tag, an dem Ihr Sohn angeblich nach Cornwall gereist ist. Aber wie Sie anhand dieser Aufnahme hier erkennen können, sitzt Zack nicht mit im Auto. Warum?«

Die rosafarbene Spitze ihrer Zunge streicht über ihre Unterlippe.

»Ich weiß nicht, was ich Ihnen sagen soll«, antwortet sie. »Mein Sohn ist in Cornwall. Sind Sie sicher, dass die Aufnahme vom richtigen Tag ist?«

»Sie können den Zeitstempel auf dem Bild sehen. Ihr Bruder lebt in London, korrekt?«

»Ja …«

»Und er ist am Donnerstagnachmittag von London nach Redwood gefahren, hat Ihren Sohn abgeholt und ist am Freitagmorgen nach Cornwall aufgebrochen, ist das richtig?«

»Ja …«

»Dann gibt es doch keinen Grund, warum Ihr Bruder ohne ihn auf dem M3 Richtung Cornwall gefahren sein sollte.«

Ich sehe die Panik in ihren Augen. Sie verliert die Kontrolle über ihre Geschichte; sie schaut nach unten und sieht sich das Bild genau an. Keine liebende Mutter könnte so über ihr verschwundenes Kind lügen. Denn nachdem ich die Aufnahmen gesehen habe, besteht für mich kein Zweifel mehr: Zack Jones ist etwas zugestoßen, und seine Mutter ist zu allem bereit, um es zu vertuschen.

»Das hier heißt nicht, dass er nicht im Wagen gesessen hat«, sagt sie. »Er muss hinten gesessen haben. Leila sitzt immer vorne, damit ihr nicht schlecht wird. Aus der Perspektive, aus der das Bild gemacht wurde, ist der Rücksitz hinter ihr nicht zu sehen.«

»Wir haben auch noch die hier«, sagt DS Ryan.

Er schiebt eine zweite Mappe über den Tisch. Dr. Jones blickt eine Weile auf den Aktendeckel, beinahe, als versuche sie im Voraus eine

Erklärung für die belastenden Fakten heraufzubeschwören, die sich darin befinden könnten.

»Machen Sie sie auf, wenn Sie so weit sind«, sagt DS Ryan.

Langsam schlägt sie das Deckblatt um und enthüllt die Aufnahmen der Verkehrsüberwachungskameras. Ich beobachte, wie ihr Blick über die verschiedenen Abzüge huscht.

»Anhand der Zeitstempel auf der Aufnahme der Radarkamera konnten wir die Bewegungen Ihres Bruders nachverfolgen und nach möglichen Aufnahmen entlang des Weges suchen, die zum Zeitablauf seiner Reise passen.«

Ich beuge mich vor, ordne die Fotos dem Zeitablauf entsprechend und lege sie nebeneinander in eine Reihe.

»Diese hier wurden an der Raststätte am M3 gemacht, zwischen den Anschlussstellen J4 und J5«, sage ich und zeige auf das erste Bild. »Wir sehen den Wagen Ihres Bruders auf den Parkplatz fahren … Hier sehen wir ihn parken … Wir sehen Jeff und Leila aus dem Fahrzeug steigen – allein – und ins Restaurant gehen. Hier gehen sie in Richtung Toiletten, hier kaufen sie etwas zu essen, hier holen sie sich noch einen Kaffee, bevor sie wieder zum Parkplatz zurückkehren. Sie waren zweiundzwanzig Minuten in der Raststätte.«

Dr. Jones' Hirn arbeitet auf Hochtouren.

»Ich müsste die Originalaufnahmen sehen«, sagt sie und räuspert sich.

Ich sehe DS Ryan an und nicke ihm zu, woraufhin er den Raum verlässt, um die Videoaufnahmen zu holen. Als die Tür sich hinter ihm schließt, legt sich Stille über den Raum. Normale Verdächtige brechen in dieser Situation häufig ein, wischen sich den Schweiß von der Stirn oder reiben sich die Handflächen an den Hosen trocken, trinken Wasser, weil ihre Kehle austrocknet. Nicht so Dr. Jones. Sie sitzt einfach nur in reglosem Schweigen da, starrt auf die Fotos auf dem Tisch und scheint damit beschäftigt zu sein, die losen Enden ihrer Geschichte zu verknüpfen.

Warum will sie uns unbedingt widerlegen?

Wenn ihr Sohn nicht verschwunden wäre, wäre sie wesentlich kooperativer. Sie hätte ihren Bruder sofort angerufen, nachdem sie nach unserem ersten Gespräch das Vernehmungszimmer verlassen hat, um den Irrtum aufzuklären. Wenn es tatsächlich nur ein Missverständnis wäre, wäre sie sehr viel bereiter, es aufzuklären. Doch auch wenn ich ihre Motive nicht durchschauen kann, sind ihre Reaktionen immer noch glasklar zu deuten. Sie verbirgt etwas vor uns. Etwas, das sie unter allen Umständen geheim halten will.

DS Ryan kommt mit einem Laptop zurück und stellt ihn vor ihr ab, während ich für die Aufzeichnung seine Rückkehr verkünde und Dr. Jones anweise, die Aufnahmen abzuspielen. DS Ryan und ich sitzen ihr schweigend gegenüber und beobachten ihre Augen, in deren wässriger Oberfläche sich der Monitor spiegelt.

»Hier«, sagt sie und drückt auf Pause. »Mein Bruder beugt sich nach hinten zum Rücksitz.«

Sie spult zurück und dreht den Laptop herum, damit wir auf den Bildschirm sehen können. Ich drücke auf Play.

»Er spricht mit Zack«, sagt sie. »Und aus dem Aufnahmewinkel können Sie den Sitz hinter Leila immer noch nicht sehen, genau wie bei der Aufnahme der Radarkamera. Ist das ernsthaft alles, was Sie haben? Sie haben mich noch einmal hierhergezerrt, um mich *deswegen* davon zu überzeugen, dass mein Sohn in Gefahr ist? Wegen einer Überwachungsaufnahme aus einem untauglichen Winkel?«

Sie hat recht. Auf den Bildern dreht sich Jeff kurz nach hinten zum Rücksitz um. Doch nichts deutet darauf hin, dass er das tut, um mit jemandem zu sprechen. Er könnte auch nur nach hinten greifen, um seine Brieftasche vom Sitz zu nehmen.

Ich klappe den Laptop zu. DS Ryan nimmt ihn vom Tisch.

»Selbst wenn das der Fall wäre«, sage ich. »Warum sollte Ihr Bruder Zack im Auto sitzen lassen? Sie waren immerhin mehr als zwanzig Minuten weg.«

Sie lehnt sich zurück und entspannt sich. Was immer sie jetzt für eine Geschichte erfindet, sie hat das Gefühl, wieder sicheren Boden unter den Füßen zu haben.

»Zack ist ein sehr ängstliches Kind. Seit der Scheidung ist es noch schlimmer geworden. Er mag keine vollen Räume, und wenn er Angst bekommt, dann entwickelt er schnell eine Paruresis. Es ist immer ein Kampf, ihn dazu zu bringen, auf öffentliche Toiletten zu gehen.«

»Wollen Sie mir allen Ernstes sagen, dass Ihr Sohn in den mindestens fünf Stunden, die die Fahrt nach Cornwall dauert, nicht einmal auf die Toilette musste?«

»Haben Sie Aufnahmen von allen Raststätten entlang der Route?«

Ich spüre, wie DS Ryan sich neben mir anspannt.

»Nein«, antwortet er.

»Woher wissen Sie dann, dass sie nicht noch einmal woanders rausgefahren sind, um die Toilette zu benutzen, entweder früher oder näher am Ziel? Abgesehen davon ist es sehr wahrscheinlich, dass er die ganze Zeit eingehalten hat. Es ist ihm dann tatsächlich nicht möglich, Wasser zu lassen. Beim Fliegen ist es genauso. Sein Vater und ich arbeiten daran, ihm zu helfen.«

Verdammt noch mal, diese Frau findet wirklich für alles eine Entschuldigung.

»Warum hat dann Ihr Bruder kein Essen für Zack mitgebracht, als sie sich an der Raststätte etwas gekauft haben?« Ich nehme das Foto von Jeff und Leila an der Kasse zur Hand. »Hier sieht man, was sie gekauft haben: zwei Sandwiches, zwei Getränke, zwei Packungen Chips.«

Sie seufzt und schlägt die Beine übereinander, verschränkt die Hände vor den Knien.

»Mein Sohn ist hochgradig laktoseintolerant – selbst die geringste Spur von Milchprodukten kann eine Reaktion auslösen. Ich hatte ihm an dem Morgen ein Lunchpaket vorbereitet, das Paula am Nachmittag mitgenommen hat.«

»Hätten sie ihm nicht mal was zu trinken mitbringen können?«, fragt DS Ryan.

»Nun ja, darauf können Sie von mir keine Antwort erwarten, ich war schließlich nicht dabei. Und offen gestanden bin ich allmählich ernsthaft beunruhigt darüber, dass Sie mich wegen einer solchen Banalität hierherzitieren, obwohl ich mich gerade erst über Ihr Verhalten beschwert habe. Sie wollen irgendwie nahelegen, dass … ja, was eigentlich? … Dass mein Sohn entführt wurde? Weil ich ihm lieber ein Lunchpaket vorbereitet habe, als seinen Onkel für ihn Fertigessen an einer Raststätte kaufen zu lassen?« Sie massiert sich die Nasenwurzel und schüttelt den Kopf. »Wie oft muss ich es Ihnen noch sagen? Mein Sohn ist in Cornwall.«

Anna Jones lügt. Das Problem ist, sie ist extrem gut darin. Ihr Verstand arbeitet so schnell, dass es beinahe unmöglich ist, sie zu erwischen. Doch ich weigere mich, sie mir noch einmal durch die Lappen gehen zu lassen.

»Was die Aufnahmen der Überwachungskameras angeht, so konnten wir auch Aufnahmen von dem Diner in Redwood sichern, von dem Sie uns erzählt haben. Sie sagten, der Plan sei gewesen, dass Paula Zack im Diner übergibt. Aber wir haben nichts von Paula, Zack oder Ihrem Bruder oder seinem Wagen auf den Aufnahmen entdecken können. Können Sie das erklären?«

»Sehr gern«, antwortet sie. »Ich habe nicht gesagt, dass sie sich *im* Diner treffen wollten. Ich sagte, sie wollten sich *am* Diner treffen.«

Ich spüre, wie DS Ryan mir einen Blick zuwirft, doch ich kann sie nicht aus den Augen lassen. Ich versuche, an ihren genauen Wortlaut zurückzudenken.

»Das muss auf dem Video sein«, sagt sie und nickt mit dem Kopf zum Aufnahmegerät hinüber.

»Wie meinen Sie das, *am* Diner? Wenn Sie sich nicht *im* Diner getroffen haben, wo dann?«

»Nur um das absolut klarzustellen«, sagt sie mit ungläubigem Kopfschütteln. »Sie verdrehen, was ich beim letzten Mal gesagt habe, damit es zu Ihrer Version der Ereignisse passt, und nutzen das jetzt als Vorwand, um mich noch einmal zu verhören? Sogar nachdem ich über genau dieses Verhalten, Ihre verstörende Fixiertheit auf mein Kind, Beschwerde eingereicht habe?«

Sie scheint für jeden möglichen Ansatz, mit dem wir sie konfrontieren könnten, eine Antwort vorbereitet zu haben. Ihre Verteidigungsbereitschaft ist ein eindeutiges Zeichen dafür, dass sie versucht, der Wahrheit auszuweichen, und dennoch schafft sie es, uns bei jedem Schritt auszumanövrieren.

»Entschuldigen Sie uns eine Minute«, sage ich und verkünde dem Band, dass wir den Raum verlassen, bevor ich die Aufnahme anhalte. Ich stehe auf, gefolgt von DS Ryan, und sage kein Wort, bevor wir draußen auf dem Flur stehen und die Tür fest hinter uns geschlossen haben.

»Sie hat auf alles eine Antwort.«

DS Ryan antwortet nicht, und nachdem ich ein paar Sekunden nervös auf und ab gegangen bin, blicke ich auf und sehe ihm in die Augen.

Als ich den Zweifel darin aufflackern sehe, bleibe ich wie angewurzelt stehen.

»Lassen Sie mich jetzt nicht im Stich, Mark.«

»Tu ich ja gar nicht«, antwortet er leise. »Aber vielleicht hören sich ihre Antworten so überzeugend an, weil sie die Wahrheit sagt.«

»Also *glauben* Sie ihr? Nach ihrem Verhalten da drin?«

»Ich weiß es nicht mehr«, antwortet er und fährt sich mit der Hand durchs Haar. »Vielleicht hat sie ja recht.«

Ich starre ihn lange an, als könnte ich ihn damit zwingen, mir zu glauben, bis seine Wangen rosa anlaufen und er den Blick auf seine Füße richtet.

»Ich weiß, dass ich richtigliege, Mark. Irgendwann wird sie sich in Widersprüche verwickeln. Wir dürfen jetzt nicht aufgeben. Bitte.«

Er schaut auf und hält meinem Blick stand. Ich sehe den Zweifel in seinen Augen, die Sorge in seiner Miene.

Ich bin nicht verrückt. Ich weiß, dass ich hier richtigliege.

Er seufzt leise und nickt zur Tür.

»In Ordnung.«

»Danke. Sie werden es nicht bereuen«, sage ich mit einem erleichterten Seufzer.

Als wir den Vernehmungsraum wieder betreten, sitzt Dr. Jones gerade und gefasst auf ihrem Stuhl, die Schultern gestrafft und die Hände ordentlich im Schoß. Ich schalte die Aufnahme wieder ein und gebe unsere Ankunft zu Protokoll.

»Danke für Ihre Geduld«, sage ich, während wir unsere Plätze wieder einnehmen. »Wir haben noch ein paar weitere Fragen an Sie.«

»Was gibt es denn da noch mehr zu fragen? Ich habe Ihnen alles gesagt, was ich weiß.«

»Fangen wir mit Ahmed Shabir an.«

Ihre Selbstsicherheit fällt in sich zusammen.

»Sie waren seine behandelnde Chirurgin, ist das richtig?«

52

MARGOT

MITTWOCH, 10. APRIL 2019, 10:40 UHR

Das Erste, was ich beim Aufwachen spüre, ist das Pochen in meiner Wange, und der Schmerz bringt die Erinnerungen an die vergangene Nacht zurück: an den Schrottplatz, wo ich niedergeschlagen wurde und mir auf dem Asphalt die Wange aufgeschürft habe, wie Anna weggebracht wurde, die Herz-OP mit vorgehaltenen Waffen. Allein bei dem Gedanken daran, wie die Pistole meinen Hinterkopf gestreift hat, bricht mir sofort der Schweiß aus.

Ich schließe die Augen und atme langsam und tief.

Es ist vorbei. Bald wird Anna ihren Jungen zurückhaben, und dann bekomme ich mein Geld. Und, mein Gott, wie ich mir das verdient habe!

Ich stecke die Hand unter die Decke und streiche mir über den Bauch, bis ich die Haut unter meinem Nabel erreiche. Es fühlt sich an, als würde sich da eine kleine Wölbung bilden. Ich fühle mich aufgeschwemmt, und meine Brüste sind empfindlich. Wenigstens ist mir noch nicht schlecht.

Du bist nicht reif genug, sagt Ma in meinem Kopf. *Du wirst das Kind noch mehr versauen als ich dich.*

Ich sollte mir eine Antwort darauf ausdenken, um auf andere Gedanken zu kommen, aber was ist, wenn sie recht hat? Ist das richtig, solche Angst zu haben? Meine Gedanken drehen sich ständig um alles, was ich falsch machen könnte. Es fühlt sich so zerbrechlich an, so hilflos, dass ich mir sicher bin, ich mache es noch in meinem Bauch kaputt, wenn ich mich unbedacht im Bett umdrehe oder falsch liege. Wenn ich es nun fallen lasse, nachdem es geboren wurde? Sein kleines Genick wird zerschellen wie feines Porzellan. Der Gedanke setzt sich fest und kreist und kreist in meinem Kopf, bis ich an nichts anderes mehr denken kann. *Bums. Krick. Bums. Krick.*

Jemand räuspert sich.

Erschrocken ziehe ich die Decke hoch.

Damien sitzt in der Ecke gegenüber und dreht Ricks Ring zwischen den Fingern.

»Was hattest du auf dem Schrottplatz zu suchen, Maggot?«

Er sieht mich nicht an. Seine Augen sind fest auf den Ring gerichtet, beobachten sein Glitzern in dem schwachen Licht der feinen Sonnenstrahlen, die an den Seiten der heruntergezogenen Jalousie hindurchdringen und das Fenster einrahmen. Als das Licht kurz wechselt, sehe ich die dunkellilafarbenen Blutergüsse um seine Augen. Er schnieft heftig nach einer Nacht auf Drogen.

Ich setze mich im Bett auf und versuche, seine Stimmung einzuschätzen. Sein Knie wippt unruhig, sein Fuß tippt auf den Teppich.

Er ist stinksauer.

»Hat dich jemand geschlagen?«, frage ich.

»Antworte auf meine Frage. Warum warst du auf dem Schrottplatz?«.

»Ich … das kann ich dir nicht sagen.«

Er springt so schnell vom Stuhl auf, dass mir vor Schreck ein kleines Wimmern herausrutscht. Im nächsten Augenblick steht er am Bett und packt mich am Arm, drückt mich mit seinem ganzen Gewicht nieder, bis ich die Matratze unter meinem Rücken nachgeben fühle.

»Komm mir nicht so!«, brüllt er, Speichel landet auf meinem Gesicht. »Ich hab dir gesagt, du sollst keinen Scheiß machen, und du hast es trotzdem getan. Meinst du, mich kümmern ein blaues Auge und ein paar zerschrammte Rippen? Ich kann froh sein, dass das alles war!«

»Geh runter von mir!«

Er packt mich an den Schultern und schüttelt mich so heftig, dass mein Nacken scheppert, dann knallt er mich wieder auf das Bett und schiebt sein Gesicht ganz nah an meins heran. Sein Atem riecht faulig.

»Du solltest diese Frau *erpressen* und keinen Ausflug zum Bau einer Drogengang mit ihr machen. Ja, du hast richtig gehört. *Drogen.* Der Schrotthandel ist nur die Fassade. Glaubst du, die finden das witzig, wenn da Fremde rumfahren und sich alles mal genau angucken? Die fackeln nicht lange. Wenn du da zu viele Fragen stellst, hast du schneller 'ne Kugel im Kopf, als du gucken kannst.« Er hebt eine Hand und sticht mir mit dem Zeigefinger zwischen den Augen auf die Stirn. »Verstehst du mich? Die bringen dich um, die bringen mich um, und die bringen Rick um. Wolltest du das, du verdammte blöde Kuh?«

Mit der freien Hand stemme ich mich gegen seine Brust und hebe das Bein, um nach ihm zu treten, doch er kriegt mein Handgelenk zu fassen, reißt mich vom Bett und schleudert mich zu Boden. Der Schmerz schießt meine Wirbelsäule hinauf. Verzweifelt greife ich nach der Decke, um nicht nackt vor ihm zu liegen.

»Du kannst Rick und mich nicht in Gefahr bringen und dir einbilden, einfach so damit durchzukommen«, sagt er und packt mich am Kinn. »Pack dein Zeug und verschwinde.«

Er schleudert mich von sich, als würde es ihn schon ekeln, auch nur meine Haut zu berühren, und stürmt zur Tür.

»Gut. Bleibt mehr für mich übrig«, antworte ich kindisch, während mir die Tränen in die Augen schießen.

Er lacht nur. Ein grausames Lachen, triefend vor Bosheit. Als er sich umsieht, sehe ich, wie weiß seine Zunge ist, und die kleinen weißen Kreise um seine Nasenlöcher. Er kommt zurück und geht vor mir in die Hocke. Ich rutsche hastig rückwärts, bis ich mit dem Rücken gegen den Nachttisch stoße.

»Denk bloß nicht, ich hätte nicht gewusst, dass du mit dem Geld abhauen wolltest, sobald du es in deine diebischen kleinen Finger gekriegt hättest.«

Die Tränen fließen über, rinnen an meiner Nase entlang, befeuchten meine Lippen.

»Warum hast du mir dann das Auto besorgt? Warum hast du mir geholfen?«

»Weil du meine kleine Schwester bist und ich dich mal geliebt habe, obwohl ich wusste, dass du mich wieder verarschen und abhauen wirst. So machst du's doch immer, Maggot. Du benutzt die Leute, bis du das Letzte aus ihnen herausgeholt hast, und dann schmeißt du sie weg, machst dich vom Acker und suchst dir dein nächstes Opfer. Schön, jetzt hast du gekriegt, was du wolltest, oder? Also hau ab und such dir einen anderen Trottel, den du manipulieren kannst.«

Er steht auf, kickt ein Kissen weg, das vom Bett gerutscht ist, und geht zur Tür.

»*Manipulieren* – ist das nicht ein bisschen zu hochgestochen für dich?«

Er dreht sich um, dunkelrot im Gesicht. Ich schniefe die Tränen hoch und wische sie mit dem Handrücken ab.

»Was glaubst du denn, von wem ich das alles gelernt hab?«, stammele ich. »Ich bin doch damit aufgewachsen, mit euch zwei Blutegeln. Ma hat mich gehasst, weil ich was aus meinem Leben machen wollte, und du hasst mich, weil ich dich nicht mitgenommen habe. Aber warum hätte ich das tun sollen? Sieh dich doch an. Noch vor dem Mittag Koks um die Nase und Pupillen, so groß wie eine Scheißwindmühle. Du bist ein Junkie, Damien. Du bist genau wie *sie.*«

Seine Augen sind glasig geworden; meine Worte sind endlich zu ihm durchgedrungen. Er schluckt hart, sein Adamsapfel hüpft in seiner Kehle.

»Du glaubst wirklich, du wärst was Besseres als ich, oder?«, fragt er mit rauer Stimme. »Sieh dich doch selber mal an. Du erpresst eine Mutter, die versucht, ihren Sohn zu retten, und wirst im Knast landen, weil du deine Freunde beklaut hast. Und du denkst, du wärst besser als ich, weil ich so arbeite, wie ich es halt am besten kann? Du bist kein Stück besser … du bist *schlimmer.*« Er schüttelt den Kopf und wischt sich hastig mit dem Handrücken eine Träne aus dem Gesicht. »Zieh dich an, pack dein Zeug und hau ab.«

Er knallt die Tür mit solcher Wucht zu, dass die Wände wackeln.

Erst als ich allein bin, lasse ich den Tränen freien Lauf, ohne dagegen anzukämpfen. Ich schluchze wie ein kleines Mädchen, während ich mich aus dem Bettzeug entwirre und mich anziehe.

Als Kinder haben wir oft heftig gestritten, aber das hier fühlt sich anders an. Endgültig. Ich reiße an der Schnur und ziehe die Jalousie hoch, um etwas Licht hereinzulassen, damit ich sehen kann, ob ich alles habe, und entdecke ein Stück Regenbogen an der Wand, wo ein Sonnenstrahl durch den Sprung in der Scheibe scheint.

Ich werde nie wieder hierher zurückkommen.

Ich nehme meine Tasche, sehe nach, ob das Geld und der Verlobungsring noch drin sind, schnappe mir die Autoschlüssel und gehe zur Tür, fest entschlossen, mit dem Wagen abzuhauen, bevor Damien auf die Idee kommt, ihn sich zurückzuholen.

Im Flur riecht es nach Schinken und Marlboro Reds, und ich kann den Fernseher unten flüstern hören; doch das Haus ist so eng mit der Vergangenheit verwachsen, dass ich nicht mehr weiß, was zur Realität gehört und was nur in meinem Kopf ist.

Ich muss hier raus.

Ich schleiche den Flur entlang, streiche mit der Hand am Geländer entlang, während ich die Treppe hinuntergehe, lausche auf jedes Knarren der Dielen unter meinen Füßen und höre ihre Stimme, als ich an dem Riegel der Haustür herumfummele.

Vergiss nie, dass ich das gesagt habe, Maggot: Egal, wie weit du wegrennst, egal, wie viele Lügen du dir selbst erzählst, dass du besser wärst als die Gosse, in der du geboren worden bist, sie wird immer in deinem Blut sein. Du kannst nicht vor deiner DNA weglaufen, Maggot. Aber ich bin sicher, du wirst es versuchen, und wenn du dabei draufgehst.

Das waren die letzten Worte, die sie zu mir gesagt hat, als ich zur Tür hinauswollte. Genau an dieser Stelle, wo ich jetzt stehe.

Ich knalle die Tür hinter mir zu, und ein Schluchzen bricht aus mir heraus. Mein ganzer Körper wird davon geschüttelt, die Lippen zittern, Rotz läuft mir aus der Nase. Ich renne zum Auto, steige ein, schließe die Tür fest hinter mir und lehne erschöpft den Kopf an die Kopfstütze.

Ein scharfer Schmerz schießt durch meinen Unterleib und lässt meine Tränen augenblicklich versiegen. Meine Gedanken überschlagen sich, als mir klar wird, was da passiert. Meine ganze Welt verschiebt sich in einer Sekunde. Ich schiebe die Hand unter den Pulli und lege sie auf meinen Unterleib.

Ich habe gerade meine Regel bekommen.

53

ANNA

MITTWOCH, 10. APRIL 2019, 19:09 UHR

Ich trete aus dem Polizeigebäude und werfe sofort einen Blick auf das Telefon, das die Entführer mir gegeben haben. Mein Kopf dröhnt, mein Magen knurrt vor Hunger, aber ich kann an nichts anderes denken als an die verpassten Anrufe, die ich auf dem Display sehen werde, einen ganzen Stapel Nachrichten, in denen alle wissen wollen, was ich so lange da drin gemacht habe.

Conaty und ihr Partner haben mich den ganzen Tag im Vernehmungsraum behalten. Sie haben sich wiederholt, haben Fragen gestellt, mit deren Beantwortung ich mich nur selbst belasten konnte, haben alles verdreht, was ich gesagt habe. Jedes Mal, wenn ich gedroht habe, zu gehen, hat Conaty daraus geschlossen, dass ich ja wohl etwas zu verbergen hätte, und ich bin wieder auf meinen Stuhl zurückgesunken. Ich dachte, wir könnten vielleicht ein für alle Mal fertig sein, wenn ich blieb und tatsächlich auf alle ihre Fragen eine Antwort finde. Auf jeden Fall haben sie alles gegeben.

Conaty ist viel zu nahe an die Wahrheit herangeschlingert. Manchmal hat sie es praktisch selbst ausgesprochen, war aber so sehr darauf konzentriert, mich über meine eigene Geschichte stolpern zu lassen, dass sie es nicht einmal bemerkt hat. Früher oder später wird sie Erfolg haben. Es spielt keine Rolle, wie viele Beschwerden ich einreiche oder wie viele Lügen ich erzähle. Sie wird nicht lockerlassen, bevor sie Zack mit eigenen Augen gesehen hat.

Ich aber auch nicht.

Die Sonne ist fast untergegangen. Ich gehe um das Gebäude herum zum Parkplatz und hole das Telefon aus der Tasche. Keine Anrufe. Keine SMS. Normalerweise wissen sie doch ganz genau, wo ich bin, und rufen sofort an, wenn die Luft rein ist, oder sie schicken eine drohende Textnachricht. Ich blicke mich um, suche den Parkplatz nach dem schwarzen Audi ab. Nichts zu sehen.

Was bedeutet das?

Mein erster Gedanke gilt Zack. Was ist, wenn sie dachten, die Polizei hätte mich am Ende doch noch weichgekriegt und ich wäre auf dem Revier, um alles zu gestehen? Haben Sie entschieden, Zack zu töten und die Flucht zu ergreifen? Immerhin haben sie ja, was sie wollten – Ahmed Shabir ist tot.

Nein. Wenn mein toter Sohn gefunden würde, würde das nur meine Aussage stützen – sie müssten mich auch umbringen, damit ich nicht rede. Aber warum haben sie dann noch nicht angerufen?

Als ich in meinem Auto sitze, verschließe ich sofort die Türen. Die Luft ist heiß und abgestanden, nachdem der Wagen solange in der Sonne gestanden hat. Ich suche nach vorherigen Nachrichten, die unter der Nummer eingegangen sind, die sie normalerweise nutzen. Doch sie rufen jedes Mal von einer anderen Nummer aus an.

Irgendwas stimmt da nicht. Inzwischen müssten sie definitiv angerufen haben.

Ich schlucke meine Nervosität hinunter und tippe bei der letzten Nummer in der Anrufliste auf »Anrufen«.

»Die von Ihnen gewählte Nummer ist nicht vergeben.«

Ich lege auf und wähle die nächste Nummer.

»Die von Ihnen gewählte Nummer …«

Ich lege auf, nehme mir die nächste vor.

Und dann noch eine. Und noch eine.

Sie sind alle abgeschaltet.

Ich gebe auf und sitze in dem stillen Wagen. Tränen der Panik brennen mir in den Augen.

Wenn jetzt alles vorbei ist, was haben sie dann mit Zack gemacht?

Ich schrecke hoch, als ein Telefon klingelt und mich aus meinen trüben Gedanken reißt. Es ist eines von denen, die in meiner Tasche liegen.

Ich werfe das Handy, das ich in der Hand hatte, auf den Beifahrersitz und wühle in meiner Tasche. Es ist das Telefon, das Margot mir gegeben hat.

Wenn sie nun rausgefunden haben, dass ich Margot etwas gesagt habe? Haben sie sie? Hat sie geredet? Sie könnten mich von ihrem Telefon aus anrufen, um mich zu erwischen.

Das Handy klingelt und klingelt. Ich drücke den Knopf, um den Anruf anzunehmen, und halte mir das Gerät ans Ohr.

»Hallo?«

»Alles erledigt.«

Ich erstarre. Die Stimme des Mannes ist tief und der Akzent unüberhörbar. Ich höre, wie er am anderen Ende atmet, langsame, ruhige Atemzüge. Mein Hirn ist nach so vielen Stunden der Vernehmung und so wenig Schlaf dermaßen erschöpft, dass ich eine Weile brauche, um die Stimme zu erkennen: Fahim Shabir. Ich habe ihm diese Nummer gegeben, weil es das einzige Telefon ist, das die Entführer nicht abhören können.

»Was … was ist erledigt?«

Ein stechender Schmerz verdreht mir den Magen. Es gibt zwei mögliche Szenarien: Zack ist in Sicherheit, oder er ist tot. Ich kann beides nicht denken. Zu hoffen, dass er in Sicherheit ist, auch nur eine Sekunde, nur um dann zu erfahren, dass er tot ist, würde mich zerstören.

»Unser Teil der Abmachung.«

Ich sage kein Wort. Wie versteinert sitze ich mit halb offenem Mund und Tränen in den Augen im Auto.

»Wir haben Ihren Sohn.«

54

MARGOT

MITTWOCH, 10. APRIL 2019, 19:20 UHR

Ich bin nicht schwanger.

Leere Schachteln liegen auf dem Boden verstreut, die gebrauchten Tests habe ich in einer Plastiktüte versteckt, zusammen mit den beiden Wasserflaschen, die ich gekauft und hinuntergestürzt habe, damit ich pinkeln konnte. Der Geruch in der öffentlichen Toilette ist eklig; menschliche Exkremente und scharfe Reinigungsmittel haben sich zu ihrem ganz eigenen, widerwärtigen Dunst vereint.

Ich starre in die Tasche, beäuge jeden einsamen Strich auf den Testträgern, wo eigentlich zwei sein sollten, und warte darauf, dass ich es begreife.

Zehn Schwangerschaftstests. Zehn negative Ergebnisse.

Ich bin nicht schwanger. Ich war nie schwanger.

An dem Tag, an dem mir klar geworden war, dass meine Regel ausgeblieben war, nachdem ich mit Nick geschlafen hatte, hatte ich im Krankenhaus mehrere Tests gestohlen, doch jetzt fällt mir wieder ein: Ich habe nur einen benutzt. Könnte es ein falsch-positives Ergebnis gewesen sein? Haben meine Hormone an jenem Tag ein falsches Ergebnis ausgelöst, oder so ähnlich? Vielleicht hab ich auch was falsch gemacht. Ich hätte mehr Tests machen sollen.

Wieso sitze ich hier und versuche, nachzuvollziehen, wie es passiert ist? Ich sollte froh sein, ich bin frei.

Tränen steigen mir in die Augen, bis die Schachteln auf dem Boden verschwimmen und ich sie nicht mehr von den Fliesen unterscheiden kann. Ich beiße mir auf die Unterlippe und kneife die Augen fest zu.

Es ist mir egal, sage ich zu mir selbst.

Dann fange ich an zu heulen.

Es bricht aus mir heraus, hallt von den Wänden wider, jedes Wimmern, jedes Ausatmen verstärkt durch die Enge des mit Kratzbildern und Graffiti verschmierten Toilettenabteils. Jemand hat mit blauem

Kugelschreiber *Hannah ist eine Schlampe* an die Tür geschrieben. Ich frage mich, was sie wohl über mich schreiben würden.

Als ich dachte, ich sei schwanger, konnte ich mich anfangs kaum dazu bringen, auf das Leben, das angeblich in mir heranwuchs, achtzugeben. Es war ein Gegenstand, eine Last, ein Klumpen Fleisch und Blut gewordener Angst. *Es.* Doch die Vorstellung, dass in mir ein Kind heranwuchs, war mir mit der Zeit ans Herz gewachsen, und langsam habe ich es lieben gelernt. Jetzt, wo ich weiß, dass es nicht da ist, dass es nie da war, fühle ich mich betrogen, schmerzlich hohl, eine Leere, die eine ganz andere Form von Einsamkeit mit sich bringt, wie ich sie noch nie empfunden habe.

Ich glaube nicht, dass ich jemals Mutter sein wollte. Nie habe ich irgendwelche mütterlichen Instinkte an mir bemerkt, ich bin selbstsüchtig und misstrauisch. Aber vielleicht wollte ich es doch und hatte nur Angst, es zuzugeben, sogar vor mir selbst. Habe mich nicht getraut zu hoffen, dass mir irgendetwas Gutes passiert, aus Angst, dass es mir wieder genommen werden könnte.

Ich beiße die Zähne zusammen und blinzele mehrfach, bis die Tränen langsam versiegen, und starre auf den Dreck in den Fugen zwischen den Fliesen, auf die abgeschlagenen Stellen und die Risse, die schwarz von den Schuhen Fremder sind.

Ich wollte ein Baby, damit ich nicht mehr so allein auf der Welt bin. Ich wollte das Baby, damit mich endlich jemand liebt.

Ich senke den Kopf und weine stumm in meine Hände. Meine Erschütterung erscheint mir irrational. Es hat doch noch gar nicht gelebt. Es war nicht real. Und doch betrauere ich es, als hätte ich es schon in den Armen gehalten.

So fest ich kann, trete ich gegen die Tür des Toilettenabteils. Die ganze Reihe scheppert.

Nur wegen dem Baby habe ich mich auf diese ganze Geschichte mit Anna eingelassen, und jetzt ist es weg, und alles erscheint so sinnlos. Ich habe meinen Job verloren, meinen Bruder, und wofür?

Ich war mir so sicher gewesen, war so davon überzeugt, dass ich besser war als meine Familie, habe Damien und Rick verachtet. Und doch, während ich gestohlen und wilde Pläne geschmiedet habe, um mir ein besseres Leben aufzubauen, bin ich am Ende zu genau dem

Menschen geworden, vor dem ich mein ganzes Leben davongelaufen bin.

Ich bin genau wie Ma.

Mein Handy klingelt.

Ich nehme meine Tasche von der Klinke und wische mir mit dem Ärmel über das Gesicht.

Ich hab immer noch meinen Neuanfang, sage ich mir. *Das muss nichts ändern. Ich kann immer noch im Gefängnis landen, wenn ich das Geld nicht kriege. Wenn das alles hier vorbei ist, hab ich die fünfzig Riesen. Ich hab nur kurz den Boden unter den Füßen verloren, ich kann mich ändern, besser sein. Ich muss nicht sein wie sie.*

Ich hole tief Luft, um mich zusammenzunehmen, atme durch die Nase ein und durch den Mund aus.

»Hallo?«

»Margot!«, sagt Anna. »Sie haben angerufen. Es ist erledigt!«

Sie weint, aber ihre Tränen hören sich für mich anders an. Sie weint vor Freude. Ich höre die Erleichterung in ihrer Stimme.

»Was?« Ich schniefe die Tränen weg. »Was ist erledigt?«

»Die Shabbars. Sie haben Zack.«

Sie stößt einen Laut aus, der irgendwo zwischen Schluchzen und Lachen liegt.

»Sie übergeben ihn mir heute Nacht.«

55

RACHEL

MITTWOCH, 10. APRIL 2019, 19:32 UHR

Sie haben sich bei Kathleen's Diner getroffen. Das liegt auf halbem Weg zwischen der Schule und der Abfahrt vom M1 nach Redwood.

Ich halte die Aufnahme an, spule zurück, lasse sie erneut ablaufen.

... bei Kathleen's Diner.

Ich schalte das Gerät ab und fahre mir mit den Händen durchs Haar. Wie sie das gesagt hat, das war so subtil, dass es weder DS Ryan noch mir aufgefallen ist. Es ist, als würde Dr. Jones kleine Fallen stellen, während sie spricht: Sätze mit Klauseln darin, die ihr in letzter Minute einen Ausweg eröffnen, Phrasen, die sie so hindrehen kann, dass sie etwas zu verstehen geben, insgeheim jedoch etwas ganz anderes bedeuten. Ich habe noch lange nach Feierabend an meinem Tisch gesessen, mir die Vernehmungsprotokolle angehört und auf jede noch so kleine Manipulation geachtet. Ich habe unterschätzt, wie clever sie ist. Wir alle haben das getan.

Ich spule vor.

Sobald wir wissen, dass Jamie dort ist, wo Sie sagen, können wir weitermachen.

Zack. Der Junge heißt Zack.

Ein Klopfen an der Tür unterbricht mich. DCI George Whitman steht in der Tür.

»Sir, mir war nicht klar, dass Sie noch hier sind.«

»Wohingegen ich das von Ihnen genau wusste«, antwortet er und kommt zu meinem Tisch. »Ich wollte mit Ihnen sprechen.«

Was auch immer er für ein Gespräch im Sinn hat, die Tatsache, dass er gewartet hat, bis alle weg sind, macht mich nervös.

Ich nicke zu dem Stuhl hinüber und beobachte, wie er sich hinsetzt. Er wirkt zögerlich, seine Körpersprache zeugt von Anspannung und Verschlossenheit, als wollte er das hier eigentlich lieber nicht tun. Er stößt einen kleinen Seufzer aus, bevor er anfängt.

»Ich habe den Fall der NCA übergeben.«

Ich starre ihn fassungslos an, während die Wut in mir aufsteigt wie eine Hitzewelle. Nach all den schlaflosen Nächten, nach allem, was ich in den Fall investiert habe, für ihn geopfert habe, übergibt er den Fall der National Crime Agency. Ich sage nichts; ich weiß nicht, was aus meinem Mund kommen könnte, wenn ich ihn aufmache.

»Der Tod des Opfers weist klare Anzeichen einer professionellen Exekution auf. Als ich meinem Ansprechpartner bei der NCA den Fall geschildert habe, meinte er, die Vorgehensweise würde zu einem ihrer aktuellen Fälle passen; da geht es um eine Organisation, die Redwood als Einfallstor für den Drogenhandel in die Stadt nutzt. Sie können mit diesem Fall wesentlich mehr anfangen als wir.«

»*Bullshit.* Wir kriegen sie, wir brauchen nur noch mehr Zeit …«

»Wir haben keine Zeit mehr, Conaty. Wir haben keine Verdächtigen, keinen Tatort, keine Mordwaffe. Und offen gestanden auch nicht die Mittel, um einen Drogenring auffliegen zu lassen, dessen Einflussbereich weit über Redwood hinausreicht. Haben Sie solche Kontakte?«

Ich starre ihn an, beiße mir auf die Lippe. Wenn ich das nicht tue, schreie ich entweder los oder heule oder tue etwas noch Schlimmeres.

»Und?«

»Nein«, presse ich heraus. »Hören Sie, auch wenn ich noch keinen Verdächtigen für den Mord habe, ich gehe mit einem Ansatz an den Fall heran, an den die NCA nicht einmal denken wird.«

»Und das wäre?«, fragt er. »Der Junge?«

»Ja.«

»Um Himmels willen, Conaty! Wachen Sie auf!«

Ich springe fast vom Stuhl auf, so laut brüllt er mich an.

»Niemand hat ihn als vermisst gemeldet. Nicht seine Mutter, nicht sein Vater, nicht sein Onkel. Meinen Sie, eine der bekanntesten Herzchirurginnen des Landes bringt ihr Kind um und erwartet, nicht erwischt zu werden?«

»Wollen Sie behaupten, es ist nicht verdächtig, dass die Chirurgin, die Ahmed Shabirs tödliche Herzoperation durchgeführt hat, zufällig direkt neben der Frau wohnt, die wir tot in einem Brunnen aufgefunden haben, mit ausgerissenen Zähnen und abgeschnittenen Fingerkuppen? Derselbe Ahmed Shabir, der sich für engmaschigere Kontrollen des Drogenhandels in der Gegend starkgemacht und auf strengere Gesetze im ganz Land hingearbeitet hat? Was zum Thema ›organisiertes Verbrechen‹ passt?«

»Das ist eine großartige Theorie«, sagt er ungerührt. »Haben Sie irgendwelche Beweise, um sie zu stützen?«

»Na ja, bis jetzt noch nicht, nein. Aber sehen Sie sich das mal an.«

Ich schlage die Mappe auf meinem Tisch auf und breite die Fotos von den Überwachungskameras vor ihm aus.

»Die wurden von Jeff Dunns Reise nach Cornwall gemacht. Wo ist auf diesen Bildern der Junge, Sir?«

Er blickt die Fotos durch, und seine Stirn glättet sich.

»Oder was ist hiermit«, sage ich und werfe ihm die Aufnahme der Radarkamera zu. »Sehen Sie ihn da im Fahrzeug?«

Er nimmt das Foto zur Hand und betrachtet es sorgfältig. Ich sehe etwas in seinen Augen aufblitzen. Ist es Zweifel?

»Wir haben ein fünfundsechzig Jahre altes Opfer mit Merkmalen, die auf eine Exekution im Stil des organisierten Verbrechens hindeuten, und der einzige Grund, der mir einfällt, warum sie überhaupt in so eine Geschichte hineingeraten sein könnte, ist ihre Beziehung zu dem Jungen, der entweder unmittelbar vor *oder sogar während* ihrer Entführung in ihrer Obhut war. Derselbe Junge, den die Polizei in Cornwall weder lokalisieren noch identifizieren konnte. Derselbe Junge, dessen Mutter die Herz-OP durchgeführt hat, bei der Ahmed Shabir gestorben ist.«

Ein Klumpen bildet sich in meiner Kehle.

»Sir, wenn Sie einhundert Prozent sicher sind, dass der Junge auf dieser Reise dabei war, dann höre ich auf. Sollten wir später herausfinden, dass das nicht der Fall war, dann kann ich Ihnen guten Gewissens die Verantwortung dafür zu Füßen legen und weiß, dass ich alles versucht habe, um Sie zu überzeugen. Dann geht das auf Ihre Kappe, nicht auf meine. Also, sind Sie sich absolut sicher, dass der Junge sich dort befindet, wo Dr. Jones behauptet? Sind Sie bereit, das Leben des Kindes darauf zu verwetten?«

Er sagt erst einmal gar nichts, schweigt eine ganze Weile, wie gebannt von dem Foto der Radarkamera: Jeff Dunn und das kleine Mädchen auf dem Beifahrersitz, Zeit und Datum in der Ecke, bevor er aufblickt und mich ansieht.

»In Ordnung, Conaty. Ich rufe den Polizeichef von Cornwall noch mal an und verlange, dass seine Leute noch mal bei dem Haus vorbeischauen und solange dableiben, bis sie den Jungen tatsächlich zu Gesicht bekommen. Aber Sie nehmen sich morgen frei, keine Widerrede. Ich rufe an, wenn ich was höre.«

Er steht auf und geht langsam und mit schweren Schritten zur Tür. Bevor er hinausgeht, dreht er sich noch einmal zu mir um.

»Ich hoffe wirklich, dass Sie hier nicht auf dem Holzweg sind, Conaty.«

Seine Worte bleiben hängen, auch nachdem er längst gegangen ist, und ich habe das Gefühl, als läge unter der Traurigkeit in seiner Stimme eine Drohung.

Ich bin nicht auf dem Holzweg, denke ich. *Ich war mir noch nie sicherer als jetzt.*

56

MARGOT

MITTWOCH, 10. APRIL 2019, 20:04 UHR

Kommen Sie ruhig rein«, sagt Anna.

Ich stehe an ihrer Haustür und schaue an ihr vorbei in ihr Haus. Ich sehe eine moderne Skulptur auf einem Beistelltisch an der Wand und ein Stück einer mit tiefgrünem Samt bezogenen Chaiselongue. Und das ist nur der Eingangsbereich des Hauses.

Sie war doch tatsächlich so dreist, mir zu sagen, sie hätte das Geld nicht, wenn sie in so einem Scheißluxus lebt?

»Ich dachte, Sie hätten gesagt, hier wären überall Kameras?«, frage ich und beuge mich zu ihrem Hund hinunter, um ihm das lockige blonde Fell zu streicheln. Ein Schild mit der Aufschrift »Bär« hängt an seinem Halsband. Er wedelt so aufgeregt mit dem Schwanz, dass der gegen den Türrahmen klopft.

»Fahim hat gesagt, wir müssten uns keine Sorgen mehr wegen der Entführer machen. Kommen Sie rein.«

Anna ist total aufgedreht. An ihren verschwollenen, geröteten Augen sehe ich, dass sie geweint hat, und ihre Hände zittern, ob vor Aufregung oder vor Erschöpfung, kann ich nicht genau sagen. Wir sind beide vollkommen erschöpft; was das angeht, stehen wir uns in nichts nach. Nachdem sie die Tür hinter mir zugemacht hat, stehe ich unbeholfen im Eingangsbereich.

»Hier entlang.«

Ich streife meine Schuhe ab und folge ihr in die Küche, atme den Geruch des Hauses ein – es riecht nicht nur gut, sondern auch nach Wohlstand – und werfe im Gehen einen Blick in die anderen Räume: ein Esstisch für zwölf Personen, ein holzgetäfeltes Arbeitszimmer, so ordentlich, dass man sich kaum vorstellen kann, dass darin jemals gearbeitet wurde. In keinem der Zimmer kann ich eine Kamera entdecken.

Sie hat definitiv gesagt, dass da Kameras wären. Hat sie gelogen?

In der Küche stelle ich mich an die Kücheninsel und bewundere insgeheim die weißen Marmorarbeitsflächen, während sie eine Flasche Weißwein aus dem Kühlschrank holt. Ich sehe zu, wie sie ein Glas einschenkt, und dann noch eins.

»Also, was hat Fahim gesagt?«

Wein spritzt auf die Arbeitsfläche, als ich seinen Namen ausspreche. Zittrig stellt sie die Flasche ab und reicht mir das trockenere Glas.

Ich kann jetzt Wein trinken, denke ich. *Es gibt kein Baby, dem es schaden könnte.*

Meine Kehle schnürt sich zu, und ich schlucke den Schmerz hinunter, während ich das Glas mit einem gezwungenen Lächeln entgegennehme.

»Er ruft heute Abend an und sagt uns, wo wir ihn treffen sollen.«

Ich probiere einen Schluck. Der Wein schmeckt toll, natürlich. Eine Kiste von dem Zeug kostet wahrscheinlich ein Vermögen.

»Können wir uns nicht einfach jetzt gleich mit ihm treffen?«, frage ich.

»Wir müssen warten, bis es dunkel ist.«

»Wieso?«

»Oh, um Himmels willen, Margot«, fährt sie mich an. »Ich weiß es nicht! Warum sparen Sie sich Ihre Fragen nicht für ihn auf? Ich weiß nicht mehr als Sie.«

Da ist Anna, wie ich sie kenne.

»Ich schätze mal, ich kapier nicht ganz, wieso ich da mitkommen muss. Ich hab meinen Teil des Deals erfüllt. Sie kriegen Ihren Sohn zurück …«

»Sie sind nicht raus aus der Sache, solange ich ihn nicht in den Armen halte. Sie sind diejenige, die mich zu den Shabbars geführt hat, Margot. Die einen Bruder hat, der für die arbeitet. Sie kennen diese Leute wesentlich besser als ich. Ich gehe da nicht alleine hin.«

Für mich fühlt es sich an, als würde sie diese Leute wesentlich besser kennen als ich. Ich mag diejenige gewesen sein, die vorgeschlagen hat, dass wir zu ihnen gehen, aber jetzt scheinen sie mich ausgeschlossen zu haben. Sie ist diejenige, die direkt mit ihnen telefoniert und Verabredungen trifft. Das einzige Mal, dass ich Fahim Shabbar gesehen habe, war, als er Anna eine Pistole an den Kopf gehalten hat.

»Hübsches Haus«, sage ich. »Aber ich seh keine Kameras?«

Sie zeigt über die Tür, auf Winkel zwischen Wand und Decke. Als ich mit zusammengezogenen Augenbrauen hinschaue, sehe ich erst nichts an den weißen Wänden und der weißen Decke, doch als ich näher herantrete, erkenne ich eine winzige weiße Linse, die aus dem Putz hervorschaut.

»Sie sollen nicht auf den ersten Blick zu sehen sein.«

Ich hatte an solche kastenförmigen, grauen Dinger gedacht, die sich auf einem Kugelgelenk drehen, nicht an eine winzige runde Linse, die in die Wand eingelassen ist.

Meine Güte, was sind das für Leute?

Als ich mich wieder zu ihr umdrehe, sehe ich etwas in ihren Augen aufblitzen: Angst oder Hass.

Solche Momente erinnern mich daran, worum es bei unserer Partnerschaft wirklich geht: Wir sind keine Freundinnen, die etwas Schlechtes wiedergutmachen wollen, keine Kameradinnen mit einer gemeinsamen Sache. Sie hat ihr eigenes Ziel, und ich habe meines. Gestern Nacht sind die Grenzen verschwommen, aber jetzt ist alles wieder vollkommen klar, und mich in ihrem Haus aufzuhalten, fühlt sich an, als würden wir hier die Regeln beugen. Mit einem Mal überkommt mich ein quälender Drang, endlich frei davon zu sein.

»Also hängen wir einfach hier herum und warten, bis er anruft?«

»Es sei denn, Sie haben eine bessere Idee«, antwortet sie und schenkt sich Wein nach.

»Und wann krieg ich den Rest von dem Geld?«

Da ist keine plötzliche Erkenntnis über unsere Partnerschaft zu sehen, wie sie mir gerade gekommen ist, keine Veränderung in ihrem Verhalten oder eine Verschiebung in ihrer Abwehrbereitschaft. Die war die ganze Zeit unverändert, sie hat nie vergessen, was hier läuft.

»Ich gehe gleich morgen zur Bank.« Sie nimmt einen großen Schluck Wein und seufzt. »Hören Sie, wir sollten versuchen, ein bisschen Schlaf zu bekommen, bis er anruft. Sie sehen aus, als hätten Sie in etwa genauso viel geschlafen wie ich.«

Der Gedanke, in ihrem Haus zu bleiben, erscheint unfassbar; niemals würde ich hier ein Auge zukriegen und zulassen, mich in ihrer

Gegenwart angreifbar zu machen. Das wäre, als würde man sich in einem Schlangennest schlafen legen.

Aber ich würde Geld sparen. Müsste kein Hotel bezahlen. Ist ja nicht so, als hätte ich noch einen Schlafplatz bei Damien.

»In Ordnung«, sage ich schließlich. »Sind Sie sicher, dass Sie nichts wegschließen wollen, solange ich hier bin?«

Ihre Augen werden glasig vor Beklommenheit, als würde sie tatsächlich darüber nachdenken.

»War nur Spaß. Aber ich werd nicht schlafen können. Ich guck ein bisschen Fernsehen.«

»Wie Sie wollen.«

Sie nimmt ihr Weinglas und geht hinaus.

»Den Ring hätte ich gerne jetzt, falls Sie nichts dagegen haben.«

Sie bleibt in der Tür stehen, dreht sich langsam zu mir um und sieht mich angewidert an.

»Wie bitte?«

»Den Ehering …«, antworte ich kühl. »Als Bezahlung dafür, dass ich heute Abend mitkomme – mich in Gefahr bringe und so.«

Ihre Wangen laufen vor Zorn rot an, doch sie reißt sich den Ring vom Finger und wirft ihn mir vor die Füße, genauso heftig und wild wie beim ersten Mal. Dann geht sie ohne ein Wort die Treppe hinauf.

Ich hebe den Ring auf, streife ihn mir auf den Finger und bewundere beide zusammen.

Jetzt werde ich fünfzigtausend Pfund haben und zwei Ringe, die ich versetzen kann, um über die Runden zu kommen.

Ich stürze den Wein hinunter und schenke mir noch ein Glas ein.

57

MARGOT

DONNERSTAG, 11. APRIL 2019, 02:03 UHR

Ich wache auf, weil eine Hand sich auf meinen Mund legt. Erschrocken reiße ich die Augen auf, suche wild im Dunkeln nach dem Angreifer. Anna steht über mir.

»Stehen Sie auf. Es ist so weit.«

Sie nimmt die Hand weg, und ich hole tief Luft und lege eine zitternde Hand auf die Brust, um mein rasendes Herz zu beruhigen. Mein Atem stinkt nach Chardonnay. Ich habe vorhin die Flasche noch leer gemacht.

»Deshalb brauchen Sie mich nicht gleich zu ersticken«, zische ich und setze mich auf.

»Ich wollte nicht, dass Sie schreien und die halbe Nachbarschaft aufwecken.« Sie geht zur Tür und dreht beim Sprechen kaum den Kopf. »Ziehen Sie Ihre Schuhe an und kommen Sie raus zum Auto. Sie fahren.«

Heftig blinzelnd versuche ich, wach zu werden. Ich habe tief geschlafen und kann die Müdigkeit nur schwer abschütteln. Mein Kopf fühlt sich benommen und dumpf an, und meine Gedanken sind zusammenhanglos, lallen wie betrunken in meinem Kopf.

Die Rollläden sind heruntergelassen, es ist stockfinster. Ich ziehe mein Telefon aus der Tasche und sehe nach, wie viel Uhr es ist. Kurz nach zwei Uhr morgens.

Schwerfällig stemme ich mich vom Sofa hoch, nehme meine Tasche und stolpere immer noch wie im Halbschlaf in den Eingangsbereich, wo die Tür offen steht und feuchte Kälte hereinlässt. Die Einfahrt ist in tiefe Dunkelheit gehüllt. Erst als ich meine Schuhe angezogen und ins Freie getreten bin, um mir eine Zigarette anzuzünden, werde ich nervös.

Anna wartet neben meinem Wagen und tippt ungeduldig mit dem Fuß auf den Boden. Ich entriegele im Gehen die Türen und steige ein.

»Muss das sein?«, fragt sie vom Beifahrersitz aus mit einem Blick auf die Zigarette.

»Ja. Hätten Sie mir fünf Minuten gegeben, bevor …«

»Oh, machen Sie doch, was Sie wollen, Margot. Fahren wir.« Sie lässt ihr Fenster herunter, damit frische Luft hereinkommt. »Wir sollen zu der alten Landebahn rauskommen. Wissen Sie, wo das ist?«

»Das Gelände ist seit Jahren abgesperrt.«

»Es gibt einen Seiteneingang. Er hat gesagt, wir sollen am westlichen Rand entlangfahren, bis wir ihn sehen.«

»Gut«, sage ich und starte den Motor.

Schweigend fahren wir los.

Wir sind eine ganze Weile unterwegs, ohne dass eine von uns etwas sagt, aus der Stadt hinaus aufs Land, folgen den kurvenreichen Landstraßen. Mindestens zwanzig Minuten vergehen in Schweigen.

Wenn wir so dicht beieinanderhocken und unter uns sind, wird mir immer klar, wie wenig wir voneinander wissen. Wir haben so oft nebeneinander am OP-Tisch gestanden, haben Hunderten von Patienten zu einer zweiten Chance verholfen, zu leben, waren dabei, wenn andere es nicht geschafft haben, und doch im Grunde sind wir Fremde. Ich habe keine Ahnung, wer sie ist. Aber ich weiß, wozu sie fähig ist.

»Fühlen Sie sich schuldig?«, frage ich.

Ich spüre, wie sie sich anspannt. Sie ist so daran gewöhnt, ihre Umgebung zu kontrollieren, aber jetzt kann sie nicht entkommen. Allerdings würde ich nicht darauf wetten, dass sie es nicht versucht.

»Haben Sie Kinder?«, fragt sie nach einer langen Pause.

Die Frage trifft mich wie ein Schlag, genau dort, wo ich gestreichelt habe, als ich dachte, dass da ein Baby heranwächst.

»Nein«, antworte ich gepresst.

»Dann verstehen Sie nicht, was man alles tut, um sein Kind zu beschützen, um jeden Preis. Ich hatte die Wahl zwischen Ahmed Shabir und meinem Sohn. Und wollen Sie die Wahrheit wissen?« Sie sieht mich an. »Ich würde es wieder tun, wenn ich müsste. Tausendmal.«

Und doch ist das nicht die Antwort auf meine Frage.

Wir erreichen den Haupteingang der Landebahn, und ich fahre weiter, bis ich die nächste Abzweigung nach links sehe, und folge dem

Zaun, der das Grundstück umgibt. Meine Nervosität steigt, meine Hände am Lenkrad werden feucht.

»Wieso denken Sie, dass wir ihnen trauen können?«

»Das fragt die Richtige. Sie haben ihnen vertraut, als wir zum Schrottplatz gefahren sind.«

»Ja, und schauen Sie sich an, was daraus geworden ist: Sie haben Ihnen eine Kapuze über den Kopf gezogen und Sie in ein Auto gesteckt. Ich meine, wir haben alles gemacht, was sie wollten; wir haben nichts mehr in der Hand, womit wir verhandeln können. Wenn wir nun in eine Falle fahren …«

»Da ist das Tor«, unterbricht sie mich. »Da vorne.«

Ich bremse vorsichtig und halte direkt am Tor. Auf der anderen Seite ist eine schmale, asphaltierte Fahrspur.

»Das muss es sein«, sagt sie und steigt aus.

Im Licht der Scheinwerfer sehe ich, wie sie zum Tor geht, ihre Haare wehen im Wind, und ihr ganzer Körper strahlt Dringlichkeit aus. Anna beugt sich zu der Kette hinunter, die das Tor verschließt, und hebt das rostige Vorhängeschloss hoch, sodass ich es sehen kann: Es ist offen. Sie macht das Tor weit auf und steigt wieder ins Auto.

»Fahren Sie, bis Sie die Hangars sehen«, sagt sie. »Sie haben gesagt, wir treffen uns am Ende der Landebahn.«

»Aber Anna, was wenn …«

»*Fahren Sie* einfach«, herrscht sie mich an.

Inzwischen zittert sie am ganzen Körper. Bestimmt pumpt Adrenalin durch ihre Adern, und ihr Herz rast. Ich merke, wie meins auch schneller schlägt. Ich nehme den Fuß von der Bremse und biege in den langen, dunklen Weg ein.

Keine von uns sagt etwas. Die Anspannung verbietet jegliche Konversation. Ich kann die Erwartung in der Luft beinahe schmecken, die Frustration, die von ihr ausstrahlt. Am Ende des Weges fahre ich über einen Vorhof zu den kleinen Flugzeughangars. Im Scheinwerferlicht sehe ich, dass einer offensichtlich ausgebrannt ist, nur noch eine leere Hülle dessen, was er mal war. Der andere ist mit Graffiti bedeckt, das Dach grün vom Moos. Ich fahre über den Platz, versuche, den vielen Schlaglöchern im Asphalt auszuweichen, und halte langsam auf die Landebahn zu.

»Können Sie nicht schneller fahren?«, fragt sie.

»Wenn wir uns hier einen Platten holen, kriegen Sie Ihren Sohn nie nach Hause.«

Sie seufzt schwer, und es wird wieder still im Auto, während wir über den unebenen Asphalt holpern.

»Verdammt noch mal, halten Sie an.«

»Was? Wieso?«

»Sie fahren zu langsam.«

Ich halte an und sehe zu, wie sie die Tür aufdrückt, aussteigt und auf die Landebahn zuläuft. Die Beifahrertür steht offen und lässt die kalte Nachtluft herein. Ich ziehe die Handbremse, löse den Sicherheitsgurt, um an die Tür heranzukommen, und verfluche sie leise.

Als ich die Tür zugeknallt habe und weiterfahre, ist sie verschwunden.

58

ANNA

DONNERSTAG, 11. APRIL 2019, 02:39 UHR

Ich renne die dunkle Landebahn entlang. Mein Herz hämmert mir in der Kehle, und unter meinem Hemd bricht mir der Schweiß aus.

Ich komme, Zack.

Die Scheinwerfer von Margots Wagen verblassen, bis ich beinahe nichts mehr sehe. Doch ich laufe weiter. Die Luft riecht nach Harz und dem nervösen Hauch meines Atems. Mein Fuß tritt ins Leere, als ich ein Schlagloch zu spät erkenne, und ich gerate ins Stolpern, wedele kurz mit den Armen, bevor ich mein Gleichgewicht zurückgewinne.

Ich habe lange genug gewartet. Eine Woche lang habe ich ihn nicht in den Arm nehmen können, ihm keinen Gutenachtkuss geben können, sein strahlendes Lächeln nicht gesehen. Mein Bedürfnis, ihn bei mir zu haben, treibt mich vorwärts. Der Gedanke, dass ich ihn gleich sehen werde, löst einen Tränenschwall aus. Ich laufe durch den Schmerz hindurch, durch die Atemlosigkeit, meine Füße treffen mit solcher Wucht auf den Boden, dass bei jedem Schritt ein Brennen durch meine Knöchel schießt.

Plötzlich drehen am Ende der Landebahn Scheinwerfer in meine Richtung und blenden mich. Ich komme stolpernd zum Stehen, schirme die Augen ab und blicke mit zusammengekniffenen Augen in die beiden weißen Kugeln. Vor mir höre ich, wie eine Tür geöffnet und wieder geschlossen wird, dann Schritte auf dem Asphalt. Der Umriss eines Mannes erscheint vor den Lichtkegeln. Er macht eine Handbewegung, und das Licht wird schwächer. Ich zähle drei Autos, muss aber heftig blinzeln, um die Flecken vor meinen Augen zu vertreiben. Der Mann trägt eine Maske und bleibt etwa drei Meter vor mir stehen.

»Sie sind zu Fuß hergekommen?«, fragt er.

Er klingt amüsiert.

Fahim Shabbar.

Ich zeige über meine Schulter. Er sieht die Scheinwerfer von Margots Wagen in einiger Entfernung leuchten.

»Wo ist er?«, frage ich. Ich will nicht reden. Ich will ihn endlich in die Arme schließen und nie wieder loslassen.

Fahim nickt zu dem Fahrzeug, das hinter ihm steht.

»Wie haben Sie …«

»Sie werden Ihnen keine Schwierigkeiten mehr machen«, sagt er abschätzig. Hier ging es nicht nur um meinen Sohn. Die Entführer haben seinen Neffen umbringen lassen. Ich profitiere im Grunde nur von ihrem Rachefeldzug.

Wenn die Entführer tot sind, würde das erklären, warum ich nichts mehr von ihnen gehört habe, seit ich vom Polizeirevier gekommen bin.

»Wo haben sie ihn festgehalten?«

»In einem ihrer Lagerhäuser. Er war sediert, als wir ihn gefunden haben, ist immer noch nicht wieder ganz wach.«

»Ich muss ihn sehen.«

Er nickt und dreht sich um, ich folge ihm beklommen.

Das ist es. Nach all der Sorge, all dem Schmerz – nach allem, was ich getan habe –, endlich bekomme ich ihn zurück.

Mir ist ganz schlecht vor Sehnsucht. Jeder Schritt, den ich mache, ist mir zu langsam, jede Sekunde fühlt sich an wie ein ganzes Leben. Fahim bleibt neben einem schwarzen Audi stehen und legt die Hand an den Türgriff.

»Ich tue das für Sie, weil Sie meinen Neffen gerettet haben«, sagt er. »Aber wenn ich Sie jemals wiedersehe, bringe ich Sie um. Ist das klar?«

Ich nicke heftig, ohne den Blick von dem Autofenster zu nehmen, verzweifelt bemüht, durch die getönten Scheiben zu blicken.

Fahim zieht die Tür auf.

Als Erstes sehe ich seine Hand: klein, zarte Finger, rosige Fingernägel, halb so groß wie meine. Ich trete einen Schritt vor, und mein Blick wandert seinen Arm hinauf, nimmt jeden Zentimeter auf, bis ich endlich sein süßes, wunderschönes Gesicht sehe, die Augen im Schlaf geschlossen.

Ich möchte jedes Stückchen von ihm bewundern, einfach nur dasitzen und ihn im Arm halten und ihn nie wieder loslassen. Noch viel mehr jedoch will ich ihn aus den Händen dieser Männer und den Fängen dieser dunklen Welt befreien, in die wir beide hineingezogen worden sind, und dieses Verlangen übertrifft alle anderen Sehnsüchte. Ich beuge mich in den Wagen, über ihn hinweg, um das Schloss des Gurtes aufschnappen zu lassen, und genieße dabei seine Wärme und seinen süßen Geruch. Dann schiebe ich den Gurt vorsichtig unter seinem Arm hindurch. Schon die Berührung seiner Haut lässt mich erneut in Tränen ausbrechen.

Er ist es wirklich. Ich habe ihn wieder.

»Ich will zu meiner Mum.«

Seine Lider flattern, sein Blick ist benommen. Seine Augen suchen nach etwas, das sie nie zu finden scheinen. Ein Schluchzen fängt sich hinten in meiner Kehle.

»Ich bin hier, Baby«, flüstere. »Ich hab dich gefunden.«

Er runzelt die Stirn, und seine Augen suchen noch hektischer als eben. Ich streichele ihm über die Wange und sehe, wie das Stirnrunzeln dahinschmilzt, wie ein Lächeln über seine Lippen flackert, als er meine Berührung erkennt. Dann reiße ich ihn vom Sitz hoch und drücke ihn mit aller Kraft an mich, während die Tränen still über mein Gesicht strömen.

»Du bist in Sicherheit, Baby. Mummy ist da.«

59

MARGOT

DONNERSTAG, 11. APRIL 2019, 02:50 UHR

Ich halte etwa zwanzig Meter vom Geschehen entfernt und ziehe die Handbremse, lasse den Motor aber laufen, für den Fall, dass ich in aller Eile wenden muss. Das Ende der Landebahn wird von drei Fahrzeugen blockiert, deren Scheinwerfer mich anstrahlen. Männer in schwarzen Anzügen und mit Sturmhauben stehen dazwischen. Jeder von ihnen starrt mich an.

Anna redet mit dem Jungen auf dem Arm mit einem Mann, von dem ich annehme, dass es Fahim Shabbar ist, weil er alle anderen deutlich überragt. Dann geht sie los, kommt auf mich zu, der Junge hat die Arme fest um ihren Hals geschlungen und die Beine um ihre Hüften gelegt. Ich sollte aussteigen und ihr die Tür aufmachen, doch ich sitze wie erstarrt hinter dem Lenkrad und traue mich nicht, den Männern den Rücken zuzukehren, die mich von Weitem anstarren.

Die hintere Beifahrertür wird aufgezogen. Anna setzt den Jungen auf den Rücksitz, schnieft Tränen der Erleichterung weg und murmelt beruhigend auf ihn ein, während sie ihn anschnallt. Ich werfe im Rückspiegel einen Blick auf das Kind: Seine Glieder sind weich und schlaff, und seine Augen bewegen sich hinter den geschlossenen Lidern. Der arme Kleine sieht aus, als wäre er high wie nur was.

Einer der Wagen blendet die Scheinwerfer auf.

»Wir sollten zusehen, dass wir hier wegkommen«, flüstere ich, als könnten sie uns hier im Auto hören.

»Fahim will mit uns reden«, sagt sie. Ihre Stimme ist noch rau vom Weinen.

»Nein, Anna, steigen Sie einfach ein. Wir haben Ihr Kind. Jetzt lassen Sie uns …«

»Nein«, antwortet sie ärgerlich. »Wenn er mit uns reden will, reden wir mit ihm. Ich will auf keinen Fall irgendwas riskieren. Wir tun, was er sagt. Also steigen Sie aus.«

Sie gibt ihrem Sohn einen Kuss auf den Kopf und schließt die Tür.

Das ist doch irre. Was könnten die uns jetzt noch zu sagen haben? Ist doch alles erledigt.

Anna zieht die Fahrertür auf und starrt mich von oben an, bis ich den Motor ausmache, meinen Gurt löse und die Füße auf die raue, kalte Straße stelle. Als ich den Schlüssel in die Tasche stecken will, hält sie mich davon ab.

»Lassen Sie ihn da«, sagt sie. »Falls wir schnell wegmüssen.«

Was glaubt sie, was hier gleich passiert?

Ein Schaudern läuft mir über den Rücken, ich kann nicht sagen, ob wegen der kalten Nachtluft oder ihrem eiskalten Blick, mit dem sie mich immer noch anstarrt. Ich lege die Autoschlüssel auf das Armaturenbrett, steige aus und drücke die Tür hinter mir zu.

Der Wind heult, überzieht meine Glieder mit Gänsehaut und peitscht mir die Haare ins Gesicht. Die Nacht ist so dunkel und so still. Mir schlägt das Herz bis zum Hals.

Die werden uns nichts tun. Wenn sie das gewollt hätten, hätten sie sich die Mühe sparen können, den Jungen zurückzubringen.

Die Männer sehen schweigend zu, wie wir näher kommen. Bei einem sehe ich den Griff einer Pistole aus dem Gürtel ragen, und die Angst schießt mir den Rücken hinunter. Ich kann Anna neben mir hören: ihre Schritte und ihren schnellen, nervösen Atem. Fahim kommt uns entgegen, wir treffen uns auf halbem Weg.

»Guten Abend«, sagt er höflich zu mir, und seine Augen glitzern erwartungsvoll. Ich schlucke schwer und recke das Kinn empor.

»Sie wollten uns sprechen?«, sage ich, und man hört mir die Nervosität an.

»Ja«, sagt er und sieht Anna an. »Wir haben noch eine letzte Sache zu erledigen.«

Er hebt die Hand und schnippt mit den Fingern, wobei seine Jacke ein wenig hochrutscht. Mein Blick bleibt an der Pistole an seiner Hüfte hängen.

Hinter ihm beugt sich einer der Maskierten in einen von den Wagen, zerrt einen Mann heraus und reißt ihm einen Sack vom Kopf. Der Mann ist gefesselt und geknebelt. Dunkle Blutergüsse umrahmen seine Augen, und trockenes Blut verkrustet seine Lippen. Schweigend beobachte ich, wie er zu uns geschleift wird. Er kann sich kaum auf den Beinen halten. Fahim macht einen Schritt zur Seite, als der Mann kurz vor uns auf die Knie gestoßen wird.

Der Maskierte hinter ihm ist Damien.

Mein Herz macht einen Satz. Ich starre ihn an, als könnte ich ihn zwingen, mich anzusehen, aber er weicht meinem Blick aus.

Wie bist du nur an diese Leute geraten, Damien. Sieh doch, was aus dir geworden ist.

Seine Pupillen in der Maske sind wie zwei schwarze Löcher, geweitet vom Koks.

Sieh mich an, Damien. Bitte.

»Sie scheinen überrascht zu sein«, sagt Fahim grinsend, als er Annas verblüfftes Gesicht sieht. »Dachten Sie, wir töten ihn für Sie?«

»Ich … ich weiß nicht. Als Sie gesagt haben, sie würden keinen Ärger mehr machen, bin ich davon ausgegangen …«

Dieser Mann, der vor uns auf den Knien liegt, muss der Entführer sein. Er lächelt, als er zu ihr hochsieht, ein blutiges, spöttisches Grinsen auf dem Gesicht. Er hat die blauesten Augen, die ich je gesehen habe.

»Sie dachten, wir schaffen Ihr Problem für Sie aus der Welt?«, fragt Fahim mit einem Auflachen.

Anna starrt ihn hilflos an, die Worte ersterben ihr in der Kehle.

»Bei uns«, sagt er, »räumt man selbst hinter sich auf.«

Er zieht die Waffe, und ich sehe voller Entsetzen zu, wie er den Schlitten zurückzieht, die Pistole entsichert und sie ihr hinhält.

»Zielen Sie zwischen die Augen.«

Fassungslos starre ich das im Scheinwerferlicht glänzende schwarze Metall an. Mein Puls dröhnt in meinen Ohren. Jedes Tröpfchen Feuchtigkeit ist aus meinem Mund verschwunden. Ich will mich bewegen, will sie davon abhalten, etwas Dummes zu tun, aber ich rühre mich nicht, stecke fest im Griff der Angst.

»*Nehmen Sie sie.*«

Wir schrecken bei dem scharfen Befehl beide zusammen, und sie nimmt ihm hastig die Waffe aus der Hand. Es sieht aus, als sei sie von ihrem Gewicht überrascht.

»Sie müssen nur noch abdrücken«, sagt er.

Schweigend starrt sie auf die Pistole, sieht zu, wie sie in ihrer Hand zittert.

»Sie machen das ja nicht zum ersten Mal. Es sollte Ihnen also nicht zu schwerfallen, jemanden zu töten.«

Fahim reißt dem Entführer den Knebel aus dem Mund. Jetzt fleht er gleich um Gnade, denke ich, oder bricht in Tränen aus oder brüllt los. Doch sein Lächeln wird nur noch breiter, seine Zähne blitzen zu Anna hinauf, während ein leises, tiefes Lachen in seiner Kehle aufsteigt.

»Sie glauben doch wohl nicht etwa, Sie könnten ihm mehr trauen als mir?« Er lacht und lacht, bis er rot anläuft und die Adern an seinen Schläfen schwellen. »Ihr seid tot. Ihr seid beide tot.«

Anna starrt schweigend auf ihn hinunter, ihr Finger zittert am Abzug. Beinahe, als dächte sie ernsthaft darüber nach, es wirklich zu tun.

»Anna«, flüstere ich. »Tun Sie's nicht.«

Ihre Haut ist weiß wie der Tod, und sie zittert genauso heftig wie ich. Sie sieht mich nicht an.

Ich sehe Damien an, flehe ihn stumm an, etwas zu tun, dafür zu sorgen, dass alles wieder gut wird. Doch er blickt stur geradeaus. Ich sehe, dass er ebenfalls zittert.

»Sie können einen Unschuldigen auf dem Operationstisch umbringen«, sagt Fahim. »Aber den Mann erschießen, der Ihr Kind entführt hat, das können Sie nicht?«

Anna versucht, etwas zu sagen, bringt aber kein Wort heraus. Starr vor Angst blickt sie zu Fahim. Er reißt ihr die Waffe aus der Hand.

»Vielleicht brauchen Sie ja ein bisschen Hilfe.«

Fahim tritt zurück und hält dem Entführer die Pistole an den Kopf.

»Ich drücke ab. Sie müssen es mir nur sagen.«

Sie starrt ihn entsetzt an, ihre Augen glänzen vor Tränen.

»Jemand stirbt heute Nacht, Dr. Jones. Soll er es sein oder jemand anderes? Ihre Entscheidung.«

Er wirft einen Blick zu meinem Wagen, in dem der Junge sitzt.

»Nein«, sagt sie warnend.

»Dann sagen Sie mir, dass ich abdrücken soll.«

Der Entführer schaut Anna an mit diesen eisblauen Augen, in denen Hass und Belustigung flackern. Obwohl er auf der Schwelle des Todes kniet, scheint er es zu genießen, wie sie sich windet, auch wenn jemand anderes als er sie dazu bringt. Er grinst so breit, dass frisches Blut aus der Platzwunde an seiner Lippe sickert.

Sie starrt auf ihn hinab, Tränen zittern an ihrem Kiefer. Natürlich kann sie das nicht. Keine von uns könnte das. Doch je länger sie ihn ansieht, desto mehr sehe ich, wie die Angst sich legt, während der Hass nach und nach die Oberhand gewinnt. Sie starrt den Mann an, bis sie schließlich diese furchterregende, eiskalte Gelassenheit wiedergefunden hat, die sie im OP-Saal an den Tag legt. Ruhig. Gesammelt. Unerschütterlich. Als ihr Blick glasig wird, sackt mein Magen weg. Das Grinsen auf dem Gesicht des Entführers erstirbt. Er hat es auch gesehen.

»Tun Sie's«, sagt sie.

Fahim drückt ab. Blut birst aus dem Kopf des Mannes hervor und sprüht auf unsere Beine. Seine Augen rollen nach oben; er wird von der Wucht des Aufschlags herumgerissen, und seine Wirbelsäule gibt nach, dann landet er auf dem Rücken, mit dem Kopf direkt zwischen meinen Füßen. Er zuckt wild, Blut quillt aus seinem Mund und bildet rötlichen Schaum auf seinen Lippen. Sein Blick lässt meinen nicht los. Es scheint eine Ewigkeit zu vergehen, bis er sich endlich nicht mehr bewegt.

Ich reiße mich von dem grausigen Anblick los. Tränen strömen über meine Wangen, der Schuss hallt noch in meinen Ohren, und ich stolpere rückwärts. Erst, als ich die ganze Szene aus ein paar Schritten Entfernung sehe, begreife ich, was geschehen ist. Ich sehe Blut und weiße Knochensplitter, die im Scheinwerferlicht glänzen, Hirnmasse, die über den Asphalt verspritzt ist.

Mir wird übel. Am Kopf des Entführers fehlt ein Stück, der Inhalt des Schädels sickert in seinen Hemdkragen. Ich kann nicht aufhören, auf das klaffende Loch zwischen seinen Augen zu starren.

Fahim sagt etwas. Ich sehe nur seine Augen, die aus der Maske hervorblicken. Auf seinem Hemd sind Blutflecken.

»Sie haben gezeigt, was in Ihnen steckt«, sagt er ruhig.

»Heißt das, wir können gehen?«, fragt Anna, und ihre Stimme zittert mindestens so heftig wie der Rest von ihr.

»Noch nicht ganz. Sie sind nicht die einzige Person, die noch etwas zu beweisen hat.«

Er schnippt wieder mit den Fingern, und Damien tritt vor und zieht seine Maske hoch.

»Damien?«, frage ich und unterdrücke ein Schluchzen. Ich mache einen Schritt auf ihn zu, will ihn bitten, uns hier rauszubringen, aber ich bekomme kein Wort heraus. Ich kann einfach nur weinen und daran denken, wie der Kopf des Mannes zwischen meine Füße gefallen ist, wie seine eisblauen Augen zu mir hochgestarrt haben, als er gestorben ist.

Hilf mir, Damien.

Ich sehe ihn flehend an, sehne mich danach, dass er mir verzeiht und mich nach Hause bringt, will ihm sagen, wie unendlich leid es mir tut, dass ich ihn verletzt habe, und dass alles gut werden wird.

Damien ist weiß wie eine Wand und zittert genauso sehr wie ich. Als er mich endlich ansieht, stehen Tränen in seinen Augen.

»Ich hab dir gesagt, du sollst keinen Ärger machen«, sagt er und greift an seine Hüfte. »Aber du wolltest ja nicht hören.«

Damien hebt seine Pistole und zielt auf meinen Kopf.

60

ANNA

DONNERSTAG, 11. APRIL 2019, 03:30 UHR

Sobald ich die Pistole sehe, drehe ich mich um und renne zum Auto. »Damien …«

»*Sei still.*«

»Das kannst du nicht machen«, schluchzt Margot. »*Das kannst du nicht machen!*«

»*SEI STILL, HAB ICH GESAGT!*«

Margot schreit los. Der Mann weint. Ich höre, wie der Schlitten der Waffe zurückgezogen wird.

Ich renne, so schnell ich kann, ringe verzweifelt nach Luft, aber meine Lunge ist vor Schreck verkrampft. Ich kann Margots Füße hinter mir auf die Straße klatschen hören.

»Anna, warten Sie!«

Ich krabbele ins Auto und knalle die Tür hinter mir zu. Der Schlüssel liegt auf dem Armaturenbrett, wo sie ihn hingelegt hat.

Zack ist nach vorne geklettert. Er muss zu sich gekommen sein – oh, Gott, er muss alles gesehen haben! Er weint auf dem Beifahrersitz. Ich beuge mich zu ihm hinüber, um ihm einen Kuss auf die Stirn zu geben, doch er weicht mir aus.

Margot erreicht die andere Seite des Autos und greift schwer atmend vom Laufen nach dem Türgriff.

Ich schaffe es gerade noch, die Türen zu verriegeln.

»Anna!«, schreit sie und rüttelt an der Tür. »Mach auf!«

»Mummy, du hast die Tür …«

»Mach die Augen zu, Zack«, flüstere ich.

Damien holt sie ein, die Waffe erhoben. Margots Schrei lässt die Scheibe beschlagen. Sie sieht mir in die Augen und schluchzt, während sie weiter am Türgriff rüttelt.

»Anna! Lassen Sie mich rein!«

Sie hämmert abwechselnd mit den Fäusten gegen das Glas und rüttelt so heftig an der Tür, dass ich jeden Moment damit rechne, dass der Griff abreißt. Sie könnte weglaufen, sie hat eine riesige freie Fläche vor sich, doch der Schock scheint sie am Boden festgewurzelt zu haben. Ich fummele mit dem Schlüssel herum, doch er fällt mir in den Fußraum.

»Anna, bitte!«

Jetzt ist sie an der hinteren Beifahrertür, aber es bringt nichts, dann kommt sie an mein Fenster und hämmert auf die Scheibe ein.

»Mach die verdammte Tür auf!«

»Lass die Augen zu, Zack«, flüstere ich, während ich den Schlüssel vom Boden aufhebe.

Ich sehe kurz zu ihm hinüber. Er zittert hinter vorgehaltenen Händen. Ich rieche Urin. Meine Hand bebt so heftig, dass ich den Schlüssel nicht ins Zündschloss bekomme.

»Nein«, sagt Margot. *»Nein!«*

Ich sehe zum Fenster, und unsere Blicke treffen sich. Ich sehe die Angst, die durch sie hindurchrast, die Tränen, die auf ihren Wangen glänzen, den verzweifelten, wütenden Blick in ihren Augen. Sie versteht endlich, was ich getan habe.

»Du Dreckstück! Lass mich in das verdammte Auto!«

Sie wirft einen Blick über die Schulter und schreit auf, als sie Damien näher kommen sieht. Beide haben tränennasse Wangen. Sie heult und bettelt, hämmert gegen die Scheibe, fleht den Mann mit seinem Namen an. Ich bin sicher, dass ich die Scheibe knacken höre.

Ich drücke die Augen zu und warte.

»Du Hure! Du verräterische, bösartige Hu…«

Ein Schuss knallt. Ich höre den fleischigen dumpfen Laut, mit dem ihr Körper auf dem Boden aufschlägt, ein schrilles Pfeifen in meinen Ohren. Zack schluchzt und ringt heftig nach Luft.

Ich öffne die Augen und schaue dorthin, wo sie eben noch gestanden hat: An der Scheibe sind Blutspritzer. Der Mann steht über ihrem Leichnam und starrt mit kreidebleichem Gesicht auf das, was er getan hat. Fahim taucht hinter ihm auf und klopft ihm auf die Schulter. Dann schickt er ihn zurück zu den Autos und greift nach unten. Als er ans Fenster tritt, stecke ich den Schlüssel in die Zündung und lasse das Fenster herunter.

»Ich glaube, die gehören Ihnen.« Er legt mir die Ringe in die Hand. »Fahren Sie jetzt. Ich rufe Sie an und sage Ihnen, wie es weitergeht.«

Wie es weitergeht … wie es weitergeht … Es will einfach kein Ende nehmen.

Heftig nickend schließe ich das Fenster und stecke mir die Ringe an den Finger. Als ich das Lenkrad ergreife, sehe ich, dass ihr Blut auf die Diamanten gespritzt ist.

»Mu-mu-mummy …«, schluchzt Zack.

»Es ist okay, Baby«, sage ich seltsam ruhig. Ich erkenne meine Stimme kaum. »Lass die Augen zu, bis ich es sage.«

Der Innenraum des Wagens riecht nach ihr: Zigaretten und billiges Parfüm. Ich atme durch den Mund und drehe den Zündschlüssel. Der Motor erwacht mit einem tiefen Grollen zum Leben.

Ich lege den Rückwärtsgang ein, wende, so schnell ich kann, und ramme dann den Fuß aufs Gaspedal, bis die Hinterreifen Staub spucken und wir die Landebahn entlangrasen. Wir rumpeln mit voller Geschwindigkeit durch die Schlaglöcher, bis wir das Tor erreichen und ich auf die Straße hinausfahre.

Zack hört nicht auf zu weinen, ringt zwischen den Schluchzern immer wieder nach Luft. Als ich zu ihm hinübersehe, sehe ich, dass seine Hose durchnässt ist.

Ich starre nach vorn auf die Straße. Die Tränen trocknen auf meinen Wangen, adrenalingeschwängerte Atemzüge, ein und aus.

»Jetzt kannst du die Augen aufmachen, Baby. Es ist alles gut.«

»Eins noch.«

Fahim nickt, wartet, dass ich weiterspreche.

»Etwas, das wir unter vier Augen besprechen müssen.«

Er dreht sich zu der Frau um und sagt etwas in seiner Muttersprache. Sie wirft mir einen finsteren Blick zu und verlässt den Raum, ohne etwas zu sagen.

Erst als die Tür sicher hinter ihr geschlossen ist und wir mit dem schlafenden Patienten allein sind, spreche ich es aus.

»Margot«, sage ich. »Die Frau, die mich zum Schrottplatz geführt hat. Man kann ihr nicht vertrauen.«

Er starrt mich eine Weile an, und in seinem Blick mischen sich Miss-

trauen und Bewunderung. Bestimmt hält er mich für ebenso kriminell, wie er selbst es ist. Vielleicht bin ich das auch.

»Und was genau sollen wir da tun?«

Er weiß ganz genau, worauf ich hinauswill. Ich blicke auf meine Hände. Wie viel mehr Blut kann ich damit noch vergießen? Wie weit bin ich bereit zu gehen?

Ich denke an Zack, so wunderschön, so unschuldig. Seine verängstigte Stimme, benommen von den Medikamenten, die am Telefon nach mir ruft. Selbst wenn ich ihn zurückbekomme, ist nicht absehbar, was sie als Nächstes tun wird. Was sie verlangen wird. Wem sie davon erzählen wird. Ob sie jemals damit aufhören wird, mich zu erpressen. Zack und ich werden unser ganzes Leben vor ihr auf der Hut sein müssen.

Ich blicke Fahim unverwandt in die Augen.

»Wir töten sie.«

61

RACHEL

DONNERSTAG, 11. APRIL 2019, 13:16 UHR

Das Klingeln meines Telefons weckt mich.

Ich liege auf dem Sofa, das Gesicht ins Kissen gedrückt, mit hämmernden Kopfschmerzen und getrocknetem Speichel im Mundwinkel. Der Fernseher läuft, die Lautstärke ist heruntergedreht. Jamie starrt von den Wänden auf mich herab.

Ich taste auf dem Couchtisch nach meinem Telefon, werfe dabei das leere Weinglas um und schaue blinzelnd auf das Display. Als ich den Namen sehe, rappele ich mich auf und räuspere mich.

»Guten Morgen, Sir.«

»Es ist Nachmittag, Conaty«, antwortet DCI Whitman.

Meine Güte, so lange habe ich seit Jahren nicht mehr geschlafen. Der Wein muss mich umgehauen haben.

»Gibt es etwas Neues?«

»Allerdings«, sagt er fast zögerlich. »Warum kommen Sie nicht ins Büro? Dann können wir darüber sprechen.«

Seine Stimme hat wieder diesen Unterton, seine Worte sind mit Mitleid durchtränkt.

»Es wäre mir lieber, Sie sagen es gleich, Sir.«

Oh, Gott. Sie haben den Jungen gefunden.

Er seufzt schwer.

Mein Gott, Mann. Spuck's schon aus.

»Sie haben sich geirrt, Rachel. Dem Jungen geht es gut.«

Stumm sitze ich auf dem Sofa. Ich versuche, etwas zu sagen, aber die Worte formen sich nicht, sie klicken und klacken hinten in meinem Mund.

»Conaty? Sind Sie noch dran?«

»Ich verstehe nicht …«

»Die Officer unten in Cornwall haben heute Morgen mit Jeff Dunn gesprochen. Er hat erklärt, dass Dr. Jones, nachdem Sie sie gestern verhört haben, sofort nach Cornwall gefahren ist, um ihren Sohn abzuholen und alles aufzuklären.«

Ich stelle mir vor, wie sie den M3 entlangrast, die Küste entlang. Ihre Haare wehen am offenen Fenster, und der Junge sitzt lächelnd neben ihr.

»Nein, das ergibt doch keinen Sinn.«

»Conaty …«, sagt er warnend.

»Haben Sie ihn gesehen?«

»Den Jungen?« Er stößt einen weiteren tiefen Seufzer aus. »Nicht mit eigenen Augen, nein.«

»Und die Kollegen unten in Cornwall, haben die ihn gesehen?«

»Conaty, ich weiß nicht, wie ich Ihnen das sagen soll. Es ist vorbei. Ich habe Ihnen einen Fall gegeben, und Sie haben ihn verbockt. So einfach ist das. Alles, was Sie jetzt noch tun, wird Ihre Lage nur verschlimmern …«

Ich beende das Gespräch und springe vom Sofa, stopfe das Handy in die Tasche, immer noch dieselbe Arbeitshose wie gestern. Auf meiner Bluse ist ein Rotweinfleck, und sie ist vom Schlaf verknittert. Unter Jamies Augen, der aus seinem gerahmten Foto vom Kaminsims auf mich blickt, gehe ich auf und ab. *Ob es ihm peinlich wäre, mich so zu sehen?*

Als ich zum Fernseher trete, um ihn auszuschalten, sehe ich Ahmed Shabirs Gesicht auf dem Bildschirm. Ich drehe die Lautstärke hoch.

»Unserer Quelle zufolge ist die interne Ermittlung des Krankenhauses abgeschlossen: Eine bisher unbekannte chronische Erkrankung, die zu Komplikationen während der Operation geführt hat, wird für Shabirs Tod verantwortlich gemacht. Man nimmt an, dass er seine Erkrankung vor der Öffentlichkeit geheim gehalten hat, um seine Chancen, Parteichef der Labour Party zu werden und nächstes Jahr zur Wahl zum Premierminister anzutreten, nicht zu beeinträchtigen.«

Nein, denke ich, *als ich das »Breaking-News«-Banner unten am Bildschirm lese. Nein, nein, nein, nein.*

Alles, wovon ich fest überzeugt war, als ich mich schlafen gelegt habe, fällt vor meinen Augen in sich zusammen.

Ich stürze in den Flur, reiße die Jacke vom Haken und sehe mich im Spiegel. Meine Haare sind wirr vom Schlaf, platt gedrückt auf einer Seite, zerzaust und wild abstehend auf der anderen. Ich wische eine kleine Kruste aus dem Augenwinkel, schnappe mir den Schlüsselbund vom Sideboard, gehe hinaus und knalle die Tür hinter mir zu.

Ich bin so gut zurechtgekommen, bis dieser Fall kam. Bis der Junge kam.

Ich hatte die Balance zwischen Zusammenreißen und Auseinanderfallen gehalten. Eine Wippe zwischen Trauern und Abschließen, die sich mal zur einen Seite senkte, dann aber auch immer wieder zur anderen. Ein Prozess, auf den ich mich verlassen konnte. Doch als ich diesen kleinen Jungen auf den Aufnahmen gesehen habe, hat mich das innerlich aufgerissen, durch diesen Riss hat sich all meine Trauer nach außen ergossen. Jetzt ertrinke ich darin.

Ich rase die Straße zu Dr. Jones' Haus entlang, überhole mit durchgetretenem Gaspedal ein Auto nach dem anderen.

So kann ich unmöglich bei ihr auftauchen. Aber meine Wut dreht jetzt frei; ich habe sie so viele Jahre unterdrückt, ihr Boxen und Treten ignoriert, ignoriert, wie sie mich von innen zerrissen und so viele Jahre lang versucht hat, sich ihren Weg hinaus zu bahnen. Ich wünschte, ich hätte etwas, dem ich die Schuld dafür geben kann – nur einen einzigen Grund für meine Wut. Doch darin verschmelzen so viele verschiedene Dinge, die sich alle zu einer einzigen versengten, dunklen Masse verklumpen. Es war Dr. Jones, die diese Bestie geweckt hat.

Ich weiß, dass sie lügt. Das ist nicht nur ein vages Bauchgefühl oder die Ahnung einer Kriminalistin, die da an mir nagt. Ich weiß es als Mutter. Ich weiß, was es bedeutet, ein Kind zu verlieren, die Verzweiflung zu begraben, um der Welt zu beweisen, dass man es verarbeitet und damit zurechtkommt. Ich habe genau diesen Kampf in ihren Augen gesehen: die ständige Verteidigungsbereitschaft, die Panik. Die steife Haltung, an die wir uns klammern, um nicht zusammenzubrechen.

Ich biege in die Avenue ein. Menschen sind in ihren Gärten, Kinder spielen Ball mitten auf der Straße, fangen ihn auf und rennen zur Seite, damit ich vorbeifahren kann. Vor einer Woche ist hier eine Frau direkt vor ihrer Tür gestorben, aber niemand denkt daran. Bei Jamie war es genauso. Eine Woche lang haben sich alle aufgeregt, dem ganzen Land schien bei der Vorstellung übel zu werden, dass ein Fremder einfach so, am helllichten Tag, ein Kind entführen kann. Doch schon in der Woche darauf richtete ihr Zorn sich gegen mich, als sich keine Spuren ergaben. Ich war die Mutter, die daran gescheitert war, ihr Kind zu beschützen, die Mutter, die in der Pressekonferenz nicht genug geweint hat, die Mutter, die es gewagt hat, sich die Haare zu kämmen. Wie schnell die Menschen ihre Meinung ändern, schockiert mich bis heute.

An ihrem Haus angekommen, halte ich und steige aus, ohne mich darum zu kümmern, dass meine Haare verfilzt sind und mein Atem nach Schlaf riecht. Ich brauche meine ganze Willenskraft, um meine Wut im Zaum zu halten.

Ich hebe die Hand und klopfe dreimal.

Der Hund bellt hinter der Tür. Dann höre ich Schritte, eine gedämpfte Stimme. Ich stelle mir ihr Gesicht vor, wenn sie mich erblickt: wie sie blass wird und wie ihr der Mund offen steht.

Die Tür geht auf.

Dr. Jones starrt mich an, aber ihr Gesichtsausdruck verändert sich nicht so, wie ich es erwartet habe. Ihre Lippen bleiben fest, ihr Blick ungerührt. Sie sieht so gut aus wie schon lange nicht mehr. Ihre Haare sind frisch gewaschen, und ein Leuchten liegt auf ihrem Gesicht, wie ich es noch nie bei ihr gesehen habe.

Neben ihr steht der Junge.

Es ist das erste Mal, dass ich Zack leibhaftig sehe. Er hat eisblaue Augen wie seine Mutter und dieselbe Stupsnase. Er hält sich an der Hand seiner Mutter fest und errötet, als ich ihn anstarre. Er sieht nicht aus, wie ich ihn mir vorgestellt habe. Natürlich nicht.

Ich hatte die ganze Zeit Jamie vor Augen.

»Ja?«, fragt Dr. Jones.

Ich reiße den Blick von dem Jungen los und sehe sie an, während Tränen in meinen Augen brennen.

»Ich, äh … ich wollte nur …« Ich räuspere mich. »Ich wollte nur Zack kennenlernen.«

»Sag Hallo, Zack«, sagt sie.

»Hallo.«

Seine Stimme klingt so süß, und doch schneidet sie durch mich hindurch wie ein Rasiermesser. Ich zwinge mir ein Lächeln ab, während ich ihn durch die Tränen hindurch kaum sehen kann.

»Ich habe viel von dir gehört, Zack«, sage ich mit rauer Stimme. »Was für ein hübscher Junge du bist.«

Sichtlich unwohl, senkt er den Blick.

»Warum gehst du nicht zu Bär und gibst ihm ein Leckerli?«, sagt sie und streicht ihm übers Haar. »Aber nur eins.«

Er schaut zu seiner Mutter auf, voller Liebe und Vertrauen. Genau wie Jamie zu mir aufgeschaut hat.

Es tut so weh.

Zack verschwindet im Haus und wirft über die Schulter einen letzten Blick auf die Verrückte, die da vor seiner Tür steht.

Nicht heulen, ermahne ich mich. *Wehe, du heulst jetzt.*

»Und, sind Sie zufrieden?«, fragt sie.

»Dr. Jones … Ich weiß nicht, was ich sagen soll.«

»Das dürfte wohl alle Fragen beantworten, die Sie vielleicht noch hatten, oder?«

»Ja«, antworte ich. »Es tut mir leid.«

Meine Brust brennt: meine Lunge, meine Rippen, mein Herz. Alles fühlt sich an, als würde es jeden Moment explodieren.

»Ich habe gehört, die Untersuchung des Krankenhauses ist auch abgeschlossen«, zwinge ich mich zu sagen. »Glückwunsch.«

»Gott sei Dank, ja. Ich bin so froh, dass wir das jetzt endlich hinter uns lassen können. Wir alle.«

Sie starrt mich an, mit diesem drohenden Mutterblick, an den ich mich so gut erinnere. Wenn wir Tiere wären, würde sie mich leise anknurren, um mich davor zu warnen, mich ihrem Jungen weiter zu nähern.

»Das wär's dann, denke ich, oder?«

Ich muss hier weg.

Ich war nicht darauf vorbereitet, den Jungen zu sehen; ich war so fest davon überzeugt, dass sie lügt und dass ich sie bloßstellen kann, wenn ich hierherkomme. Tränen treten mir in die Augen, Scham und Trauer steigen in mir hoch. Eine tiefe Traurigkeit, die lange als Wut getarnt war.

»Ja«, sage ich. »Das wäre dann alles.«

Sie nickt, sieht mich ein letztes Mal mit diesem unerbittlichen und unerschütterlichen Blick an und schließt dann die Tür. Ich gehe zurück zum Wagen, so schnell ich kann, während die ersten Schluchzer emporddrängen. Ich werfe mich hinters Lenkrad, wende und fahre auf das Sträßchen hinaus, dass der Kies hinter mir aufspritzt, während sein Name in meinem Hirn schreit.

Jamie. Jamie. Jamie.

Eine Stunde sitze ich jetzt hier hinter dem Lenkrad, parke da, wo die Privatstraße auf die Avenue mündet, als mein Handy klingelt.

Ich fühle mich komplett betäubt. Der Tränenausbruch hat mich meine ganze Kraft gekostet, und mein Kopf pocht vor Schmerzen. Bei einem kurzen Blick in den Rückspiegel sehe ich, dass meine Augen knallrot sind.

»Was?«, fauche ich.

»Es tut mir leid, Conaty«, sagt DCI Whitman.

Er muss gewusst haben, dass ich zu ihr fahren würde, um den Jungen mit eigenen Augen zu sehen. Und darauf gewartet haben, dass ich ihn anrufe.

»Nein, es tut Ihnen nicht leid«, antworte ich mit einem wilden Schniefen. »Sie finden es toll, wenn Sie recht haben.«

»Diesmal nicht«, sagt er. Seine Stimme klingt ernst und ruhig. »Alles in Ordnung?«

Als mir die Tränen wieder in die Augen steigen, lache ich beinahe auf. Wie können da noch Tränen in mir sein?

»Nicht wirklich.«

Er seufzt.

»Sie müssen ein bisschen nachsichtiger mit sich sein. Diese Trauer, die frisst Sie noch auf. Fünfzehn Jahre lang lassen Sie sich jetzt schon davon fertigmachen – wie lange wollen Sie sich noch bestrafen?«

»Mein Sohn ist entführt worden, George. So etwas vergisst man nicht.«

»Natürlich nicht. Ich sage ja auch nicht, dass Sie es vergessen sollen. Aber Sie stecken fest, Conaty. Sie haben sich in Ihre Trauer eingehüllt und klammern sich daran, als hinge Ihr Leben davon ab. Sie leben sie, atmen sie. Sie bringen sich um damit.«

Ich beiße mir auf die Lippe und schüttele den Kopf.

»Sie verstehen das nicht.«

»Dann helfen Sie mir dabei.«

Niemand hat das je zu mir gesagt, nicht ein einziges Mal in fünfzehn Jahren. Nicht einmal mein Ex-Mann, der mit meiner Trauer so wenig anfangen konnte, dass er schließlich abgehauen ist und mich allein in den Ruinen hat sitzen lassen.

»Wenn ich aufhöre, um ihn zu trauern … dann verliere ich ihn.«

»Was meinen Sie damit?«

Ich lehne mich zurück, schließe die Augen und atme tief ein. Ich halte den Atem an, bis die Tränen wegschmelzen.

»Wenn ich mir erlaube, einfach weiterzuleben, dann lasse ich ihn zurück. Wenn ich mich nicht an die kleinen Erinnerungen klammere, verliere ich sie. Ich weiß, dass das passieren wird.«

Ich denke an alles, was ich im Lauf der Jahre schon von Jamie verloren habe: den Klang seiner Stimme, wie sich sein Haar anfühlt, das Geräusch seiner Füße, wenn er die Treppe herunterkommt. Die Tränen steigen wieder auf, beißen in meinen Augen.

»Ich erinnere mich schon nicht mehr an seine Stimme, George.«

»Sie werden ihn nie ganz vergessen. Sie werden sich immer an ihn erinnern. Aber sagen Sie mir … Ist dieser Kampf, den Sie jeden Tag kämpfen, dieses Ringen darum, jeden Teil der Vergangenheit festzuhalten: Ist es das wert? Würde Jamie das wollen?«

Die Tränen fallen in schweren, stillen Strömen. Ich denke an die Scham, die ich zu Hause empfunden habe, wie ich vor seinen Fotos rot geworden bin, mich gefragt habe, ob er sich für mich schämen würde. Ob er mich bemitleiden würde wie alle anderen.

Ich schüttele den Kopf.

»Ich kann nicht mehr, George. Es ist … qualvoll.«

»Es ist an der Zeit, etwas Neues zu probieren, Conaty«, sagt er sanft. »Einen Weg, der es Ihnen leichter macht. Sie können nichts dafür, was ihm zugestoßen ist.«

»Hören Sie auf«, flehe ich.

»Sie können nichts dafür, Rachel.«

»Sir, bitte …«

»Sie können nichts dafür.«

Schluchzend breche ich zusammen, mein ganzer Körper wird vom Weinen geschüttelt. Doch dieses Mal kommen die Tränen von woanders her. Ich weine nicht vor Schmerz. Ich weine vor Erleichterung. Seit fünfzehn Jahren sehne ich mich danach, dass das jemand zu mir sagt.

Ich kann nichts dafür.

62

ANNA

DONNERSTAG, 11. APRIL 2019, 16:30 UHR

Ich würde alles dafür geben, zu wissen, was Zack denkt.

Es ist nichts von ihm zu hören. Ich stehe auf einer quietschenden Trittleiter und hämmere mit einem Schraubendreher in den Putz, um die Kamera herauszuhebeln.

Die Entführer haben sich keine besondere Mühe gegeben. Die Kabel, die hinten aus den Kameras herausragen, sind nicht fest an den Stromkreislauf des Hauses angeschlossen, sondern nur mit nacktem Kupferdraht um die Leitungen gewickelt. Kein Wunder, dass sie sie so schnell einbauen konnten.

Zack sitzt im Schneidersitz auf dem Boden und spielt mit einem Spielzeug, das er früher sehr geliebt hat. Es wirkt, als würde er es kaum wiedererkennen. Da ist keinerlei Widerhall der Freude, die es ihm normalerweise gebracht hat, kein Leuchten in seinen Augen. Er streicht mit den Fingern durch die blonden Locken der Puppe, den Blick auf ihr regloses Gesicht gerichtet. Er hat sie damals ausgesucht, weil er fand, sie sähe aus wie ich. Vielleicht mag er sie deshalb nicht mehr.

»Darf ich Fernsehen gucken?«, fragt er.

Ich sehe ihn mit einem strahlenden Lächeln an, meine Mundwinkel schneiden tief in meine Wangen ein.

Du gibst dir zu viel Mühe.

»Noch nicht, Liebling.« Ich steige von der Leiter und trage sie an die gegenüberliegende Seite des Raumes. »Ich musste den Strom abstellen, erinnerst du dich? Damit ich mir nicht wehtue.«

Ich steige wieder auf die Leiter und starre in die Linse der Kamera. Fahim hat gesagt, er hätte die Entführer erledigt, und der Mann mit den blauen Augen ist vor meinen Augen gestorben, und dennoch, selbst jetzt, wo der Strom abgestellt ist, kann ich den Gedanken nicht abschütteln, dass hinter der Kamera jemand lauert und zurückstarrt. Ich bohre den Schraubendreher hinter die Kamera, um sie herauszuhebeln, und wickele dann langsam den Kupferdraht vom Kabel. Ich finde diese Tätigkeit seltsam tröstlich. Mit Kabeln und Stromkreisläufen zu arbeiten, unterscheidet sich gar nicht so sehr davon, ein Herz zu reparieren.

»Warum hat der Mann die Frau erschossen?«

Ich erstarre auf der Leiter, schließe die Faust um die Kamerakabel.

Es ist ein kleiner Trost, dass er ihren Namen nie erfahren wird, wenn er an diese Nacht zurückdenkt. Sie wird immer nur die seltsame Frau sein, die wir nicht in unser Auto lassen durften, weil sie gefährlich war. Die Frau, die zu Boden gegangen und nicht wieder aufgestanden ist.

»Das ist nicht so einfach zu erklären«, sage ich schließlich. »Aber jetzt ist es ja vorbei, und alles kann wieder so werden wir früher, nicht wahr?«

Er sagt nichts, sondern zupft an den Haaren der Puppe. Ich sehe die weißblonden Fasern auf den Teppich segeln. Hat er mich dabei beobachtet? Tut er der Puppe an, was er bei mir gesehen hat?

Ich habe dem Drang nicht mehr nachgegeben, seit wir wieder zu Hause sind. Ich darf jetzt nicht die Kontrolle verlieren, über mich selbst, über Zack, über alle möglichen Gefahren, die uns noch drohen könnten. Ich beherrsche den Drang, schlucke ihn hinunter und lenke mich ab, um das lockende Flüstern zum Schweigen zu bringen. Zack ist wieder zu Hause. Er ist alles, was ich brauche, um mich vollständig zu fühlen.

Ich beobachte ihn von der Leiter aus. Er starrt tief in Gedanken versunken auf die Puppe. Ich wünschte, ich könnte in seinen Kopf gucken, die Kopfhaut und die Schädeldecke abheben, mein Ohr an sein Gehirn drücken und den Geheimnissen lauschen, die darin flüstern.

Sag mir, was du denkst, Zack. Bitte.

Ich frage mich, wie ihn all das beeinflussen wird. Nicht nur die traumatischen Erlebnisse, sondern auch die Lügen. Ich denke an alles, was er gesehen haben muss, die maskierten Fremden, die ihn in seinen Träumen heimsuchen werden, das Knallen des Schusses, das durch seine Erinnerungen hallt. Die Mutter, die ihn dazu bringt, zu lügen, um ihre eigenen Verbrechen zu vertuschen, die nicht zulässt, dass er auch nur mit einer Menschenseele über all das spricht. Mit keinem Therapeuten, keinem Freund. Ich frage mich, ob er mich dafür lieben oder ob er mich irgendwann dafür hassen wird. Am Ende sind immer die Eltern schuld.

»Morgen kommt Daddy. Weißt du noch, was wir besprochen haben?«

Ich sehe, wie er nachdenkt.

»Das ist unser kleines Geheimnis«, sagt er. Ich höre meine eigenen Worte heraus: Heute Morgen habe ich mich an sein Bett gekniet und ihn nachsprechen lassen, ihn eindringlich um sein Schweigen gebeten. *Ich habe etwas Schlimmes getan, um dich zu retten. Jetzt müssen wir es geheim halten, um mich zu beschützen.*

»Braver Junge. Und wenn Daddy fragt, wo du warst, was sagst du dann?«

»In Cornwall, mit Onkel Jeff.«

»Und Leila«, setze ich hinzu.

»Und Leila.«

»Sehr gut. Und was habt ihr da gemacht?«

»Wir waren am Strand …« Er sieht auf, die Zungenspitze guckt zwischen den Lippen hervor, während er sich erinnert, was ich ihm gesagt habe. »Wir haben Krabben gefangen. Wir sind Boot gefahren.«

»Das ist gut. Den Rest können wir nachher noch mal durchgehen.«

Ich lächele ihn an, in der Hoffnung, dass er zurücklächelt, dass sich seine Lippen öffnen und ich einen Blick auf seine kleinen Milchzähne erhaschen kann. Er blickt wieder auf die Puppe hinab, ohne noch etwas zu sagen.

Das Lächeln erlischt auf meinem Gesicht.

Gib ihm Zeit.

Ich stecke die Kamera in die vordere Tasche meiner Jeans und den Schraubendreher in die hintere und steige die Leiter hinunter.

»Hast du ein schlechtes Gewissen?«

Ich erstarre, noch halb auf der Leiter, und klammere mich so daran fest, dass meine Knöchel weiß werden.

Habe ich ein schlechtes Gewissen?

Erst als ich mich gestern ins Bett gelegt habe, nachdem Zack und ich wieder zu Hause waren, habe ich angefangen, darüber nachzudenken, was ich getan habe. Ich habe darauf gewartet, dass die Schuld mich trifft, dieses niederdrückende Gefühl in meiner Brust, die Übelkeit. Doch ich habe nichts gespürt. Nicht mal ein Zwicken.

Ich hatte mich vor der OP doch schlecht gefühlt, oder? Ich habe nach Auswegen gesucht; ich habe mich vor dem Gespräch mit Shabir und seiner Frau gefürchtet, bevor ich in den OP ging. Aber war das Schuldbewusstsein? Oder ging es eher darum, dass ich es nicht ertragen konnte, die Kontrolle verloren zu haben?

Ich musste meine Gefühle unterdrücken, um in meinem Job zu überleben, musste mich davor schützen, über die Leben nachzudenken, die wir auf dem OP-Tisch verlieren. Wenn ich das nicht getan hätte, wäre ich verrückt geworden. Es waren meine Verteidigungsmechanismen, die es mir ermöglicht haben, jemandem auf dem OP-Tisch das Leben zu nehmen, ohne Reue die Kugel aus Fahims Waffe abfeuern zu lassen, um den Entführer zu töten, und mit angehaltenem Atem abzuwarten, bis Margot direkt neben mir erschossen wurde. Jetzt muss ich mich beinahe zwingen, etwas zu fühlen. Einfach den Schalter umlegen und wieder menschlich sein. Doch ich habe tatsächlich ernst gemeint, was ich zu Margot gesagt habe. Ich würde es tausendmal wieder tun, wenn ich müsste.

Zack starrt mich an und wartet auf meine Antwort. Fast sehe ich ihn in meinen Augen nach den Schuldgefühlen suchen, sehe, wie er sich danach sehnt, unter der Oberfläche einen guten Menschen zu finden. Ich wünschte, ich wüsste, was er in mir sieht, in der Frau, die hinter dem Lächeln lauert.

Ich muss ein Herz haben, denn ich liebe ihn mehr als alles andere.

»Ja«, lüge ich. »Aber es gibt nichts, was ich nicht für dich tun würde, Zack. Nichts.«

Er nickt langsam und sieht wieder die Puppe an. Seine Miene wirkt beinahe enttäuscht. Habe ich etwas Falsches gesagt? Ich wünschte, ich wüsste, was er von mir hören wollte, denn dann würde ich es sagen, immer wieder und wieder, bis er mir jedes Wort glaubt.

»Ich gehe jetzt in die Küche. Willst du mitkommen?«

Er schüttelt den Kopf.

Hör auf, dränge ihn nicht so. Lass ihn zu dir kommen.

Ich stelle die Leiter in der Küche auf und steige hinauf. Zack mag sich eine Weile schwer damit tun, mir zu vertrauen, aber ich werde ihm so viel Zeit geben, wie er braucht. Ich werde über jedes Stöckchen springen, das er mir hinhält.

Ich greife nach dem Schraubendreher, der aus meiner Hosentasche ragt, und werfe einen Blick auf den Brief, der auf dem Küchentisch liegt. *Redwood Hospital* steht oben im Briefkopf. Als ich heute Morgen aus meinem kurzen Schlaf erwacht bin, habe ich den Umschlag auf der Fußmatte gefunden, zwischen einem halben Dutzend Rechnungen verborgen. Die zweite Autopsie hat einen Aortenabriss zur Todesursache erklärt, vermutlich verursacht durch ein thorakales Aneurysma, das aufgrund seiner bestehenden Vorerkrankung entstanden war, durch die die Wände der Gefäße geschwächt wurden. Der Einschnitt, der nötig ist, um den Bypass zu platzieren, hat das Risiko einer Ruptur empfindlich erhöht. Keinerlei Hinweise auf einen Kunstfehler, keine polizeiliche Ermittlung. Das Urteil des Krankenhauses wurde noch am Vormittag in den Nachrichten verkündet und wird morgen früh auf jeder Titelseite stehen. Schon nächste Woche wird Ahmed Shabirs Geschichte ein alter Hut sein.

Was Margot angeht, so wird es aussehen, als habe sie die Kaution verfallen lassen und die Flucht ergriffen. Sie wird ein weiteres Gesicht auf der Liste der gesuchten Personen sein, an den Flughäfen wird man nach ihr Ausschau halten, falls sie das Land verlassen will. Es gibt niemanden, der sich fragen wird, was aus ihr geworden ist, niemanden, der sie vermissen wird. Ich jedenfalls ganz sicher nicht. Sie wusste, dass mein Sohn entführt worden war, und hat trotzdem versucht, mich um Geld zu erpressen. Und, schlimmer noch, sie hätte nie damit aufgehört – sie hätte uns den Rest unseres Lebens erpresst. Dankenswerterweise hat sie ihre Tasche im Fußraum des Autos liegen gelassen, und das Geld, das ich ihr gegeben hatte, steckte noch darin. Ich habe meine Ringe zurückbekommen, mein Geld und, was am wichtigsten ist, meinen Sohn.

Ich überlege, was sie wohl mit ihrer Leiche gemacht haben, ob sie sie begraben, verbrannt oder in dem gestohlenen Auto zerquetscht haben, das die Shabbars noch in derselben Nacht aus meiner Einfahrt abgeholt und in ihre Mauer aus rostenden Autowracks rund um ihren Schrottplatz eingebaut haben. Auf Ewigkeit gefangen in einem Sarg aus Schrott.

Wenigstens wird der Wachmann David ein respektvolleres Begräbnis bekommen. Den Lokalnachrichten zufolge war es ein Unfall mit Fahrerflucht. Gestern Morgen auf dem Heimweg von der Arbeit überfahren und sterbend liegen gelassen. Ich frage mich, welcher von Fahims Männern es war, der ihn für immer davon abgehalten hat, zu reden.

Dr. Burke hingegen darf weiterleben. Heute Morgen habe ich eine SMS von Schwester Val bekommen, die fragte, ob ich mich an seinem Abschiedsgeschenk beteiligen möchte. Er und seine Familie ziehen Ende der Woche nach Deutschland, dem Herkunftsland seiner Frau. »Familiärer Notfall« hat sie in Anführungszeichen geschrieben. Bis dahin wird Fahim ihn und seine Familie genau beobachten. Ich bin sicher, dass sie auch mich und Zack in den nächsten Jahren im Auge behalten werden, um sicherzugehen, dass wir den Mund halten. Vielleicht sogar für den Rest unseres Lebens.

Ich denke an die beiden Schlangen, gut und böse, die angeblich in uns allen lauern. Ändert es etwas, wenn eine die andere überwiegt? Wenn es mehr Böses in einem Menschen gibt als Gutes?

Um Zack zu retten, musste ich schlimme, unverzeihliche Dinge tun. Dinge, die mich für den Rest meines Lebens heimsuchen müssten. Aber es diente alles einem höheren Ziel, das muss ich mir immer in Erinnerung rufen. Es wäre auch nicht das erste Mal.

In meiner beruflichen Laufbahn musste ich schon so viele Entscheidungen treffen: wen retten, wen sterben lassen. Wer ist der beste Kandidat für ein Spenderherz, und wer muss weiter auf der Liste warten, obwohl wir alle wissen, dass er sterben wird, wenn er kein Transplantat bekommt. Warum soll ich dieselbe Logik nicht auf mein eigenes Leben anwenden können? Vielleicht ist das der Grund, warum ich keine unfassbaren Schuldgefühle empfinde, wie es jeder normale Mensch tun würde. Vielleicht spiele ich ja schon zu lange Gott.

Ich greife in die Wand, um das Kabel von der Leitung abzuwickeln und schreie auf. Ein heißer, weißer Funken schlägt aus der Leitung und schießt mir in die Fingerspitzen. Die Finger im Mund, stolpere ich von der Leiter und stürze in den Flur.

Der Strom ist wieder eingeschaltet.

Ich trete an den Verteilerkasten, die heißen Finger immer noch im

Mund, und versuche nachzusehen, wie das passieren konnte. Kann der Schalter von selbst umgesprungen sein? Gibt es irgendwo eine Fehlfunktion?

Ich sehe in den Schrank. Das Schuhregal, das ich immer in den Schrank stelle, damit es im Eingangsbereich ordentlicher aussieht, ist unter den Verteilerkasten geschoben worden. Zack steigt oft darauf, um an die Kleiderhaken zu kommen.

Er hat gesehen, wie ich den Hauptschalter umgelegt habe. Hat er mich nachgeahmt?

Ich höre ein Geräusch aus dem Wohnzimmer. Ich wage zu hoffen, dass er nur mit sich selbst spricht oder mit der Puppe spielt, und nicht das, was ich vermute. Als ich hineinkomme, finde ich ihn auf dem Sofa. Er lässt die Beine baumeln, und seine Fersen kicken rhythmisch gegen den Rahmen.

Er sieht fern.

»Zack.« Ich nehme ihm die Fernbedienung aus der Hand und schalte den Fernseher aus. »Was machst du da?«

Er sieht kurz zu mir auf und zuckt die Achseln, während seine Fersen heftiger gegen das Sofa trommeln. *Pomm-pomm. Pomm-pomm.*

»Du hättest mich umbringen können. Ich hab dir doch gesagt, dass mir etwas passieren kann.«

Er entschuldigt sich nicht. Er tut überhaupt nichts. Sein Blick bleibt nach unten gerichtet, und seine Fersen treten gegen das Sofa, treten und treten.

Hat er das absichtlich getan?

Ein giftiger Gedanke kommt mir in den Sinn, und ich schiebe ihn energisch beiseite.

Wie die Mutter, so der Sohn.

»Mach das nicht noch einmal. Hörst du?«

Mit einem Seufzer gehe ich zurück in den Flur und schalte die Sicherung wieder aus. Meine Finger und der Daumen sind knallrot, das Fleisch ist immer noch heiß.

Wahrscheinlich hat er nicht verstanden, was daran so gefährlich sein soll. Ich habe es ihm nicht gut genug erklärt.

Ich hebe den Schraubendreher vom Boden auf, den ich vor Schreck habe fallen lassen, und steige erneut auf die Leiter, genieße die Kühle des Metalls an meinen heißen Fingerspitzen. Die Kamera ist immer noch da, mit der Hauptleitung verdrahtet. Ich strecke die Hand danach aus und tippe vorsichtig mit der Spitze des Werkzeugs dagegen, bevor ich sie anfasse.

Doch das hält mich nicht davon ab, immer wieder zum Verteilerkasten hinüberzusehen, nur für den Fall, dass Zack den Schalter wieder umlegt.

Eine Haarsträhne hat sich aus meinem Knoten gelöst und fällt mir ins Gesicht. Ich stecke sie hinters Ohr, doch als ich mich wieder an meine Arbeit mache, sehe ich ein einzelnes Haar in meinem Gesichtsfeld hängen.

Ich muss dem nicht mehr nachgeben, sage ich mir. *Ich habe alles unter Kontrolle.*

Doch der Drang ist immer noch da, windet sich in meinem Kopf, zuckt in meinen Händen.

Ich hebe die Hand und klemme das Haar zwischen die Fingerspitzen.

Und zupfe.

DANKSAGUNG

Ohne den Dank für die Unterstützung und den Rat vieler toller Menschen, die mir dabei geholfen haben, es zu vollenden, wäre dieses Buch nicht vollständig.

Erstens möchte ich meiner Agentin Madelien Milburn für ihre unvergleichliche Leidenschaft und Begeisterung (ich nenne sie die Traummacherin) sowie ihrem Team, Liv Maidment und Rachel Yeoh, sowie Georgia McVeigh für ihre Anregungen zum allerersten Entwurf danken. Außerdem möchte ich mich bei der Lizenzabteilung der Madelein Milburn Literary, TV and Film Agency bedanken, die dafür sorgen, dass meine Bücher in andere Sprachen übersetzt werden, für die angenehme Zusammenarbeit mit ihnen: Liane-Louise Smith, Georgina Simmonds und Valentina Paulmichl.

Bei meinem Verlag Simon & Schuster geht mein erster Dank an meine Lektorin Bethan Jones, deren Leidenschaft für diese Geschichte mich sofort überzeugt hat. Von solcher Anleitung, Vertrauen und Begeisterung kann man nur träumen. Aber auch Clare Hey, Katherine Armstrong, Richard Vilestara, Sarah Jeffcoate und Harriet Collins schulde ich ganz besonderen, riesigen Dank für ihre beeindruckende Unterstützung, und Craig Fraser für das wunderschöne Cover. Dream Team!

Vielen Dank auch an meinen Redakteur Ian Allen und meine Korrektorin Clare Wallis, die mir geholfen haben, *Die Herzchirurgin* zur besten Version ihrer selbst zu machen.

Außerdem möchte ich folgenden Personen für ihren Rat und ihre Begeisterung danken: Phoebe Morgan, Cal Kenny, Gaia Banks und Sophie Lambert. Des Weiteren schulde ich John Marrs und Holly Seddon herzlichen Dank, die mich mit ihrer Freundlichkeit unterstützt haben, als meine Reise in der Verlagswelt eher holprig war.

Wie immer möchte ich auch dem phänomenalen Team bei Waterstones Colchester danken – ohne ihre Liebe und ihre Unterstützung wäre dieses Buch wahrscheinlich nicht möglich gewesen. Besonders hervorheben möchte ich Jon Clark, der eigenhändig eine schier unglaubliche Menge meiner Bücher verkauft hat und dessen Freundlichkeit und Engagement unübertroffen ist (und der einer der Ersten war, die *Die Herzchirurgin* zu lesen bekommen hat). Danke an das Team, Ehemalige eingeschlossen: Helen Wood, Jon Clark, Clive Parsons, Liv Quinn, Karl und Chloe Hollinshead, Mark Vickery, Joe Oliver Eason, danke euch allen. Ein besonderer Dank geht auch an Gaby Lee und Bea Carvalho für ihre großartige Unterstützung.

Riesigen Dank schulde ich meinem Support-Team, meiner Familie und meinen Freunden, die mich durch dick und dünn unterstützt haben und mich nie haben aufgeben lassen, auch wenn das der nächste logische Schritt zu sein schien. Ich hätte niemals so weit kommen können ohne Sandra und Carl Jarrad, Pameal und Tony Jordan, Jess Savoury, Abbi Houghton. Und ganz besonderer Dank an mein Brighton Babe Anna Burtt und den Best Boy Bowie.

Und letztlich gilt mein Dank jedem Autor, der ein Zitat beigesteuert hat, und allen Bloggern und Rezensenten, die ihre Gedanken zu den ersten Entwürfen beigetragen haben: danke euch für eure Unterstützung (mit einem besonderen Gruß an den phänomenalen Stu Cummins!). Und dann Du, lieber Leser: Danke, dass Du dieses Buch ausgewählt und meinen Traum wahr gemacht hast. Ich hoffe, es hat Dir gefallen und Du wirst an den nächsten Büchern genauso viel Freude finden.